小学館文庫

夜に啼《な》く森

リサ・ガードナー
満園真木 訳

小学館

夜に啼《な》く森

＊主な登場人物＊

D・D・ウォレン…………………………ボストン市警殺人課の部長刑事。
フローラ・デイン…………………………生還者。D・Dの秘密情報提供者。
ジェイコブ・ネス…………………………かつてフローラを誘拐したトラック運転手。
キース・エドガー…………………………コンピュータ・アナリスト。実話犯罪マニア。
キンバリー・クインシー…………………FBIアトランタ支局の特別捜査官。
レジーナ・ジャクソン……………………法人類学者。
レイチェル・チャイルズ…………………FBI証拠収集班のリーダー。
ハロルド・フォスター……………………FBI証拠収集班のメンバー。
ライラ・アベニート………………………15年前に行方不明となった少女。
ハンク・スミザーズ………………………モズリー郡保安官。
フラニー・ブシャード……………………保安官事務所の受付係。
ハワード・カウンセル……………………ニッシュの町の町長。
マーサ・カウンセル………………………ハワードの妻。
ドロシア……………………………………町役場の記録係。
ビル・ベンソン……………………………四輪バギーレンタル店の店主。
ウォルト・デイヴィース…………………町のはみだし者の老人。
ステイシー・キャスマー…………………メイド。
エレーヌ・テリエ…………………………メイド。
ボニータ……………………………………メイド。

わたしのきれいなマミータに。

文芸イベントでわたしのトイレトレーニングのエピソードを話しすぎだけど。わたし自身より前にわたしの小説の可能性を信じてくれてありがとう、お母さん。愛してる!

プロローグ

お母さんは歌うのが好きだ。コンロの前に立って何かをかきまぜたり、味見したりしながら、ずっと鼻歌を歌っている。

わたしは食卓の椅子にすわっている。チーズをすりおろすのがわたしの仕事。むずかしい仕事じゃない。ケソ・ブランコ（メキシコの白いチーズ）はさわっただけでぽろぽろに砕けるから。それでも、自分の役目を誇りに思っている。

お金持ちじゃなくたって王様みたいな食事ができるのよ、とお母さんは言う。だってお母さんは料理が大好きだから。みんな、お母さんの手づくりのサルサや特製モーレ・ソース、わたしの好きなチョコレートがけのシナモン・チュロスを食べにうちに来る。

わたしは五歳だから、もう火にかけて溶かしたチョコレートをかきまぜるくらいはちゃんとできる。ゆっくり《レンタメンテ》ね、とお母さんが言う。だけど、遅すぎると焦げちゃうわよ。

溶けたチョコレートは熱い。最初のとき、わたしは味見をしたくて、小指をじかに鍋に突っこんだ。まず指をやけどして、次にチョコレートを舐《な》めた舌をやけどした。泣きだしたわたしに、お母さんはやれやれと首を振った。エプロンでわたしの頰を拭いて、ぐつぐついってる鍋に手を入れるなんてお馬鹿さんね、もっと強くて賢くならなくちゃ、と言った。そのあとは、椅子にすわって持ってきてもらった氷をしゃぶりながら、お母さんが鼻歌まじりに鍋に向かうのを見ていた。

わたしはお母さんのチキータ。お母さんはわたしのマミータ。それがおたがいの呼び名。キッチンでマミータを見ているのが好きだ。そこにいるお母さんは幸せそうで、表情が明るく、背筋も伸びている。わたしのお母さんが戻ってきたと思える。朝、くすんだグレーのメイドの制服姿で家を出る悲しそうな女の人じゃなくて。または、ときどき昼間に帰ってきて、わたしをクローゼットに押しこめ、ここで静かにしてなさいと言うおびえた女の人でもなくて。

お母さんの言うことはいつも聞いている。ううん、一度だけ聞かなかったことがある。茶色の子犬をなでたくて追いかけたら、すぐそばを猛スピードで走りぬけていった車に髪があおられた。その直後、お母さんに腕をつかまれ、怒鳴られた。だめ、だめ、悪い子、悪い子。それからぶたれた。痛かったけど、お母さんが赤土の上にすわりこみ、泣きながらわたしを抱きしめて揺さぶったときのほうがもっと痛かった。おなかと胸の両方が同時に痛む感じがした。

「ねえ、言うことを聞いて。わたしたちにはおたがいしかいないのよ。だからよくよく気をつけないと。わたしのあなたで、あなたのわたし。これからもずっと」

あの日、わたしはお母さんの涙を拭って、震えるその肩に顔を押しつけ、いつもいい子でいるからと約束した。

五歳のわたしはひとりで歩いて学校へ行き、ひとりで帰ってくる。そして夜までひとりでいる。秘密よ、とお母さんに言われている。それが気にいらない人にばれたら、あなたが連れていかれてしまうかもしれないからと。

どこにも連れていかれたくないので、わたしは強い子になって、家に帰るとテレビのアニメを見ながら待つ。絵を描くこともある。お絵かきや塗り絵が好きだから。でもかたづけはいつもちゃんとやる。マミータは誰かの家のかたづけや掃除で大変だから。毎朝、アイロンのかかった制服に真っ白なエプロンで出かけていき、毎晩、くたくたになって帰ってくる。それでもましなほうだ。おびえた悲しそうな様子で帰ってくることもあって、そういう日はくすんだ制服をぬいでカラフルなスカートに着がえたら、キッチンに直行する。それでまた笑顔が戻ってくる。

夜、わたしたちはじっくりローストしたブラックビーンズと刻んだ鶏肉《とりにく》のブリトーを食べていた。鶏肉があったから、何か特別な日だったんだろう。肉は高くて、ふだんは節約していたから。

でもお母さんはご機嫌で豆をかきまぜていて、オーブンのなかではトルティーヤがあたたまっていた。うちのキッチンは狭いけどカラフルだった。赤いタイルに、緑や青に塗られた壁。お母さんのお母さんから受けついだ陶器。お母さんのお母さんとはずっと前に別れたきりでもう会うこともないけど、その陶器たちがあるから、お母さんはいつもお母さんのお母さんと一緒で、いつかわたしがそれを受けつぐことになる。

「多くのものはいらないのよ」お母さんはよくそう言っていた。「大事なものさえあればいいの」

遠吠《とおぼ》えが聞こえてきた。砂漠のコヨーテが吠えあっている。お母さんはその声に身震いしたが、わたしは好きだった。自分も空に向かってあんなふうにもの悲しく吠えてみたいと思った。

かわりに、お母さんみたいに鼻歌を歌う練習をして、それからお気にいりのゲームを始めた。

「マミータ」とわたしが言う。

「チキータ」とお母さんが応じる。

「ボニータ・マミータ」

お母さんがにっこりする。「リンダ・チキータ」

「ムイ・ボニータ・マミータ」

「ムイ・リンダ・チキータ」

わたしはくすくす笑った。わたしとお母さんはふたりだけの小さな群れで、これはわたしたちの遠吠えがわりだったから。

「お馬鹿なチキータね」お母さんが言って、わたしはまたくすくす笑い、ケソ・ブランコをひと口つまみ食いして、はしゃいで足をぶらぶらさせた。

「さ、晩ごはんよ」お母さんがトルティーヤをオーブンから出した。

コヨーテがまた吠えた。お母さんが十字を切った。これからもずっと、お母さんのわたしで、わたしのお母さん。そのことが嬉《うれ》しかった。

悪い男の人は夕食のあとにやってきた。お母さんは流しでお皿を洗っていて、わたしはその隣で踏み台に立ってお皿を拭いていた。

男の人がどんどんとドアを叩《たた》いた。お母さんは凍りついたように動きを止めた。その顔にあの陰が戻ってきた。でもわたしにはわからなかった。

わかったのは、お母さんがおびえていること。お母さんが怖がっているからわたしも怖くなった。

「クローゼットに」お母さんがささやいた。

でも遅かった。裏口のドアがぱっとあけられ、戸口をふさぐように男の人が立っていた。

ふたりだけの群れにはちょうどよかったキッチンが急に狭苦しくなった。

隠れられるところはなかった。

黒い影を落として男の人が入ってきた。その巨体は人間というより大型の獣みたいに見えた。

「何をした?」男の人がお母さんに向かって言った。怒鳴り声ではなく、冷たく落ち着いた声だった。背筋がぞくっとして十字を切りたくなった。

「な、な、何も」お母さんがどうにか口を開いた。

お母さんはひどく震えていた。嘘《うそ》をついているのがわかった。悪い男の人もわかっていた。

「おれにばれないと思ったのか?　おれを出しぬけると本気で思ってたのか?」

お母さんは答えなかった。わたしはじっとお母さんをみつめた。表情のないその顔を見てわかった。男の人にとがめられていることがなんであれ、お母さんはそれをやった。そして男の人に見つかってしまった。これから何かおそろしいことが起きようとしている。

わたしたちはふたりだけの群れだから、お母さんの手を握りたかった。お母さんのために勇敢な子になりたかった。でも脚が震えて止まらず、小さな踏み台の上で動けなかった。

急にお母さんが大きな音を立てて流しに鍋を置いた。張りつめた空気をゆるめるように。

「夕食は?　ブリトーをいかが?　したくするからどうぞ食べていって」

食べ物の話をしたらお母さんの声に落ち着きが戻った。お母さんが少しだけ身体《からだ》をずらし、男の人とわたしのあいだに入った。

「ああ」男の人が言った。その声の何かに、また背筋がぞくっとした。

クローゼットに隠れたくてたまらなかった。でも、いまからもぐりこむのは無理だ。男の人に見られずにはどこにも逃げられない。それにどこかで逃げたくない気もした。きかん気でわからずやで、ぐつぐついっているチョコレートに指を突っこむお馬鹿さんの自分は、この獣みたいな男の人のもとにお母さんを置いていきたくなかった。

わたしが拭いたお皿をお母さんが手にとり、コンロの前へ行った。そこには残りのトルティーヤと冷めた豆があった。お母さんが時間をかけてトルティーヤに豆をのせ、ケソ・ブランコを散らして、ブリトーを巻いた。それをオーブンに入れた。サルサを見つけてテーブルに運んだ。

「ビール」男の人が言った。

お母さんが小さな冷蔵庫の奥からビールを一本出した。

とても落ち着いた様子だったけど、その手は赤いスカートをぎゅっと握りしめていた。

「すわれ」ブリトーをオーブンから出したお母さんに、男の人が言った。

「まだ洗い物が――」

「いいからすわれ」

お母さんがすわった。ちらっとこっちを見た。その目が何かを言おうとしていた。踏み台に立つわたしにはそれが何かわからなかった。どこへ行き、何をすればいいのかわからなかった。わたしたちは助けあわなきゃいけない、とお母さんは言っていた。でも、いまどうすればお母さんを助けられるのかわからなかった。

ただ、この悪い男の人に帰ってほしかった。そしてまたキッチンでお母さんとふたりになりたかった。

男の人がブリトーを食べた。無言でひと口食べ、ビールを飲んで、またひと口。その沈黙におなかが痛くなった。

最後のひと口が悪い男の人の口に運ばれると、お母さんが小さく息を吐いた。その肩が落ちた。お母さんは何かを決心した。でもわたしにはそれが何かわからなかった。

男の人がわたしに目をやった。

「すごくかわいい子じゃないか」

「まだ赤ちゃんよ」お母さんがそっけなく言って、立ちあがった。「外へ行きましょう」

男の人が眉を持ちあげた。「なんだ、機嫌が悪いな」

「話がしたいのよね？　外へ行きましょう」

「いや、ここでいい。このキッチンは居心地がいいからな。テーブルの上をかたづけてくれないか。おまえの本当に得意なことを娘に見せてやるのはどうだ？」

お母さんが男の人をじっと見たと思うと、突然、テーブルを回りこんで向かっていった。思いがけなかったのか、男の人がびくっとした。悪い男の人をたじろがせたマミータが誇らしかった。お母さんは男の人の肩にわざとどんとぶつかって、そのまま裏口へ進み、ドアをあけた。そして男の人が何か反応する間もなく外に出ていった。

男の人がようやく立ちあがったが、ふと足を止めてしげしげとわたしを見た。いやな目つきだった。

「お嬢ちゃん、名前は？」

口を開いたものの、言葉が出てこなかった。わたしはまだ激しく震えていた。

お母さんが外から呼ぶ声がした。

男の人がもう一度こちらを見てから、戸口へ向かった。「馬鹿な女だ」とつぶやいて。

ひとりきりになったキッチンで、わたしはまだ手にしたままの布巾をみつめ、何か拭くものがあればいいのにと願った。テーブルでチーズをおろしながら、お母さんの鼻歌を聞いていたときまで時間が巻きもどってくれたらいいのにと願った。

そのとき聞こえた。男の人の怒ったような大声が。

お母さんの声。やめて、と言っている。何度も。挑むように、かたくなに、それから懇願するように。バシッという音。びくっとした。この音は知っている。男の人がお母さんを叩いたのだ。お母さんがまた何か言った。でも声が小さくて聞きとれない。わかったのはトーンだけ。弱々しい。悪い男の人に傷つけられて、マミータは弱っている。

怒った声がやんだ。全部やんだ。静かになったのがよけいに怖かった。

わたしたちは群れだ。おたがいしかいない。だから助けあわないと。

そうっと踏み台からおり、開いたままの裏口から外に出た。

お母さんはひざまずいていた。男の人がその前に立っていた。手に何かを持っていた。銃だ。銃をお母さんの頭に突きつけていた。

何も考えず走りだした。小さな腕と脚を見えないほど速く振って、自分では風のようにお母さんのところへ飛んでいったつもりだった。そのままお母さんの腕に飛びこもうとした。

そのときお母さんが叫んだ。「だめ！　来ないで！　逃げて、チキータ、逃げて！」

腕にすがりつこうとしたわたしを、お母さんが自分の後ろに押しやった。「逃げて」ともう一度叫んだ。「逃げなさい！」

お母さんはぼろぼろ涙をこぼしていた。目に恐怖が浮かんでいた。

わたしは逃げなかった。逃げられなかった。

お母さんに向かって腕を広げた。わたしたちはふたりきりだから、助けあわないと――

悪い男の人が引き金を引いた。

のちに、毎晩のようにこのときの夢を見ることになった。わたしに残されたのはこの瞬間だけだった。最後に言葉を話し、最後にお母さんの鼻歌を聞き、最後に愛してくれる人に向かって腕を広げたそのとき。

弾丸がお母さんの喉を貫いた。赤い血しぶきが飛び、遅れてお母さんの手があがった。

その弾丸がそのまま飛んできて、わたしのこめかみにあたった。後ろに吹っ飛ばされ、赤土の上に倒れた。驚いて、痛くて、茫然《ぼうぜん》としていた。

悪い男の人が近づいてきて、手を伸ばしてわたしの首に触れた。「ふむ」

それから、気を失う直前に男の人に抱きあげられた。抵抗はしなかった。血が目に入って赤い視界で、倒れたお母さんをみつめた。お母さんを貫いてわたしにあたった弾丸の焼けつく痛み。それがわたしのなかに刻まれた最後のマミータだった。

わたしたちふたりの群れは消えてしまった。

1

「水」

「よし」

「グラノーラ・バー」

「よし」

「リンゴ。ピーナッツバターとジャムのサンドイッチ」

「よし、よし」ジャネットはそこで、B&B（ベッド・アンド・ブレックファスト。朝食つきの小規模な宿）のキルトのベッドカバーの上に置かれた口のあいたディパックから顔をあげた。「水はどのくらい？」

「ひとり二本かな」チャックが答えた。トレッキングブーツのひもを結び終え、木の床にかかとを打ちつけてフィット具合をたしかめている。

「外、すごく暑そうだけど」ジャネットは言ってみた。週末に灼熱《しゃくねつ》のアトランタを逃れてわざわざ北部の山まで来たのに、ここも湿度はたいして変わらなかった。アパラチア山脈に熱波なんて、勘弁してほしい。

チャックが少し考えて言った。「ひとり三本にしておこうか。充分な水分補給が大事だからね」

「そうね」ジャネットは皮肉っぽい口調にならないよう気をつけた。まるで山のベテランみたい。チャックのトレッキングブーツはスポーツ量販店で買ったばかりの新品だし、ディパックはふたつとも彼の実家のガレージで埃《ほこり》をかぶってたのを引っぱりだしてきたものなのに。ジャネットのほうはちゃんとしたトレッキングブーツも用意せず、ただのスニーカーだ。山道で足をくじかないかとチャックに心配されたが、正直、ただB&Bでロマンチックな週末をすごしたいだけだった。チャックとは付きあって一年近くになる。まだ倦怠《けんたい》期というほどではないが、週末の小旅行は気分を変えるのによさそうだと思った。

だけどハイキングなんて。チャックはそれが楽しそうだと思ったらしい。ジャネットとしては、部屋から出ずにルームサービスを頼んでセックスでもしていたかったが、真新しいトレッキングブーツで嬉しそうに歩きまわる恋人を見ていると、かなわぬ望みのようだ。それは今夜のお楽しみね。どっちもまだ動けたらだけど。

「地図はあるの?」都会っ子と自覚しているジャネットは訊《き》いた。

「うん。ルートに印をつけてある。往復で四マイル、高低差は千フィート。だいじょうぶ、ぼくたちならできるよ」チャックが眉をぴくぴくさせ、励ましのキスをしてきた。

ジャネットは身を乗りだしてしぶしぶキスを受けた。茶色のくせ毛に濃いまつ毛、子犬のようなつぶらな瞳のチャックはたしかにチャーミングだ。それにいい身体をしている。新進気鋭の検事補として、日々の法廷でのストレスをハーフマラソンで解消しているのだ。そのランナーの身体にどれだけ楽しませてもらっているかといったら……

しかたない、ハイキングをしよう。愛のためならもっとつらいことに耐える人だっている。

ディパックのひとつを持ちあげると、その重さにうめきが漏れた。

「水のボトルをこんなに背負っていくだけの価値があるといいけど」

チャックが自分のディパックを軽々と肩にかけた。「ぼくたちならできる」

「歩けなくなったらおんぶしてくれる？」

「いやあ、力を使い果たしたら困るから。まだあとの計画があるんだよ。登山道からの眺めはすばらしいって聞いてるけど、じつはちょっと考えたんだ――」と、ジャネットの耳元でささやく。「――頂上でのセックスはもっとすばらしいんじゃないかなって」

「汗臭いし、松葉とかでちくちくしない？」そうは言ったものの、やっと興味が湧いてきた。ハイキングね。ジムもあまり好きではないが、大自然のなかで、お楽しみも待っているとなれば……

「うん、わたしたちならできる」ジャネットは言い、ディパックのストラップに苦労して腕を通すと、すらっとしたキュートなボーイフレンドのあとについて外に出た。

第一の過《あやま》ちは、チャックにペースをゆだねたことだった。有酸素運動マニアの彼は、曲がりくねった山道なんてものともしなくても、ジャネットはすぐに息があがって、ロマンチックな気分はどこへやら、殺意まで湧いてきた。陪審のなかに女性がひとりいさえすれば、見るからにしんどそうなガールフレンドのためにペースを落とさなかったチャックを殺しても、きっと無罪判決がくだされるはずだ。

第二の過ちは、チャックが新品のトレッキングブーツを履いていたこと。一マイルほど歩いたところで足を引きずるようになり、やがて顔をゆがめだした。

動物病院の看護師をしているジャネットは、人間相手でもいちおう医療従事者という立場から、意地になって死の行進を続けようとするチャックを立ちどまらせ、岩に腰かけさせて靴をぬがせた。

左足の靴下のかかと部分にはもう血がにじんでいた。

「ほら」つい言わずにいられなかった。「わたしのスニーカーにいろいろ言ってたのは誰だっけ?」

こっちを睨《にら》みつける目つきで、チャックもいまや自分とセックスするより殴ってやりたいと思っているのがわかった。楽しそうに思えても、やってみたら全然違うことが世のなかにはある。ハイキングもそのひとつだ、とジャネットは早くも悟っていた。

ディパックをあさって、これも買ったばかりの救急セットを探しだす。中身は最低限だったが、抗菌薬のクリームとバンドエイドがあった。

かかとに触れると、チャックが身をすくめて、喉の奥で小さく哀れっぽい声を出した。情け容赦ない検事補が聞いてあきれる。自分は非情な世界に生きる男で、ジャネットは癒やしてくれる心やさしい恋人、そんなふうに思いこんでいる。

何も知らないのだ。傷ついた動物を助けるのにどれだけの勇気が必要か。そしてもう医療にできることがなく、純粋でけなげな目でみつめてくる相手に、してあげられることがひとつしかないと悟ったとき、どれだけタフにならなければならないか。

でも、いまはあえて言うまい。男のメンツを傷つけないよう、大きなため息をつきたくなるのをこらえて、皮の剝《む》けたかかとに抗菌クリームを塗り、バンドエイドを貼った。とはいえ、気休め程度でしかないのはわかっている。履き慣れていない靴が傷口をこすりつづけるのは変わらないのだから。

「ねえ、引きかえさない？」

「まさか。あともう少しなのに」

「頂上までまだ一マイルはあるし、そのあとおりてこなきゃいけないのよ」

「だいじょうぶ。ちょっとマメができただけさ」

「マメは長距離ランナーにとっての大敵だって、前に言ってなかった？」

「こんなの長距離じゃない」

「あなた、どうかしてる」

「そういうところが好きなんだろ?」

「それより子犬みたいな目かな、好きなのは」

「ぼくは子犬みたいな目なんかじゃない!」チャックはもう靴下を履きなおしている。

「じゃあ、子犬みたいな髪?」勝ち目はなさそうだと、ジャネットは諦めた。救急セットをディパックにしまって道の先に目をやる。トレッキングブーツにふたたび足を入れたチャックがきつく歯を食いしばった。

ジャネットは立ちあがり、ぎくしゃくと歩くチャックを眺めた。ブーツのひもを結んだら魔法のようによくなったということはなさそうだ。

サイドポケットから水のボトルをとってごくごく飲んだが、何も変わらなかった。あいかわらず暑いし、汗だくだし、大自然なんてもうたくさんだった。

チャックがまた山道を進みだした。靴ずれが悪化するのは間違いない。皮がすっかり剝けて、しばらく痛むだろう。そしてこれから何度もその話を聞かされることになるのだ。男の人がよく、ただの風邪《かぜ》をインフルエンザと言い張るみたいに大げさに。

新たな目的——頂上まで行き、景色を見て自撮りしたら、さっさとおりてくる。そして、きょうのことは二度と話題にしない。

チャックの足の引きずりかたがどんどんひどくなってきた。後ろを歩きながら、ジャネットがひそかに期待して待っていると……

「杖《つえ》になるものがほしい」チャックが出しぬけに言った。

急に立ちどまったものだからぶつかりそうになった。

「杖？」

「登山用の杖みたいなやつ。それがあれば楽になるはずだ」

「そうね」杖があれば、新しい靴が足にこすれるのを防げるとでも？

だが、チャックの決意は固かった。ちょうど登山道の曲がり角で、少し平らな地面が広がっていたものの、この高度では低い木しかなく、杖になるような枝など落ちていそうもない。チャックがディパックをおろしたので、ジャネットもそれにならった。解放感にはほっとしたが、何をするつもりなのかよくわからない。

岩のそばにディパックを置くと、チャックが登山道をそれて木々の茂るほうへ入っていった。あまりいいこととは思えなかったが、ジャネットもしかたなくついていった。

一面に低木の茂みが広がっていて、なんの木なのかは見当もつかないが、下生えに細い道が伸びている。いい枝が落ちていないかと目をこらしながら、チャックがその道を進んでいく。ジャネットは何度も登山道のほうを振りかえらずにいられなかった。

人はこうやって死ぬんじゃないだろうか。登山道からそれたきり、行方がわからなくなって。

チャックがやや開けた場所に出た。地面は比較的平らで、石がごろごろしている。踏み分け道からもはずれているのは間違いなく、あたりには厚く落ち葉が積もっている。かび臭い、とジャネットは鼻にしわを寄せた。ただ、前方に大きな広葉樹が生えていて、その下にはなるほど何か落ちているようだ。

チャックが木の根元を回って地面を探りだした。ジャネットはその場にとどまり、来た道を見失わないように視界に入れていた。

「見てくれよ、これ！」

チャックが木の幹の向こうから顔を出した。白っぽい木の枝らしきものを持っている。

ジャネットは眉をひそめた。「それじゃ短すぎない？」

「まあね。でも見てくれ、この銀白色。それにつるつるだ」そう言って手でなでる。「皮もきれいになくなって、完全に乾燥してるのに、岩みたいに硬い。どれくらいここにあったのかな。何年でここまで完璧に化石化するんだろう」

近づいてきた彼の顔には満面の笑みが浮かんでいた。まるでおもちゃを見つけた犬だ。そのときはじめて、ジャネットはその戦利品をじっくりと見た。

「チャック……」

「え、何？」彼が隣で足を止めた。

「それ、木の枝じゃないわ」

チャックがそれを持ちあげた。さっき言っていたとおり、長くて乾いていてつるつるしている。そして、両端がはっきりした丸いこぶ状になっている。

これから告げなくてはならないことをできれば告げたくなかった。

「どういうことだよ」

「チャック、それは骨よ。たぶん大腿骨《だいたいこつ》。そして長さと太さからして、わたしの知るかぎりどんな動物のものでもない。つまり……」

チャックがそれを取りおとした。タフなはずのボーイフレンドが悲鳴をあげはじめて、ジャネットのロマンチックな週末も終わりを告げた。


多くの人が思うより、ものごとには時間がかかる。まず地元の保安官事務所の捜査員が山をのぼり、現場を保存しなければならなかった。次に州の法人類学者が呼ばれて、見つかったのが本当に人間の骨だということを確認し、それから骨の折れる捜索作業が始まった。見取り図がつくられ、微細な証拠物を探して土がふるいにかけられた。現場が動物に荒らされていて、全身の骨がその場にそろってはいないことがわかると、捜索範囲が広げられた。離れたところからいくつか小さな骨が発見されたものの、多くの骨が依然として行方不明だった。

最終的に、古びた骨は法人類学者によってアトランタの研究所に持ちかえられ、そこで箱におさめられて事件番号が振られた。幾人もの専門家や大学院生がその骨を見にやってきた。誰もが骨の状態に関心を示しつつも、疑問に答えが出せる者はいなかった。

そのまま数週間が過ぎ、多くの事件に埋もれてさらに数カ月が過ぎた。

そしてようやく進展が訪れた。地元の芸術家が粘土で遺体の顔を復元した。写真が撮られ、その画像が全米のデータベースに入れられて――ついに該当者が浮上した。法人類学者があらためて骨を調べ、年齢や性別を照合し、発見された上腕骨に子供のころの古傷（腕の骨折）の跡が認められて、ついに白骨遺体の身元が確認された。

そこでキンバリー・クインシー特別捜査官に電話がかかってきた。失踪事件のファイルに担当者として名前が記されていたからだ。法人類学者いわく、十五年前に行方不明になったライラ・アベニートの遺体がジョージア州の山中で発見された。死因は不明だが、舌骨《ぜっこつ》が折れていたことから絞殺が疑われるという。

キンバリーは電話を切った。受けとった一報を反芻《はんすう》し、考え、さらに反芻した。あまりにも長いこと待っていた知らせだったので、まだどこか信じられない。だがついに、ライラ・アベニートが見つかった。とすると……？

キンバリーは深く息を吸い、ゆっくり吐きだした。次にすることは決まっていた。

2　フローラ

昔はデートもしていた。ジェイコブ・ネス以前の日々には。陽《ひ》にやけた金色の髪をつやつやになるまでよくブラッシングして、グレーの瞳がきわだつように濃い紫色のアイラインを引き、たっぷりとマスカラを塗り、布地の少ないぴったりしたドレスを着て出かけたものだ。細い肩ひもに、腿《もも》のなかばにやっと届くくらいの短い裾。気が引けることはなかった。メイン州の自然のなかを駆けまわって育ったわたしには、長くてすらっとした自慢の脚があったのだから。

あのころのわたしは無敵だった。わがもの顔でバーを闊歩《かっぽ》した。キラキラして、パーティライフを謳歌《おうか》していた。若くて傲慢だった。そして愚かだった。本当に愚かだった。八年たったいまでも、当時に戻って、二十秒でいいから若くて愚かな自分に言い聞かせることができたらと思ってしまう。

でもそんなに都合よくはいかず、キラキラしたわたしは春休みにフロリダへ行ってしまった。かわいい女子大生らしく、きわどいドレスに身を包み、同じくキャピキャピした同級生と夜遊びに繰りだした。テキーラを一気飲みし、ピーナッツの散らばったダンスフロアで腰をくねらせて踊った。イケメンを振り、セクシーな男を品さだめした。

そして……

踊っているうちに、明るいバーの店内から、人気《ひとけ》のない暗いビーチに出てしまった。テキーラの酔いが回った頭のなかで鳴り響く、自分にしか聞こえない音楽に乗って。

そこをジェイコブ・ネス——あとで聞いたところでは、わたしに目をつけて何時間も見張っていたらしい——にさらわれた。かわいくて強気な女の子の、若く輝かしい日々から引きずりだされた。ジェイコブが来て、わたしは消えた。それからの四百七十二日間で、まったく違う生きかたを学んだ。棺桶《かんおけ》大の箱に入れられ、自分専用の性奴隷がほしかった鬼畜の意のままにされる生活を。

あらためて、あの若くて愚かな自分と二十秒でいいから話せたら……でも、とりかえしのつかない過ちというものがある。決してなかったことにできない経験というものがある。

過去があって、いまがある。

だがそれでも、ときどきあの子が恋しくなる。とくにきょうみたいな夜は。

レストランで待ちあわせた。キースもわたしの家へ迎えにくると言うほど馬鹿じゃなかった。といってもあまり意味はない。国防総省でもハッキングできそうなコンピュータ・オタクの彼のことだ。わたしの住所なんて当然知っているだろうし、ひょっとしたらタウンハウスの建物全体の見取り図だって持っているかもしれない。

それでも、わたしはある種の幻想を求めていて、現段階の〝付きあい〟では、キースもそれを与えようとしてくれている。今夜のおためしデートの場所はボストンで人気のバーベキューリブの店。盛りのよさと治安に難ありの立地で知られるところだ。おしゃれな人たちには敬遠され、観光客も寄りつかない。まさにわたし好み。

前回食事に誘われたとき、キースに連れていかれたのは、糊《のり》のきいたテーブルクロスの上にナイフやフォークがずらっと並んだ五つ星レストランだった。わたしは比較的いいパーカーを着ていたものの、浮いていたのは否めない。〝きみはどこにいたって、何を着ていたってきれいだよ〟とかなんとか、キースはフォローしていたが。

わたしは並んだ四本のナイフで人にどれだけのダメージを与えられるか考えていた。とくに、フィッシュナイフは目新しい武器だった。あまり尖《とが》ってはいないが、目を狙うならそれほどするどくなくてもいい。ついでに、バターナイフのずっしりした柄《え》は殴りつけるのによさそうだ。それとクリスタルのグラスは割れば鋭利な刃物のようになるし、皿をフリスビーみたいに投げつけるのも……

その店はすぐに出た。

わたしの格好はいつも同じ。根無し草の都会人スタイルと呼んでいるものだ。爪先に鉄の入ったブーツ、暗い色のカーゴパンツにスウェット地のパーカー。ロゴなどの文字がプリントされたものもあるが、どれも洗濯を繰りかえしたせいでもう読めない。服にはお金をかけない。パーティドレスはもちろん、新しいパーカーにも。最近では新しいバタフライナイフにお金を使った。扇を閉じるように――あるいは蝶《ちょう》の羽のように――ためるスチールの柄には、凝ったドラゴンの意匠が彫りこまれている。手首を振ると、柄がぱっと開いて返り、するどい刃があらわれる。この新しいナイフが気にいって、夜、何時間も開いたり閉じたり、みごとな細工を指でなぞったり、また開いたり閉じたりしている。今夜、そのバタフライナイフはブーツに差しこんである。来たのもそれが大きな理由だった。靴に新しい武器をひそませて歩きまわるのがどんな感じか試したかったのだ。

だってデートなんて……わたしみたいな女が、彼のような男となんて……

キース・エドガーはフリーランスのコンピュータ・アナリストだ。そして実話犯罪マニアでもあり、ジェイコブ・ネスの一番のエキスパートをもって任じている。彼とはじめて会ったのは十二月、ジェイコブがわたしを見つける前にどんな人生を送っていたかについての情報を得るためだった。

そのときは、キースが実家の地下室ずまいで、ポルノを見るように犯罪現場の写真を見てよだれを垂らしているキモい男だろうと想像していた。スナック菓子のドリトスとエナジードリンクが大好きな不潔でもっさりしたやつに違いないと。

ところが……

彼は背が高く引きしまった身体つきで、豊かな黒っぽい髪に信じられないほど青い目の持ち主だった。トム・フォードのスーツと——考えたくもないことをつい考えてしまう真夜中に想像するところでは——カルバン・クラインのブリーフを好んでいる。おそろしく頭の回転が速くて、警察の捜査記録や犯罪者のプロフィールを分析する素早さはわたしにも引けをとらない。

キースはわたしの人生にひさしぶりに訪れた幸運のようだといまのところ考えている。でなければ、彼はシリアルキラーなのかも。

今夜のような晩の問題のひとつがそれ。どちらなのか本当にわからないのだ。それだけで彼のことが多少なりともわかるというものだ。あるいは、わたし自身について知りたくもないことがさらにわかるということか。

いま、混雑するバーベキューリブ店の端のテーブルについて、わたしは出口を数えた。正面入口、裏口、厨房《ちゅうぼう》に通じるドア（その先にはたぶん出口がある）。三つだ。できれば五つはほしい。

向かいにすわるキースが、木のテーブルを指で叩くわたしに首を振った。「四つだ」と、考えを読んだように誤りを指摘する。「少なくとも男子トイレには窓があった。人が出られるくらい大きいのが。女子トイレも自分でチェックしてみたほうがいい」

彼がバーをはさんで左右にある男女のトイレに顎をしゃくった。バーは円形で客席の中央にある。わたしに言わせればいやなレイアウトだ。まんなかに邪魔な障害物があるため、左へ行くにも右から逃げるにも、六歩はよけいにかかる。

「ぼくはショートリブ（骨付き牛カルビ肉）のチポトレ・メープル・ソースにしようかな」キースがメニューを手に明るく言った。

「リブの店にカシミアを着てくるなんて勇気あるのね」

白い歯がこぼれる輝くばかりの笑顔が返ってきた。やっぱりシリアルキラーだ、とふたたび思う。

「フローラ、きみとテーブルをともにするほうが勇気があると思うんじゃないかな、たいていの人は」

そしてチャーミングだ。まったく腹が立つ。

「新しいナイフを買ったの」

「付けあわせはフライドポテトにするよ。きみは？」

わたしは顔をしかめてみせた。「コールスロー」

「本気で？　ポテトよりコールスローを選ぶやつなんている？　あまのじゃくだな」

さらに大きく顔をしかめてみせる。

キースがスマートフォンを手にとった。「なんならデータを見せようか。コールスローとフライドポテトのどっちを好きな人が多いか、そして自身の欲求に嘘をつく人がどれだけいるか。ぼくはオタクだからね、本当にやるよ」

彼ならやるだろう。チャーミングでお茶目で頭がいい。いやなやつ。

メニューの吟味に戻る。不安だし落ち着かない。メニューを持つ自分の手が目につく。爪は短く、磨かれてもいないしマニキュアもしていない。てのひらにはいくつも胼胝《たこ》がある。有用な手だと自分に言い聞かせる。役に立つ手だと。でも何に有用で役に立つというのだろう。

いまだにキースのような男の前でどうしていいのかわからない。彼は明らかにわたしに関心を持っているが、辛抱強くて理解がある。まさに言ってほしいことを言ってくれることだってある。でもそれで気分がよくなるよりも、むしろ疑いが強まる。知識がありすぎるし、理解がありすぎる。

テッド・バンディもとても言葉たくみだったというが……

「ショートリブとフライドポテト」キースが言った。

「チキンとコールスロー」

「飲み物は？」

わたしは首を振って水を指さした。酒はめったに飲まない。キースはいつもビールを頼むが、たいていは一杯だけ。わたしに気を遣っているのか、それともわたしに負けないくらいのセルフコントロール・マニアなのか。これはまさにデートだ。おたがいを知ろうとすること。これらの疑問に答えを出すこと。彼はどういう人間なのか。わたしはどういう人間なのか。そしてもっと知りたいのは、ふたりだとどうなるのか。

Tシャツが汗で湿っているのを感じる。早くも食欲が失《う》せている。性犯罪者の相手ならできるが、こういう状況は死刑にも等しい。

昔、フローラという名のかわいい女の子がいて、多くの男の子と笑いあい、甘い駆け引きを楽しんでいた。それがいまはどうか。

携帯電話が振動した。気をそらせることに救われた思いでポケットから携帯を取りだす。

でも一瞬ののち……

わたしはキースを見て眉根を寄せた。

「行かなきゃいけないの？」落胆を隠そうともしないで彼が尋ねた。

「わたしたちふたりともね」

「ふたりとも？」キースがぜん興味を惹《ひ》かれた様子で身を乗りだした。

携帯の画面を彼に向けてメールを見せる。「D・D・ウォレン部長刑事から。わたしたちふたりに会いたいって。いますぐ」

キースがテーブルに現金を置き、レザージャケットをつかんで、わたしより早く立ちあがった。その顔に浮かんでいるのは、わたしの顔にもきっと浮かんでいるはずのものだ。狩りを前にした興奮。

キースは本当に完璧だ、と思う。

そして、彼のあとについて店を出ながら、脛《すね》にあたる新しいナイフの感触に安心を感じた。

D・D・ウォレン部長刑事はボストン市警殺人課の刑事で、短いブロンドの巻き毛に透きとおった青い目とするどく尖った顎の持ち主だ。美人と呼ぶ者はいないかもしれないが、クールで少し危険な雰囲気は人目を惹く。はじめて会ったときの、誰にも容赦しないタフな女のイメージは、いまにいたるも変わらない。

さらわれた当時のわたしはボストンの大学生だったが、D・Dがその事件を担当したことはない。わたしの誘拐はFBIの管轄だった。D・Dと出会ったのは、生還してから五年後、眠るのを諦めて性犯罪者を狩るためにボストンに引っ越してきてからだった。

はじめて会ったとき、わたしは裸で手を縛られた姿で、たったいま薬品で焼き殺した、自分をレイプしようとした男を見おろしていた。D・Dはわたしの犯罪者への反撃方法に疑問を呈した。わたしはその男のまいた種だと示そうとした。

わたしたちの関係はかならずしも円満だったわけではないが、一年前、D・Dから秘密情報提供者になってほしいと言われた。徐々に、でも確実に、わたしをD・Dの拠《よ》って立つ法と秩序の側に転向させようとしているのだと思う。正直言って、D・Dの仕事には書類手続きが多すぎる。D・Dのほうが自警団の世界に来るのも時間の問題だとわたしは言っている。どちらにも一理あると思う。

わたしには友達が少ない。PTSDと闘う多くの生還者と同じで、人を信じて心を開くことができない。でもD・Dのことは、少なくとも仕事仲間として信頼できると思っている。それに、あからさまに態度で示すことはなくとも、D・Dがわたしを好きなんじゃないかと思うこともときどきある。多少なりとも。

九カ月前、わたしたちはある家庭で起きた殺人事件を一緒に解決に導いた。D・Dは容疑者――妊娠した妻――を十六年前に担当した事件で知っていた。わたしは被害者――夫――を、かつてわたしを誘拐したジェイコブ・ネスとバーで会っていた人物として知っていた。

D・Dにもわたしにも、答えを出さなければならない疑問があった。

その過程で、いくつかの心地よくない事実がわかった。

その一――わたしがこの手で殺したジェイコブ・ネスは、六件のべつの失踪事件の容疑者だったが、本人がもう情報を提供できないため、捜査で真実が明らかになることはおそらくない。

その二――わたしは救出後、法執行機関にジェイコブ・ネスのことを話すのを拒んできたが、彼はわたしが思っていた以上に活発な犯罪行為をおこなっていたとみられる。それにはダークウェブ上で仲間をつくり、ジェイコブが身につけられたとは思えないコンピュータ・スキルを活用することも含まれていた。また、彼はわたしを誘拐した当初キャビンに閉じこめていたが、そこにはほかの被害者たちも閉じこめられていた可能性がある。だが、FBIはいまだにそのキャビン――わたしたちは怪物の巣と呼んでいる――の場所を特定できておらず、これも彼の経歴にそぐわない高度な犯罪科学知識の存在を示唆している。

その三――四百七十二日にわたって、わたしの一挙手一投足はもちろん呼吸までも支配してきた邪悪で非道なおそろしい男のことを、わたしはすべて知っているつもりでいたが、そうではなかった。

ここでキース・エドガーが登場する。高度なコンピュータ・スキルを持ち、ジェイコブ・ネスのエキスパートを自任する彼は、ジェイコブの過去の犯罪について情報を得るのにふさわしい相手だった。キースがテッド・バンディ似だったのはたんなる偶然だ。そう自分に言い聞かせている。

ウォレン部長刑事とFBIのキンバリー・クインシー特別捜査官との協力のもと、キースとわたしはついにジェイコブのダークウェブのユーザーネームとパスワードを突きとめた。それでキースはジェイコブの八年前のオンライン活動を追うことができて、おまけに殺人事件まで解決した。FBIはそのお礼にコンピュータを取りあげた。クインシー特別捜査官は、FBIの規則がとか、FBIのITチームがとか、FBIのなんとかかんとかが、といつもの言いわけをもごもごと口にしていた。

わたしはとても腹が立ったし、キースはショックを受けていた。たださほどでもなかったので、彼がクインシーにおもちゃを取りあげられる前に、かなりの情報をコピーなり記憶なりしたのだろうと思った。コンピュータ・オタクは機転がきくし、連邦法のことをそこまで気にかけていないのはたしかだ。

その後、キースに何をしたのか直接尋ねたことはない。きっとわたしをかばって教えてくれないだろうと思ったから。と同時に、何かすごい発見をしたら、一番に知らせてくれると信じている。情報源だけは決して明かさないだろうが。

わたしたちはいい相棒だ。ボストン市警本部の前でタクシーをおりるまで、ずっと自分にそう言い聞かせていた。夜のこの時間でも、巨大なガラス張りの建物には煌々《こうこう》と明かりがついていた。

キースもわたしも黙ったままなかに入ると、D・D・ウォレンがもうロビーに立って待っていた。かたわらには小さな旅行鞄《かばん》が置かれている。

その瞬間に悟った。

隣のキースも悟ったようだった。

「何かが見つかったんだ」キースがささやき声で言った。

「誰かが見つかったのよ」

それが誰であれ、その気の毒な女性への深い悲しみと同情が湧いてきた。会ったことはなくても、わたしたちには変わらぬ同じ絆《きずな》がある。

どちらもジェイコブ・ネスと会ってしまった。

そしてどちらも、本当の意味では二度と帰ってこられなかった。

3 D・D

ボストン市警のD・D・ウォレン部長刑事には愛する者がいる。

そんなことは思ってもみなかった。昔は仕事、仕事、仕事の生活だった。ときどき食べ放題のビュッフェに行くぐらいで、それが趣味といえば趣味だった。靴フェチもそうだったかもしれない。とにかく、大人になってからの大半の時間を、誰かを叩きのめしたり、名前を聞きだしたりしてすごしてきたし、それに満足していた。同僚の刑事のなかには、D・Dを厄介者扱いまではしなくても、仕事にのめりこみすぎだと思っている者もいた。それでもべつによかった。任務中に怪我《けが》を負ったあと、D・Dは殺人課の管理職になった。いちおうは昇進だが、正直、デスクにいるより現場に出たい。元同じ班のフィルとニール（そして小柄で活発だがどうにも目ざわりなキャロル）もようやく、D・Dの現場主義に慣れてきていた。きょう、キンバリー・クインシー特別捜査官からかかってきた電話――悪名高き犯罪者との関連が疑われる複数の未解決事件の捜査を再開するにあたり、D・Dを捜査本部に招聘《しょうへい》したいという内容の――は、いい話以外の何ものでもなかった。興奮し、有頂天になって、バターのようになめらかな新しい黒革のブーツで踊りだしてもいいくらいだった。ただしもちろん、いまのD・Dには愛する者がいる。

D・Dは家に帰らなければならなかった。鑑識官でポリス・アカデミーの教官もしている夫のアレックスは、妻の仕事に理解を示してくれている。自身もかつてはワーカホリックだったが、人生のいまの段階では、少しペースを落とし、妻の情熱を称《たた》え、〝だから言っただろう〟と口に出さずに伝える笑みを浮かべるだけだ。

では何がそんなにつらいのか。D・Dの心を完全にとらえて離さず、毎朝家を出るたびに胸が引き裂かれる思いにさせているのは何か。息子だ。六歳のかわいくて元気すぎるジャック。犬の相棒キコを引き連れ、アベンジャーズのパジャマ姿で家じゅう走りまわる息子。ジャックがジャンプすれば、ぶち柄の元保護犬はさらに高くジャンプする。ジャックがある庭を走れば、キコはさらに速く走る。ジャックは靴が嫌いだが、キコは高価なヒールをかじるのが大好きで、ジャックがそれをすかさずベッドの下やソファの後ろに隠して、悪友の罪を隠蔽《いんぺい》する。

ジャックはお馬鹿でやんちゃで、D・Dやアレックスにはそれがたまらなくかわいい。だからこそ、居間で告げるのがとてもつらいのだ。「ママね、何日か出かけなきゃいけないの。もしかしたら一週間くらい」

ジャックは立派な態度だった。すぐに泣きだしたりせず、勇敢な若者のように顔をあげて胸を張った。

「わかったよママ。悪者を捕まえるためにそうしなきゃいけないなら……」

そこで下唇を震わせたと思うと、ジャックは突然横に倒れかかるように、すわっているキコに抱きついた。

「少なくともおまえがいてくれる。キコ、おまえは絶対そばを離れないよね」

そして、D・Dが見ているのをたしかめるように、ちらっと肩ごしに視線を送ってきた。

壁に寄りかかったアレックスが、軽く拍手してジャックの演技を称えた。これにはD・Dもジャックもそろってじろりと睨みつけた。

「ママは行かなきゃいけないんだから」アレックスが息子をたしなめた。「さあ、ママにハグして。ブロードウェイのオーディションはもういいから」

六歳児は芝居がかったため息とともに立ちあがり、母親の背中に腕を回した。

「寂しくなるな」ジャックが渋く言った。「メールしてね」

「この子、どれだけテレビを見てるの？」D・Dは夫に問いただした。

アレックスが肩をすくめた。「スーパーヒーローが多すぎて時間が足りないんだよ」

「できるだけ早く帰ってくるから」D・Dは息子に言った。

「うん」ジャックが鼻をすすった。

D・Dは思わず救いを求めてキコ——靴をかじる悪い犬だが——を見た。キコは背中を向けた。

「これだもの」D・Dは夫に言った。「あなたぐらいは電話に出てくれる？」

「いつでもどうぞ。ビデオ通話だって受けるよ」

「よかった。まだわたしを愛してくれてる人がいて」

アレックスが肩に腕を回し「小さい男の子は傷つきやすいんだよ」とささやいた。

「子育ても楽じゃないわね」D・Dは夫の肩に向かってつぶやいた。

アレックスがそっとD・Dにキスをした。「あの子はすぐに立ちなおるよ。頑張っておいで。ぼくもジャックも応援してるから」

「三、四日よ。最長でも七日」

「FBIの特別捜査本部だって？」

「ええ」

「悪者を捕まえるんだろ？　ひょっとしたら気の毒な誰かを家に帰してやれるかもしれない？」

「そうね、できれば」

「じゃあぼくたちのことは心配するな。うちの男たちはだいじょうぶ。ただし、テレビを見せすぎるなとか、朝食にコーンフロスティ（砂糖がけのコーンフレーク）を食べさせるなとかは約束できないけどね」

D・Dは肩をすくめた。「コーンフロスティならわたしも朝食に食べたいわ」

「なら、きみが悪いことにできるから都合がいい」

それでD・Dは旅行鞄を手にふたたび車に乗り、べつの気づまりな会話の待つ市警本部へ戻った。愛、こんなにも複雑で強力な感情。強靭《きょうじん》な者の足もとをすくい、何も知らない者に襲いかかり、これまで脇目も振らずキャリアに集中してきた女の心に深く入りこむもの。

それももっともだと思えた。フローラ・ディンがキース・エドガーとともに市警本部に入ってくるまでは。フローラの肩のこわばり、キースの落ち着かない足どり、おたがいを見ないようにしながら、ついちらちら見てしまう様子。D・Dは愛のもうひとつの面を思いださずにはいられなかった。花咲き育っていかない愛もあるという冷たく過酷な真実。ときに、愛が何もかもを奪うということ。

そしてしばしばそうなるということを。

D・Dはフローラとキースを上階の殺人課に案内した。ふたりともここへ来るのははじめてではない。D・Dとしては、昇進によって自分の広いオフィスでミーティングを開けるようになったと言いたいところだが、実際のオフィスは同僚の刑事ひとりがやっと立てるくらいのクローゼット・サイズしかない。かわりに、D・Dはフローラとキースをガラスの扉の会議室に通した。そこは――この建物全体がそうだが――都会の警察署というより保険会社っぽい。さらに言えば、ブルーのカーペットが敷かれ、仕切られたブースが並ぶ殺人課もどこにでもある企業オフィスにしか見えない。正気を保つために、ブースのグレーの壁じゅうに黄色い現場保存用テープや飛び散った血痕の写真を貼っている刑事さえいる。捜査員にはユーモアが必要なのだ。

「いまわかってることだけど」D・Dは前置きなしに話しはじめた。「二カ月半前、ジョージア州の山中で白骨遺体が見つかった」

「ジョージア」キースが言って、フローラに意味ありげな視線を送った。フローラとD・Dはそろって睨みつけた。

「ニッシュという町のはずれで。アパラチア山道《さんどう》を歩くハイカー相手の宿泊や飲食業が中心ののどかな町らしいわ。ジェイコブがホームベースにしてたにしては小さすぎる町ね」D・Dはフローラを見て言った。

「目立ちすぎるものね」フローラが続きを引きとった。「ドラッグ常習者で不潔な身なりの長距離トラック運転手。田舎の小さな町に溶けこめるタイプじゃない」

「そういうこと。だけど、遺体はライラ・アベニートと判明した」

キースがやにわに鞄からラップトップを取りだして電源を入れた。もちろんメモをとるのだろう。そういえば、これまで会ったときも、キースはずっと頭のいかれたニワトリのようにキーボードを叩きつづけていた。コンピュータと常時接続されているも同然の男。問題を文字どおり自分の手で解決するタイプのフローラは、こんなITオタクのボーイフレンドのことをどう思っているのだろう。

キースのラップトップが起動した。D・Dは話を続けた。「ライラ・アベニートは十五年前に行方不明になった。ジェイコブ・ネスの関与が疑われた最初の被害者のひとりよ。今回の発見で、FBIのキンバリー・クインシー捜査官が特別捜査本部を立ちあげることになった。ライラ・アベニート殺害の捜査に加えて、ジェイコブ・ネスの過去の犯行のさらなる証拠を探すために」

「これまでにわかったことは？」フローラが尋ねた。すわらずに立ったままで椅子の背を握りしめている。

「たいしてない。だけど、ジェイコブ・ネスとの関連でこの件の捜査は優先的に進められることになったから、法人類学者の当初の所見も含めてすべてが見なおされるわ。その間にわたしたち捜査本部のメンバーは――」D・Dはフローラとキースを見た。「――モズリー郡へ向かう。遺体発見現場とその周辺の登山道、町とそこの住民について徹底的に調べなおすのがわたしたちの仕事よ」

「その小さな町は幹線道路ぞい？　違うわよね？」フローラが訊いた。

「違うわ。人里離れた山のなか。ジェイコブ・ネスみたいな長距離トラック運転手が仕事で走るような道路のそばじゃない」

「埋められてから時間がたってるなら証拠を見つけるのは大変そうだね」キースが考えこむように言った。「いっぽうで、十五年前ならジェイコブ・ネスの犯行歴はまだ浅かったはずだ。たぶん証拠隠滅の方法にもそこまで長《た》けていなかっただろう。腕が未熟だったから」

「こんな機会はめったにないわ。キンバリー・クインシー特別捜査官がわたしたち全員を捜査本部に招聘してくれた。言うまでもないことだけど、民間人のふたりにはすごく名誉なことよ」

「わたしが必要なのよ」フローラが淡々と言った。「わたしみたいにジェイコブを知っている人間はいないから。生きて話ができる人間はほかには誰もいない」

「ぼくも十二月にはジェイコブのコンピュータの解析でなかなかの仕事をしたし」キースも同調した。「FBIが六年かけてもわからなかったことを四十八時間で突きとめたんだからね」

　どちらの言うことも正しい。D・Dにもそれはわかっている。

「今夜、アトランタへ発《た》つわ」D・Dはふたりに告げた。「明日の朝、捜査本部の第一回の会議が開かれる。その直後からわたしたちの仕事が始まるから」

キースは何も言わず、ラップトップを閉じて立ちあがった。もう心は決まったようだ。

フローラについては、はじめから疑いなどない。いまも昔も、ジェイコブ・ネスの行くところならどこでもフローラ・デインはついていく。それは見あげた強さであると同時に、生還者の悲しさを物語ってもいる。

「チケットはとってあるの？」フローラが訊いた。

「ローガン空港午後九時二分発のデルタ航空よ」

「じゃあ空港で」

4

名前はある？

わたしの名前はもう少しで思いだせそうな気がする。それは記憶の隅のほうにただよっている。名前をなくしたのは、悪い男の人が来て、銃が発射された日。お母さんが消えて、わたしの言葉も一緒に消えた。

光景が見える。ぼんやりして、まわりがぼやけている。花みたいなにおいがすることもある。月みたいにかすんだ銀色のイメージになることもある。それからお母さんの声が聞こえる。やさしくて低い声。鼻歌。家を歩きまわって、服を洗濯したり、コンロの上の鍋をかきまぜたりしながら、お母さんはいつも鼻歌を歌っていた。ときどき、わたしももう一度鼻歌を歌おうとしてみる。喉に手をあてて振動を感じる。音の、言葉の、動く唇の、話せる口の記憶はある。でもどんなにお母さんの鼻歌に意識を集中させて、楽しそうなお母さんの声を自分の喉に乗りうつらせようとしても、何も出てこない。

悪い男の人が来た。お母さんは逃げてと言ったけど、わたしは逃げなかった。そしてわたしたちふたりの群れは消えてしまった。

いまのわたしには名前がない。ちょっとあんた、これをして。あんた、あれを洗って。あんた、こっちに来て。あんた、あっちへ行って。

わたしにとって悪い人たちは細い目を持つ黒い影だ。男の人も女の人も、みんな同じに見える。毎日黒い影の集団のなかを歩いて、これをとってきたり、あれを運んだりしている。わたしはうつむいて、悪いほうの足を引きずりながら音を立てないように廊下を歩く。

わたしには傷がある。こめかみから生えぎわに向かって伸びる長い傷。わたしの左目と左の口角は垂れさがっていて、顔が少し溶けているみたいに見える。でも傷のことは気にしていない。真夜中、盛りあがった傷跡を指で何度もなぞる。これはお母さん。わたしに残されたお母さんの最後の一部。お母さんが、お母さんのお母さんから受けついだ特別な陶器みたいに。多くのものはいらない、大事なものさえあればいい。

「逃げなさい」とお母さんは言った。

でもわたしは逃げなかった。振りかえってお母さんに手を伸ばした。

弾丸が命中した。お母さんが倒れて、わたしも倒れた。

悪い男の人が見おろしていた。

おまえ、あれをとってこい。

わたしはネズミのようにおとなしく、ひたすら言われたことをやる。

わたしの部屋がある。薄いマットレスと擦りきれた毛布が二枚あるだけの狭いクローゼット。わたしは服を着たまま眠る。そうしなかったときに後悔したから。それに、ベルが鳴るかもしれない。鳴ったらぐずぐずしないですぐ行かなきゃいけない。ルールを守れば、白い紙と大好きなクレヨンがもらえる。わたしは話せないし、文字の読み書きもできないが、描くことはできる。絵やイメージや記号を。何かを洗ったり運んだり整えたりしていないときは、絵を描いている。

きれいに描けたものはマットレスの下に隠すが、かならずそのうちなくなってしまう。影の獣が、色とりどりに塗られた紙を燃える炎にくべて、またこの世界からひと筋の光を奪ってやったと喜んでいるところを想像する。それでもまた緑の葉を、青い空を、赤と青のタイルを、子供の笑い声で沸きたつ噴水を描く。だってわたしの絵は歌えると信じているから。それが獣には聞こえなくても。怪物がどれだけ火にくべても、わたしの頭のなかにはいつも絵があって、何度だってそれを描くことができるから。

勝てるところで勝つしかない。

描いたら泣いてしまう絵もある。というより、クレヨンを持ったときからもう泣いていて、さまざまな色の蠟《ろう》も一緒に涙を流してくれているのかもしれない。そういう絵はとっておかない。真っ黒に塗りつぶす。力を入れすぎて紙が破れ、クレヨンが折れても、塗って塗って塗る。わたしの嘆きの力で床が震えるまで。

それから、紙を細かくちぎる。ひと口サイズになるまで。そしてその悲しみを全部自分のなかに戻して、床を拭き、蠟のかけらをひと粒残らず拾う。わたしの痛みの痕跡を少しも残したくないから。

悪い人たちにはそういうことさえ知られたくない。

あんたは馬鹿な子ね、とあの人たちは言う。

わたしはうなずかない。認めない。ただあの人たちが信じたいように信じさせておく。影は傷つけることができる。世界から光を奪い、あらゆるひびや割れ目から忍びこむことができる。だけどどんな影も永遠ではいられない。

人が来る。

切羽詰まった声でささやいている。

わたしは耳をすます。もっとよく聞こうとする。くわしいことはわからないが、何かが変わったようだ。山で見つかったもの。影の獣にとって都合の悪い何か——ということは、残りのわたしたちにとってはいいもの？

人が来る。それだけはたしかだ。悪い男の人が心配している。

わたしももっと努力しなきゃいけない。バスルームで、わずかな時間を見つけては、洗面台の上の鏡に映る自分を見て、指で唇を押し、舌を引っぱる。動け、回れ、しゃべれ。唇をすぼめて息を吐こうとする。プッ、プッ、プッ。口の前にてのひらをかざして、吐きだされる空気を感じようとする。でも何も感じない。

人が来るのに、これだけたってもまだ、わたしは口のきけない女の子のまま。

これから何が起きるのかはわかっている。

真夜中の悲鳴。二度と声をあげることのない女の子たちの最後の声。わたしも感じる——ここにあったものがなくなっている。宇宙の裂け目みたいに。

夜、クローゼットの奥に身をひそめて、ドアがあくのを待つ。もうすぐわたしの番だ。なんとかしようとする。そうしなきゃいけないから。わたしは奥深いところではお母さんの娘で、お母さんが自分のなかにいるのを感じるから。頭に埋まった銃弾のようにたしかに。

紙を出す。散らばった書類で見たぐにゃぐにゃした線を思い浮かべようとする。あの形を正しい順番で並べることさえできたら、言葉を、文を、意味をあらわすことができるのに。あれはわたし以外のみんなにわかる暗号だ。正しい文で言葉の鍵をあける。でもわたしだけはそれができない。線が逃げていってしまう。自分の意志を持っているみたいに、わたしが置いたところにとどまっていてくれない。

簡単なことから始めてみよう。名前。ほかの女の子たちの名前を書きたい。みんな名前があるから。わたし以外のみんなには。わたしもいつか自分の名前を取りもどす。でもそれまでは、せめておぼえておきたい。消えてしまったみんなの記録を残しておきたい。ひょっとしたらこれから来る人たちが気にかけてくれるかもしれない。助けてくれるかもしれない。話すことさえ、書くことさえ、声を出すことさえできたら。

だから努力する。クレヨンを握った手を縦や横に動かして、あの謎めいた文字の形にしようとする。でもできない。線がぼやけて、紙の上で踊り、上下に跳ねる。わたしには書けないし、決して理解もできないと証明するように。

結局、描く。緻密で色鮮やかなシーンのなかに、黒い影が隠れている。ここにいた女の子たち。その子たちがもういない空間。夜遅くまで、描いて描いて描く。

おぼえておかなきゃいけない子がたくさんいる。家が震えるのを感じて、嘆き悲しんでいるのがわかる。家は家で、悪いわけじゃない。ただの古い家で、自分からこんなことを望んだわけじゃない。

家とわたしは一緒に泣く。そして、描き終わると、その紙をかかげる。すべての線を、色を、渦をおぼえる。このピンクの部分、このにじんだ緑、この青い笑み。この新しい黒い影たち。

人が来る。

言葉が、文字が、何かがほしい。でもわたしにあるのはこれだけ。わたしの痛みを描いた絵。それをゆっくり破いていく。小さく、細かく、ひと口サイズに。ピンクや緑や青の点。もう少し大きな赤や黒の断片。

そこから本当の仕事が始まる。嚙《か》んで呑《の》みこむ。また嚙んで呑みこむ。全部食べた。女の子たちの記録も、わたしの抵抗の痕跡も、もう残っていない。ただ自分のなかに取りこんだ名前は、お母さんの最期と一緒にいつもそこにある。

もっといい計画が必要だ。

行動しなきゃ。

すぐに。

人が来るから。

5　キンバリー

キンバリー・クインシー特別捜査官は殺人犯を追跡し、美術品偽造犯を捕まえ、政府の汚職と闘ってきた。父のピアース・クインシーはFBIの伝説的プロファイラーであり、キンバリーには誇れる血筋も評判もある。それでも、複数の法執行機関から成る捜査本部を指揮するのは特別なむずかしさがある。ライオンの群れを率いるようなものだ。

部屋には同僚のFBI捜査官と郡保安官が顔をそろえている。そこに加わったのが、ボストン市警の刑事と誘拐監禁事件の生還者と実話犯罪マニア／コンピュータ・アナリスト。FBI職員としてのキンバリーはやや不安だが、捜査官としてのキンバリーは心から感心していた。

キンバリーはジェイコブ・ネスが連続強姦魔《ごうかんま》だと突きとめ、フローラ・デインとともに潜伏していたモーテルの部屋への突入作戦を指揮したFBI捜査官だ。印象深い経験はいくつもしてきたが、あの日のことを忘れることは決してないだろう。ジェイコブ・ネスが催涙ガスで涙と鼻水をあふれさせながら、まずフローラの顔をそっと濡《ぬ》れタオルで覆った様子。その直後に、フローラに銃を手わたした光景。フローラがその銃でジェイコブの脳を吹きとばした瞬間のこと。

フローラはそれから、キンバリーが見たこともないほど感情のないうつろな表情で、なだれこんできたＳＷＡＴ隊員たちのほうを振りかえった。長期のトラウマの影響について読むのと、目の前で見るのとでは大違いだ。キンバリーが何度も呼びかけても、フローラが自分の名前に反応するまでに一時間近くかかった。それは人生でもっとも長い一時間だったかもしれない。結局はこの女性を救出できなかったのか、ここにいるのは抜け殻でしかないのかと怖かった。

いま、大股で部屋に入ってくるや、居並ぶ法執行機関の職員たちを値踏みするように、顎をあげて挑戦的な目つきで見わたしたフローラときたら。キンバリーがモーテルの部屋から連れだした血まみれの亡霊のような女とは似ても似つかない。だがキンバリーにはわかっている。フローラは強くなったかもしれないが、それでもＰＴＳＤが具現化したような人物であるのは変わらない。ボストン市警のＤ・Ｄ・ウォレン部長刑事と電話でも話したことだが、いまだにフローラをこの捜査に加えるのがいい考えなのかどうか自信が持てない。

とはいえ、フローラはジェイコブ・ネスからただ生還しただけでなく、彼を観察し、彼に適応し、ある意味で彼と友達にもなった。フローラはいわばジェイコブの遺産であり、今後、彼女の知見が捜査本部にとってきっと必要になる。

D・Dがフローラとキースを椅子にすわらせ、自分はキンバリーに近いテーブルの端の席についた。三人がアトランタに着いたのは真夜中過ぎだが、誰にも疲れた様子はない。最近建てられたばかりのFBIアトランタ支局のオフィスの近くにはマリオット・ホテルがあるので、朝の移動時間が短くてすんだのはさいわいだった。

キンバリーは咳払《せきばら》いをして、夜どおし準備した資料のファイルを配りはじめた。フローラとキースも含め、それぞれの紹介がおこなわれた。ふたりの民間人が捜査本部に加わることをほかの法執行機関の職員がどう思ったとしても、表に出さないだけのプロ意識はあった。

キンバリーは本題に入った。

「知ってる人も多いと思うけど、たいていの連続殺人犯にはふたつのリストがある。公式の被害者リストと、いわゆる星つきリスト、つまりそいつが殺した可能性があると法執行機関は見ているものの、立証できていない被害者たちのリストよ。たいていは遺体が見つかっていないことがその理由。だから、たとえばテッド・バンディは少なくとも三十人の女性を殺したけれど、最大で百人を殺している可能性があるとされている。なぜそんなに数字の開きがあるのか。残りは証明できていないから。

ジェイコブ・ネスの場合、みんな知っているとおり、このあたりが活動地域で、最終的にアトランタ郊外のモーテルの部屋にいるところにFBIが突入した。ネスによる複数のレイプと殺人については確定できているけれど、死亡によって六人の女性の失踪事件への関与が疑われたままになっている。六人ともネスの被害者のタイプおよび犯行時期に合致している。でも誰も遺体が発見されていないため、多くの謎が残されたまま未解決になっている。

そこで十週間前のことだけど、ジョージア州のニッシュという山あいの小さな町の登山道付近で白骨遺体が見つかった。法人類学者により、遺体はライラ・アベニートのものと確認された。ジェイコブ・ネスの被害者と見られてきた——けれど証明されていない——女性よ。彼女の両親にとって、はっきりした答えを得ることがどれだけ大切かは、みんなよく理解しているものと思うわ。自分の娘が、悪名高き性犯罪者の星つきリストに載っているたんなる名前のひとつでなくなることがね」

キンバリーはそこで一拍置いた。

「被害者についてわかっていることだけど、ライラは当時十七歳のヒスパニックの女性で、十五年前にアラバマ州で行方不明になった。ライラの失踪時の状況はよくわかっていない。彼女の両親はどちらも不法移民で、警察には数日間通報しなかったの。父親は地元の食堂で皿洗いを、母親は洗濯の仕事をしていた。両親によれば、ライラは問題を起こすようなタイプじゃなかったそうよ。まじめでボーイフレンドもいなかった。彼女は学校のあとアルバイトをしていた地元のネイルサロンに歩いて向かうことになっていたのに、あらわれなかった。両親は四十八時間後に通報した。地元警察が基本的な捜査をしたものの、彼女は見つからなかった」

キンバリーは混成の捜査本部の面々を見わたした。その大半が、ゆうべコピーした資料のページを忙しくめくっている。ファイルには失踪当初の捜査資料も含まれている。その捜査報告書はキンバリーが読んだなかでとくによくも悪くもない。警察はライラが家出したとの見方を強くしていたようだが、両親は激しくそれを否定し、クラスメイトへの聞きこみでも家庭でトラブルがあった様子はうかがえなかった。地域で犯行を重ねている性犯罪者の存在を知るFBIから見れば、とても充分な捜査がつくされたとは言いがたいが、当時の地元警察がどこまで知っていたかといえば……

「十五年前は」キンバリーは続けた。「まだソーシャルメディアはやっと生まれたばかりだった。だから、いまの時代のティーンエイジャーならいろいろわかるようなことが、ライラについてはほとんど何もわからない。両親の話では、まじめないい子で、秋には地元のコミュニティ・カレッジに進み、一家ではじめての大卒になろうと頑張っていた。それなのに、ある晴れた午後にライラはふっつり消えてしまった。十週間前までは」

キンバリーはふたたび間を置き、全員の胸にしみこむのを待った。事件を自分ごとにする、それはプロファイラーの父親からじかに学んだことだ。被害者を大切な存在にしなければならない。被害者への正義のためにこそ、これからの数週間あるいは数ヵ月間、自分の生活の相当な部分を捧《ささ》げるのだから。

「ジェイコブ・ネスがこの失踪事件の容疑者になった理由は?」D・Dが最初に口を開いた。

　ふと見ると、フローラ・デインはまったくの無表情のままだ。つまらない天気の話でも聞いていたみたいに。だが、フローラが一言一句聞きもらすまいとしていたのは間違いない。

「年齢と性別がネスのそれまでの被害者と一致していた。それに、ライラが姿を消した町の近くには大きなトラック用サービスエリアがあった」

「ライラの拉致《らち》はネスの好む狩り場のなかで起きたということね」とD・D。

「そのとおりよ」

「死因は？」フローラが言って、きつい目つきでキンバリーを見た。

「不明。軟組織が残っていなかったから、できる法医学的検査はかぎられているし、まだ見つかっていない骨も多いし」

「全身の骨が見つかったんじゃないの？」

「残念ながら、遺体が埋められていた場所が動物に荒らされていてね。ドクター・ジャクソンによれば、舌骨が折れていたから絞殺の可能性があるそうよ。でも被害者のように年齢が若いと、舌骨がまだ結合していないことも多いから、それが死因だと断定はできないんですって」

「ジェイコブはナイフが好みだったけど」フローラが言った。いまやすべての捜査員がそちらをみつめている。フローラはキンバリーに目を据えたままだ。

「そうね。だけど時系列を考えてみて。ライラ・アベニートが本当にネスの手にかかったのだとしたら、十五年前なら最初のころの被害者ということになる」

「ジェイコブは妻を殴っていたし、十代の子をレイプしていた。ライラが最初じゃない」

「最初に殺されたってこと」キンバリーもフローラのように感情をまじえず淡々と言った。

モズリー郡の保安官が手をあげた。「ハンク・スミザーズだ。ジェイコブ・ネスについては読んだことがある。この少女が消えたのは、やつの狩り場として知られている地域だったというのは理解した。だが、考えるべき場所がもうひとつある。遺体遺棄現場だ。ここから少し北に行ったところだがね。高速道路に近いどころか山のなかだが、それについては？」

「わからないわ」キンバリーは正直に答えた。「それは解かなくてはならない謎のひとつ。ここにいるミス・デインは――」と言ってフローラを示す。「――誘拐された当初、どこかの山中のキャビンに閉じこめられていたと証言している。ネスがジョージア北部なり、モズリー郡なりになんらかのかかわりを持っていた可能性があるわ。そのキャビンはいまだ特定できていないから、もちろんできるなら特定したい」

「遺体はハイキング用の登山道の近くで見つかったんだよね」キースが眉根を寄せて割りこんできた。彼がファイルをめくるのを見ていたが、ものの数分で内容にすべて目を通したようだ。「どのくらい歩いたところ？」

「距離は一マイル以上よ」

「高度は？」

「六百フィート。そこから先は一気に勾配がきつくなってるわ」

キースがフローラに顔を向けた。「ジェイコブ・ネスはハイキングするようなタイプ？彼が運動してたって話は聞いたことがないんだけど。高校時代のスポーツすら」

「わたしの知ってるジェイコブは太った不健康なドラッグ常用者だった。その八年前は嘘みたいに健康で鍛えてたとは想像しにくいわね」

「山道を一マイルも死体をかついでいくのは簡単じゃない」キースが付け加えた。

「ネスが死体を運んだと決めつけてるみたいだけど」キンバリーは言った。「ひょっとしたらライラは生きて登山道を歩いたのかもしれない」

「被害者を望みの場所まで行かせて、そこで殺した」フローラが口を開いた。「それならジェイコブらしいわ」

「あるいは共犯者がいたのかも」キースがまたこちらを見た。

キンバリーはゆっくりうなずいた。「遺体発見現場で見つからなかったものにも注意して。服や靴。拘束具のたぐい。そういうものはなかった。遺体は全裸で、縛られたりしていない状態で埋められていた」

「科学捜査への対策ね」D・Dが言った。「証拠になりそうなものはいっさい残さないようにした」

「たしかにその可能性はあるわね。ジェイコブはわかっているほかの被害者についてはそういう対策をしてなかった？」

「いいえ。血のついた服ごと、そのまま捨ててた」とフローラ。

「ライラが特別だったからかもしれない」キースが考えこむように口を開いた。「最初の被害者っていうのは、連続殺人犯にとって個人的なつながりのある相手のことが多い。だからジェイコブはよけいに気をつけたのかもしれない。遺体が見つかったとき、自分が疑われるおそれが大きいから」

「どれももっともな推論ね」キンバリーは捜査本部全体に向かって言った。「だけどあくまで推論でしかない。先走りすぎは禁物よ。ジェイコブ・ネスがライラ・アベニートの誘拐および殺人の有力な容疑者であると考える根拠は充分にある。でも断定はできない。まだ何もはっきりはしていない。それはライラと、娘がひょっこり帰ってくるのをいまも待ちわびているライラの両親にとってはひどく不当なことだわ」

「ひとりじゃなくて、複数のシリアルキラーがジョージアの山のなかをうろついているって？」スミザーズ保安官が皮肉っぽく言った。

「とにかくひとつひとつ進めていくことよ。それと、予断を持たないこと」

キンバリーは全員が呑みこめたかたしかめるように間を置いた。誰も基本的な捜査方針に異を唱えなかったので、咳払いをして、この会議の次の重要な目的に移った。それはキンバリーとD・D、フローラ、キースが九カ月前にボストンで始めた会話と、そのおそろしい内容について、残りのメンバーに伝えることだ。

「最近、押収したジェイコブ・ネスのラップトップをめぐって大きな進展があったの。当初、そのコンピュータにはなんのデータも入っていないように見えた。うちのIT班によるさらなる解析の結果わかったのは、ネスが日々コンピュータを使った内容を自動的に消す手段を講じていたことだった。高度な教育を受けていない男が持っているとはとても思えないような知識と技術よ。でも最近、ミス・ディンとミスター・エドガーの協力でネスのユーザーネームとパスワードが特定できて、ラップトップを通じてダークウェブやクラウドでどんな活動をしていたか見ることができた。実生活では孤独だったネスが、インターネット上では同じ趣味嗜好《しこう》を持つ性犯罪者仲間を探し、積極的にフォーラムに参加していたことがわかったわ。問題は、そういうヴァーチャルなパートナーのなかに、現実社会でも関係を築いた相手がいなかったのかどうかってこと」

キンバリーは同僚のFBI捜査官である、つややかな黒髪の二十八歳の女性に向かってうなずき、「スー・チェン」と呼びかけた。「彼女はうちでもトップクラスのコンピュータ・アナリストよ。この数カ月、ネスのラップトップを解析してきたの」

キースがライバルをよく見ようとするように身を乗りだした。スーがメモを手に話しだす前に、彼のほうを挑戦的に一瞥《いちべつ》したのをキンバリーは称えたくなった。

「ジェイコブ・ネスのユーザーネームとパスワードが特定できたのは大きかったですね」と

フローラとキースに軽くうなずいてみせる。「オンライン・フォーラムのいいところは、検索できることです。ユーザーネームさえわかれば、対象者のオンライン活動の多くを追跡できます。あいにく、ウェブ環境は日々変わっていますから、いまのところ七年前のそれらしきグループの特定にはいたっていませんが」

「オンライン上でネスのふりをして、かつての仲間や知りあいが向こうから接触してくるのを待つのは？」キースがすかさず尋ねた。キンバリーにはどういうことかわかった。九カ月前、キースはべつの殺人事件の捜査にその戦略で貢献した。ネスがオンライン活動用の仮名を使っていたのもさいわいした。ダークウェブでやりとりしていた相手の多くが、数年前にFBIの突入で死亡したシリアルキラーだと気づいていなかったからだ。

「現在、ふたりの対象者とオンラインでの接触を続けています」スーがクールに応じた。「これまでのところ、ふたりとも純粋にポルノにしか興味がないようです。ネスともポルノでつながっていた関係だったんでしょう。七年もあいていたので、ほかの参加者はネスが突然舞いもどってきたことに警戒しているようです。だからきょう明日では結果が出ないかもしれませんが、この戦略は正しいと信じています」

「もう一度ラップトップを調べさせてもらえないかな」キースが言った。

「何が見つかると？」FBIのコンピュータ・エキスパートが訊いた。

「べつの目で見てみたって損はないだろ？」

スーが民間人の同類をじっと見たあと、「検討してみます」と不意に言った。

ITオタク対決ね、とキンバリーは思った。「ほかに質問は?」

「これから何を?」保安官のハンク・スミザーズが尋ねた。

「ニッシュへ行く」キンバリーは答えた。「最初の遺体発見現場の周辺に捜索範囲を広げるの」

「遺体はほかにもあると考えているのかね」と保安官。

「ジェイコブはほかに五人の女性の失踪への関与が疑われている。ライラ・アベニートは唯一の被害者じゃないわ。最初に見つかっただけ」

「なんだと、ク……くやしいな」保安官が悪態をうまく言いかえた。

「まだほかの遺体が見つかる可能性もあるし」キンバリーは続けた。「それに法人類学者が目下、死亡時期をより絞りこもうとしてくれている。それがわかれば捜査範囲も狭められる。まだ見つかっていない骨が見つかればその役に立つわ」

スミザーズ保安官がうなずいた。「捜索犬を手配しよう。それと地元の捜索隊も。あのあたりの森を庭のように知りつくしている連中がいるから」

「すばらしいわ。それじゃ、コンピュータはべつにして、昔ながらのやりかたでいきましょう。不動産の記録を調べ、ネスの写真を見せてまわる。十五年はだいぶ長い時間だけど——」

「この郡では違う。小さな町だからこそ記憶に残るのさ」保安官が言って、D・Dをちらっと見た。「わたしならその訛《なま》りは隠すね。それと、頼むから北部から来たとは言わないでくれ」

保安官が冗談を言っているのかどうかはかりかねたが、キンバリーの見るところ、D・Dはとくに気にしていないようだった。

「ジェイコブが山に来たとすれば、そこまでの移動手段は？」キンバリーは続けた。「まだ見つかっていないキャビンに加えて、まだ見つかっていない車を持っていたのか。知りあいとか、このあたりにくわしい地元の協力者がいたのか。ホテルのオーナーやバーテンダーや店員にジェイコブの写真を見せて聞きこみをする必要があるわ。どこか近くのキャビンを根城にしていたなら、町に食料や酒やドラッグを買いに来ていたはず。これまではジョージア州北部を探していた。でもいまは町がわかった。これが待ちわびてきた突破口となるのを祈りましょう。何か質問は？」

誰も手をあげなかった。キンバリーはひとつうなずいて、会議の終わりの合図にバインダーを閉じた。立ちあがったところでフローラが口を開いた。

「そのドクター・ジャクソンは遺体がライラ・アベニートだと確信してるの？　骨も全部は見つかってないってさっき言ってたけど……」

「顔の復元に加えて、ドクター・ジャクソンはライラの医療記録にあった子供のころの怪我と、遺体の骨折の跡が合致すると確認した」

「わかった」フローラが言った。

キンバリーはいぶかしげにフローラを見た。「わかったって、どういうこと?」

「ライラ・アベニートに会いにいく」フローラが宣言した。「まずはそこからでしょ。被害者から」

そして、許可も同意も求めず、フローラは立ちあがって出ていった。

6 フローラ

D・Dが運転した。レンタカーはD・Dの名前で借りていて、彼女なしではどこにも行けない。それだけははっきりしている。キースは後部座席にすわっている。わたしたちと来るかさぞ悩んだのだろう。わたしを心配する気持ちと、あのFBI捜査官を追いかけてジェイコブのラップトップをさわりたい気持ちとで板ばさみになって。結局、彼はわたしを選んだ。喜ぶべきなんだろうか。

誰も口を開かない。窓の外のよく晴れた空と、どこまでも続くコンクリートのアトランタの街並みに黙って目をやっている。

ここには前にも来たことがある。ジェイコブのモーテルの部屋から救出されたあと、地元の病院に運ばれた。それから、FBI支局で事情聴取を受けた。この新しい支局ではなく、企業のオフィスビルみたいなガラス張りの高くて黒い建物だった。新しい煉瓦《れんが》造りの建物は少なくとも庁舎らしさがある。でもまったく見おぼえはないし、何も思いださない。

わたしは自然のなかで育った。だからこそ、このあと北へ向かい、遺体を探して山道を捜索するのがよけいにつらい。森は安らぎの場所であるべきだから。

いまは、気の毒な女の子を自分の死に場所へ向かって歩かせているジェイコブの姿ばかりが浮かんでくる。

法人類学者はドクター・レジーナ・ジャクソンというきびきびとした黒人女性だった。わたしたちが来たことに驚いた様子はなかったので、クインシー捜査官から事前に連絡を受けていたのだろう。ダークブルーのクロックスに、ターコイズブルーのスクラブ、その上に白衣というでたちで、わたしたちひとりひとりと握手しながら、探るような目を向けてきた。それはおたがいさまだったかもしれないが。法人類学のことはテレビで見た程度の知識しかない。彼女が外科医の着るようなスクラブを着ていることに驚き、解剖中に邪魔してしまったのかと思った。

それで、きっちりまとめた黒い髪に皮膚片や肉片でもこびりついていないかと、ついまじまじ見てしまった。キースも同じく目をみはっている。もっとも、彼は本物の犯罪の専門家と会うと、普通の人がスポーツのスター選手に会ったときのような反応をする。わたしと会う前の彼にとって、捜査とのかかわりといえば、もっぱらインターネットで過去の未解決事件について検索することだった。それがいまや、ボストン市警にたびたび出入りし、FBIの捜査会議に出て、法人類学者と握手している。わたしといることで会える人々こそが、彼のわたしへの関心の理由なのではないかと心配したほうがいいのかもしれない。

セキュリティチェックを受けたあと、ドクター・ジャクソンに案内され、いかにも病院や死体安置所《モルグ》や政府機関の建物らしい無機質な長い廊下を進んだ。コンクリートの磨き床に、コンクリートブロックの塗装壁、ぶらさがった蛍光灯。一日いたら誰でもひどい頭痛がしてきそうだ。

重い両開きの扉を抜けると、冷え冷えとした広いスペースに出た。その隅には小さなオフィスとおぼしき入口があり、脇にドクター・ジャクソンの名前が書いてあった。が、彼女はそこへ向かわず、いくつかの大きなステンレス台——遺体用なのか骨用なのか——のあいだをまっすぐ進んでいった。右手にはスチール棚があり、かなり長めの靴の箱のようなものが並んでいる。どの箱も同じクリーム色で、それぞれに黒い文字で番号が記されている。事件番号だ。なかにおさめられている骨の。何十体もの遺体の。

今度もわたしたちは無言で歩いた。D・Dのブーツのヒールが床を鳴らす音だけが響く。奥の壁ぎわには幅一杯に木製の棚があり、そこに頑丈そうな木の台がついていた。その作業台らしきものに近づくにつれ、さまざまな器具や書類が雑然と置かれているのが目に入ってきた。そして、台の上にあけられた小さなスペースに、ライラ・アベニートがいた。

復元された顔が彫刻の胸像のようにこちらを見あげ、その光のない目がわたしをみつめる。長い茶色の髪、太い眉、優美な顎のライン。全員が足を止めた。

若い。まずそう思った。かわいくて無垢《むく》な少女。

まさにジェイコブが餌食《えじき》にしたがるような存在。

ドクター・ジャクソンが顔の復元方法を説明した。「ディーナっていう芸術家が地元にいて運がよかった。わたしは最高の名人だと思ってる。本業は彫刻家なんだけどね。わたしはもちろん誰よりも科学を愛してるつもりだけど、ディーナがどの頭蓋骨もみんな皮膚を取りもどしたがってるって言うのは信じてる」

ドクター・ジャクソンがこちらを見た。どうやら真剣に言っているらしい。思わず頬に触れる。わたしの頭蓋骨も皮膚が好きなんだろうか。隣でキースも同じことをしている。わたしたちは同時に身震いした。

「第一のステップは」ドクター・ジャクソンが続けた。「額や頬や顎なんかの皮膚組織の厚みを判断しながら、頭蓋骨に印をつけていくこと。この印をつけ終わったら——丁寧に計測すると数週間はかかるんだけど——ディーナがその印に沿って粘土で肉づけをしていく」ドクター・ジャクソンは感情をまじえずに言った。「粘土はつねにアースカラーのものを使い、目は茶色にしているの。骨から肌や目の色はわからないから、茶色が中立的と考えられているの。ただしライラの場合、ヒスパニック系だからこの色でおそらく正しいでしょう。最後に復元された顔の写真を撮る。ディーナは最後の撮影も自分でするの。正しいライティングが重要で、さまざまな角度から撮る必要がある。これは白黒写真と決まっている。さっきも言ったとおり、骨からは色がわからないから。その写真が全国の行方不明者データベースに登録される。今回の場合はものの数日で該当者が見つかった。ライラ・アベニートが」名前を口にするときの声の翳《かげ》りで、ドクター・ジャクソンにとってもこの工程が思い入れのあるものだったとわかった。彼女とそのディーナという芸術家が協力して頭蓋骨を生きかえらせた。そうすることで、この少女のために裁きを、遺《のこ》された家族に区切りをもたらせるよう願って。

「名前がわかったので、ライラの事件の資料や医療記録を取り寄せた。左の上腕骨を骨折したという記録が残っていて、遺体の骨の同じ箇所に骨折の跡があるのが確認できた」

「つまり、これは間違いなくライラ・アベニートなのね」D・Dが言った。

「ええ、間違いないと言っていいと思う」

「でも死因はわからないのね？」

「完全に白骨化した状態で見つかったから。残念ながら、骨にはいっさい痕跡が残らない死因がたくさんある。窒息とか、薬毒死とか、失血死もそう。刺さった刃物が骨にあたってないかぎり、致命傷もわからないし、どんな暴行を受けて死にいたったのかもわからない」

「たとえば……拷問を受けていたかどうかはわかる？」どういうふうに訊けばいいのかわからなかった。「刃物で切られた跡とか。致命傷じゃなくて、もっと軽い傷なんかは？」

「刃が骨にあたっていたらね」ドクター・ジャクソンが答えた。「それなら痕跡が見つかる。それと問題の骨があればね。残念ながら、まだ見つかっていない骨がたくさんある。たとえば肋骨《ろっこつ》は大半がまだ行方不明だし。現時点では、この遺体についてわかっていることより、わかっていないことのほうが多いの」

「性的暴行の痕跡は？」とD・D。

「それを判断するには軟組織がないと」

「でも彼女が誘拐されレイプされた可能性はあるんでしょ？」

「拘束によって骨に跡が残ることはある。とくにそれが長期にわたる場合は」ドクター・ジャクソンがちらっとこちらを見て、わたしが誰かを知っているのだと気づいた。知っていてあたりまえか。思わず右の手首をさする。いまも両手首にはうっすらと傷跡が残っている。とくにはじめのころ、激しくもがいていると、実際に手枷《てかせ》が骨に食いこんでいるように感じたものだった。

落ち着かない気分になる。いつも自分の頭のなかにジェイコブがいるのは知っている。でも自分の骨にまでジェイコブがいて、あと五十年生きたとしても、死んで肉がはがれ落ちたとき、わたしはそれでもまだ四百七十二日間さらわれ囚《とら》われていた女の子のままだと考えると……

「指には？」思わず訊いていた。「傷の跡は？」たとえば、閉じた棺桶大の箱の蓋を何ヵ月も引っかきつづけたときの。

「指骨《しこつ》がないからわからない。小さな骨は真っ先に動物に持っていかれてしまうから。近くの動物の巣を探せば見つかるかもね」

「それは楽しそうな捜索だこと」D・Dがつぶやいた。

ドクター・ジャクソンが肩をすくめた。「もっと情報がほしければ、もっと骨を持ってきて。現状、右脛骨《けいこつ》の骨髄の脂質分解を調べた結果、死後十五年が経過していることがわかった」

「十五年前に死んだってこと？」わたしは尋ねた。

キースが割りこんだ。「脂質分解って？」

「白骨化した遺体の死亡時期を推定する最新の分析方法。脂質は数十年間、骨髄に残ることがわかっている。だから、脛骨から骨髄を採取して高分解能質量分析装置にかけて、脂質がどの程度分解されているかを分析したの。その結果、この子が十五年前に死亡したとある程度は確実に言える。埋められたのも十五年前かというと、それははっきりしないんだけど、骨の状態を見るとそう考えてさしつかえないように思う」

わたしはゆっくりうなずき、ライラ・アベニートの復元された顔に目を戻した。

ドクター・ジャクソンの言ったことが本当なら、ライラ・アベニートはわたしが大学に入って、世間知らずにもフロリダのビーチで踊り、マツ材の箱のなかで悲鳴をあげて目をさますよりずっと前に死んでいたことになる。それでもライラとはつながりを感じる。まだわかっていないことも多いとはいえ、ライラがジェイコブのいやらしい顔をみつめ、べたつく指に触れられてびくっとし、体臭を嗅いでたじろいだのがもうすでに想像できる。

部屋の壁が迫ってくるように感じる。拳を握りしめ、必死に集中しようとする。みんなが見ている。ドクター・ジャクソンも、D・Dも、キースも。わたしが泣きだしたり、取り乱したり、叫びだしたりするのを待っている。

でも憐《あわ》れまれたくなんてない。

ジェイコブを満足させてなどやらない。

「残りの骨を見つけるために何かアドバイスは?」わたしはドクター・ジャクソンに尋ねた。

「犬」間髪をいれず答えが返ってきた。「どんなに高価な機器も優秀な犬の鼻にはかなわない。百年前の遺体を犬が見つけたのも見たことがある。いったいなんのにおいを嗅ぎあててるのかさえ誰にもわからない。それだけたっていたら有機物は何も残ってないから、骨は乾いたスポンジとほとんど変わらないのに。犬はそれでもわかるの」

「どのくらいの範囲を捜索すれば？」キースが訊いた。

ドクター・ジャクソンが首を振った。「なんとも言えない。普通は発見現場から下を探したくなるでしょう、そのほうが楽だし。頭蓋骨を探すなら、転がるからそれもいいんだけど、頭蓋骨はもうある。見つかっていないのは椎骨《ついこつ》や肋骨や指骨で、動物はお宝を山のもっと上に隠すことも多い」

「つまり、山をのぼれってことね」D・Dがため息をついた。

「木のうろで骨を見つけたこともある」ドクター・ジャクソンが言った。「立ち枯れた木の幹にはあらゆる小動物が好んで巣をつくるから、それを探すのも手ね」

D・Dが眉をひそめた。「どうやって？　木の幹を叩いて回るとか？」

「そのとおり」

D・Dが目を丸くした。

「森に入ったことある？」思わず訊かずにはいられなかった。

「ハイキングならしたことあるわよ」弁解がましい答えが返ってきた。D・Dがただ都会の刑事なだけでなく、根っからの都会っ子なのだとはじめて気づいた。キースに顔を向ける。

「あなたは？」

「ええと、木の写真ならどこかにあったな。スクリーンセーバーだったかな」

「まいったわね。自然に慣れてるのはわたしだけ？」

「みんながメインの田舎育ちってわけじゃないのよ」D・Dがぶつぶつ言った。「だからメインなんでしょ」

あらためて責任感が湧いてきた。「ほかには？」とドクター・ジャクソンに尋ねる。

ドクター・ジャクソンがしばらくわたしをみつめてから言った。「地形をよく見て。水が流れた跡を探して。沢があったらかならず犬にたどらせること。小さな骨は流されやすいから。とくに土砂なんかが堆積してるところをよく見ること。骨もそこにたまってるかもしれない。いまはもう風化した小さな枝みたいに見えるはずだから、水に入って近くでよく見て。最後に、動物の巣を探すこと。遺体の腐敗初期に一番貪欲なのはアライグマ。胸に顔を突っこんであばらをかじることもある。まして手にどんなことをすると思う？」

わたしは男を生きたまま焼き殺したことがある。それでもこの会話には胃がむかついた。

「ネズミやリスなんかの小型の齧歯類《げっし》は骨が乾いてから盗んでいく。見つかっていない指骨と肋骨の多くはそれらの巣にある可能性が高い。だから、もう一度言うけど地面だけを見ていてはだめ。まわり全体を見て。できれば地元の生物にくわしい人を連れていくといい。狩猟をしてる人とか。以前のある捜索では、コヨーテの巣から片腕とあばらの半分が出てきたことがあった。そういう発見が大きな違いになりうるの。捜索隊を出すんでしょう？」

D・Dがうなずいた。

「通常の手順どおりに、捜索エリアを格子状《グリッド》に分けて、ひとつずつつぶしていって。それと……いい？　この仕事では」ドクター・ジャクソンがライラの顔を振りかえった。「骨が語る。そして、子供はみんなただ家に帰りたがっているの」

7　D・D

D・Dは生粋のニューイングランド人だ。ジョージア州ですごしたことといえば、アトランタ空港で乗り継ぎをしたときだけ。それがいま、レンタカーのナビを見ながら、街から北の山地へと向かっている。

「最初の大きな町はダロネガだね」後部座席のキースがスマートフォンを見ながら言った。「アパラチア山道の入口とされている町で、ついでに言うと、一八二八年にアメリカで最初のゴールドラッシュが起きたところでもある。〝あの丘には金が埋まってる〟っていう有名な言葉もダロネガが発祥らしい」

「へえ」D・Dは言った。誰かが返事をしなければならなかったし、フローラは法人類学者のオフィスを出てからまったくしゃべらなくなっていたからだ。

「ダロネガの名所は歴史ある町の広場と、町を囲むブドウ畑、それに高級スパだって」キースが携帯電話から顔をあげた。「ダロネガに泊まれたりしないかな?」

D・Dは笑った。「現実の捜査にようこそ。安宿に泊まって食事はピザ。それを苦にしてるようじゃやってられないのよ」

「でもぼくは警察官じゃないし……」

「いいわよ、どこでも好きなところへ行って。ただし、大きな捜査の進展があっても、いちいち電話しないからそのつもりで」

キースが深いため息をついた。

「クインシー特別捜査官によれば」D・Dは続けた。「地元保安官の――」

「スミザーズだね」キースが割りこんだ。「二十年前から現職。ドラッグ濫用《らんよう》防止教育に熱心で、学校でそういう授業もしてる。それと狩猟安全認証制度や民間人向けの銃器教育にも力を入れている」

コンピュータ・オタクにして知ったかぶり。

「スミザーズ保安官が保安官事務所の部屋を捜査本部用に提供してくれるんですって」D・Dは先を続けた。「ダロネガに近い郡の中心部にあって、ホテルも何軒かそばにあるそうよ。保安官がいま、地元のホテルの部屋を手配してくれてるって。向こうに着いたらくわしいことがわかるでしょ」

「でも現場はダロネガからたっぷり十五マイル、いや二十マイルは離れてるよ」キースが言った。地図を確認したのだろう。

「そうね。だけどその小さな町を調べてみて。地図のしみ程度のものよ。商店が一軒とこぢんまりしたB&Bが数軒と食堂がいくつか。そのくらいしかない」

「ジョージア州ニッシュ」キースがすかさずすらすらと話しだした。「アトランタから北に二時間弱。高度三千フィートに位置し、涼しい山の気候と趣ある店々、アパラチア山道へのアクセスが自慢。人口は三千人で主要産業は観光だが、生活のしやすさや自然の豊かさ、田舎暮らしを求めて移り住む退職者も増えている」

「周辺の道路は？」フローラがようやく口を開いた。窓の外に向けられた視線は一見すると景色を見ているようだが、たぶんライラ・アベニートの復元した顔がまだ浮かんでいるのだろう。なぜならD・Dがそうだから。

フローラが被害者に〝会いたがった〟ことについて、どう考えればいいものやら。D・Dから見て、フローラはジェイコブ・ネスのやったことに責任を感じすぎている。フローラの自警団的行動も、どこまでが自分の安心感のためなのか。本当は罪の意識に駆られてやっているのではないか。

「ダロネガはジョージア州四〇〇号線っていう幹線道路の終点だよ。いまぼくたちが走ってる道路だけど」キースが言った。「そこから先は田舎道だね。そのなかには曲がりくねった急な道もある。たとえばニッシュまで行く六〇号線もそう」

「この道に見おぼえは？」Ｄ・Ｄはフローラにちらりと目をやった。

フローラが肩をすくめた。「どの道路も同じに見えるわ。何台かトラックとすれちがったから、ジェイコブがこの道路を通った可能性はあると思う。だけど、彼はたいがい東西に移動してた。南北じゃなくて」

「ネスのトラックの走行記録によると――」

「あなた、ジェイコブのトラックの走行記録を見たの？」Ｄ・Ｄはキースに訊きかえした。

「まさか見てないの？」

「……なんでもないわ」

「二〇号線や八五号線をよく通ってた。南北に移動するとしても、ジョージア州四〇〇号線よりは七五号線じゃないかな」

「乗用車や小型のトラックに乗った記憶は？」Ｄ・Ｄはフローラに尋ねた。

「さらわれたときのことは何もおぼえてないの。ビーチで踊ってたはずが、気づいたら……湿っぽい地下室の箱のなかにいた。ここを出るぞって言われたときは、外にトラックがとめてあったわ。トレーラーがついてなくて、運転席の部分だけだったけど」

「その家の外についてはなにかおぼえてない？」キースが後部座席から身を乗りだした。

フローラが首を振った。「目隠しをされてたから、ろくに何も見えなかったの。目隠しの上下の隙間からかろうじて見えるくらいで。でも高い木に囲まれているのを感じたわ。それと空気がひんやりしてた。山だ、いま山にいるって思った。故郷を思いだしたから」

「ニッシュはシャクナゲ《マウンテンローレル》の自生するハイキング道で有名だし、冬には雪も降る。全体的にメインの自然とそう違わない」

フローラは黙っている。

「トラックに乗っているとき、町名の看板とか道路標識とか、何か見なかった?」キースがなおも尋ねる。

フローラがやっと振りかえった。「箱に入れられてたから。ジェイコブはトラックにもわたし用のマツ材の箱を積んでいたの」

「ジェイコブはトラックに乗ってきてたのね」D・Dは話を戻そうと言った。「それはいいことを聞いたわ。あなたが救出されて七年がたつけど、ジェイコブ・ネスは大きなニュースだった。このあたりではとくにそう。まだ事件のことをおぼえている人がたくさんいるだろうし、彼の写真を見せられても何も話したがらないかもしれない。かかわりたくないっていうのが本音だろうから。でも、トラックの写真を見せるだけなら? ずっと無害そうだし、何か情報が得られるかもしれない」

身を乗りだしたまま、レンタカーの運転席と助手席のあいだに上半身がはさまったような姿勢でキースがうなずいた。

　前方に町が見えてきて、Ｄ・Ｄはスピードを落とした。美しい並木道と広場、並んだベンチ、白い縁取りが映える平屋の赤煉瓦造りの建物。風光明媚《めいび》で趣のあるところだ。

「ダロネガだ」キースがシートのあいだから言った。

　でしょうね、とＤ・Ｄは思った。右に曲がろうとして、横断歩道を渡る歩行者の姿にブレーキを踏むと、あらためて周囲を見わたした。

「ニッシュは北だから、この道を左だよ」キースが言った。フローラはあいかわらず窓の外をみつめている。

「いいえ。ここで休憩。お昼を食べましょ。ほら、あそこに食堂《ダイナー》がある！」Ｄ・Ｄはがぜん生き生きとして駐車場に車を入れた。フローラがついにぱっとこちらを向いた。

「だめ！　ニッシュに行かなきゃ。保安官に会って、捜索を始めなきゃ」切羽詰まったような声だ。

「いま何時？」Ｄ・Ｄは訊いた。

「二時過ぎ」キースが答えた。

「日没まであと何時間ある？」

　キースが携帯電話を見た。「五時間と四十七分くらいかな」

「捜索エリアを格子状に分けて、ボランティアの受付をして、捜索犬チームを呼び寄せるだ

け の時間がある?」

キースとフローラがそろってこちらをみつめた。

「きょうは下準備の日よ」D・Dはドアハンドルに手をかけて説明した。「今朝、アトランタで顔合わせをして、これから前線本部を立ちあげ、ニッシュでの準備を整える。つまり、本格的な捜索は明日から。それに、夜の半分は飛行機に乗ってて何時間かしか寝てないし、わたしは朝食にバナナ一本とドーナツ四個しか食べてない。いまここで何か食べさせないなら、ふたりとも殺すわよ」

これにはフローラとキースもおとなしく車をおりた。

「それに」D・Dはダイナーに向かいながら言った。「わたしたちだけの計画も立てなきゃいけないし」


三人はテーブルに腰を落ち着けた。コーヒーと水が運ばれてきた。キースが白身のオムレツにほうれん草とフェタチーズを添えてくれと頼んでいる。D・Dに言わせればダイナーへの冒瀆《ぼうとく》だ。おなかがすいてないと言うフローラに、D・Dはメニューを押しつけた。

「いいから注文して。食べなきゃだめ。あなたはいまや捜査本部の一員なんだから、ちゃんと元気で動ける状態でいてもらわないと。その責任があるのよ、わかった?」

またまじまじとこちらを見たあと、「じゃあオートミールを」とフローラが待っているウエイトレスに告げた。

「ここはジョージアですから、グリッツ（トウモロコシ粉の粥。南部料理）ではいかが？」

「それでいいわ」

「それと彼女にフルーツとヨーグルトも」D・Dは告げた。「わたしにはこのハングリーマン・スペシャルを。卵は二個、両面を半熟に焼いてね。それにスライスハムとバタービスケットと、ほかにも添えられるものはありったけ添えて」

ウェイトレスが満面の笑みでうなずいた。D・Dにはダイナーでの正しい作法がわかっている。

「ぼくたちだけの計画ってどういうこと？」ウェイトレスが去るやいなやキースが尋ねた。

「捜査本部って厄介なものなのよ。それぞれみんな意見も違うし、部署も専門分野もさまざまだし」D・Dはテーブルに両肘をつき、真剣に言った。フローラも元気を取りもどしてきたようだ。

「明日は遺体の見つかっていない部分の捜索がおこなわれる。わたしたちも参加する？」

「もちろん！」フローラが即座に答えた。

「ところで、骨の捜索の経験はどれだけあるの？」

「少なくとも森にはくわしいわ」フローラがぼそぼそと言った。

「なるほど。あなたが行きたいというなら止めない。だけどいい？　捜索チームで一番有能なのは犬よ。ドクター・ジャクソンも言ってたでしょ。で、あなたは何が提供できるの?」

「目。足。ドクター・ジャクソンから教わった、どこを探せばいいかの知識」

「その情報は間違いなくチームに伝えるべきね」

「わからないんだけど」キースが口を開いた。「ぼくたちに何をしろと?」

D・Dはキースを見た。「あなたが今朝、一番したかったことは?」

「ネスのラップトップの分析」即座に返事が返ってきた。

「そうよね。あなたにはスキルがある。たった二日で、FBIが六年かかってもできなかったジェイコブ・ネスのインターネットでの足どりを追えたんだもの。あなたはコンピュータを扱うべき。それでも明日は森に入るつもり?」

キースがフローラにちらりと視線をやった。レザージャケットにダークグリーンのカシミアセーターという格好はこのダイナーで目立っている。このあたりにしては高級でおしゃれすぎる。明日、森に何を着ていくつもりにせよ、きっといま以上に浮いて見えるだろう。それでも、キースには一目置いている。フローラを見る様子からして、どこまでも彼女についていくのだろう。

「捜索がしたいなら、みんなで捜索をしてもいいわ。ただし、ただ捜査本部の人手を補うだけの存在にはなりたくない。何か付加価値をもたらさないと。わたしたちにしかできないことか、わたしたち以外誰も知らないこととか」

そこでD・Dはフローラをじっと見た。

「わたしにニッシュの町を歩けっていうのね」フローラがゆっくりと言った。「どこかに見おぼえがないかどうか。だけど、わたしは町を見てないのよ」声がやや大きくなる。「あのひどい地下室から、あのひどいトラックに移っただけで……」

ウェイトレスがグリッツのボウルを持ってきて、不安げにフローラに視線をやった。すわりなおしたフローラの前にコーン粥《がゆ》が置かれた。次にフルーツ、続いてヨーグルト。食べ物を見るフローラの表情は暗い。

「食べなさい」ウェイトレスが歩き去ると、D・Dはあらためて言い聞かせた。「さもないとボストンに送りかえすわよ」

これにはぎろりと睨まれた。そのほうがいい。怒っているフローラのほうが悲しげなフローラよりは扱いやすい。

フローラがグリッツをひと口食べて、顔をしかめた。

「メープルシロップをかけるといいよ」キースが言った。「それか蜂蜜」

「どうしてそんなこと知ってるの？」

「読んだから」

「グリッツについて？」

「アトランタに来る機内で……」

フローラは疑わしげに目を細めたものの、メープルシロップに手を伸ばした。ふた口めは食べやすくなったようだった。

「町はおぼえてなくても」D・Dは言った。「何かつながりが見つかるかもしれない。あなたとキースにはそれをやってほしいの」

「ちょっと、ラップトップをいじるのがぼくの役目じゃなかったの？」

「あいにく、ラップトップはあの美人のFBI捜査官にとられちゃったから。それに彼女も言ってたでしょ。あなたはジェイコブのダークウェブのパスワードとユーザーネームを突きとめたかもしれないけど、残念ながら六年は遅かった。もっと情報がいる。というか、少なくともいまの情報が」

「あのマヌケな美人FBI捜査官め」キースがぼやくと、フローラがふたたび彼を見た。

ウェイトレスがキースの白身のオムレツとD・Dのハングリーマンを持ってあらわれた。D・Dは鼻歌まじりに山盛りの皿をうっとりと眺めた。何日ぶりかの幸せな気分だった。

「それで」さっそくフォークを手に食べはじめながら、D・Dは続けた。「あなたがコンピュータ係なのは変わらない。ただ、いまはジェイコブのラップトップの心配はしなくていい。とりあえずまだ。それとわたしたちが探しているものはふたつあることを忘れないで」

「骨でしょ」フローラがヨーグルトに移りながら言った。

「それと、あなたが当初閉じこめられていたジェイコブのキャビンよ。さて、この三人のなかに、誰かとくに白骨化遺体を探すのにふさわしい能力を持った人間がいる?」

ふたりとも首を振った。

「あなたたちふたりには、ジェイコブのトラックの写真を持って町の人たちに見せてまわってほしいの。あなたは――」とフローラをフォークで指す。「――トラックに見おぼえのある人がいないか注意する。そしてキースは、誰かがあなたに見おぼえのあるそぶりを見せていないか注意する」

「ニッシュの誰かがわたしを知ってるかもしれないっていうのね」フローラはすっかり食欲をなくしたようだった。

「ジェイコブがこの山に来た理由があるはず。ここはトラックの走行ルート上にはないし、彼の名義の家も見つかっていない。ということは……」

「協力者がいたんだ」キースが言った。「共犯者か、または少なくとも友人が」

D・Dはうなずいた。「その線は調べる価値がある。とくに、ジェイコブの手口に合致する遺体が新たに発見されたからには」

「ジェイコブはこのあたりの出身じゃない」フローラがゆっくりと言った。「親類はみんなフロリダにいた。それなのにわたしをこの山に連れてきた。たぶんライラ・アベニートも。どうしてジョージア北部だったのか。どうしてこの町、この場所だったのか」

「そして、誰がその謎に答えてくれるのか」キースが締めくくった。

「これが戦略よ」D・Dはビスケットを頬張ったまま告げた。「捜査本部でうまくやるコツは、自分で道を選び、自分の強みを生かし、どれだけ邪魔をされても結果を出すこと。ここへ来たのはFBIと仲よくするためじゃない。ジェイコブ・ネスについて何もかも知るためよ。いいわね？」

フローラとキースがうなずいた。

「それでも、明日は森に入りたい」フローラが小声で言った。

「どうして？」

「ただ……この目で見たい。知りたいの」

「自分をいじめても、わたしたちのミッションは果たせないのよ、フローラ」

「わかってる。でもドクター・ジャクソンの言ってたことが頭から離れないの。子供はみんなただ家に帰りたがっている。何か見つけられたら、たとえ肋骨一本でも見つけて家に帰してあげられたら……」フローラがテーブルに目を落とした。「やりたいの、どうしても」

「わかった。じゃあ明日は捜索に参加しましょう。そのあとで――」

「はぐれ捜査をするんだ！」キースが嬉しそうに声をあげた。

D・Dはキースを見た。「ちょっとはしゃぎすぎじゃない？」

キースが笑みを浮かべた。「誰かさんと一緒にいられるからね」そう言ってまたフローラに視線を送る姿に、D・Dは首を振るしかなかった。

8

動きを目がとらえた。ひそやかな動き。誰かがこっそり何かしようとしている。思わずちらっと見る。

たちまちその女の子に睨まれた。

その子は小さな果物ナイフを制服のスカートに隠したところだった。睨まれたわたしはすぐに目をそらした。厨房の向こうでは、コックが忙しそうに冷蔵庫から食材を出し、夕食の下ごしらえに取りかかっている。もうすぐわたしも厨房の作業が始まる。あれをとって、これを見て。いまは、業務用の食器洗浄機のまだ動いているベルトコンベアから、熱々の皿を取りだし終えたところだ。皿がベルトの端まで行って床に落ちる前に、すばやくとっていかなければならない。はじめのころは、湯気のあがる皿が熱くて指が痛くて、もたもたしていた。それで皿が割れると、もっとひどい罰を受けた。あれからずいぶんたったいまでは、もう熱さも感じない。

その子は必死になんでもないような顔でぶらぶらしている。コックが顔をあげた。やめたほうがいいとその子に首を振って伝えたかったが、そんなことをしたらかえって注意を惹いてしまう。だから自分の仕事に集中した。並んでこちらに向かってくるぴかぴかの白い皿の列に。

「あんたは何も見てない」その子がさりげなく近づいてきて、押し殺した声でささやいた。きつい口調だったが、それもわかる。すごくきれいな子だから。なめらかなアーモンド色の肌に豊かな黒い髪。ここでの暮らしでは、ここの人たちは……きれいなほどつらい目にあうだけ。

コックがわたしたちを見ている。メイドどうしで話してはいけないことになっている。とはいえわたしだから。口のきけない子にどんな会話ができるというのだろう。

そのナイフを戻したほうがいい、とこの子に言いたい。わたしがはじめて厨房からナイフを持ちだしたときのことを教えてあげたい。すぐに悪い男の人に見つかって取りあげられたときのことを。せめて戦って、傷のひとつくらいつけてやるつもりでいた。でも、あっという間に、そのバターナイフはわたしの手から向こうの手に移っていた。相手の動きも見えなかった。すごく苦心して危険をおかしてやったのに。覚悟を決めて、厨房からどうやってナイフを持ちだすか考えて、その次の脱出の計画まで立てはじめていたのに。

悪い男の人が戸口に立っていて。

その次の瞬間……

終わっていた。あっさりと。抗議のうなりをあげたかどうかさえおぼえていない。われながらすごく賢いつもりでいたのに、ほんの一瞬で……

ときどき、悪い男の人はすべてお見とおしなんじゃないかと思うことがある。人間じゃないみたいに。だからこそ名前がいるのだ。お母さんの愛の助けがないと。だって、煙のようにあらわれたり消えたりして、金床《かなとこ》みたいに罰を与える男の人を倒せる存在なんてこの世にはいないから。

あの日、悪い男の人はブーツに隠した鞘《さや》から自分のナイフを抜いた。バターナイフなんかじゃなくて、ハンティングナイフだった。刃の片側はなめらかで、片側はぎざぎざしていた。男の人がわたしの手をとって腕をそっと伸ばさせるのを、恐怖でひと声も出せずに見ていたのを思いだす。男の人はそれから、わたしの前腕の茶色の肌に、自分のナイフで模様を描きはじめた。盛りあがった血が細い赤い線になった。わたしはうめきを漏らして震えながらも、腕を動かさないように必死だった。ナイフがわたしの肌に入りくんだ紋様を刻んでいった。それは魅了されるようで、美しくさえあった。

ふたりとも目を離せなかった。うねるような柄に、もしわたしが腕を引いたら、あのするどい刃が腕をえぐって動脈が切れ、はじめてわたしの身体にできるきれいなところが台なしになってしまうのだということに、心を奪われて。

腕を芸術品に変えてやったことに感謝しろ、とあとで男の人に言われた。

あれからはいつも長袖を着ている。でも、いまも夜には少し盛りあがった傷跡をなぞる。正しいか間違っているかはともかく、その紋様には感動してしまう。わたしは砕けたこめかみに醜い傷のある生えぎわ、ひずんだ目の口のきけない女の子。魅力的なところはどこにもない。右の前腕の入りくんだ模様のほかは。それは男の人の力と、わたしの痛みの地図だ。

そして、この大きな目の美しい女の子には……男の人はこの子をきれいにはしない。片耳を削《そ》ぎ落としたり、片目をえぐったり、頬にVの字を雑に刻んだり、首に目立つ傷をつけたりするだろう。この子の愛らしさを奪うだろう。男の人がそうするのを見たし、女の子たちの悲鳴も聞いた。あとで、ゆっくりぎこちなく廊下を歩く姿に、男の人の手仕事の証拠を目にした。

コックはもう見張ることもなくわたしにナイフを洗わせる。わたしが屈服しているのを知っているから。わたしみたいな脳に損傷のある弱い子をおそれる理由なんてないとわかっているから。

でもわたしは自分の経験を話せないし、そばに立つこの女の子に警告してあげることもできない。

かわりに視線を送る。目で伝えようとする。〝わかってる。わたしも怖い。あなたはひとりじゃない〟

すると一瞬、そのきれいな女の子がためらう。

この子は今夜死ぬ。ふたりともわかっている。盗んだナイフでは足りないし、遅すぎた。それは最後の抵抗というより、もうなすすべがないと認めることだ。恐怖でそうなってしまうことがある。もう終わってほしい、ただそれだけになる。

女の子が震えだした。わたしの目が語りすぎたのだ。その子が十字を切った。部屋の向こうからコックが怒鳴った。「ちょっとそこのふたり！　仕事に戻りな！」

でも女の子は激しく震えている。

視線をやわらげ、みんなに期待されているぼんやりした目つきに戻そうとする。このごろよくあふれてきてしまう暗い知識じゃなくて。この子の名前を訊けたら。それを頭のなかのリストに加えるのに。名前はそれほど大切なものだから。誰でもそれくらいは持っているべきだから。つねにそこにあって、あとに残り、記憶されるたったひとつのしるしだから。

わたしの視線には何よりも力があったのかもしれない。女の子が急にささやいた。「ステイシー。ステイシー・キャスマー。わたしの家族は――」

コックが両手でステンレスの調理台を叩いた。「そっちへ行かなきゃだめなのかい！」

「――聞いたこともない小さな町に住んでる。でももし会うことがあったら……ここを出て……わたしは……」

残りは言えなかった。みんな何かが変わりつつあるのを感じている。ここではずっと悪いことが起きてきた。でもいま、人が来るから、起きるのがより早くなっている。早すぎるほど。

「両親に伝えて。ごめんねって」声をひそめてそう言ったあと、その子が急に大声を出した。「ちょっと、何やってるの！　皿が落ちちゃうよ、ほら！」

わたしはあわてて落ちる寸前の皿をつかんだ。いつも鉄のフライパンや、ほうきの柄や、大理石ののし棒を振りかざすたくましい体格のコックがつかつかとやってきた。ナイフはもう女の子のスカートの下に隠されている。制服にポケットはないから、どこに入れたんだろうと思う。わたしのときは下着の腰にはさんだ。悪い男の人にはそれがわかっていたのだろう。わたしの腕にうねる模様を刻んだあと、男の人はわたしから下着を取りあげ、半年間着けさせてくれなかったから。

コックがやってきて、女の子の肩をつかんで押しやった。それから、わたしを思いきり平手打ちした。予想していなくて、よろけて食器洗浄機にぶつかり、角の尖ったところがおなかに食いこんだ。立ちなおる前に、コックがもう一発叩き、ついでに女の子のことも叩いた。

「仕事に戻りな」

きれいな女の子がおじぎをするみたいに膝をかがめた。この子はべつの人生では何をしていただろう。ダンサー？　チアリーダー？　何か大きな夢を持った女の子？　ほとんどの子はわたしが来たときよりは上の歳《とし》で来る。わたしはどうやってここへ来たのかさえよくわからない。

でもほかの女の子たちは……仕事を求めて来たと思われる子たちもいる。だけど、ここの誰にもわからない言葉を話す子たちもいる。そういう子はここを選んで来たわけじゃないと思う。その子たちは長くはいない。見えない子たち。

わたしはそれでもその子たちを見ようとする。何もかも見ようとする。

女の子——ステイシー——が向きを変えた。どこか足どりがおぼつかない。ただ叩かれておびえているだけだとコックが思ってくれればいいんだけど。その子が三歩、四歩、五歩進んだ。

そして見えた。血が落ちるのが。ぽたぽたと。

金属音。

ナイフだ。スカートから落ちて床で弾んだ。

はっとしてコックに視線をやった。見ていないかもしれない。そばに行って足でナイフを隠せないだろうか。

でもコックはナイフを、血を、もう足を止めてかすかにふらつきながら立っている女の子を、じっと見ていた。コックがまた太い腕を胸の前で組んだ。

「馬鹿な娘だよ」とつぶやいた。

そのときわかった。小さな吐息とともに、ステイシーの腕があがり、その身体が沈んでいって……床に倒れた。目をあけたまま横たわるステイシーのまわりに血だまりが広がっていった。あとまで待たなかったのだ。ナイフが見つかって取りあげられ、もっとひどいことをされるまで。だってあの人たちは何もかも知っていて、わたしたちの考えることをすべて見越していて、わたしたちを骨までずたずたにするから。

それでもこれは……自分の脚の動脈を切り裂くのは、あの悪い男の人でさえ止めることができない。

ステイシーは声をあげなかった。ただ、わたしの見ている前で、その目の光がだんだん消えていった。

ステイシーが最期の息を引きとった。わたしは懸命にまわりを見まわした。見たかった。魂が身体を離れるのを。それがのぼっていくのを見守りたかった。魂が頭上の高いところにただよっていると信じたかった。もしかしたら、ステイシーは天国へあと半分のところまでもう行っているのかもしれない。そこでわたしのお母さんに会っているかもしれない。お母さんはこのかわいそうな美しい子を抱きしめて、だいじょうぶよとささやいてくれるかもしれない。

あれはステイシーの魂だろうか。あの部屋の隅の紫色のしみは。魂は紫色なんだろうか。それとも人によって色が違うんだろうか。だってお母さんが見えるときはいつも銀色だから。わからない。ただ信じたい。何かすがれるものがほしい。血だまりが足のそばまで迫ってきた。

「掃除しときな」コックがうなるように言って、夕食の下ごしらえに戻っていった。

このできごとは終わり。ひとりの女の子が死んだ。でもわたしたちの苦役《くえき》は続く。

わたしは食器洗浄機のスイッチを切って、洗いあがった皿を重ねた。

それから、倒れた女の子に近づいた。落ちた血のしずくと血だまりを慎重によけながら。

しゃがんでそっとその目を閉じてあげた。血の気の失せた頰に黒いまつ毛がかかった。

もうすぐ悪い男の人が来て、分厚い肩にひょいと死体をかついで運んでいく。わたしが血をモップで拭く。いつものこと。

でもいま、この瞬間だけは。

唇をすぼめ、また願う。ずっと前に奪われてしまった能力が戻ってきたらいいのに。舌と唇を動かして、ひと言でも発することができたらいいのに。

かわりに頭のなかで、何もかも知っていて、ずっと強くて賢くて勇敢な自分がいるその場所で、「ステイシー」とささやく。

その名前にしがみつく。そしてふたたび誓う。このままではすませないと。

9　キンバリー

キンバリーはアウトドア派の男と結婚した。夫のマックはジョージア州警察の特別捜査官で、ふたりの娘には早くも狩猟や釣りを——ひょっとすると熊との戦いかたまで——教えこんでいる。キンバリー自身はランナーだ。オフィスがある商業区域の周辺をジョギングしたり、気が向いたら田舎の道を走ったりしている。

ただし、山はそこまで好きではない。ジョージア州の地名もよくない。血の山《ブラッド・マウンテン》だの虐殺の川山道《スローター・クリーク》だの。ついでに言えば、前回このあたりに——妊娠中にシリアルキラーを追って——来たとき、ブラッド・マウンテンの名にはまったく偽りがなかった。キンバリーとマックは一度もそのときの話をしていない。こういう仕事をしていれば、かならず記憶から消したくても消えない事件というものがある。ブラッド・マウンテンがキンバリーにとってのそれだ。夜、うなされていると、マックが「またあの事件かい」と訊き、キンバリーは「ええ」と答える。どちらもその先は言わない。

受けいれて前に進んできた。できるかぎり。悪夢を見て目をさました夜は、そのまま記憶を箱に押しこめようとするのではなく、外に出して、しばらく亡霊を遊ばせてやる。あの少年のことを思い、最期の顔を思い浮かべる。ほかには誰もしないだろうから、それくらいはしてあげてもいい。

そういう過去があるので、美しいダロネガの町に入るとぞくっとした。ハンドルを握ったまま、まっすぐ保安官事務所へ向かった。その建物の左隣には歴史ある広場があって、緑が中央部分を占め、ベンチが並び、広葉樹が風にそよいでいる。比較的新しそうな保安官事務所は灰色のずんぐりした建物で、その並びには裁判所もある。法執行機関というより刑務所を思わせるが、このあたりでは両方が一体なのかもしれない。

正面の扉をあけるとエアコンの風がまともに吹きつけてきたが、どうにか前に進んだ。

明日の朝、遺体捜索のためアパラチア山道に足を踏みいれるのはキャリアで二度めだが、だからといって歴史が繰りかえすとはかぎらない。

受付デスクにすわるピンク色のアンサンブルニット姿の年配女性がほほえんだ。驚くほど長身で肩幅が広い。ガラの悪い連中が来ても、この体格なら心強いに違いない。アッシュブロンドの髪を、暑さにも湿気にも重力にも負けずに高々と結いあげているので、正確な身長はわかりにくいが。手を差しだすと、女性は力強く握りかえしてきた。

「フランシーン・ブシャードよ。フラニーと呼んで。みんなそう呼ぶから」

「どうも。わたしは――」

「FBIアトランタ支局のキンバリー・クインシー特別捜査官よね。保安官が待ってるわ」

「ここへ来る人を全員知ってるの？」

「そうでなきゃおかしいのよ、このへんではね。お水かお茶かコーヒーでも？」

「けっこうよ。保安官に会える？」

「噂《うわさ》をすれば」フラニーが顎をしゃくってみせた廊下の先に、ちょうどスミザーズ保安官が姿をあらわした。

大柄でたくましく、どこから見ても南部の警官そのものだ。幅の広い赤ら顔の目尻には小じわが浮かんでいる。外ですごす時間が長いのと、よく笑うせいだろう。こういう地方のことだから、きっといくつもの役目をかかえ、仕事第一で長時間働いているのだろう。キンバリーにしてみれば歓迎だ。これからしばらくのあいだ一緒に働くのだから。

「運転は大変じゃなかったかね」廊下を歩いてきた保安官が言った。

「いつもながら山はきれいね」半分嘘をついた。

「水かコーヒーかお茶でも？　フラニーが準備するよ」保安官が受付係にうなずいてみせた。立った彼女は保安官とほぼ変わらないほどの背丈があるが、不思議とアンサンブルニットに控えめな金のネックレスがよく似合っている。まさに南部の女性のわざだ。キンバリー自身はいまだに身につけられていないのだが。

「じゃあ水を」キンバリーも今度は折れた。「どうもありがとう」

フラニーが背後のミニ冷蔵庫からボトル入りの水を取りだした。もう一度愛想のいい笑顔でうなずくと、フラニーは椅子に戻り、すぐに目の前のコンピュータ画面に注意を向けた。スミザーズ保安官がキンバリーを執務室に通した。

さほど広い部屋ではない。リノリウムの床がかろうじて見える窮屈な空間を、やたら大きな一九八〇年代製の合板のデスクが占めていて、そこにファイルがうずたかく積まれている。保安官が書類の山を持ちあげ、どこかに移そうと場所を探したあげく、床に残された最後のスペースにそれを置いた。

「すまんね。最近かたづけをする暇もなくて」保安官がぼそぼそと言った。「さらに言うと、もう物の置き場もなくてね。二十年前にはすでにこの建物じゃ手狭になっていたんだが、悲しいことに郡が認めてくれない。ここはのどかな観光地のはずだ、山に犯罪なんてないだろうってね。あいにく、誰もドラッグの売人にそれを教えなかった」

よくわかる。とくに田舎の有権者というものは、悪いことは都会でしか起きないと思いたがる。しかし多くのドラッグの密売人が証言してくれるだろう。人口が少ないからこそ、小さな町は覚醒剤を自家精製するにも大麻を育てるにも都合がいいし、外国との中継地にもいい。しかも、ドラッグの常用者はどこにでもいるし、あらゆる階層にいる。

だが、キンバリーと保安官は予算について文句を言うために給料をもらっているのではない。それでも仕事をやりとげるために給料をもらっているのだ。

スミザーズ保安官が巨大なデスクにつくと、積みあげられた書類になかば隠れてしまった。

キンバリーは向かいの椅子に腰をおろした。

「犬を手配した」保安官が言った。「捜索救助をやってるやつがシェパードを二頭よこしてくれる。経験豊かな遺体捜索犬で、世界じゅうで活躍してきたそうだ」

「よくこんなに急な要請に応じてくれたわね」

保安官が肩をすくめた。「いいことじゃないかね。その犬たちが求められる災害やら何やらの悲劇がいまは起きていないということだから。ハンドラーはデニスというんだが、犬たちを先に行かせてくれと言ってきてる。おおぜいの人間が歩きまわったあとじゃ、においがまじってしまうと。それでもにおいがたどれなくなるわけじゃない、とは強調してたがね。しかしより大変になるし、犬が疲れやすくなる。捜索範囲の広さを思えば――」

「なるほどね」

「そうすると人間のボランティアの予定が変わる」保安官が続けた。「捜索範囲を格子状《グリッド》に分けていく作業もさせられない。それもにおいをまぎれさせてしまうのでね」

キンバリーはうなずいた。

「だから、わたしと保安官助手ひとりが、明日未明にデニスと一緒に行く。残りのみんなはその二時間後に追いかけてきてほしい」

「わたしは犬たちと一緒に行きたい」

スミザーズが肩をすくめた。「それはかまわんが、捜索隊には指揮がとれる経験者が必要だ。適任の保安官助手がひとりいるが、ふたりはいない」

ようするに、明日はふた手に分かれようということだ。保安官が犬による捜索を指揮し、キンバリーが人間による捜索を指揮する。犬のほうが人間より森の奥まで速く行ける。理にはかなっている。

「リストをチェックする係は？」キンバリーは尋ねた。捜索隊の全メンバーを把握するのがもっとも肝心な部分といってもいい。こういう野外捜索の指揮をとるのはひさしぶりだが、いまやすべての報告書を読む立場としては、広大な捜索範囲のうちグリッドの半分に担当者が割りふられず、番号も振られていないことほど最悪なものはない。細部が大切であり、明日は複雑な管理の腕が問われることになる。

「うちの受付係のフラニーがやる」スミザーズが建物の入口のほうに顎をしゃくった。「優秀だよ。このあたりで生まれ育っているし、みんなをよく知っている。それにはしゃいでるやつやただの馬鹿もうまくあしらえる」

「迫力ありそうだものね。でもご近所さんを管理することになるのはいいの？　いろいろ大変だと思うけど」

「ああ、問題ない。フラニーのことは、わたしがまだ保安官助手だった三十年以上前から知っている。よく行くダイナーのウェイトレスだったんだ。あるとき妊娠した。相手は既婚の観光客あたりだろうが、彼女は決して言わなかった。昔のことだから、妊娠した十代の娘に人の目は厳しかった。とくにこんな田舎だから。だが、フラニーは顔をあげ、ゴシップも気にかけず仕事をしていた。詮索好きな友達も白い目で見るご近所さんも相手にせずに。残念ながら、子供は生まれなかった。死産だったんだ。何週間かして、フラニーは仕事に復帰し、コーヒーをついだりテーブルをかたづけたりしていた。次に店に行ったとき、わたしをまっすぐに見て言ったんだ。〝もう一生分の間違いをしたと思います。これからは頑張ってまっとうに生きたいです。どうしたらいいですか〟って。それで、高校卒業資格をとってわたしのところにおいでと言った。そうしたら本当に来た」

「いい話ね」キンバリーは言った。

保安官がうなずき、椅子の背にもたれた。「明日は登山道の起点から捜索を開始したらどうかと思うんだが。遺体が見つかったのは一マイル上だが、それより下に骨がないとは言いきれない。視野を広く持っておきたいんだ」

「殺人犯は人里近くに死体を遺棄しようとはしないとしても、アライグマはそんな心配はしないものね」

「ああ、そのとおり」

「捜索に参加する人数は?」

「三十人というところかな。ほとんどはこの山の地元の人間だ。捜索救助のベテランもいる。

ハイカーが道に迷うことはめずらしくないのでね。もちろん、物見高い連中も少しはいるだろうが」

それはわかる。森で死体が見つかったというセンセーショナルな事件に野次馬根性で集まってくる者がいるのは避けられない。

「だがしっかりした登山ガイドもいるし、地元のハンターもいる。みんなこのあたりをよく知っている。人間が迷いやすいところも、動物がよく通るところも」

悪くなさそうだ。キンバリーは立ちあがった。「明日五時半に登山口に集合しましょう」

スミザーズがうなずいた。「ところで、きみの父親について読んだよ」と不意に言った。

「みんなわたしの父のことを知ってるのよね」

「立派な親を持つと苦労するね」

「わたしも優秀でよかったわ」

「あのボストンの刑事とふたりの民間人だが……」

「前に一緒に仕事をしたことがあるの。充分にやってくれるはずよ」

「あの自警団も?」保安官が皮肉っぽく言った。「こんな片田舎にもグーグルくらいはある」

キンバリーは思わず笑った。「フローラは激しいところもあるけど、ほかの誰も知らないことを知ってる。もしこの事件がジェイコブ・ネスとつながっているなら……」

保安官がゆっくりうなずいた。「やつが近くで活動してたと考えるとね。ひょっとしたらここで暮らしていたかもしれない。そう考えているんだろう？　このあたりの森にやつのキャビンだか隠れ家だかがあったと」

「ご明察、スミザーズ保安官」

保安官が厳しい顔でこちらを見た。「ネスのようなやつがわたしの郡をうろついていたと考えるのも気分が悪いが、そうでないとしたら……」

ライラ・アベニートの死体を埋めたのが見知らぬよそ者などではなく、地元の人間だとしたら。このあたりをよく知るコミュニティの一員で、小さな町のご近所さん、あるいはひょっとして友達だったら。

保安官に慰めの言葉はかけなかった。もしそうだったとしたら、かける言葉など見つからない。

かわりに手を差しだした。ふたりは握手をして別れた。

10　フローラ

眠れない。家にいてもそうだ。医者にいずれよくなると言われていることのひとつ。夜《や》驚症《きょう》だか不眠症だか、アドレナリンの出すぎでずっとぴりぴりして落ち着かない状態。それはいつかやわらぐ。ここで一時間寝て、あそこで一時間寝て、そうこうしているうちに、やがて普通の人に戻れる。

まだそうなっていない。

ホテルの部屋を歩きまわる。安っぽい椅子、いやなにおいのするカーテン、小さなソファのあいだを行ったり来たりする。ベッドの端に腰をおろしてみる。すぐに立って窓ぎわへ行く。明かりをつける。明かりを消す。テレビをつける。テレビを消す。立つ。すわる。また歩きまわる。

クインシー特別捜査官と落ちあった安宿では、子供連れの四人家族の後ろで順番を待たされた。財布をあさってクレジットカードを探す、すでに疲れきった顔の父親のそばで、母親がかたときもじっとしていないふたりの幼い子を必死に呼び寄せようとしている。姉らしき女の子はずっとチェックインカウンターの後ろを走っては、フロント係に悲鳴をあげさせている。五歳か六歳の男の子のほうが、バタフライナイフのことを知っているかのようにわたしの右のブーツを見ているのに気づいた。

将来はシリアルキラーになりそうだ。もっとも子供のことはまったくわからないが。

やっとわたしたちの番になって、キンバリーがＦＢＩのバッジを見せると、フロント係はあの悪ガキたち以上に怪しむような顔でじろじろ見てきた。そのフロント係を見るたびにバタフライナイフに手を伸ばしたくなった。

地元の人とうまくやるのよ、とキンバリーには前もって釘《くぎ》を刺されていた。全部お見とおしだったのだろう。

夕食を食べながら、キンバリーに明日の朝の説明を受けた。犬が先に行き、人間はあとから追いかける。わたしたちには捜索するグリッドが割りあてられ、一ダースほどのオレンジ色のフラッグを渡される。そのエリアを探す。こまめに水分補給して、連絡を密にする。キンバリーはさも簡単そうに言うが、まったく簡単ではないだろうことはもうすでにわかった。

早く森に入りたい。木の幹を叩いて、うろのなかからライラ・アベニートの指骨や肋骨や椎骨を見つけだしたい。あるいは、〝ジェイコブ・ネスがここに〟というメッセージが彫られた大腿骨を。答えがほしい。もっともライラの身に、そしてわたしの身に起きたことに充分な説明などつかないのはわかっている。わたしたちは特殊なのだ。生きた怪物とある日出会ってしまったふたりの女の子。ただしわたしだけが生き残った。

いま、こうしてジョージアに戻ってきて、何かが記憶を刺激するのを待っている。道を曲がって、あるいはレストランに入って、デジャヴを感じるのを。何か知っているはずだ。知っていなければならない。さもないとまたジェイコブの勝ちだ。

隣の部屋から物音がした。ドアがあいて閉まる音。廊下を歩く足音。そっと、慎重に。気づかれないように。そんな足どり。

すぐさま警戒してドアのところへ行った。鍵は締めてあるしチェーンもかけてあるが、家にくらべるとまるで厳重とはいえない。安宿らしい安物の錠でしかない。

腰の後ろに差したバタフライナイフを抜く。これとほかのおもちゃをアトランタへ持ってくるために、荷物を預けなければならなかった。D・Dは渋い顔をした。わたしが小さな鞄をなぜ機内に持ちこめないのかわかっていて、四六時中武装した法執行機関の職員に囲まれることになるんだからとぶつぶつ言った。が、この点に関してはわたしが絶対に譲らないことをどちらも知っていた。わたしは鞄を預け、到着後、すぐにナイフを取りだして開いて閉じ、開いて閉じ、開いてから扇をたたむようにぱちんと閉じて、ポケットに入れた。

ナイフを開くと同時に、二重になった影がドアの下の隙間にあらわれた。影が止まり、動かなくなった。

誰かがドアの外に立っている。

キースだ。明日の冒険を控えて同じく眠れないのだろう。わたしのことならなんでも知っているという彼のことだから、当然不眠症だとわかっていて、いつも気にかけているというだけあって来てくれたのかもしれない。会話なり、癒しなり、深夜の気晴らしなりを提供しに。それとも、もっと違うもの、深刻な考えを頭から追いだせるひとときの慰めを？

ドアをあけることもできる。手を伸ばしてチェーンをはずし、鍵をあけ、ドアを開けば、ふたりを隔てるものはなくなる。彼が部屋に入ってくる。

それから?

ほかの女の子がしていることだ。ほかの人たちが。慰めを得られるところから慰めを得る。いっとき日々のあれこれをすべて忘れて。

わたしはセックスですべてを忘れられるのだろうか。もうわからない。かつてのわたしは健康的で活発なティーンエイジャーだった。大学に進んだときは処女でもなかった。でもそのころは、その女の子は……はるか昔に感じられる。もはや自分の記憶ですらなく、べつの誰かのフィルムを見ているみたいに。わたしは恥ずかしげもなく男といちゃついたりしたことはない。はにかんで髪を掻《か》きあげたりしたこともない。男の肩に指を食いこませ、もっと速く、もっと強くと求めたことも。

呼吸が速くなる。自分で思っているほど不感症になってはいないのかもしれない。

二重の影は動かない。廊下にいる人物も、明らかにわたしと同じくらい勇気を奮いおこそうとしている。

手を持ちあげる。安っぽい木製のドアの表面にあてる。ゆっくり、音を立てないようにそっと。そして目を閉じ、想像する。

ドアの反対側のキースの手を。彼のてのひらがわたしのてのひらと合わさり、指が触れあうのを。

深く息を吸って吐く。

ドアから手を離し、ベッドに戻って横向きに寝て、ドアの隙間から漏れる光をみつめる。二重の影がついに動き、消えてゆくまで。

わたしは三十分早くホテルのロビーにおりた。キースはもう来ていた。ランナー雑誌の広告みたいないでたちで、黒いランニングタイツにエレクトリックブルーの速乾素材のシャツの上から、ファスナーやスナップボタンや反射材のテープがやたらとついた長いウインドブレーカーを着ている。仕上げは黒地にシルバーとブルーのスウッシュロゴが入ったスニーカーだ。

わたしはといえば、いつものゆるいカーゴパンツに色あせたTシャツにGAPのパーカー。わたしは地下鉄に乗るところみたいだし、彼はボストン・マラソンのスタートラインにいるみたいだ。

そう考えると口もとがゆるんだ。わたしはくすっと笑い、それから鼻を鳴らした。どちらも捜索救助のボランティアにはまるで見えない。キースもそう思ったらしく、一瞬遅れて笑いだした。

「ドリームチームにようこそ」キースが近づいてきて言った。「コーヒーは?」

「もらうわ。たっぷり」

豊かとはいえない朝食が並ぶところに案内された。淹《い》れたてのコーヒーと、小さなかごに盛られた果物と、セロハン包みのあれこれ。わたしはブルーベリー味のポップタルトをとった。

コーヒーを飲みながらポップタルトを食べていると、D・Dが狭いロビーに駆けこんできた。目が赤く、不機嫌そうだ。都会っ子にしては、わたしたちよりましな格好をしている。グレーのアウトドア用パンツに、ボストン市警のロゴが左胸に刺繍《ししゅう》された紺色のフリース。左右のサイドポケットに水のボトルが入ったバックパックまで持っている。

「コーヒー。ブラックで」D・Dがうなるように言った。キースが黙ってつぎはじめた。

「どうしてそんな服を持ってるの？　山なんて行かないって言ってたのに」

「トレーニングがあるから」D・Dがキースからマグカップを受けとり、湯気があがっている中身を一気に半分飲んだ。「市警からあてがわれるのよ」

「バックパックがあったほうがいい？」D・Dの水を見ながら、また不安になってきた。

「登録受付でもらえるわよ。マーキング用のフラッグとか地図とか水とかを入れる用に。もしかしたらコンパスも」

ついまじまじとD・Dを見た。「コンパスの見かたなんて知らないけど」

キースが手をあげた。「携帯にコンパスのアプリが入ってるよ」

「でしょうね」D・Dがコーヒーの残りを飲みほし、カップを突きだした。ポットごと渡したほうがいいだろうか。

「食べ物は？」

D・Dがにわかに元気になり、少ない選択肢のなかからポップタルトをふたつとリンゴ一個、バナナ一本を選びだした。ポップタルトひとつとリンゴはバックパックにおさめ、残りを食べはじめる。

バックパックがないことがどんどん気になってきた。残りのポップタルトをパーカーの前ポケットに入れ、さらにリンゴも加えた。カンガルーみたいだが、どうせおしゃれなんて気にしていないのだからと自分に言い聞かせる。

キースが席をはずし、軽量のランニング用バックパックを肩にかけて戻ってきて、そこに果物と水のボトルを二本入れた。

準備完了だ。ランナーと街の不良と刑事。まさにドリームチーム。

D・Dが車に向かい、キースとわたしもあとに続いた。

登山口にはすぐに着いた。ボランティアがもう集まっていて、D・Dは駐車スペースを見つけるのに手間どった。人の流れ――老若男女いるが、みんなわたしたちよりふさわしい服装をしている――についていくと受付のテーブルがあって、FBIのウインドブレーカーを着たクインシー特別捜査官がすわっていた。隣にはもうひとり、カシミアを着るように保安官事務所のフリースを着こなした年配の女性が控えている。

D・Dが代表で受付をした。キンバリーと無駄話はしなかった。長い列と忙しそうな様子を見れば、そんなことをしている場合ではないのだろう。キンバリーのテーブルには大きな地図が広げられ、それが蛍光色のマーカーでくっきり格子状に区切られている。捜索グリッドだ。その横には注記。ネオンピンクがネイト・マールズ、蛍光グリーンがメアリー・ローズ・ゼイラン。チームリーダーだろう。

クインシー捜査官が番号の振られた小さな地図を手わたしてきた。わたしたちの受けもち区域だ。大きな地図のほうでたしかめると、それは遺体が最初に見つかった場所から四分の一マイルほど上だった。がっかりしたところで、法人類学者の言葉を思いだした。動物はお宝を山のもっと上に隠すことも多い。ということは、アライグマのねぐらやかつてのリスの巣を見つけるのにいい場所かもしれない。何か見つけなければ。何か違いを見せなければ。

隣のテーブルには、水のボトルと山積みのバナナ、そして小さなマーキング用フラッグがたくさん入ったメッシュバッグの箱が置かれていた。

「一チームにつきひとつバッグを持っていって」後ろの列が伸びてきたので、クインシー捜査官がきびきびと言った。「何か関係ありそうなものを見つけたら、そこで止まってフラッグを出して、グリッドの座標をフラッグ番号の下にマーカーで書く。そして地図にそのフラッグの印を書きいれてチームリーダーに連絡する。わかった？」

「わかったわ」D・Dがほとんど陽気に言った。

「もしフラッグが足りなくなったら、チームの誰かにここまでとりにこさせて」キンバリーがそこで顔をあげ、キースの服装を見て一瞬口をつぐんだ。「彼に来させるといいわ。速そうだから」

キースがすました顔で応じた。「飛ぶように速いよ」

D・Dがにやにやした。

「無理せず自分のペースでね」キンバリーが注意した。「よく目を開いて、足もとに気をつけて。頑張ってね」

キンバリーが列に並ぶ後ろの人に目をやった。わたしたちは次のテーブルに移動して必要なものをとり、保安官事務所の年配女性がもう一度わたしたちの名前をリストでチェックして受付は終わった。

いよいよ森へ入るのだ。

山登りは苦ではない。毎日のようにジョギングをしている。キースみたいにいいウェアを着てではないが。つねに極度の警戒状態にあるわたしのような女は、ガス抜きのためにえんえんと走らなければならないだけだ。加えてウェイトをあげたり、ビルぞいをダッシュしたり、廃墟《はいきょ》に忍びこんだりも。最悪のことなんて起きないと自分に言い聞かせて不安を振りはらうことはできない。だって、わたしの身には実際に最悪のことが起きて、すべての恐怖が正真正銘の現実になった。だからそうなったときのシミュレーションをしているのだ。古い倉庫を見たら、そこから脱出できるように。わたしのFBI被害者支援スペシャリストのサミュエルが最初にその方法——身体を鍛えて護身術を習うことで不安を解消する——を教えてくれたのだが、ここまでやるとは彼も思っていなかっただろう。

いま、自分を取りかこむ高い木々と生い茂る下草や低木の茂み——たしか誰かがシャクナゲと言っていた——を見ながら、これまでにない脱出方法の訓練になるな、とふと思った。足を動かしつづける。D・Dもキースもこのペースについてきている。三人ともどうかしているのだろう。

黙々と歩いて一マイルの標示まで来た。その少し先に開けた場所があり、法執行機関の職員らしき男性がクリップボードを手に立っていた。彼はここまで到達したわたしたちの名前をチェックし、割りあてられたグリッドまでの行きかたを説明した。

D・Dが彼と話しているあいだ、キースはずっと男性の背後に目をこらしている。森の奥の何かを見ようとするように。そこで気づいた。ここがいわゆるグラウンド・ゼロだ。ハイカーが杖を探しに入って、かわりに骨を見つけた場所。

いま来た山道を見おろし、はじめて落ち着かない気分になった。

このくらいの山登りはわたしにはなんでもない。でもジェイコブは？　一日じゅうトラックのハンドルを握り、揚げ物ばかり食べ、一週間もドラッグとアルコールにひたるのが日常だったジェイコブは……

ジェイコブがこの山にいるところなど想像できない。それはここに来ていないということなのか。ジョージアのキャビンだと彼が言ったのは嘘だったのか。それとも、わたしは自分で思っているより彼のことを知らなかったということなのか。わたしは何もかも明けわたしたのに、ジェイコブは秘密を隠していたのだろうか。

「だいじょうぶだよ」キースが言った。

拳を握りしめていたことに気づいた。

「ジェイコブの勝ちじゃないよ。殺された少女を家に帰してあげようとしてるのはきみだ。きみにはそれができる」

「わたしの頭のなかを覗《のぞ》くのはやめてくれない？」

「きみが読みやすすぎるのが悪いんだよ」

キースを睨みつけた。でもむかっとしたことで気分がましになった。たぶんそれが狙いだったのだろう。キースはいつもわたしのことがわかりすぎる。だからこそ信用できないのだ。

D・Dが座標を聞いてきた。わたしたちは山登りを再開した。

担当のエリアに着いたときには、三人とも上着をぬいでいた。ときどき森からほかの捜索隊のメンバーの声が聞こえてくるが、姿は見えない。広大な範囲を捜索しなければならないので、各エリアがそれだけ広いのだ。

「前に参加した遺体捜索では」D・Dが言った。「横一列に並んで、足並みをそろえて歩きながら、棒で地面を突いていった。最近掘りかえされて土がやわらかいところを探してね。でも今回はそれとはまったく違う。ベストなやりかたも正直よくわからない。小さな骨が落ちていないか落ち葉の下を一枚一枚見ていくのはさすがに大変だから、ドクター・ジャクソンの助言に従いましょう。動物の巣を探すのよ。木の幹を叩いて空洞がないかたしかめたり、落ちている枝を調べたりしてれば、ひょっとして運に恵まれるかもしれない」D・Dがそこで言葉を切った。「ここからは登山道をはずれることになる。だからひとりもはぐれないことが大事。キース、魔法のコンパス・アプリの出番よ。こっちが捜索隊に捜される羽目にはなりたくないから」

キースがスマートフォンを取りだした。みんな汗だくだ。木陰は涼しいが、同時にその木陰は怪しげでもある。幅が広く落ち葉が敷きつめられた登山道はわかりやすかった。いま、大きなシャクナゲの茂みが左右をふさぐように群生していて、ところどころに隙間があいている。

D・Dがそのひとつを選び、キースとわたしもあとに続いた。

その先の森は想像より開けていた。木々が広がり、地面は落ち葉や細かな破片や石に覆われ、低木が光を通さないほど密生して茂っている。

湿った土のにおいがして、記憶が呼びさまされた。母の農場、ここととそう変わらない森を走りまわっていた子供時代。いつだって自然のなかにいるほうがくつろげた。でもボストンの街に慣れたいまでは、それももう昔のことだ。

「あのー、ルートを決めて動いたほうがいいんじゃないかな」キースが提案した。「たとえば、グリッドを横切るように西に進んで、向こう端まで行ったら北にずれて、今度は東向きに戻ってくる。じゅうたんに掃除機をかけるときみたいに」

「わかった」D・Dが言った。「いい、チーム・ルンバ？　はぐれないようにね」

三人で歩きだした。最初、上と下と左右をいっぺんに見ようとしていて、結局何も見えていないことに気づいた。それでやりかたを変えた。まず目の高さに動物の巣の痕跡がないか探し、次に上を見る。

それで一定の規律はできたが、すぐに結果は出なかった。

キースが巣をふたつ見つけた。D・Dは空洞になった木の幹を調べた。でも何も見つからない。

「何も見つけられない可能性だっておおいにあるんだから」一時間後、水分補給を呼びかけてからD・Dが言った。気温があがってきて、森のなかをゆっくり進んでいるのに、わたしのTシャツは身体に張りついていた。

「何十個もの小さな骨が山の半分がたに散らばってるのよ。捜索隊の大半は何も見つけられない。誰かが見つけられるのを願うしかない」

わたしはうなずいた。D・Dの言うとおりだとわかっている。それでも、これだけやってなんにもならないなんて……努力が実らないなんて受けいれられない。キースも同じ気持ちだと顔を見ればわかる。手ぶらで帰るためにこんな場違いなランニングウェアを着てきたわけがない。

水をもうひと口飲んでボトルのキャップを締め、捜索を再開する。

前方に大きな木がある。そこにキツツキか何かがあけたらしい穴があるのが見えた。鼓動が速まるのを感じながら、爪先立ちになり、携帯電話のライトをつけてなかを照らす。小さな目が見かえしてくることはない。手を入れて穴のなかをそっと探る。やわらかい羽毛、木の葉、そしてもう少し硬い何か。小枝だろうか。それとも骨？

本当は何もさわってはいけないことになっている。でも、なんだかたしかめもしないでフラッグを立てるわけにはいかない。落ちていた小枝を見つけ、それを穴に差しこんで、さっき触れた何かを探りあてた。ゆっくりと確実に、小枝を使ってそれを引き寄せていく。もう少し、あともう少し……

少し力を入れすぎて、それが穴から飛びだして地面に落ちた。わたしは息を呑んで飛びすさったあと、即座にしゃがみこんだ。骨だ。たくさんの小さな小さな骨。

やった。見つけた……

「ネズミの骨だね」キースが言った。わたしは彼を睨みつけてから、小枝でさらにつついてみた。

たしかにその骨は小さすぎるし、言われてみればネズミらしき形をしている。

「たぶんフクロウの巣じゃないかな。ごちそうにありついたみたいだね」

わたしは顔をしかめてみせた。「フクロウは獲物を丸呑みするんじゃないの？　それでペリットとかいうのを吐きだすんでしょ？」

キースが目をぱちくりさせた。「ああ、きみの言うとおりかもしれない」

「田舎の教育に軍配ね。わたしなんて地元の自然公園で実際のペリットをさわったことまであるのよ。だから、この骨を残したのはフクロウじゃない。だけどあなたの言うとおり、これはネズミの骨みたいね」

そのとき、何かが聞こえてきた。遠くで犬が吠える声が。

D・Dが小走りに近づいてきた。「犬が何か見つけたみたいね」

吠え声は続いている。

「大きな発見らしいわね」D・Dが携帯電話を取りだした瞬間、それが鳴りだした。画面を一瞥したD・Dが「クインシーから」と言って電話機を耳にあてた。

「ええ、でしょうね。犬が何か見つけたんでしょ。え？　ほんとに？　わかった、すぐ行く」

電話を切ったD・Dが引きしまった表情で振りかえった。

「犬が見つかってなかった骨を発見したんだね」キースがすかさず言った。

「いいえ。犬がべつの遺体を発見した」

一瞬、全員が言葉を失った。

「もっといるってこと？」わたしは小声で訊いた。

「少なくとももうひとり埋まってた。クインシーが手伝いにきてほしいって」

「死体捨て場だ」キースが声をあげた。「シリアルキラーの死体捨て場を発見したんだ」うわずった声。興奮をおさえきれないのだろう。

でも一瞬……

悲しくなった。怖くなった。茫然とした。

またあの女の子たちのひとりに戻ってしまった。

「ホテルに戻ってもいいのよ」D・Dがやさしく声をかけてきた。

わたしにそんなことができるはずもないのに。

首を振り、来た方向に向きを変える。キースがコンパスを調整した。そしてわたしたちは死者のもとへ向かった。

11　キンバリー

「ちょっと予想外の事態になっちゃって」キンバリー・クインシーは電話に向かって言った。午後九時。キャリアでも一、二を争う長い一日を終えて、ようやくホテルの部屋に戻ったところだった。この数時間は上司と、そして捜査本部の面々と長い話しあいをしていた。これから次に向けての計画を立てる前に、十五分だけ正気に戻る時間がほしかった。電話の向こうから、娘たちが背後でしゃべっている声が聞こえてきた。九時はベッドに入る時間だ。マックが電話に気をとられているのをいいことに、まだ寝ないで遊んでいるに違いない。

実生活の音。こういう日のあとで聞く日常の音は、はたして心地いいのか、混乱するのか判断がつかない。

「骨がさらに見つかったのかい」アトランタの自宅にいるマックが訊いた。

「遺体。遺体がさらに見つかったの」

間があいた。「おまえたち」マックが娘たちに声をかけた。「何か読むものを選んできなさい。すぐ行くから」

「前にそれをやろうとしたときは、あの子たち、本で叩きあってたじゃない」

「それで疲れて眠くなったんだからいいじゃないか」

ドアの閉まる音が聞こえた。マックが娘たちの続き部屋を出て、夫婦の寝室に移動したのだ。目を閉じて自宅を思い浮かべる。控えめなランチスタイルの家。開放的な居間に物が山積みのソファ、散らかった床。子供部屋のひとつは紫であふれていて（イライザのほう）、もうひとつはブルーで埋めつくされている（メイシーのほう）が、どちらもスポーツのトロフィーとぬいぐるみと読みこまれて手垢《てあか》のついた本でいっぱいだ。それからキンバリーとマックの寝室。ベッドは整えられたことがなく、壁という壁に家族の写真が飾られ、部屋の隅に置かれたルームランナーは蒸し暑い夏だけ使われて、それ以外の季節は洋服かけがわりになっている。

寝室のアクセントウォールを塗りなおしたいとずっと思っている。それにクローゼットの整理とバスルームのかたづけも。でも実際にはそんな時間はないし、たぶんそんなことをするタイプでもない。キンバリーもマックも、家族と仕事のことしか頭にない。だからこそぴったりの夫婦なのだと思うことにしている。

「はじめから聞かせてくれ」マックが言った。

「捜索犬が新たに三つの遺体を発見したの」

「三つだって？」

「少なくともね。頭蓋骨を三つ掘りだしたところでストップして、法人類学者のドクター・ジャクソンを待つことになったの。もっとあるのかもしれない。わからないけど。わかったのはたくさん骨が埋まってるってことだけ」携帯電話を握る手が少し震えた。「まとめて埋めたのよ、マック。シリアルキラーが三人の被害者をいっぺんに埋めるなんて聞いたことある？」

マックはすぐには答えなかった。それを期待してもいなかった。キンバリーもまだきょう見つかったものをどう考えたらいいのかわからないのだ。考える時間は何時間もあったのに。

「埋められてからどれくらいたってるんだい」

「遺体は完全に白骨化していた。さらにくわしいことはドクター・ジャクソンとそのチームが来るまで待たなきゃいけないけど。浅く埋められていたのが気になってるの。秘密にしておきたいなら普通は深く埋めるものでしょ。なのに遺体は四つともしっかり埋められていなかった。犯人はこのあたりにくわしい人物で、遺体が見つからないと自信を持ってたのかしら。それとも深く穴を掘るだけの時間や体力がなかったとか？　フローラの話では、ジェイコブ・ネスは決して鍛えてはいなかったそうだけど。わからないわ」

「新たに見つかった三体も女なのかい」

「きちんと掘りだすためにドクター・ジャクソンを待たなきゃいけないのよ。埋まっていた現場は自分たちのチーム以外絶対に手を出すなってドクターに言われてるの。この段階では土も虫も動植物もすべて重要で、わたしたちではその仕事をちゃんとやれないから」

「でもきみは女だと思ってるんだね」

「頭蓋骨は小さかった。女のものと考えておかしくないわ。それに、あの三体もきっとライラ・アベニートと関係がある。ライラは十代の少女だった。でもわからない。自分の見たいものを見てるだけなのかしら。事件へのアプローチが始めから全部間違ってたのかしら。正直、自分がこれほど馬鹿だと感じたことないわ。捜査本部を指揮しなきゃいけない立場なのに」

キンバリーはまたため息をついた。ベッドの端に腰をおろし、頭痛がしてきたこめかみをさする。

「応援は呼んだのかい」

「マーシャルが証拠収集班の派遣を認めてくれた」マーシャルというのはキンバリーの上司で、証拠収集班とはとくに複雑な証拠収集を専門に担うエリート集団だ。キンバリー自身がその一員でもある。証拠収集班は自前の鑑識班を持たなかったり、FBIのような高度な機器がそろっていない捜査機関を支援することもある。また、飛行機事故やおおぜいの犠牲者が出た事件など、人手が必要な現場にも派遣される。キンバリーのアトランタのチームは九・一一のあと、国防総省の現場に派遣された。キンバリーの先輩のひとりは、数日かけて瓦礫《がれき》のなかから金の結婚指輪を探しだしたことを話してくれた。そのときの未亡人の顔を見て、夫のせめてその一部でも返してあげられてよかったと言っていた。その先輩はそれから五年後に亡くなった。癌《がん》だった。おそらく現場で有害な化学物質に触れたせいと思われた。FBIの職員はよく天命を受けたという話をするが、それを本当に理解する民間人は少ない。

「だいじょうぶ?」マックがそっと訊いた。

「きついわ」キンバリーは素直に認めた。「この大変な現場を仕切らなきゃいけないんだもの。監督する人数は多いし、おそろしい謎への答えをすぐにでも出さなきゃいけないプレッシャーもあるし……」

「新たに見つかった遺体もジェイコブ・ネスのしわざだと?」

「もしそうならラッキーだと思うわ。すでに死亡した犯人の昔の遺体遺棄現場が見つかっただけなら」

「予想の範囲内だし、これ以上の恐怖をあおることもないしね。より新しい遺体が見つかっていないということは、もう死んでいる男のやったことだとして時系列に矛盾はない」

「累犯者《るいはんしゃ》はある日急にやめたりしないのをわたしたちは知ってる」キンバリーは考えを口にした。「これまでに発見された遺体がすべて白骨化していることから、古い犯罪を新たに見つけたものと考えてもいいと思う。それならネスの時系列にも合うし、説得力のある説明もつく。ネスは最初、トラックのルート近くで少女たちをさらっていた。彼女たちを人目につかない山に連れていき、殺したあと遺体を捨てていた。やがて腕があがり自信をつけて、より長期の拉致監禁に手を染めた。フローラにしたみたいに」

「フローラは新たな発見についてどう考えてるんだい」

「彼女は……困惑してる。ジェイコブ・ネスが若い女性を殺して埋められるかといえばもちろんだけど、山にのぼり、死体を運んで森を歩くなんて……フローラに言わせればありえないそうよ。あれほど怠惰な誘拐犯はいないって」

「ジェイコブがべつの登山口まで車であがり、そこから遺体発見現場まで山をくだった可能性は？」

「いい質問ね。まだ近辺の登山道をすべて把握できてないの。みんなが当然のようにいますぐ答えをほしがってる。そんなに簡単ならいいんだけどね」

「そうだね」

ふたりとも黙りこんだ。キンバリーは壁にもたれ、自分のもののように聞き慣れた夫の息遣いに耳をすました。もう娘たちの声はしない。イライザとメイシーは寝たのだろうか。こっそり悪だくみをしている可能性のほうが高そうだが。もうマックを解放してあげるべきだ。夫は夫の、キンバリーはキンバリーの責任を果たせるように。でもまだその準備ができていない。これが必要だ。嵐のなかの一瞬の静けさが。

「ジェイコブ・ネスは一度に大量にやってたんだろう？」マックがようやく口を開いた。

「酒とかドラッグとかを」

「ええ」

「三人の被害者もそれだった可能性は？　一気に殺したんじゃないか？　テッド・バンディが女子寮を襲った夜みたいに」

「バンディの場合は女子寮で暴れて殺しまくったあとその場から逃げたのよ。三つの遺体を一カ所に運んで捨てるよりは簡単でしょ」

「となると共犯者に話は戻るね。地元につながりがあって、ジェイコブをそこに呼び寄せた人物。もしそういう人物がいたなら、三人を殺して埋めるのも決して不可能じゃない」

「ニッシュの町に来ない？　地元の人には怪しむような目で見られるし、山は白骨死体だらけだけど、それ以外はすごくいいところよ」

「いやいや、きみならできるよ。それに、どんな事件もよくなる前に一度悪くなるものさ。それが自然のことわりなんだ」

「そうね」キンバリーは身体を起こして背筋を伸ばした。切りあげる時間だ。

「話したくなったら電話しておいで。夜中でもかまわないから」

「わたしたちの仕事のいいところね」

「ぼくたちの結婚のいいところだろ」

キンバリーは笑みを浮かべた。「愛してるわ」

「ぼくも愛してる」

「マック、ずいぶん長くあの子たちをほっといたけど……」

「祈ってくれ」

キンバリーはまた笑みを浮かべ、二本の指で唇に触れた。電波を通じて夫にキスを送れるかのように。そのお返しに夫の唇を感じられるかのように。

そして仕事に戻った。

12 D・D

D・Dは朝一番にフローラとキースを保安官事務所へ引っぱっていった。そこの会議室にもともとの捜査本部の指揮所が置かれることになっていた。きのう新たな遺体が発見されたことで、登山口にも山を調べる骨の専門家や鑑識官などのための現地指揮所が設置された。キンバリーとは昨夜遅くに話をした。捜査の規模と範囲が一気に拡大したため、D・Dにスミザーズ保安官とともに地元への聞きこみをしてほしいと言ってきた。キンバリーは新たな遺体発見現場の掘りおこしを監督しなければならないからと。なかなかの頼みだし、自分の所轄にさえいない都会の刑事にFBI捜査官がずいぶんな信頼を示してくれたものだ。捜査本部がいかに人手不足かを物語ってもいるが。というか、キンバリーはD・Dがどのみち地元住民に話を聞いてまわるつもりだと見抜いていたのかもしれない。こうすればある程度は状況を管理できるとFBIは考えたのだろう。

これまでD・Dを管理しようとして失敗した者がいなかったとでも思っているのか。

D・Dはうきうきした気分で平屋の庁舎に入っていった。後ろをついてくるフローラは一睡もしていないように見える。キースもだが、とくにめずらしいことではない。

大規模な捜査のこの段階は個人的に大好きだ。戦いにそなえている感じ。いまわかっていることはこれ、わかっていないことはこれ。さあ、兵を率いて打ってでよう。

保安官は会議室にいなかった。捜査会議で見知ったFBI捜査官がふたりいた。ひとりは地元の捜査員たちに書類のことであれこれ指示を出しながら、壁の中央に登山道の大きな地図を貼っている。ニッシュと周辺の町の引きのばした地図がその隣に来るのだろう。さらに各被害者の写真やこれまでにわかったことなどを記したボードと、会議用のホワイトボードも。

もうひとりのFBI捜査官はIT担当のようだった。テーブルはU字形に並べられている。彼はそこに適度な間隔でラップトップを配置しつつ、自分のコンピュータに向かって何やらさかんに打ちこんでいる。たぶん、保安官事務所のシステムは使わず、捜査本部の全コンピュータ用に安全なネットワークを構築しているのだろう。すべてのデータを管理し、取扱いに注意を要する書類の受けわたしを記録するにはそのほうがいい。捜査活動の新時代へようこそ。問題は情報を手に入れることではなく、データの洪水を管理すること。証言の供述書からホテルの宿泊者名簿からレストランのクレジットカードの伝票まで、一日で大量の書類が集まることになる。大きな事件が専門なだけあって、FBIのデータ管理の手腕はなかなかのものだ。

ふたりの過労ぎみの捜査官に手を振って挨拶すると、どちらも仕事の手を休めずに軽くうなずいた。D・Dは混沌《こんとん》としたその部屋を出て——あいかわらずフローラとキースを従え——廊下を進んだ。

もし自分が保安官なら、騒乱から逃れて執務室に避難する。何カ所か試して執務室を見つけた。

「スミザーズ保安官」

保安官は椅子に深々ともたれ、両足をあげて目を閉じていた。声をかけられてあわてて身体を起こし、音を立てて足を床におろすと同時に、帽子が頭から落ちた。

「ああ、ああ、ええと……」D・Dのことは認識しているが、不意をつかれて名前が出てこないらしい。

疲れきったその様子に同情が湧いてきた。「ボストン市警のD・D・ウォレン部長刑事よ。

D・Dでいいわ。それとフローラ・ディンにキース・エドガー。おぼえてるでしょ」

狭いうえにあちこちに積まれた書類のせいで、執務室には三人が立っているのもやっとだ。保安官はいまさらながら椅子をすすめなければと思ったのか、部屋を見まわしたものの、すぐに諦めた。

「すまんね」と深いため息とともに言う。

「いいのよ。いまはかたづけよりもっと大事なことがあるんだもの」

「ああ、そのとおり」

「クインシー特別捜査官から、あなたに会いにくるよう言われたの。一緒に聞きこみを仕切ってほしいって」

「ゆうべ聞いたよ」保安官がD・Dの背後のフローラとキースに目をやった。どちらも黙ったまま何も言わない。寝不足のせいか。悲しい事件がいっそう悲しい展開になったことへのショックのせいか。D・Dは期待のまなざしでふたりに振り向いた。

キースが手を差しだし、ぼそぼそと挨拶した。フローラはただじっと保安官をみつめている。無表情なのはいいきざしではない。自分の殻にもぐってしまっている。防衛本能なのか。殺人衝動をとぎすませているのか。

「失礼ながら――」保安官がD・Dを見た。「このふたりは民間人だね」

「おっしゃるとおりよ」

「民間人に聞きこみをさせるわけには……」

「わかってる。そもそもフローラは会話が得意なほうじゃないし」Ｄ・Ｄはあいかわらず黙りこくっているフローラに眉を持ちあげてみせた。反応なし。いよいよ悪い予感がする。

「クインシーから目的は聞いてる？」Ｄ・Ｄはふたたび保安官に顔を向けた。

「ああ。町のリーダーや影響力のある人間を特定して――」

「つまり噂好きやおせっかい連中ね」

「それと商売をやってる人たちにも」保安官がそっけなく続けた。「ひととおり話を聞いてくるようにと」

「町の変わり者とか悪い噂のある人間は？」

「すでに前科のある者はリストアップし、全員に話を聞きにいくよう指示した。もちろん簡単な質問じゃないがね。十五年前は何をしてたか、なんて。今後はジェイコブ・ネスの写真を見せて聞きこみをすることもできるが、あんな怪物を知ってたとは誰も認めたがらんだろうな」

「そうね。でもジェイコブの人相風体に合致する人物がこのへんに来てなかったかと訊いてみたらいいんじゃない？　さらにトラックのことも訊いてみようと思ってるの。レイプ魔として知られている人物にはかかわりたくなくても、こういう車を見たって認めるだけなら忌避感も少ないでしょ」

保安官がうなずいた。

「町のリーダー的な人物はいる？　牧師とか町長とか、地元の人たちみんなをよく知ってるような」

「ハワード町長がいる。ハワード・カウンセル。妻のマーサとともに、メインストリートの歴史あるB&Bを経営してる。昔ながらの夏の別荘風の建物で、このあたりでは高級な宿だ」

「家をぐるりと囲むポーチに揺り椅子がたくさん並んでるような？」

保安官がうなずいた。「そうそう」

「ぜひとも行かなくちゃね、わたしたちで」

「わたしたち？」

「あなたとわたしで。町長なら敬意を表さないと。制服警官がふたりで行ってあれこれ訊いたらきっと怒らせてしまう。でも保安官を含む捜査本部のリーダーふたりが出向いて、挨拶がてら町で起きてることを報告するなら……」

保安官が理解した様子でうなずいた。

「礼をつくされて悪い気はしないでしょ。もちろん、ついでにいろいろ質問するんだけど」

「ハワード町長夫妻は……このあたりでは古くからの顔だ。外の人間にどれだけ本音を明かすかわからんが、この件には早くけりをつけてもらいたいだろう。センセーショナルな殺人事件なんて外聞が悪いからな。もちろん商売にも悪い。捜査本部にいつまでもいてほしくはないはずだ」

「完璧ね。夫妻は早起き?」

保安官が肩をすくめた。

「まあいいわ。きのうの騒ぎのあとじゃ、みんなよく眠れてないだろうし。行きましょう」

保安官が目をしばたたいた。「いますぐかね?」

「いまほどいいタイミングはないわ」

保安官がまだ少し疲れた顔で帽子に手を伸ばしかけて言った。「シャツを替えたいんだが」

そこではじめて、保安官の服がしわだらけなことに気づいた。制服のまま寝たのかと思うほど。気の毒な人だ。「じゃあ外で待ってる。フローラとキースにも宿題を出さなきゃいけないし。それからみんなで仕事にかかりましょう」

「ぼくたちに宿題?」キースが訊いた。

「そうよ」D・Dはふたりをうながして廊下に出た。

「何?」執務室のドアを閉めるやいなやキースが尋ねた。

D・Dは答えるかわりにフローラを観察した。心ここにあらずなのは変わらないが、任務を与えれば閉じこもった殻から出てくるかもしれない。

「いまわたしたちは堂々めぐりしてる。これはジェイコブのしわざなのか、そうじゃないのか。ジェイコブはもちろん四人の少女を殺せる。でもたぶんあの山に死体を捨てられない」

フローラがうなずいた。まだはるかかなたにいるような様子ではあったが。

D・Dはするどい口調にあらためた。「ジェイコブがこの町にいたのかどうか知る必要がある。今回の事件にかかわってるのかはっきりさせるために」

「言ったでしょ。わたしは箱に入れられてた。何も見てない――」

「あなたは何も見てない。何も聞いてない」D・Dはにべもなく言った。「でも、何かはしたはず。仕事して、フローラ。お飾りでここにいるわけじゃないんでしょ」

フローラの鼻の穴がふくらみ、D・Dに反抗的な目を向けてきた。が、少なくとも目に光が戻っている。

「よくわからないんだけど」とキース。

D・Dはフローラから目をそらさなかった。「監禁されてたとき、何をした？　どんなことを経験した？　考えて、フローラ。九カ月前に記憶をたどったとき、何をトリガーに使った？」

フローラが急に目をしばたたいた。背筋を伸ばし、今朝はじめてこちらに注意を向けた。

「食べた」と小声で言う。「ジェイコブはいつも食べ物を持って帰ってきた。テイクアウトの料理ばっかり。スペアリブとかフライドチキンとかハンバーガーとかピザとか。脂っこければ脂っこいほどいい」

D・Dはうなずいた。「白状するけど、こんなことをさせるのは正直気が引ける。わたしが自分でやれたらいいんだけど。でも、それぞれに背負うべき十字架がある。だからわたしはいい子で町長に会ってくるわ。そのあいだに、あなたとキースは十年前から営業してる町の飲食店を全部調べだして、それから……食べて。必要ならメニューを全部注文して。何かおぼえのある味を見つけるまでレストランめぐりをしてちょうだい」

フローラがこちらをまじまじと見た。

「十年前に営業してた店を調べるだけじゃだめだよ」キースがてきぱきと言った。「当時の料理長がいまもいる店じゃないと。シェフが料理の味を決めるんだから」

「なるほど」

「ニッシュと近辺の町の飲食店を検索して、営業年数、開店日、料理長が雇われた日をリストにまとめるよ」

「いいわね」

「自分の味覚にそこまで自信ないんだけど」フローラが割りこんだ。「自分の記憶力にも」

「特製ソースの秘密の隠し味をあてろって言ってるんじゃないわ、フローラ。デジャヴを感じるか感じないか。それだけよ」

フローラがゆっくりうなずいた。無気力さは消えている。かわりにいまは……より幼く不安そうに見える。ジェイコブを思いださせる料理に出会ってしまうのが怖いのか。あるいは、それが見つけられず、ジェイコブがフローラにしたこと、ほかの被害者にしたかもしれないことが永遠に謎のままになってしまうことのほうをおそれているのだろうか。

　ジョージアに来るのはフローラにとって勇気のいることだっただろう。見あげたものだと思う。同情する気持ちもある。だが、D・Dは厳しい態度をくずさず、はっきり要求した。フローラに甘くしてもうまくいったためしはない。とはいえこれは不可能な挑戦かもしれないが……

「わかった」フローラが不意に言った。「やるわ。町じゅうの店で食べるだけでしょ。べつにむずかしいことでもないし」

　キースがフローラの肩に手を置いた。それが充分な答えだった。

　ドアがあき、シャツを着がえた保安官が出てきた。

「夕方連絡して」D・Dはふたりに言って、手で追いはらうしぐさをした。フローラとキースが背中を向け、廊下を去っていった。

「あのふたりはどこへ？」保安官が尋ねた。

「さあ。恋する若いふたりのことだから」

13　キンバリー

キンバリーは午前五時過ぎに証拠収集班の面々と顔を合わせた。コーヒーが淹れられ、セロハン包みの菓子がかごに盛られる前に全員がホテルのロビーに集合した。経験豊かで細かいことまで目配りできるいいチームだ。キンバリーは各メンバーをつねに信頼しているし、前回ジョージアの山で遺体を回収したときもその信頼は裏切られなかった。

管理官でありシニア・チームリーダーのレイチェル・チャイルズが今回のサーカスの団長だ。身長五フィートそこそこと小柄な赤毛の彼女はシカゴ育ちで、引きしまった口もとにおいそれとは逆らえない意志の強さをにじませている。身長では対照的な六フィート一インチのひょろっとしたハロルド・フォスターは、今回一番のアウトドア派だ。大学に入る前にアパラチア山道を踏破した彼は、今回もそうする気まんまんだ。さらに動植物、なかでも猛獣や毒ヘビにくわしい。キンバリーは山ではなるべくハロルドのそばにいたい——彼のペースについていければだが。

ハロルドとレイチェルはあとふたり捜査官を連れてきた。

キンバリーとは初対面のフランクリン・ケントは、ゆったり流れる川のような話しかたで、ハロルドと並ぶ重装備なのを見ると同じく山の経験が豊かなのだろう。

最後にレイチェルから紹介されたマギー・シャープは、事件現場のマッピングのための測量ツールをかかえていた。歩くIT部門というわけだ。

挨拶を終えると、キンバリーは二カ所の遺体発見現場について、遺体掘りおこしは法人類学者のドクター・ジャクソンが指揮をとると説明した。その間、証拠収集班は捜索グリッドをさだめたり、発見現場の周辺を調べたりするほか、もちろんさらなる骨の捜索と回収もおこなう。

登山口までは二台の車に分乗して行くことになった。キンバリーとハロルドが先に出て登山道の起点に現地指揮所を設置し、ドクター・ジャクソンを迎える。そしてチームリーダーのレイチェルは、もっとも重要な役目であるコーヒーとスナックの係を担当する。

キンバリーとハロルドが目的地に到着したとき、ちょうどドクター・ジャクソンの乗る検死局の白いヴァンも入ってきた。二度ほど一緒に仕事をしただけだが、キンバリーはこの法人類学者の実際的なところが気にいっていた。今朝のドクター・ジャクソンはゆったりした服にトレッキングブーツを履いている。ヴァンの荷台につなぎの作業服が積まれていて、それがバックパックにおさめられた。荷台にはさらにバケツ、移植ごて、ふるい、防水シートなどが並んでいる。

荷物を運ぶ馬かロバが必要だろうかと考えていると、ドクター・ジャクソンの助手たちがやってきて黙々と荷物をバックパックに詰め、身体のあちこちにつけたフックにいくつものバケツを吊《つ》るしていった。

そして一同は出発した。ハロルドが先頭に立ち、レイチェルが少しあとから続いた。二カ所とも座標は伝えてあるのでとくに心配はなかった。

キンバリーはペースをおさえ、ドクター・ジャクソンと並んで歩いた。おそらくほとんどの時間をラボですごす人物にしては、彼女はとてもよくやっていた。とはいえ山道を一マイルも歩くのだから、休憩は必要だ。

「もっと骨を見つけてきてと言ったのはこういう意味じゃなかったんだけど」ドクター・ジャクソンがぶつぶつ言った。

「送った写真は見てくれた?」

「もちろん」

「頭蓋骨のてっぺんが見えたところで掘るのをやめたの。何かまずいことをやらかさないように」

「FBIからそんな常識的な言葉が聞けるとはね」

「たまにはそういうこともあるのよ」

「その手には乗らない。わたしにはまだ言えないことを聞きだそうっていうんでしょ」

「遺体がどれくらい前に埋められたのか知りたいの。できるだけ早く。これは昔の事件なのか、現在進行形の事件なのか」

「骨の状況からすると古い事件のほうに一票ね。だけど、遺体をラボに持っていって調べないとくわしいことはなんとも」

キンバリーはうなずいてその判断を受けいれ、山道をのぼりつづけた。

最初の遺体発見現場はひと月前に徹底的な捜索がおこなわれている。それでもまだ見つかっていない骨を探す必要があるので、レイチェルはハロルドとフランクリンに何か見落としがないかあらためて調べるよう命じた。ハロルドは山中を駆けまわれる健脚で知られている。フランクリンのほうが何で知られているのかキンバリーにはまだわからないが、寡黙に仕事に打ちこむタイプに見える。子犬と豹《ひょう》のコンビといったところか。どちらにとってもおもしろい一日になりそうだ。

キンバリーは残りのメンバーを新たな遺体発見現場へ案内した。そこには保安官助手がふたり、徹夜の番をしていた。キンバリーたち一行が藪《やぶ》のなかからあらわれると、ふたりはほっとした様子で立ちあがった。

「おはようございます」

「ホットコーヒーをどう？」

「いただきます！」

小さなことが大きくものをいう。キンバリーはそのことをキャリアの早い段階で学んでいた。一同は荷物をおろし、おのおの道具を取りだした。現場の汚染を避けるため、遺体が埋まっていた場所からは充分に距離をとったが、みな早く自分の目で見たくてうずうずしているようだ。

保安官助手たちには帰って寝ていいと伝え、あとで交代をふたりよこすよう頼んだ。法人類学者と証拠収集班のチームが土のなかに集中するあいだ、脅威の接近——コヨーテであれ野次馬であれ——に目を光らせる警備係はいたほうがいい。

レイチェルが準備にかかるようチームに指示した。マギーがトータルステーションを出してセットした。もともとは道路や交通網の3Dモデル作成のために使われていた測量機器で、いまでは複雑な犯罪現場の3Dイメージ化にも利用されている。キンバリーが昨夜マックに話したように、遺体はきれいに並べて埋められていたのではない。まとめて穴に投げこまれた可能性が高い。やがて重なりあった遺体の脂肪や筋肉が時間とともに分解され、まざりあった骨があとに残された。

ドクター・ジャクソンはラボに戻ったら、慎重にそれぞれの遺体の骨格を復元する。いっぽうでトータルステーションのデジタル画像を使ってもとの現場の情報が保存される。

道具や機器の準備が整うと、レイチェルがドクター・ジャクソンと作戦を話しあった。誤解されていることもあるが、FBIの証拠収集班のおもな任務は証拠の収集であって分析ではなく、メンバーは科学捜査の専門家ではない。ただしハロルドのように、仕事をするうちに特定の分野に造詣を深めた者もなかにはいる。

ドクター・ジャクソンがハイキング用の服の上につなぎを着て、みんなにもそれを配った。全員顔をしかめつつも、すでに汗のしみた服の上にそれを着けた。

遠くで鳥が鳴き、木々が風にそよいでいる。ドクター・ジャクソンが慎重に線をまたいでグリッドの中央へと歩を進めた。そこに見えるものをキンバリーはもうすでに知っている。少しくぼんだ地面と、その隣の盛りあがった地面。一般人は盛りあがったほうに死体が埋まっていると考えがちだが、違う。くぼんだほうだ。盛りあがったほうは、犯人が穴を掘って死体を埋めたあとの残りの土で、時間とともに分解によって遺体の体積が減ると、そのぶん土が沈み、現場の捜査員なら誰でもそうとわかる特徴的な地形ができあがる。地面の盛りあがりとくぼみが並んでいたら、それはすなわち墓標のない墓のしるし。

今回の場合、その墓標のない墓では、掘りかえされた土から三つの丸い頭蓋骨がもう顔を出していた。

ドクター・ジャクソンが移植ごてを手にした。全員、仕事に取りかかった。

14 フローラ

「もう食べられない。あなたが食べて」

「ぼくが？　それじゃ意味ないんじゃない？」

「お願い。できるものならやってみせて。このスペアリブの味がさっきの店のとどう違うか、その前の店のとどう違うか言える？」

わたしは挑発的にキースを睨みつけた。相手が挑戦に応じざるをえなくなるまで。

「わかったよ、そこまで言うなら」キースが果敢にナイフとフォークを手にとり、あぶり焼きの肉を切った。

「スペアリブをナイフとフォークで食べる人なんている？　それじゃ本当の味なんてわかりっこない！」

「機嫌が悪いね」と言ったものの、彼はナイフとフォークを置いて骨つき肉を手でつかんだ。

「機嫌も悪くなるわよ」

「それで何かが変わる？」

もう一度キースを睨んだ。彼は片方の肩をすくめ、肉をそっとかじって考えこむようにゆっくり嚙んだ。「この店のスペアリブはさっきの店のより少しだけ酢が多いんじゃないかな。いや、クローブの風味が少しきいてるのかな」

「出まかせ言ってるんでしょ！」

「そうだよ」

キースが骨を置いた。わたしは思わずあきれ半分、怒り半分の大きなため息をついてブースの背にもたれた。

「もうやだ」

「だろうね」

「だっておぼえてないんだもの。どんなものでも食べられるだけでありがたかったから、夢中でがつがつ食べただけ。動物みたいに。ソースとかスパイスとか風味とか、そんなのに気づく余裕はなかった。飢えてたから。それが飢えてる人間の食べかただから」

「ごめん」

「やめてよ」

また肩がすくめられた。叫びたい。髪を搔きむしって引き抜きたい。このブース席を引き裂きたい。走りだしたい。速く、遠くへ。このいやな食べ物もいやな記憶も置き去りにできるくらい。ジェイコブのことを二度と考えなくてすむところまで。

キースが十年前から経営者の替わっていない飲食店がニッシュに二軒あると調べあげた。ダイナーとパブ。まずそこから始めた。この時間にディナーメニューは出せないと店主に告げられたが、わたしがじっとみつめると、突然すべてのメニューを出してもらえることになった。料理を選ぶのは気味が悪いほど簡単だった。ジェイコブならこれが好き、それがジェイコブの好物。旧友や昔の恋人のためにメニューを選んでいるみたいに。それでべつの記憶がよみがえってきた。セントルイスで、ジェイコブがチリドッグにかぶりついたとたん、それが彼のシャツに飛び散った。わたしは思わず吹きだしてからはっとした。叩かれるんじゃないかと縮こまっていると、ジェイコブも笑いだし、それからチリドッグをもうふたつ買ってきた。トラック用サービスエリアで、ふたりでそれを食べた。これといって話もせず、ただ日ざしを浴びながら。

誰が自分をレイプした男と午後の日ざしを楽しむというのだろう。でもそれがジェイコブだった。いつも怪物だったわけではない。ひょっとしたら、普通の時間があるからこそ、怪物になったときがよりおそろしいことをわかっていたのかもしれない。

D・Dがレンタカーを貸してくれた。ニッシュの二軒のあとは南のダロネガに移動してさらに何軒もの店を回った。永遠に食べていたような気がする。ほかの客の視線を浴びながら、次々に料理を注文して。胃が痛いし、頭も痛い。吐き気がする。食べすぎのせいか、ジェイコブの記憶のせいかはわからないが……

「コロンバイン高校では銃撃事件のあとの夏に校舎を改装した」キースが話しだした。皿の肉をフォークでつつきながら。「生徒たちが乗りこえて前に進めるようにするには、できるだけ事件の痕跡を消すことが大切だと学校側にはわかっていたんだ。それにはただ銃弾の穴をふさぐだけじゃだめで、全体的に変えなきゃならなかった。とくに、おおぜいが死んだ図書室は設計が刷新された」

わたしはぼんやりうなずいた。キースは話し好きだ。それをちゃんと聞くときもあれば、聞かないときもある。

「でも校長は見た目を新しくするだけじゃだめだと主張した」キースが続けた。「あの日、ずっと鳴りひびいていた非常ベルの音も変える必要があると。あの音を耳にしたとたん、自分も生徒たちもパニックになってしまうからとね」キースがそこで間を置いた。「さらには、食堂のメニューから中華をなくした」

キースがこちらを見た。「あの日の食堂のランチメニューだったんだよ、中華が。みんなそのにおいに耐えられなくなったんだ。かぐだけでパニック発作に襲われるから。気の毒な中華。それまでは好きだった人がきっとたくさんいただろうに」

わたしはじっと彼を見た。

「参ってるんだね」キースがそっと言った。「ジェイコブのことを考えるのも、ジェイコブに関することを思いだすのも、耐えがたく苦しいんだね」

何も答えなかった。

「でもウォレン刑事は正しいよ。ぼくたちは情報を五感すべてで処理する。五感すべてを通じて連想する。建物の設計から非常ベルの音から食堂のメニューまで。最初に誘拐されたとき、きみはほとんど何も見ていないかもしれない。でもいろいろ体験したはずだ。自分で思っている以上の情報を処理していたはずだ。少しの時間、辛抱すれば……」

「魔法みたいに自分がここにいたとわかるっていうの？」

「または、ここにいなかったとはっきり確信できる」

「わたしの記憶力はそんなによくないし、五感もそんなにするどくない」

「きみの防御がそれだけ固いんじゃなくて？」

「べつにこれから逃げてるんじゃないから！」

「フローラ、記憶をたどりたくないからって誰も責めたりしない。ウォレン刑事はきみに不可能なことを頼んでる。それは向こうもよくわかってるよ」

目から涙があふれそうになっているのに気づいて愕然《がくぜん》とした。泣きそうになっているなんて、こんなに弱い自分が許せない。

「全部の味がそうだって言ったら？　きょう食べたどれもこれも……ジェイコブが地下室に持ってきたかもしれないって言ったら？　どの料理もまさにジェイコブが好きそうなものば

かりだった。それがわかるのは、わたしがそれだけ長く彼といたから。それだけ彼のことをよく知ってたから」

「いいんだよ」キースが言った。

「いいって何が？　いいことなんて何もないわ！」

「きみがここにいて、彼はいない。きみが勝って、彼は負けた。それでいいんだよ」キースがテーブルごしにわたしの手を握った。「きみはいま、ぼくとここにいる。それはすごくいい」

間違ってると言いたかった。勝った気なんてしないと。わたしはただ耐えていただけで、そんな自分がいやだったと。闘わなかったことが。ジェイコブがくれる食べ物に飛びつき、がつがつと食べたことが。恥ずかしい。いまもジェイコブのことを考えるたびに恥ずかしくなる。どこへ行ってもそれがついてくる。居酒屋のブース席にすわってスペアリブをみつめているいまも。

「行こう」キースが言った。

「どこに？　このあともう一軒、パブに行くんじゃなかった？」

「もう満腹だろ？　ぼくも満腹だし、もういいよ」

キースをまじまじと見た。「じゃあどうするの？」

「ウォレン刑事をお手本にして、独自に捜査するんだよ」

「捜査するって何を?」

「四輪バギー」

「え?」

「ジェイコブじゃなくたって、死体を四つもかついで山に登れる人間はこの世にいない。あの山道は、何マイルも走れるぼくにもけっこうきつかったのに」

わたしはゆっくりうなずいた。

「ということは、何かべつの方法があるはずだ。ぼくたちのまだ知らない道があるのかもしれない。個人的には四輪バギーが通れる道じゃないかなと思ってる。だって、運ばなきゃいけないのは死体だけじゃない。シャベルとかつるはしとかの道具もいる。あれだけ木が茂ってるとトラックは無理だろうから、残るのは四輪バギーだ」

今度もうなずいた。わたしが暗い考えに沈んでいるあいだ、キースは頭を使っていたようだ。その推理は筋が通っている。

「どこから始める?」

「近くの四輪バギーレンタル店を検索した。山道《さんどう》の地図は当然あるだろうし、地元のことにもくわしいだろうから。というのも、その道はいまはもう存在しなくて、だからすぐにわからなかったのかもしれないだろ? でも十五年前には使われてた道があったとかさ」

すぐには返事をせず、かわりに向かいにすわる、テッド・バンディばりにハンサムで、どこまでも好奇心旺盛な男をじっと見た。気づけばもう怒りもなく、恥ずかしさもなかった。ただ興味が湧いていた。

キースの言うとおりだ。遺体が埋められていた場所まで、歩いて山をのぼる以外にもたどりつける道があるはずだ。わたしたちでそれを見つけだすのだ。

わたしはゆっくりうなずいて同意した。

ふたりで手をつないでブース席を出て、出口に向かった。

15　D・D

ハワード・カウンセルと妻のマーサが経営するマウンテンローレルB&B。その淡いラベンダー色のヴィクトリア様式の建物はメインストリートの角に建っていた。家をぐるりと囲むポーチには花かごが吊るされ、半ダースほどの揺り椅子が置かれている。この晴れた九月の朝、片手にコーヒー、片手に本を持ってすわってくつろぐのにそのポーチはうってつけに見えた。

それなのにポーチに誰もいないのは興味深かった。もっとも、まだ八時過ぎだ。犯罪が起きると早起きになるD・Dのような人間は、ときどき世のなかの普通の人の生活がどういうものか忘れてしまう。

スミザーズ保安官がポーチの階段をのぼり、ブロンズ製の取っ手を引いて扉をあけると、D・Dを先に通した。玄関の先は広々としたホールになっていた。正面には立派な階段があり、左手にペールグリーンと黄色のかわいらしいサンルームがある。ベルがチリンと鳴ってふたりの到着を知らせると、紫がかったグレーのスカートにエレガントなピンストライプのブラウスという品のある服装の年配女性が階段の奥の廊下からあらわれた。女性は大理石の床にヒールの音を響かせながら、フロントデスクとして使われているらしい大きなサクラ材の机に向かって歩いてきた。保安官とD・Dの姿を認めると、彼女がその足どりをゆるめた。

「スミザーズ保安官」女性がふたりの前で止まり、物問いたげな青い目を向けてきた。

保安官は帽子を胸の前にかかえて片手を差しだした。「ミセス・カウンセル、おはよう。早くにすまないね。こちらはD・D・ウォレン部長刑事。捜査本部の一員だ。山で見つかった遺体の件の。当然耳に入っていると思うが――」

「きのう、またべつの遺体が見つかったんですってね」ミセス・カウンセルが先まわりした。「もっと出てくるんじゃないかなんて噂も聞いたんだけれど」

保安官は否定も肯定もしなかった。現時点ではまだメディアに勘づかれないよう、新たな遺体のことは伏せておこうとしている。どこまでその作戦が続けられるかはわからないが、少しでも運が味方についてくれるのを捜査本部全体が祈っている。

「ハワードはいるかな」保安官が尋ねた。「町長に現況を伝えておこうと思ってね」

「ええ」ミセス・カウンセルがD・Dに手を差しだした。「どうぞマーサと呼んで。夫を呼んでくるわね。サロンでお待ちになってて」そう言って左手の部屋を示す。ペールグリーンの格子柄の壁紙に、床はセージグリーン地に淡い黄色のバラの花の模様のカーペットが敷かれたその空間には、さまざまな年代ものテーブルが並べられている。B&Bの宿泊客が朝食や午後のお茶や夜のブランデーを楽しむ場所に違いない。

「コーヒーか紅茶でも？」マーサが隅の大きなテーブルに案内しながら訊いた。

ほかには誰もいない。興味深いことだ。観光の町なのに、この宿には客がいないのだろうか。

「宿泊客はたくさんいるんですか？」テーブルについて保安官が引いてくれた椅子に腰かけながら、D・Dは尋ねた。

「いまはカップルが四組。平日なのでね。この時期の週末はもっと混むのよ。でもアパラチア山道を踏破するハイカーにはもう時期が遅いし、家族連れは学校があるでしょ。週末にはカップルや日帰りのハイカーや家族連れも来るわ。ハワードを呼んでくるから少しお待ちになってね。コーヒーをいかが？」マーサがふたたびすすめた。

「いただきます」D・Dは言い、保安官が嬉しそうにうなずいた。

「これだけの規模の捜査本部に加わったことは？」マーサが出ていくと、D・Dは保安官に尋ねた。

「いや、ない」

「今夜は家に帰って自分のベッドで寝たほうがいいわ。これは短距離走じゃなくてマラソンなんだから」

ヒスパニック系の少女が戸口に姿を見せた。水色のメイドの制服姿で、膝下丈のスカートに長袖。黒い髪をきっちりと結い、銀のコーヒーセットののった巨大なトレーを肩で支えている。

少女がゆっくりと歩いてきた。右足を少し引きずっている。近づいてきた少女の生えぎわには傷跡があり、脳卒中を起こしたときのように顔の左半分がやや垂れさがっている。

少女が隣のテーブルで止まり、慎重にトレーをおろすと、無言で銀のポットから二客の花柄のカップにコーヒーを注ぎはじめた。

「おはよう」D・Dは声をかけた。

少女がわずかに顔をあげた。保安官の制服に視線がいくと、その目が見ひらかれた。が、少女は何も言わずコーヒーを注ぎつづけた。カップをまずD・D、次に保安官の前に置き、テーブルの中央に砂糖とクリームを置いた。

「その子はわたしたちの姪《めい》でね」新たな声が部屋に響いた。クリーム色の麻のスーツにミントグリーンの蝶ネクタイをした年配の紳士がマーサとともに入ってきた。町長のハワード・カウンセルだろう。

少女がさっとさがり、壁ぎわに立って床に視線を落とした。

「この子は話せないのよ」町長と腕を組んだマーサが言った。「小さいときに交通事故にあってね。この子の母親はそれで死に、この子は脳に損傷を受けて話せなくなってしまったの。かわいそうに」

「学校に行かなくていいんですか」D・Dは尋ねた。こんなに年若い少女がメイドの格好をしていることにまだとまどっていた。

「意味がない」町長がにべもなく言った。「読み書きができないからね。言語処理にかかわる脳の部位が修復不可能な損傷を受けているんだ。医者にはっきり言われたよ。手のほどこしようがないと。それでももちろん引きとった。家族は家族だからね」

それにただ働きもさせられるしね、と辛辣《しんらつ》な考えが浮かんだ。壁ぎわに目をやってみたが、少女は無表情のままで、会話が聞こえているのかも、まして内容を理解しているのかも判じがたい。

町長が妻のために椅子を引いて保安官の隣にすわらせ、自分はテーブルを回ってD・Dの隣の席についた。保安官と正面から向かいあう形で。

「つまり噂は本当だということかね。きのう、またべつの遺体が見つかったという」町長がおもむろに口を開いた。

D・Dは保安官に話をまかせてコーヒーを飲んだ。

「ああ。遺体がさらに発見された。最初の場所からそう遠くないところで」

「まあ」マーサが口をおさえ、不安げに夫を見た。

ハワード町長が深いため息をついた。「また女の子が？　それはひどい。ひどいとしか言いようがない」

「どうして女の子だと？」D・Dは訊いた。

「いつだってそうじゃないかね？」町長が悪びれるふうもなく言った。

どうにも読みにくい。

「ところでどこから来たのかね」町長がD・Dに尋ねた。

「ボストンです」

「しかしここで、捜査本部の一員としてわが町の森を捜索している。どうしてかね？　なぜボストンの刑事が南部の捜査本部に？」

「経験を買われて」うっかりそう言ってしまったが、町長の妻のおかげで突っこんだ質問をされるのはまぬがれた。

「その新しい遺体というのは……やっぱり骨？」マーサが最後の言葉をひどくショッキングなもののようにささやいた。実際にそうなのかもしれない。D・Dがこの仕事を長くやりすぎただけで。

「まだ捜査中です。いまも法人類学者が現場に行っています」

「まあ。こんなに悲しくておぞましいことがここで、目と鼻の先で起こるなんて」マーサがつらそうに夫を見た。「しかも秋の登山シーズンを目前にして。まあ、なんてこと」

「最初に見つかった女の子については何かわかったのかね」町長がスミザーズ保安官に尋ねた。

「だいぶ前からあそこにいたということくらいしか」

「いつから町長に？」D・Dは質問した。

「十年前からだ」

「その前は？」

「わたしの父がやっていた。カウンセル家は代々この町に奉仕してきたんだ」

「若い子をたくさん雇ってるんですか」D・Dはあいかわらず壁ぎわにじっと立っている〝姪〟を一瞥した。

「ええ、もちろん」マーサが答えた。「とくに夏の繁忙期はね。見てわかるとおり、ここは小さな町だから、忙しい時期には外から働き手に来てもらわなきゃならないのよ。でも不法就労はひとりもいないわ、もしそれが訊きたいなら。きちんと証明できる書類もあるわよ」

D・Dはうなずきながら考えこんだ。カウンセル夫妻の言うことももっともだ。ニッシュはたしかに小さな田舎町で、住人は全員が知りあいだろう。いっぽうで、一年のうちそれなりの期間は労働者が出たり入ったりしていて、観光客ももちろんおおぜいやってくる。そういう人々をすべて、十五年前にさかのぼって把握するというのは簡単ではない。

そこで手始めにある住民に目をつけ、D・Dはさっと立ちあがった。「すみません、お手洗いをお借りしたいんですが」

「じゃあご案内するわ――」

「けっこうです。姪御さんに連れていってもらいますから」そして誰にも何も言われないうちに、少女の肘をつかんで壁から離れさせ、部屋の外に連れだした。少女が少しよろけたので、D・Dはペースを落とし、ただトイレを探しているふうをよそおって普通に歩いた。握った腕が震えているのを感じたが、少女は何も言わない。いや、言えないのだろうか。

D・Dは好奇心に駆られ、部屋を出ると少女の腕を離した。どうするのか見ていると、少女は逃げだしたりせず、左に曲がって階段の奥の廊下に入っていき、そのまま〈婦人用〉と記されたドアの前まで行った。

D・Dは年若いメイドをしげしげと見た。つまり、この少女は話を理解できる。ただ会話ができないだけだ。カウンセル夫妻が言っていたほどに障害が重いわけではないのではないか。

「ここにいてだいじょうぶ?」D・Dは小声で尋ねた。

少女はD・Dの肩ごしの一点をみつめたまま何も答えない。

「しゃべれる？」

少女の口がすぼまった。一瞬、口笛を吹くか、何か音を出そうとしているように見えた。が、音は出てこず、少女はまた壁に視線を戻した。

「タイピングはできる？」D・Dは思いついて携帯電話を取りだし、テキストメッセージの画面を出して、並んだ小さな文字のキーを指さした。「打って。言いたいことをタイプしてみて」

少女が電話を見て、おそるおそるD・Dの手からそれを受けとり、いかにも物珍しそうに裏返した。文字や点滅するカーソルをみつめ、少女の指が画面の上で震えた。ほとんど恋しそうに。それから首を振り、もどかしそうな顔をして、D・Dに電話を返した。

たっぷり一分はたっている。あまり長くなるとマーサが様子を見にくるだろう。

「あなたはいろいろ知ってるんでしょ。外にそう見せている以上に」

少女がわずかに息を吸いこんだ。D・Dはそれをイエスと受けとった。

「戻ったらカウンセル夫妻にいくつか質問しなきゃいけないんだけど、あなたの答えも聞きたい」

茶色の目がおびえたように見ひらかれた。

「ううん、怖がるようなことは何もないのよ。こうするの。あなたはいつもどおりの場所に立って、手を横におろしておく。わたしが質問したら、指で合図して。イエスなら指を一本立てる」D・Dは一本指を立ててみせた。「ノーなら二本。イエスのときは？」

少女が震える指を一本立てた。

「ノーのときは？」

指を二本。思ったとおりだ。少女は充分に賢い。この子の〝家族〟は、この子を不当に食い物にしている。

「痛い目にあわされてない？」D・Dはそっと訊いた。

少女は動かない。

「怖い？」

返事はなし。

「こんな暮らしをしなくてもいいのよ。あの人たちが家族で、あなたにはほかに行くところがないと言ったとしても、それは違う。べつの選択肢もあるし、わたしがそれを見つける手伝いもできる」

とはいえ、どんな選択肢があるのか正直わからない。ここは自分の所轄ではないし、行き場のない子供が利用できる制度などもよくわかっていない。それでも、子供のころの怪我のせいか何か知らないが、まだ年若い少女が奴隷のような暮らしを強いられているのをみすみすほうってはおけない。刑事のD・Dは腹を立てているし、母親のD・Dはましてそうだ。

その心を読んだかのように、少女がゆっくり指を二本立てた。続いてかすかに首を振る。少女の目には何かが浮かんでいる。恐怖ではない。どちらかといえば頑固さのようなもの。大理石の床にヒールの音が響いた。D・Dはさっと携帯電話をポケットにしまった。少女とそろってきびすを返し、廊下を戻ると、マーサがもう待っていた。

彼女がD・Dに疑《うたぐ》り深い目を向けてきた。それからよりきついまなざしで少女を見た。ふたりとも何も言わないでいると、マーサがくるりと向きを変え、サンルームへとふたりを先導した。

保安官はまだ町長と話していた。D・Dは椅子を大きく引いてすわった。レディらしくテーブルにつくこともできない態度の悪いヤンキー。でもこうすれば、町長とその妻、そしてまた壁ぎわに立った夫婦の姪を一度に視界におさめることができる。

本当の質問の時間だ。

「こういう事件では」保安官が言った。「予断を持たないことが大切でね。先走って結論に飛びつくのは避けなきゃならん」

町長とその妻が励ますようにうなずいた。何か大きな秘密を打ちあけられるのがわかっているように。

「もちろんある疑いは持っている」

さらに後押しするようなうなずき。

「ふたりとも、この男を知っているかね」スミザーズ保安官がジェイコブ・ネスの写真を取りだした。あまりいい写真ではないとD・Dは思った。二十年以上前に妻を殴って最初に逮捕されたときに撮られたもので、三十代の当時からすでに荒れた暮らしぶりが顔に出ていた。長年煙草も酒もドラッグもさんざんやってきたのが明らかな男は、唇をゆがめて不機嫌そうに警察のカメラを見据えていた。

マーサが息を呑んだ。「これはジェイコブ・ネスじゃないの。もちろん知っているわ。大学生を誘拐した男でしょう。五年くらい前だったかしら。なんておそろしい怪物！」

「あれはボストンの大学生だったな」町長が言って、新たに関心が湧いたようにD・Dを見た。

D・Dは写真を保安官から受けとり、膝にのせるようなふりをしつつ壁のほうへ向けた。

「この男をこのあたりで見かけたことは？」

「でももう死んでるんじゃなかった？」マーサが訊いた。「たしか警察に殺されたんでしょう？　今度の事件はこの男のしわざだと？」

「ハワード、マーサ」保安官が落ち着かせるように片手をあげた。「遺体が埋められたのはだいぶ前だ。ここで何があったにせよ、いまそこまで心配することはない。とはいえ、目と鼻の先でひどいことが起きたのはたしかだ。われわれは事件を解決しなければならない。被害者のためにもその責任がある」

「このあたりでこの男を見た記憶はありませんか」D・Dは重ねて訊いた。「七年前でも十年前でも十五年前でも、この男をここで見たことは？」

「ないわ！」マーサが先に口を開いた。「見かけていたらわかったはず。事件のことはニュースで見ていたもの。FBIがモーテルに突入して、あのかわいそうな子を救いだしたことも。あの男をこの町で見たことがあったら、すぐにあなたに電話していたわ、保安官。あんな男がわたしたちの町に足を踏みいれていなくて本当によかった」

「この車はどうかね？」

保安官が次にネスの大型トラックの運転席部分の写真を見せた。今度はカウンセル夫妻がそろって首を振った。

「ほかにはぐれ者のような人物に心あたりはないかね？」保安官がさらに尋ねた。「みんな無視しようとしているものの、少々不安に思っているような住民なんかは？」

カウンセル夫妻が目を見かわした。肩から力が抜けている。よく知られた連続レイプ魔が近所に来ていたらと考えてショックを受けていたとしても、もう落ち着いてきたようだ。地元のはみだし者のことなら、どんな町にもそういう人間はいる。

「ウォルトがいるわ」マーサが確認を求めるように夫の手の甲にさっと触れた。「ウォルト・デイヴィース。尾根の上の家にひとりで住んでいる。もともとは家族の地所だったところよ。ウォルトはたいていひとりで、人を避けて生活しているわ。必要なものを町に買いにきたときに見かけるくらいで。まああまり愛想のいい人とは――それと清潔な人とも――言えないわね」

「ウォルトを危険な人物だと思ったことはないが」町長が眉根を寄せた。「密造酒をつくっているようだがね。ひょっとするとハーブの栽培もしてるかもしれない。わかるだろう？ しかしとくに厄介ごとを起こしたことはない。こっちがウォルトをそっとしておいているから、向こうもそうしている。そうは言っても警察を喜んで出迎えるタイプではないだろうがね。保安官、家を訪ねるなら充分に気をつけたほうがいい」

スミザーズ保安官がうなずいてメモをとった。「ほかには誰かいないかね？ 何度も来ている客で、不自然なところがあるとか。トレッキングブーツも履かず、自然にも興味がなさそうで、ずっとひとりでいるとか」

マーサが否定するように手を振った。「うちにはひとりを好むお客さまもたくさん来るわ。日常から逃れたくて山に来るのよ、考えごとや悩みごとをかかえてね。そういう人はそっとしておくことにしているわ」

「十五年前からの宿泊客名簿はありますか」D・Dは尋ねた。

町長が妻を見た。マーサが肩をすくめた。「それは確認してみないと。コンピュータ・システムを新しくしたのがたしか……十年くらい前だったかしら。でも調べてみるわね」

「できればすべての記録がほしいんだ」スミザーズ保安官が言った。

「十五年ぶんも？　膨大な人数になるわよ、保安官」

「ああ、わかっているよ」

マーサが観念したようにため息を漏らした。

「じゃあお願いしますね」D・Dは立ちあがった。「明日また記録をとりにきます」

D・Dが急にそう言うと保安官が目を丸くしたが、文句は言わずに自分も立ちあがった。

「コーヒーをごちそうさま」保安官がマーサに会釈し、ハワードと握手した。D・Dはさっさとサロンを出た。スミザーズ保安官があわてて追いかけてきた。

「なんだったんだね、いったい」外で追いついた保安官がややむっとした様子で尋ねた。

D・Dはすぐには答えず、さらに通りを進んでから言った。

「あのふたりは嘘をついてるわ」

「何について？」

「いろいろ。姪のこともそのひとつ」

「あの気の毒な子は――」

「あの気の毒な子はちゃんと話を理解してる」

保安官が眉間にしわを寄せてD・Dの腕をつかんだ。「話しかけたのかね？　それで手洗いに行くと言って連れていったのか？」

「あの子は話せない。それは本当みたい。でもコミュニケーションがとれないわけじゃないわ。耳もちゃんと聞こえてる。あなたがカウンセル夫妻に質問してるあいだ、あの子にも質問に答えてって頼んだの。イエスなら指一本、ノーなら指二本で」

保安官がこちらをまじまじと見た。「あの子にそれができたと？」

「ええ。それによく聞いて。ジェイコブ・ネスの写真を見せたらあの子は――」

「待ってくれ。ネスは七年前に死んだ。その直前にこのあたりに来ていたとしても、あの子はそのころまだ小さかっただろう」

「小さい子にだって目も耳もある。とくに、お茶のおかわりをつぐために部屋の隅でずっと立って待ってなきゃいけないような子ならね」

保安官はまだ信じられない様子だ。「あの子が答えたって？　ネスの写真を見せたらあの子が答えたって？」

「あの子は三本の指を立てたの」

「三本？　一本か二本のはずじゃ？」

「そう。それこそあの子が賢い証拠よ。答えはイエスでもノーでもなかった。だから新しい合図をその場で考えだしたんだと思う。三本指は〝かもしれない〟よ」

「それじゃあ何もわからない」

「いいえ、あの子はカウンセル夫妻が思っている以上にいろいろ知ってるということがわかった。だからこそもう一度あの子と話さなきゃ。ふたりきりで。あの少女にはわたしたちが必要なのよ、保安官。ここで何が起きてるのかまだよくわからない。でも新たな遺体の発見は終わりじゃなくて始まりよ。早く追いつかなきゃ。だって古い骨が急に出てきたときにどうなるかわかる？　人がおびえる。そして新しい死体が降ってくるものなの。ここで何かが起こった。とても悪いことが。問題は、それがもう終わったのかどうか」

16　フローラ

四輪バギーのレンタル店にいるのは若者だと思っていた。が、意外にも緑色のネルシャツに穿《は》きこんだジーンズ、頑丈そうなトレッキングブーツといういでたちの年配の男性に迎えられた。キースとわたしが店に入っていくと顔をあげ、キースの見るからに都会的で高そうな服を目にした男性は、頭のなかですばやく計算したようだった。きっとうぶな観光客カップルから倍のレンタル料金をぼったくってやろうというのだろう。

キースは真っ先に地図のことを持ちだすと思っていたが、まずは愛想よくほほえんで、何も知らないよそからきた金持ちを演じた。

店主のビル・ベンソンからの最初の質問——四輪バギーを運転したことは？　わたしたちはそろって首を振った。

わかった、四輪バギーは一台、二台？　ビルが疑うようにわたしを見た。古いタイプのようだ。女は見るだけで話を聞くべき存在ではなく、なんであれエンジンつきの乗り物を運転するなどとんでもないと考えていそうな。

キースが先に四輪バギーのことをあれこれ質問した。サイズは、モデルは、ふたり乗りは窮屈じゃないか。毛布とピクニックバスケットを持っていきたいと思ったら、そういう荷物を積めるようなものはあるか。

ビルが店の裏へ連れていって在庫を見せてくれた。標準的な四輪バギーにはわたしたちふたりが充分に乗れそうだ。あるいは、キースとわたしが考えているシナリオでは、運転手ひとりとその背中にくりつけた遺体ひとつが。遺体三つはさすがに無理そうだし、シャベルを積むところもないしと思っていると、四輪バギーの後ろにつける用とおぼしき小型のトレーラーが隅にあるのが目に入った。たぶん落ち葉だとか刈った芝だとかを運ぶためのものだろう。でも真夜中の悪事にもうってつけだ。キースの顔を見ると、同じことを考えているのがわかった。

キースが一台一台じっくり見たうえで、わたしにはほかとの違いがまるでわからない一台の四輪バギーを選びだした。そしてようやく、どこへ行くかという話になった。

店のなかに戻り、ビルが周辺のルートマップを広げて見せてくれた。四輪バギー用の道だけでなく登山道も記されている。何百とは言わなくても、何十本もの道が縦横無尽に走っている。無数の破線と実線が入り乱れる様子はボストンの地下鉄路線図を思わせたが、複雑さではさらに上だ。

「それじゃあいいかね」ビルが言った。「この破線は登山者専用の道だから入っちゃいけない。誰かを轢《ひ》かないようにというだけじゃなく、ほとんどは狭いからね。木にぶつかりでもしたら一日が台なしになっちまう」

「四輪バギーはすごく頑丈そうだけど」キースが言った。「ちょっと道をはずれて探検したくなったりしたら？」

「ああ、バギーは丈夫なんだがね。いまの時期ならぬかるみの心配もないし。だが道をはずれたら植物を傷めてしまう。それをよく思わない人も多い。それにこのあたりは下生えが茂ってる。シャクナゲやなんかの低木が藪《やぶ》になってるから、そこにはまったり迷ったりしやすい」

「ぼくたちはニッシュのほうに泊まってるんだけど、あっちにレンタルの店は見あたらなかったな」

「ああ、このあたりで四輪バギーのレンタル店はうちだけだよ」

「じゃあ四輪バギーを一日レンタルして、ホテルの近くを走りたいと言ったら？」

ビルがキースをいぶかしむように見た。わたしは黙ってマップに目を落としていたが、正直何がなんだかわからなかった。森で育ったとはいえ、自分の裏庭で遊ぶのにガイドなんて使ったことがない。外に出たら鹿の通り道をたどったり、獣道を歩いたりしていただけで、どこへ向かっているのかもわからなかったが、迷ったと感じることもなかった。うろうろするほど、森が自分の家に思えた。

それにくらべて、この山なみを上から見た地図に、四輪バギー用の道の実線、登山者用の道の破線、カーブした等高線が書きこまれたものは、複雑すぎる迷路のようで、道を案内するというより、みんなを絶望的に道に迷わせるのが目的としか思えない。なんとかニッシュを探しあて、そこから最初の遺体発見現場まできのう歩いた登山道の破線を見つけた。その破線のどのあたりまで行ったのか、最初の遺体の場所やそのほかの遺体の場所は登山道からどれくらい離れているのかと考えていると、また頭が混乱してきた。

「この四輪バギー用の道は何？」わたしは声をあげた。新しく遺体が見つかった場所の上の尾根を通っているらしき実線を見つけたのだ。もう一度地図の縮尺を見て、ある点からべつの点までの距離を測ろうとする。

「それはローレル・レーンだよ。春はすごく景色がいいんだ」ビルが言い、わたしを見て、キースを見て、それからまたわたしを見た。きのう、森で新たに遺体が見つかった話が彼の耳に入っていないはずはないし、捜索現場とローレル・レーンという道の位置関係を考えると……

「じつはわたしたち、捜査本部の一員なの。捜索を手伝うためにきのうFBIと来たのよ」

隣でキースがうなずいた。

「あんたがたが？　FBIには見えないが」

「ぼくはコンピュータ・アナリストなんだ」キースが言った。「捜索範囲の計算をしてる」

ビルが鼻を鳴らした。キースの仕事の説明には納得したようだ。次にわたしを見た。

「わたしは被害者を代弁する役目なの」

「被害者を代弁だって？　骨なのに？」

「誰にだって代弁者は必要よ」

ビルが眉を持ちあげてみせた。

わたしは顔を近づけてひそひそと言った。「聞いてるでしょうけど、きのう新たに遺体が見つかったの」

ビルも思わず話に惹きこまれた様子だ。

「あなたもローレル・レーンを通ったことがあるんじゃない？　晴れた日に四輪バギーに乗って。あそこの森に何があるか想像してみたことある？　毎回、あの気の毒な遺体のすぐそばを通りすぎてたかもしれないのよ？」

ビルがごくりと唾を飲みこんだ。

「遺体をかついで山にのぼるのは大変だ」キースが表情を変えずに言った。「捜査本部はそれについて議論してきて、おそらく犯人は埋めた場所まで遺体を運ぶのになんらかの運搬手段を利用した可能性が高いと考えている」

「どれだけの……何人の子が？」ビルが尋ね、声を落とした。「十人以上と聞いたんだが」

「このあたりにはくわしい？」わたしは訊いた。

「ああ。あんたが言ったように、あの道も何度も通ったことがある」

「あの道はトラックで通れるかな？」とキース。

「道幅が狭すぎる。それにさっき言ったとおり下生えが生い茂ってるし、季節によってはひどくぬかるむ。かなりリスクが大きい」

「この道は混んでる？」キースがローレル・レーンを指さした。

ビルが肩をすくめた。「この時期だと、週末は稼ぎどきだが、平日はすいてるよ。それでも昼間はむずかしいんじゃないかな、その……あんたたちが言うようなことをするのは」

「四輪バギーには夜用のヘッドライトがついてるね」キースが言った。

「でも充分じゃない。暗くなってから乗るなら普通はヘッドランプをつける。照明をべつに取りつけることもできる。道をはずれるなら追加の明かりは必須だろうな」

キースが地図を手にとり、じっと視線を注いだ。くねくねした線が語りかけてくるかのように。遺体が見つかった場所についてはあまり情報を明かしたくないようだが、とはいえ地図だけではわからないこともたくさんある。

「ローレル・レーンは何本もの道とつながってるみたいだね。地元の人はほかの道からどうやってこの道に入るの？　四輪バギーをトレーラーで駐車場まで運んで、そこから出発するとか？」

「それもできる」ビルが言った。「だが家からそのまま乗って出ていく地元民もたくさんいる。四輪バギー用の道とつながってるこの地図には載ってない細い道もあるし、自分で切りひらいて山道《さんどう》に出る専用の道をつくってる人だっている。ここらじゃ四輪バギーは人気があって、持ってる人が多い。みんなトレーラーで運ぶなんて面倒なことをしないで、そのままバギーに乗って出かけていきたいのさ」

「でもぼくたちはトレーラーで運んでもらうこともできるんだよね？」キースが訊いた。

「グループの場合はたいていそうするね。エリアを選んでもらって、四輪バギーをそこまで運ぶ。よかったらガイドもするよ」ビルのしゃがれ声のトーンが高くなった。殺人事件の話をするのははばかられても、自ら立ちあえるチャンスとなると……

「ようするに、この地図には全部の道が載ってるわけじゃないんだね？」キースが念を押した。「細い道とか、個人で切りひらいた道とか、地元の人しか知らない道がたくさんあるってことだね」

「秘密を全部明かしたくはないだろう？」ビルがすました顔で応じた。

キースは次の質問をどういうふうに切りだせばいいのか迷っているようだった。わたしも同じだった。きのう、最初の遺体発見現場の周囲の森を、動物の巣や散らばった骨を探して何時間も歩いたが、道らしきものはまったく見あたらなかった。

「もし、たとえば十年前に道があったとして」キースがようやく口を開いた。「それがしばらく使われてなかったとすると、どうやって見つければいいかな？」

「見つけられないね」

「見つけられない？」

「もとの山に返っちまうんだよ。森は切りひらかれたがってないし、整備されたがってない。この地図にある道を通れるように維持するのにも、四輪バギークラブ四つで定期的に作業しなきゃならないんだ。土地持ちに訊いてみるといい。庭をきれいに保ちたければ、きれいに保つ努力が必要なのさ」

「じゃあ古い道は……そのまま自然に返ってしまうと？」

「そういうことだ」

言いかえれば、地元民しか知らない道が昔存在したというキースの説は正しい可能性がある。それどころかもっと個人的な——ひとりの人間がつくった、その人間しか知らない道だった可能性さえある。ただし、アパラチア山道のこの部分はチャタフーチー国立森林公園の一部であり、私有地ではない。公的な道からそれて自分だけの道を切りひらいた者がいたとすれば、森に入れる資格を持った誰かだろう。パークレンジャーとか、地元のガイドとか？　調べれば調べるほど謎が深まっていく気がする。

「どう思う？」キースがわたしに尋ねた。

何が言いたいのかわかった。これ以上質問したら、事件のことをばらしすぎてしまう。四輪バギーでローレル・レーンを通って遺体が埋められていた場所まで行けるのか。それを知る方法はひとつしかない。

「運転はわたしがする」

「わかった」キースが財布を出した。「四輪バギーを一台レンタルしたいから、ニッシュまで運んでくれるかな。地図とヘルメットも頼むよ。ああ、それと保険にも入りたい。補償は倍額で」

17　キンバリー

キンバリーがすぐに学んだのは、集団墓地を掘りおこすのが、バスタブからひとすくいずつ、水面を平らに保ちながらゆっくり水を減らしていくようなものだということだった。

ドクター・ジャクソンは作業しながら話すのが好きだった。「もしこれが考古学の発掘調査なら、端から中央に向かって掘っていくの。でもこういう遺体の掘りおこしの場合、埋まっていた穴そのものを保護する必要がある。もともと掘られた穴の壁には、あとで証拠となる道具の跡が残っているかもしれないから。そういうわけで、今回は中央から始める。土を少しずつすくってバケツに入れていって、そのバケツの中身をまず目の粗いふるいにかけ、次に目の細かいふるいにかける。うまくいけば、それで何か興味深いものが見つかる。ボタンとか、アクセサリーとか、布の切れはしとか。空薬莢《からやっきょう》ならすごくいい。でも草花や昆虫や植物の種子なんかも集める。何もわかっていない段階では、ふるいに残ったものはすべて証拠とみなすの」

キンバリーは素直にうなずきつつ、メンバーを並べて列をつくった。先頭のドクター・ジャクソンが慎重に少しずつ土をすくっていく。次のキンバリーがその土をバケツに受ける。バケツがいっぱいになったら、後ろのふるい係に回す。空になったバケツがまた前に戻されてくる。

マギーがそのまわりをうろうろして、トータルステーションをある場所に置いてはデータをとり、またべつの場所に移しては違う角度からデータをとっている。

作業は単調で、しかも暑かった。しばらくすると額に汗が浮かんできて、キンバリーは手を止めて生えぎわにハンカチを巻いた。事件現場に体液を落とすのはまずい。ふと見ると、ほかのみんなも同じことをしていた。

ここも最初の発見現場と同じで、穴は決して深くない。と同時に幅もあまり広くない。数時間でドクター・ジャクソンはまざりあった骨を完全に掘りだした。目印の頭蓋骨がなければ、キンバリーにはそれが三つの遺体だとわかったかどうか。六体、いや一ダースでもおかしくないように見える。

なんともやるせない気分になる。三人の人間がひとかたまりの骨になってしまった光景を目にするのは。

ドクター・ジャクソンが水飲み休憩を告げた。その頭と首に巻かれたハンカチは、どちらも汗がしみている。法人類学者が腰を伸ばすと背中が音を立て、彼女が顔をしかめるのが見えた。

「ラボにいるのとは勝手が違って」ドクター・ジャクソンがにこりともせずに言い、そろそろと穴から出てきた。

「前にも集団墓地で作業したことが？」ふたりで森のきわに向かいながらキンバリーは尋ねた。チームのほかのメンバーはすでに木陰に集まってごくごく水を飲んでいた。

「何度もある。ルワンダに中央アメリカに。多くの法人類学者が国際的な事件に時間を捧げてるの。最悪の大量虐殺が起きたような国には、自国で処理できるだけの人材がいないから。国際社会の支援を頼るしかない」

「もっと……もっとそれぞれの遺体を簡単に見分けられると思ってたわ」キンバリーは言った。ほかのみんながふたりの会話に臆面もなく聞き耳を立てていることに気づいた。

ドクター・ジャクソンが首を振った。「大量殺人をするような人間は、必要以上の労力を使いたがらないものなの。犠牲者に自分で穴を掘らせる者もいるくらい。今回の場合、地面に小さい溝を掘ったように見える。それも茂みや木の根があるから楽ではなかったでしょうけど。そこに遺体をまとめて放りこんだ。時間とともにやがて遺体が白骨化して、いま見てるようなごちゃごちゃにまざった状態になったわけ。

いまの時点ですでにいくつか考えられることがある。遺体を覆っていた土はほとんど取りのぞいたのに、服らしきものがまったく出てきていない」

「最初の遺体もそうだった」キンバリーは言った。

「そのとおり。それと骨盤がひとつ見えた。間違いなく女性のもの。ぱっと見だけど、全員女性でしょうね」法人類学者が深いため息をついた。

キンバリーはうなずき、水をもうひと口飲みながらも、その言葉が胸にずっしりときた。四人の若い女性、あるいは少女が殺され、山に埋められていた。肉の一片も残らないほどの長いあいだ。ここでいったい何が起きていたというのか。

「死後どれくらいたっているのかはまだなんとも言えない。ラボに帰って質量分析装置にかけてみないと。古い遺体なのはたしかだけど、最初の遺体とのあいだが五年あいてるのか、二年あいてるのか、数カ月なのか……それには分析が必要」

「三つの遺体を一カ所にまとめて遺棄するなんてシリアルキラーでもめずらしいわ」

「わたしもこれまでに見たことがない。それと、ふるいからもう興味深いものが見つかった」

キンバリーはふるいの作業はしていなかったので、はっとドクター・ジャクソンを見た。

「細いプラスチックチューブのかけららしきもの。サイズと直径から医療器具のように思える。たとえば点滴用の管とか」

「ほんとに？」

「まだはっきりしないけど。でも土まみれのテープの切れはしも見つかってる。患者の手の甲に点滴の管を貼りつけるのに使うテープみたいな」

「医療器具の可能性があるものが遺体と一緒に埋まってたの？　服も拘束具もなくて、医療器具が？」

「さっきも言ったとおり、ラボに戻ってみないと断言はできないけど」

キンバリーはドクター・ジャクソンをまじまじとみつめた。この発見をどうとらえたらいいものか皆目わからない。こんな集団墓地が見つかるだけでも奇妙なのに、そのなかの犠牲者のひとりが医療処置を受けていた可能性があるなんて。

そのとき、遠くから音が聞こえてきた。低いブルブルという音が、近づいてくるにつれ太いうなりに変わった。キンバリーもほかのメンバーも即座に立ちあがった。

さらに近づいてきた。音が大きくなり、轟音《ごうおん》になった。間違いなくなんらかの車両が接近している。どんな車両も入れないはずの場所に。

キンバリーは銃を抜いた。

藪のなかから四輪バギーが飛びだしてきた。乗っているふたりはどちらもヘルメットをかぶっていて、バギーが大きく傾いてからがくんと止まると、勢いで前に投げだされそうになった。キンバリーが運転席の人物にシグ・ザウエルを向けたとき、その人物がバイザーをあげた。キンバリーはフローラ・デインの額にまっすぐ銃口を突きつけていることに気づいた。

18　D・D

「あなたは気にならないの？」D・Dは訊いた。

ニッシュの町役場に車を入れたスミザーズ保安官がエンジンを切ってこちらを見た。「なんだって？」

「あの少女のこと。町長夫妻のあの子への扱いも。まだ子供よ。学校に通わせるべきなのに。

メイドとして働かせるんじゃなくて」

「ジョージア州では義務教育は六歳から十六歳までということになってる。あの子はティーンエイジャーには見えた。もう特別支援学校のようなところを卒業してるのかもしれないし、自宅で教育を受けているのかもしれない。どんな事情かわからんだろう。それに町長夫妻は……地域社会のために尽くしている人物だ。悪いことをするような人たちじゃない」

「どうだか」D・Dはつぶやき、ドアをあけた。ハワード町長もその妻も気にいらない。何もかもが少々完璧すぎる。生活感のないセットのような家に住んでいる人間はつねにうさんくさい。おまけにあの堂々たるB&Bときたら、外のポーチからなかの銀のコーヒーセットまで何もかもが……わざとらしい。ここだけを見てあそこは見るな。表側に感心して、裏を覗かず先へ行け。そう言っているようだ。

「あの子の記録があるはずよね」D・Dは町役場の階段で保安官に追いついて言った。「気づいてる？　あの子の名前さえわからないのよ」

「調べてみるよ」保安官が言った。「でも言っておくが、カウンセル夫妻に後ろ暗いところなどないよ。本当に悪いことをしていたら、もうわたしの耳に入っているはずだ。そのことで言うと――」保安官が役場の建物に顎をしゃくった。「――記録係のドロシアは全員のことを何から何まで知っている。もっといいのは、全員のことを何から何まで知っているとひけらかしたがるんだ。町長夫妻について知りたいなら彼女に訊くのが一番だ」

D・Dは顔を輝かせた。「それは一石二鳥ね」

「じきに昼休みだしな」

ニッシュの町役場は小さく、一般的な庁舎というより広めのトレーラーハウスのようだったが、小さな町にはこれで充分なのかもしれない。

平屋の建物のなかばまで進むと、右手には壁ぎわに椅子が並べられた広いスペースがあった。町民によるタウンミーティング用だろう。左手にはカウンターがあり、記録係のオフィスとわかる。ラメ入りの長いストラップのついたメタルフレームの眼鏡をかけた年配女性がふたりを見て立ちあがった。ピンク色のタートルネックを着ているが、この気候では暑そうだ。

「やあドロシア」保安官が手を差しだした。

女性がマスカラたっぷりの目をしばたたいた。プラチナブロンドの髪を夜会巻きにしていて、かなり痩せている。少女のような体形を保つため、ずっとデザートを我慢してきたのだろう。

D・Dも手を差しだした。保安官のときとくらべると短い握手だったものの、ドロシアは礼儀正しかった。

「きのうのことはむろん耳に入っているだろうね」保安官が口を開いた。建物に入ってすぐに帽子をぬいでいて、いまはそれを両手に持っている。D・Dには彼のやりかたがわかってきた。保安官は地元住民に対して気さくなアプローチを好んでいる。偉ぶらずに帽子をとり、ただ隣人としてちょっと話を聞きたいというような。

ドロシアがうなずいた。保安官のやりかたにも一理あるのだろう。〝酢より蜂蜜に虫は寄ってくる〟とことわざにもあるとおり。

D・D自身は率直で容赦のないスタイルが売りで、そのようなアプローチは決して得意ではない。それでも、どうにか相手の目を見てにっこりしてみせた。

ドロシアが一瞬とまどった顔になったので、D・Dの笑顔は期待したほど自然ではなかったのだろう。笑うことにさえ練習がいるようだ。

「不動産の記録についてちょっと知りたいんだがね」保安官が言った。

「まあ保安官、もちろんお役に立ちたいわ。本当に。でも、わたしはこの町と市民のプライバシーに責任があるのよ」

「課税資産は公開情報だから、心配はいらないよ、ドロシア。ただの確認さ。これはかなり大規模な捜査になるから、見せつけてやりたいんだ。このヤンキーに――」保安官がにやっとしてD・Dを肘でつついた。「――われわれもちゃんと仕事をしてるとね」

なるほど。ドロシアが保安官に笑顔を見せた。D・Dは笑みを消していつもの悪い警官の役目に戻った。いや、この場合はいかめしい北部の警官か。

「保安官、必要なのはどの不動産記録?」

「それが問題なんだが、正確にはわからなくてね。データベースを検索してもらわなきゃならないようなんだ。かまわないだろうね?」

ドロシアはもうコンピュータの前に戻り、キーボードに指をかけている。

「とりあえず、そうだな、過去十五年ぶんにしておこうか」保安官がその数字でいいだろうというようにうなずいた。「敷地が一エーカー以上の物件で」

ドロシアがけげんそうな顔をした。たぶんこのあたりで一エーカー以上の物件はめずらしくもないのだろう。

「ここからが肝心なんだが——持ち主が替わった物件が知りたいんだ。所有者が死んだとか何かで」

うなずきとともに指がキーボードの上を動きはじめた。

「どのくらいあるかね」保安官が一分ほどして尋ねた。

「二ダースくらい」

「森のなかにキャビンがある物件、または隣家から離れている物件はあるかね」

ドロシアが保安官に向かって眉をひそめてからリストに目を走らせた。「十件くらいあるわ」

「じゃあそれを全部見せてくれるかね。助かるよ」

保安官がこちらを一瞥し、D・Dは付け足した。「差し押さえられた物件は？　敷地面積や立地にかかわらず」

「四、五件あるわ」

「じゃあその住所も」

ドロシアがうなずいてキーを押した。プリンターが動きだした。

「遺体が見つかったんですって？　それもひとつじゃないって聞いたわ」ドロシアが保安官を見てひそひそと言った。

「ああ、白骨化した遺体がね」保安官が重々しく認めた。「すぐに心配しなきゃいけないようなことは何もない。だが凶悪犯罪は凶悪犯罪だ。かならず真相を突きとめなければ」

「若い女の子？　たくさん？」

「まだ捜査中なんだよ」

「何か心あたりは？」D・Dは尋ねた。ドロシアの目がきらっと光ったのを見のがさなかった。町のゴシップだ。事情通としてはもちろん話したいことがあるだろう。「ここには若い女の子がたくさん来るの？」

ドロシアがためらい、保安官を見た。保安官がよそ者と話す許可を与えるように軽くうなずくと、ドロシアがD・Dに顔を向けた。「夏のあいだは新顔だらけになるわ。そのなかにはホテルや飲食店に働きにくる若い女の子もおおぜいいる。でも冬になると商売はぐっと落ちこむわ。人手も減らされて、学生は学校に戻る。冬はいろいろな点で退屈な田舎町になってしまうの。登山客がいないと……」ドロシアが肩をすくめた。

「そうだな」保安官が同意し、不動産記録の束をドロシアから受けとって、早くも退屈しているようにぱらぱらとめくった。

「メインストリートは素敵ね」D・Dは言った。「とくに、あの町長夫妻が経営してるマウンテンローレルB&Bがいいわ。すごくゴージャスなヴィクトリア様式で」

「大切な町の宝だもの！」ドロシアの顔がぱっと明るくなった。「あの家はもともと、一八三〇年にアトランタの裕福な一家の夏の別荘として建てられたのよ。一家には四人の娘がいて、そのうちのひとりでマーサ・カウンセルの高祖母がこっちの人と結婚してそのまま住むようになった。それ以来、あの家は代々受けつがれてきたのよ」

D・Dはうなずいた。するとあのホテルは夫ではなく妻の持ちものなのか。興味深い。

「いま町長夫妻に会ってきたの。あの姪御さんは気の毒に」

「ああ、あのかわいそうな子。夫妻はよく面倒を見てあげているわ。ひどい事故にあって頭がちょっとね」

「あの子はなんていう名前だった？」D・Dは訊いた。

ドロシアがまばたきをした。「さあ、なんだったかしら。あのとおり話さないし、外にも出ない子だから」

「外に出してもらえないの？」

「そうは言ってないわ！」ドロシアがむっとしたようにD・Dに顔をしかめてみせた。「あの子はしゃべれないから、お使いに出されたりはしないでしょ」

「それはそうね」D・Dは譲歩した。「ちょっと知りあいに似てる気がしたから。それだけ。それにしても本当に悲劇だったわね。いつその事故が？」

「十年くらい前かしら」

「あの子はそんなに長くカウンセル夫妻のところにいるの？」

「ええ、はじめて会ったときはこんなに小さかったのよ。それに当時の傷ときたら。あの子の頭の半分くらいあったわ」ドロシアがとがめるような視線を向けてきた。「夫妻はあの子によくしてあげてきたのよ」

「家族は家族を守るということね」

「カウンセル夫妻はこの町全体の面倒も見てるわ。いまは秋で、わたしたちにはいい季節よ。登山客や観光客がたくさん来て、たくさんお金を使ってくれる。でも十二月や一月や二月はそうじゃない。厳しい時期よ。楽に冬を越せる家族ばかりじゃない。カウンセル夫妻はよく目を開き耳をすませている。決して吹聴《ふいちょう》したりはしないのよ。ただ困っている人がいると聞くとさりげなく……食料品の代金がいつのまにか払われていたり、税金や医療費まで支払われていたりするの。ここでは隣人どうしが助けあう。そしてハワードとマーサはよき隣人よ」

「事故で死んだというマーサの姉妹に会ったことはある?」

「あら、マーサに姉妹はいないわ」

D・Dは一瞬固まった。「あの子はマーサ・カウンセルの姪じゃなかった?」

「そういうふうに言っているだけで、マーサはひとりっ子よ。あの子の母親とは姉妹同然の仲だったということでしょう。北部ではそういうことってないのかしら?」ドロシアがうっすらほほえんだ。

ラメ入りの眼鏡ストラップをつけた年配女性に一本とられた。だが、マーサはどう見ても完全な白人なのに、あの少女がヒスパニック系なことにもそれで説明がつく。

「カウンセル夫妻に実子は?」

「いないわ」ドロシアが声を落とした。「結婚当初はかなり努力していたのも知っているんだけれどね、子供には恵まれなかったのよ」

「それは気の毒に。でも親を亡くした子を引きとるなんてすばらしいことね」

ドロシアがまたにっこりした。カウンセル夫妻が聖人だということをD・Dがやっと認めて嬉しいのだろう。

「あのB&Bにほかにフルタイムのスタッフは?」D・Dは質問した。「ほんの好奇心だけど」

「コックがひとりと、アシスタントがひとり。その人たちにも話を聞くといいわ」

保安官が咳払いをした。D・Dはその合図を理解した。

「ご協力どうもありがとう。不動産記録も」

「いつもながら会えてよかったよ、ドロシア」保安官が付け加えた。

「ねえ保安官、解決してちょうだいね。すぐ近くにかわいそうな人たちが埋められてたなんて、心が痛むもの」

「ああ、ドロシア」保安官が請けあった。「気の毒な女の子たちのためにも、きっと真相を突きとめるよ」

「ほかにも何か力になれることがあれば……」

「もちろんそのときは頼むよ」

ドロシアがより険しい顔をD・Dに向けた。「ここはいい町よ」否定してみろと挑むような口調。D・Dはほほえみ、自分も応戦した。

「もちろんそうでしょうね。でも悪いことはどこでも起こる。それにここの森は、見かけほど安全じゃないことがはっきりしたでしょ」

19 キンバリー

捜査本部には食べさせなければならない。だからキンバリーは、保安官事務所の受付係でありチェックリスト係で、かつ並はずれて背の高いガールスカウトの監督のフラニーに心の底から感謝した。同僚たちと山をおりてきたときにはもう夜八時に近く、キンバリーは待ち望んだシャワーを浴びると、すぐに夜の捜査会議が開かれるモズリー郡保安官事務所へ向かった。そこでは仲間の捜査員たちがすでに会議室に集まり、自家製キャセロールの盛大なビュッフェに舌鼓を打っていた。

「教会の婦人会のみなさんから」フラニーがキンバリーの脇にあらわれて言った。「頑張ってくれている捜査本部の人たちに感謝の気持ちを示したいからって。あそこのチョコレート・トライフルは絶対に試すべきよ。パティが毎年秋の集まりにつくってきてくれるんだけれど、絶品だから」

なるほど、部屋の向こうのチョコレート・プディングとホイップクリームが層になったものが入った巨大なガラスボウルの前にD・Dが立っていた。ボストン市警の刑事はスプーンを舐《な》めながら、寝室の外で見せてはいけないような表情を浮かべている。

「ラザニアがあるの？」キンバリーは訊いた。「ラザニアのにおいがする」きょうは十四時間立ちっぱなしで、山を五、六回ものぼりおりしたのだ。もしパスタがあるなら、自分には食べる資格がある。

「右から三番めのトレーよ。まだまだあるから心配しないで」

フラニーはトレーを入れかえたり皿を配ったりと忙しそうに働いている。いままでに出た捜査本部の会議のなかでも最高だ、とキンバリーは思った。いいことだ。何しろまだやらなければならないことが山積みなのだから。

キンバリーはがつがつと食べ、それからトライフルのところへ直行した。D・Dが睨んできて、威嚇《いかく》するようなうなり声を出した。

「このボウルは渡さないから」ボストン市警の刑事が言った。

「じゃんけんで決めましょ」

D・Dがまたぎろりと睨んだ。

「無駄よ。うちには毎日そんな顔をする娘がふたりもいるんだから。それに、わたしはきょう一日じゅう骨を掘りだしてたのよ。そっちは？」

「わかったわよ。じゃあブラウニーの皿はわたしのものだからね」

「いいわ」

「フローラはどうして食べてないの?」キンバリーはD・Dと並んで壁に寄りかかり、トライフルを口に運びながら尋ねた。細かいチョコレートチップが入っている。それとタフィー。〈ヒース〉のチョコレートバーを砕いたものかもしれない。「PTSDの症状?」

「フローラは一日じゅう食べてたから」

「一日じゅう食べてた?」

「あとで話すわ。そっちはどうだったの?」

「あとで話す」トライフルをあともう少し食べたらね、とキンバリーは思った。

「証拠収集班のメンバーは?」

「ホテルに残ってる。みんなくたくただし、明日も朝早くから掘りおこしにいかなきゃいけないから。きょうの作業報告はわたしが」

「ドクター・ジャクソンは?」

「同じよ。ラボが恋しくてしかたないみたい。何を訊かれても〝報告書を出すまで待って〟としか言えない捜査会議じゃなくて。とりあえず掘りおこし作業は明日までで、証拠収集班とドクター・ジャクソンはアトランタに帰る予定。もうすでにいろいろ新たな発見があったわ」

「こっちも新しい手がかりがあった」D・Dが言った。「未成年で、しゃべれなくて、読み書きもできなくて、子供のころの怪我で脳に損傷を負っているらしいけど、それでもあの子は何か知ってる」

　キンバリーは眉を持ちあげてみせた。

「会議のあとで」D・Dがささやき、部屋の向こうでタコスサラダをがっついているスミザーズ保安官に目をやった。「この町もその住民も……どうも気になるの」

「趣あるメインストリートが気にいらないっていうの？」

「山に埋められてたもののことがわかったあとではね」

　異論はなかった。キンバリーは咳払いをして、会議の時間だと合図した。それで部屋の空気が引きしまった。

　キンバリーは部屋の前に立った。「オーケー、じゃあまず、このすばらしいディナーを用意してくれた教会の婦人会のみなさんに盛大な拍手を。捜査本部の食事といえばピザと相場が決まってるのに、こんなに豪華なものを食べさせてもらえるなんてね」

　全員が熱心に手を叩いた。皿をかたづけていたフラニーが手を止め、赤くなって首にかけた細い金の十字架のネックレスをいじった。

「それじゃ、いくつかきょうの報告を。まずはわたしから、新たな遺体発見現場のことで報告するわね」

　キンバリーは少し間を置いた。捜査員たちがあわてて皿を脇にやって、ラップトップやタブレットを起動させる。

「第二の現場からは三体の白骨遺体が見つかった。ドクター・ジャクソンは三体とも女性のものだと確認した。少なくとも二体は十代で、一体はさらに若い」

「いくつぐらい？」Ｄ・Ｄが感情をまじえない口調で尋ねた。

「九歳か十歳」

沈黙。

「服はいっさい見つかっていない」キンバリーは淡々と続けた。「だけど意外なものが出てきたわ。プラスチックチューブのかけら、テープ、ラテックスの手袋」

キースが手をあげた。キンバリーはうなずいて発言をうながした。

「手袋の指紋は調べるんだよね？　内側も？　皮膚接触ＤＮＡも？」

ずいぶんグーグル検索をしたこと、とキンバリーは思った。「すべての証拠にくわしい科学鑑定がおこなわれるから安心して。それで話を戻すと、遺体のひとつには、埋められた時点で手の甲に点滴の管がテープでとめられていたんじゃないかとドクター・ジャクソンは見ている」

「でも、そうするとその被害者は医療を受けてたってことになる」フローラがゆっくりと言った。

「そう考えられるわね」

「ジェイコブは針が嫌いじゃなかったけど、でも医療なんて。わたしはアスピリンがもらえれば御《おん》の字だったのに」

「たしかに点滴の存在はジェイコブ・ネスらしからぬところがある」キンバリーは認めた。「でも証拠は証拠よ。テープからDNAが検出されれば、被害者か犯人の身元がわかるかもしれない。さしあたり、ドクター・ジャクソンが各遺体をくわしく調べてくれるのを待ちましょう。わたしたちが早期に答えがほしいことはドクターもよくわかってるから」

「第二の現場は第一の現場と同時期のものだとドクターは考えているのかね」スミザーズ保安官が質問した。

「それが無理のない結論だというのがドクター自身の言葉よ。ただしさらなる検査が必要だそうだけど」

「最初に見つかった骨は」スミザーズ保安官が続けた。「ライラ・アベニートだ」

キンバリーはうなずいた。

「このあたりの娘ではなく、失踪したのはアラバマだった。ほかの被害者もよそから来た娘だったのかもしれない。考えてみればそのほうがつじつまが合う。地元で四人の若い娘が同時期に姿を消したら注意を惹いただろう。だがそれぞれべつの場所でいなくなったなら……」

「全国で失踪した十代の少女の記録を調べる必要があるわね。十五年前、いえ二十年前までさかのぼって」

「そりゃかなりの数にのぼるだろうな」

「大変でしょうね、間違いなく」

「死因は?」D・Dが口を開いた。

「明確な死因を示すものは見つかってない。ドクター・ジャクソンがラボで調べれば何かわかるかもしれないけれど」

「窒息死」キースがつぶやいた。

「その可能性も充分にあるわ。ひとつ発見があったの。第二の現場から、遺体と一緒に埋められたとおぼしき植物の種子が見つかった。予備的な分析から——」ありがとうハロルド、とキンバリーは思った。「——遺体は早春に埋められたとみられる。つまり、多少なりとも遺棄された時期が絞りこめたというわけ」

「でも何年なのかがわからないんじゃね」とキース。

「とりあえず十五年程度前と考えましょう。ところで、あなたたちがきょうしてたことについて教えてくれる?」キンバリーはキースとフローラに向かって言った。

「食べてた」フローラが答えた。

「そう聞いてるわ」

捜査本部全体が興味しんしんの目を向けると、フローラは咳払いをして背筋を伸ばした。身がまえている様子だが、部屋いっぱいの法執行機関の人間に囲まれた生還者はそうなってしまうものなのかもしれない。

「ジェイコブは食べるのが好きで、大食いだった」フローラは部屋に並ぶ空になったアルミ皿を見まわした。キンバリーもつい後ろめたい気持ちになった。「ウォレン部長刑事に地元の飲食店を回るようすすめられたの。食べてみておぼえのある味がないかどうか。でも、その、わからなくて。ずいぶん前のことで思いだせなかったの」フローラが不意に姿勢を正した。まだ話の続きがありそうだったが、待ってみてもそれきり口を開こうとしない。

「あなたとキースはきょう大きな発見をしたのよね？」キンバリーはキースにうなずきかけた。

「運搬方法の問題について考えたんだ。四つの遺体を山に運ぶだけじゃなくて、穴を掘るためのいろんな道具も持っていかなきゃいけないし」キースが早口に言った。「自分の足で現場までのぼりおりしてみて思ったのは――」

部屋じゅうの人間がうなずいた。

「――犯人が歩いてあそこまで行ったとは考えにくいことだよ。まして、容疑者のひとりであるジェイコブ・ネスは絶対にやりそうもない」

またうなずき。

「さらに調べてみて、四輪バギーがもっとも可能性の高そうな運搬手段だと思った。それで地元のレンタル店に行ってみたら、遺棄現場のすぐ上を通っている道が少なくとも一本あるのがわかった。だから四輪バギーを借りて実際に行ってみたら、思ったとおり第二の現場にかなり早く着けたよ」

「あなたたちは危うく第二の現場に突っこむところだったでしょ」キンバリーは指摘した。

キースもフローラも黙っている。

「それであなたたちの仮説が立証されたわけだけど」キンバリーはしぶしぶ認めた。「たしかにいいところに目をつけたわ。遺体と穴掘りの道具をかついで山をのぼるのは大変だし、さらには被害者のひとりが点滴の必要な病人だったかもしれないと考えると……四輪バギーを運搬手段に使ったと考えるほうが筋が通る」

「それに、地元の人の多くが四輪バギーを持ってて、自分だけの道を整備してる人までいることもわかった」キースが言って、スミザーズ保安官を見た。「つまり、犯人は公的な道を通ってさえいないかもしれない。自分の敷地内につくった道から地図にない抜け道に出たのかもしれない」

「たしかにこのあたりでは四輪バギーが人気だ」保安官が考えこむように言った。「保安官助手に調べさせよう」

「ところであなたたちはどうだったの？」キンバリーは保安官とD・Dに矛先を転じた。

「町長と町の記録係に話を聞いてきた」保安官が報告した。「地元のホテルに十五年前からの宿泊客の記録を可能なかぎり提出するよう頼んだが、十五年も前となると……ニッシュで一番の宿であるマウンテンローレルB&Bは町長夫妻が経営してるんだが、十年前にコンピュータ・システムを入れかえたそうで、それ以前の宿泊客についてはわからないということだ」

「くやしいわね」第一回の会議で保安官が口にした悪態のかわりを思いだし、キンバリーはつぶやいた。

「ああ、まさに。それと……」保安官が咳払いをした。「ひとりの人物が浮上した。ウォルト・デイヴィース。人間嫌いなタイプのようで、森に引きこもってひとりで暮らしている。密造酒をつくって大麻を育てている可能性がある。だとすると、制服の警察官がいきなりおぜい押しかけたら緊張が高まるだろう」

「密造酒と大麻？」フローラが口を開いた。

保安官がうなずくと、フローラはすわりなおし、考えこむように目を細めた。保安官がもう一度咳払いをして続けた。「明日、部下ふたりに話を聞きにいかせるつもりだ。FBIが行くよりは地元の保安官助手のほうが威圧感を与えないだろう。いずれにしても注意する必要がありそうだが」

「応援がいる？　SWATは？」キンバリーは冷静に訊いた。

「いや。兵隊を連れていったら戦争になってしまいそうだ。まずは地元のなじみに頼ってみるよ。それでだめなら考えるさ。記録係から、ネスが八年前に隠れ家にしていたキャビンの特徴にあてはまる不動産のリストをもらってきた。捜査員をやって各物件を確認にいかせないと。あんたも行きたいかね？」保安官がフローラを見た。

「キャビンの外には出てないから、外から見てもわからないわ。でも地下室なら……地下室なら見ればわかるかもしれない。とくに茶色のカーペットは。かなりの時間、あのカーペットをじっと見てすごしたから」

「物件はどれだけあるの？」キンバリーは尋ねた。

「十八件だ」

キンバリーはうなずいた。「いいわ、じゃあまず捜査員を行かせて。とくに有望そうなものがあれば──たとえば隣家から充分に離れてて、さらに茶色のカーペットが敷かれた地下室があるとか──フローラに最終チェックしてもらうことにしましょう」

「地元住民にもっと注目すべきだと思う」D・Dが口を開いた。

キンバリーは続けるよううながした。

「町の記録係のドロシアから聞いた話では、このあたりの商売には季節性があって、春から夏は登山客でにぎわうそうなの。そういう時期なら、ジェイコブであれべつの犯人であれ、とくに注意も惹かずに出たり入ったりできるでしょう。そして、少なくとも一カ所については春に遺体が埋められたっていうのよね。それに四輪バギーの情報も考えあわせると──」

D・Dがキースとフローラのほうに顎をしゃくった。「──地元にくわしい人間じゃないと無理だと思うの。アパラチア山道が登山客でいっぱいの時期にどこに遺体を埋めればいいか？　誰にも見られずそこまで行くには？　四輪バギーに乗ってても目立たないのは？　それは誰？」

「ジェイコブじゃないと思ってるの？」フローラが静かに口を開いた。

D・Dが肩をすくめた。「ジェイコブを完全に除外したわけじゃないわ。でも四つの遺体、三つを同じ場所に遺棄する……これは違う。一匹狼《いっぴきおおかみ》の犯罪者のやることじゃない。少なくとも、わたしはそんな一匹狼の犯罪者は聞いたことがない」

キースが勢いよくうなずいた。

「最初の説に戻るべきだと思う」D・Dが続けた。「チームでの殺人」

「点滴はどうして？」キンバリーは訊いた。

「さあ、見当もつかない」

「近くの病院は？」キンバリーは保安官に尋ねた。

「ふたつあるが、どちらもそこそこ離れている」

「いきなり病院に行く前に」D・Dが言った。「まず医療関係の人物をあたるべきよ。看護師や救急隊員、引退した医師、なんなら獣医も。点滴はそんなにむずかしくないでしょ？」と保安官に顔を向ける。「ドロシアに力になってもらえるわよね。町のみんなのことをなんでも知ってるんだから」

スミザーズ保安官がうなずいた。「ああ、訊いてみよう」

「点滴の入手先は？」キースが疑問を投げかけた。

「医療品販売会社でもオンラインショップでも」キンバリーは言った。「ドクター・ジャクソンに訊いてみたんだけど、点滴用のチューブとか医療用テープとか、そういうものは簡単に手に入るそうよ」

「とくにこのへんではな」保安官が言い添えた。「山にはかならずサバイバリストのようなタイプが住んでいるものだが、彼らはかなりの量の医療品を手元に置いている。疫病が襲ってきたときや何かのために」

また部屋じゅうの人間がうなずいた。

「いいわ」キンバリーは言った。「じゃあこうしましょう。明日は二人一組でリストの不動産を回ってもらう。責任者はまかせていいかしら、保安官？」

保安官がうなずいた。

「ウォレン部長刑事は――」

「わたしは地元の人たちへの聞きこみを続ける」D・Dがすかさず言い、さりげなく目くばせしてきた。キンバリーも遅まきながら理解した。誰だか知らないがきょう会ったと言っていた少女にまた会いにいくつもりだ。よくわからないが、D・Dの勘は信頼している。

「わかった。あとは宿泊客のリストも調べないとね」

期待どおり、同僚たちがうなずいた。大量のデータをしらみつぶしにすることこそFBI捜査官の本領であり、まさにこの仕事をまかせたい相手でもある。

「それからあなたたちは、ええと……」キースとフローラに顔を向け、このふたりに何をさせればいいのかわからないことに気づく。「もっと食べる？」

「もういいわ」フローラが言った。

「ぼくたちはぶらぶらするよ」キースが言った。「店やなんかを回って。犯人はチームだって言ったよね？」とD・Dを一瞥する。「誰かフローラを見知ってる人間がいないか。あるいはフローラが来たことで……」

「ぎょっとしたり動揺したりする人間がいないか？」D・Dが言って、険のある目つきでキースを見た。

「そういうこと」

キンバリーは肩をすくめた。どのみち民間人のふたりに正式な捜査などさせられない。

「せいぜい町の人をおどかしてきて」

そして、その言葉が自分たちに返ってこないよう願った。

20

あの人が戻ってきた。

悪い男の人が来たのは姿を見なくてもわかる。家が教えてくれる。家は息をこらし、広がる闇のなかで身を縮めて、もう最悪におびえている。

わたしは狭い部屋のマットレスに膝をかかえてすわっている。腕の傷がむきだしになる昔の夏の制服を着てドアをみつめている。

わたしの一番きれいなところだとあの人は言いながら、肌に入りくんだ紋様を刻んでいった。

今夜はわたしの番なんだろうか。悪い男の人が来たら、誰かが犠牲にならなきゃいけないから。

今朝やってきたブロンドの女の刑事さんのことを考える。刑事さんはわたしにだいじょうぶかと訊いた。ぴかぴかの携帯電話まで差しだしてくれた。助けにはならなかったけど。携帯電話は知っている。ほかの人が使うところも見ている。小さい子だって画面の上で指を動かして、わたし以外みんなにわかる意味を持つぐにゃぐにゃした線を並べている。

わたしにはその形が理解できない。小さい子でもわかるのに、わたしにはわからない。

足音。冷たい石張りの廊下の向こうから。目的を持って早足で。

わたしはさらにぎゅっと膝をかかえた。

あのブロンドの女の人はここにいなくてもいいと言った。でもあの人はわかってないし、わたしには全部を伝えられるだけの指はない。あの人とやさしそうな目の保安官は、もういない男の人を探しているらしい。その意地悪そうな顔にはなんとなく見おぼえがあった。それとも、ただああいう人をたくさん見てきたせいだろうか。痛いことをすると書いてある顔。

見せられた写真の人は悪い男の人だ。でもあの悪い男の人ではない。

あのきれいなブロンドの女の刑事さんにどうやってそれを伝えればいいのかわからない。この場所の本当のおそろしさを伝え、いなくなってしまったいまも、その名前を家族に返してほしいとわたしに求めている女の子たちのことを伝えるために、どうやって唇を動かし、喉を震わせればいいのかわからないように。

わたしには務めがある。お母さんみたいに。逃げなさいとお母さんは言ったけど、わたしは無視した。それでも、お母さんはやろうとした。強くて勇敢だった。悪い男の人に立ちむかった。少しでも抵抗した。だからあの最後の夜にあの人がうちに来た。何年もそのことを考えてきた。前は腹が立った。お母さんはどうして何もしないで、わたしたちの小さな家での小さな暮らしをただ続けなかったんだろう。

　でも、自分の時が近づいてきているいま、この場所を出られる日は来ないとわかってくるにつれて、抵抗したかったお母さんの気持ちがわかってきた。ほんの一瞬でも、自分が何者かだと感じたい。悪い男の人はわたしたちを何者でもなくさせようとするから。わたしたちの肌にナイフの刃を躍らせて悲鳴をあげさせ、それから笑って自分の手仕事に見とれる。わたしでさえ、ずたずたにされた腕をおさえて泣き声をあげるまで。

　お母さんは背中にパッチワーク・キルトみたいな線があった。小さいころのわたしはそれを指でなぞった。お母さんは何も言わなかった。いまはもちろんわかる。

　ドシッ、ドシッ、ドシッ。足音。さらに近づいてきた。

　家が息をこらしている。

　あの人がいる。ドアの向こうに。ノブに手をかけようとしている。ひとひねり。ドアがあく。一歩入る。そしてわたしを見おろす。手にナイフを持ち、顔に笑みを浮かべて。

　そうやってわたしの番が来る。

　夕食を出すべきだとあわただしく考える。料理をつくって。あの人はお母さんのことを思いだすだろうか。あの夜のことをおぼえているだろうか。それともあの人には全員同じなんだろうか。ただの使い捨ての女の子たち？

　痛みに耐えなきゃいけない。目をつぶって、拳を握りしめて、必要なら悲鳴をあげて。そして……終わる。この世を去る。わたしの魂は——ステイシーのみたいに紫色なんだろうか、それともお母さんのみたいに銀色なんだろうか。それはのぼっていって、お母さんのところへ行って、わたしたちはまたふたりの群れになる。マミータとチキータ。わたしはお母さんのもので、お母さんはわたしのものだから。悪い男の人でもわたしたちを永遠に引き離せはしないから。そう信じるしかない。

ドアをみつめる。

痛みに耐えなきゃ。

痛みに耐えなきゃ。

痛みに……

ドシッ、ドシッ、ドシッ。

足音。また歩いていく。

男の人がわたしのドアから離れて廊下の向こうに進んでいく。わたしじゃないなら誰？

わたしは身体をゆするのをやめてじっと動きを止めた。

またお母さんのことを考えた。

次に何をしなければいけないかわかった。

わたしは女の刑事さんと話すことも、この家の本当の真実を耳打ちすることもできない。

でも、地下の廊下をゆっくり足を引きずりながら、幽霊のようにひっそりと進むことはできる。わたしは何者でもない。そう言い聞かせる。声をなくした小さな女の子でしかない。だから消えることができる。

夜のこの時間、宿泊客は上の階でぐっすり眠っている。朝のお客さんたちのうつろな笑顔が前は不思議だった。でもだんだんわかってきた。見たくないものは誰も見ない。そしてわたしみたいな女の子のことは誰も（あのブロンドの刑事さん以外？）見たくないのだ。

閉じたドアの前を通りすぎる。その向こうには人がいて、部屋の隅にうずくまり、唇を嚙んで恐怖に耐えているのかもしれない。少なくとも、よく一緒に働くメイドのエレーヌがこの地下にいる。でも来ては去っていくほかの女の子たちもいる。その子たちのことは何も知らないし、その誰かがいまここにいるのかどうかもわからない。

悪い男の人が角の向こうに姿を消した。わたしは裸足《はだし》に冷たい石の床の上を急ぎ足で追いかけた。着古した制服は、この地下深くに掘られた薄暗いトンネルには薄すぎる。この家のなかでお客さんが決して来ないところ。ここは悪いことと悪い人たちの場所だ。

怪物は実在する。それは地下の深いところにいて、闇が怪物の食欲を満たし、暴力を呼びおこす。でも、指を何本立てれば、それをあのブロンドの女の刑事さんに伝えられるのかわからない。だからこうする。

分厚い両開きの木の扉が見えてきた。古くてどっしりした扉。この家やここの山々みたいに。この部屋には来たことがある。ロウソクと血のにおいがする。ここはこの家の核だけど、家自身はここが存在しなければいいのにと思っている。悪い男の人がわたしの腕に傷をつけて、おしっこを漏らしてうずくまるわたしを残して去った日、この部屋にある大きな石造りの暖炉から火のついた薪をとって、振りまわして歩くところを想像した。

家は拍手してくれるだろう。壁が燃えあがるとほほえんで、崩れ落ちながら〝ありがとう〟とささやいてくれるだろう。

でも、この部屋は石でできている。家が焼け落ちても、この中心の存在は決して焼けない。悪い男の人が少し開いた扉の向こうに消えた。わたしは横の壁に手をあて、闇に溶けこもうとした。この家はわたしの友達だから、わたしを包んで守ろうとしてくれているのを感じる。

じっと動かずにいると、悪い男の人の声が聞こえてきた。

「いったいどういうことだ」

答える声は震えていた。ハワード町長。ここの主人だ。もちろん、悪い男の人からすれば本当は違う。

「きょう、保安官が来た。ボストンの刑事も。いろいろ質問してきて――」

「させておけ」

「危険よ」今度は女の人の声。この家の女主人だ。悪い男の人はこれも違うことを知っている。

「ここを捜索したいと言ってきたのか？」

「いいえ、それは。理由もないし――」

「そうだ」

「だが写真を見せてきた」また主人。「ジェイコブ・ネスとそのトラックの写真を。噂では
やつの最後の被害者のフローラ・ディンもこの町に来ているらしい」

「ネスは死んだ」

「でもまだおぼえている人がいるかも――」

「だったら死んだやつのことをチクればいい。何を気にするんだ？」

「警察がそこらじゅうにいるのよ」女主人の声が甲高くなった。「ＦＢＩに保安官助手に。

ほかの人たちとも話したのだけれど――」

「なんだと」

女主人が口ごもった。「わたしはただ……警察は埋めたところを少なくとも二カ所見つけ
たのよ。記録を調べたり、聞きこみをしたり、山の道のことまで突きとめてるわ。いったん
ストップして考えたほうが――」

「黙れ。おまえたちは考えるな。ほかのやつらに相談もするな。もう一度ルールを教えてや
らなきゃならないのか？」

「頼む」主人の低くなだめるような声。「どうか考えてくれ。これまでうまくいってたじゃないか。あんたにも、われわれにも、みんなにも、本当に運がよかった――」

「それに儲《もう》かってた」

「少し休んでもいいだろう？　危険が減るまでのあいだだけだ」

沈黙。悪い男の人が考えているんだろうか。

「警察の関心はいつおさまるんだ？」男の人がようやく言った。そのやわらかな声のトーンに、突然うなじの毛が逆立った。そのトーンは前にも聞いたことがある。ここから遠く離れたべつの部屋で。「おまえらの言うとおり、町には捜査員がうじゃうじゃしてる。やつらは死体を見つけた。そう簡単にはいなくならないだろう」

「あのキャビンのことを教えてもいいんじゃないかしら」女主人がおずおずと言った。

「だめだ」

「でも……死んだやつのことをチクれって言ったじゃないの」

「無駄だ」

「どうして？」

「あの女がここにいるからだ。あの女が見たら思いだすかもしれない。そうなったらひとりの死んだやつだけの話じゃなくなる」

「ウォルト・デイヴィースの名前を出した」主人の声。「どういう男か知っているだろう。

まず撃ってから質問するようなやつだ。うまくいけば警察に射殺されるかもしれない。そうしたら全部あの男になすりつけてしまえばいい」

「馬鹿か。そんなことになったらもっと警察が押し寄せてくるだろうが」

「少し休むだけよ」女主人が頼みこむ。「二週間だけでもいい。いまの騒ぎが多少おさまるまででも」

「そううまくはいかない。わかってるだろうが。ただし、おまえらの言うことにも一理ある」低い足音。悪い男の人が部屋を歩いている。「警察を帰らせるには、連中の求めている答えを与えてやるのが一番だ」

「やめて」今度はとても小さな声。そして何かの音。それからもう一度。「やめて、お願い、やめて」

「連中は怪物を探している」悪い男の人がささやいた。「そうだ。だからそれを与えてやろう」

さっと鳥肌が立った。わたしはお母さんのキッチンにいる。わたしは地下の廊下にいる。わたしは小さな女の子。わたしは声をなくしたメイド。

これから起こることの前に恐怖で身がすくんで動けない。

「やめて、やめて、やめて――」

「しーっ」

「やめて！」

喉を鳴らす音。泣き声。石を爪で引っかいているような音。わたしを包む家が落ち着かない様子で身じろぎする。悲しげに漏らす息が聞こえそうだ。わたしは物陰から出て、おそるおそる分厚い木の扉に近づいた。隙間からそっと部屋を覗きこむ。

悪い男の人が、その大きくてたくましい身体でぬっと立っている。

主人がその足もとにうずくまっている。

いっぽうの女主人は……

悪い男の人がその背後に回った。血のように赤いロープを手に持っている。女主人が着ているシルクの刺繍入りガウンのサッシュベルトだと気づいた。男の人がそれを女主人の首に巻きつけて持ちあげていった。首がありえない角度になるまで。

わたしは女主人をみつめた。顔が紫色になり、身体がびくびく震えた。悪い男の人は信じられない力で女主人を完全に床から持ちあげている。この人は人間じゃない。こんなことができるのは人間のはずがない。

わたしは目をそらさなかった。どうにか見ていると、とうとう女主人の息が止まり、首ががっくり垂れた。怪物が手を離すと、身体がどさっと床に落ちた。

主人はまだしゃがみこんだまままみじめに泣いている。

不思議となんだかほっとした。女主人がいなくなったことに。悪い男の人がついに自分の仲間を手にかけたことに。それでも震えが止まらなかった。

女主人が、あの絶対的な女主人が死んだ。悪い男の人が小枝でも折るみたいに簡単に殺した。

「立て」悪い男の人が主人に命令した。

次は主人を殺すんだろうか。悪い男の人だけになったら、わたしたちはいったいどうなってしまうんだろう。

わたしはあとずさり、向きを変えてぎくしゃくと自分の部屋に逃げかえろうとした。あえぎながら。でも求めているのは空気ではなかった。言葉だ。言葉や文字や音だ。なんでもいいから、何か伝える方法がほしい。だってあの女の刑事さんはまた来るから、今度こそ……考えなければ。計画を立てなければ。

終わりが近づいている。思っていたのとは違う形で。

逃げなさい。お母さんの声が聞こえる。

小さな女の子に戻りたい。腕を広げて、お母さんに抱きあげてもらいたい。お母さんがわたしの名前をささやくのを聞きたい。マミータとチキータ、ふたりだけの群れに戻りたい。

もう決して手に入らないものがほしい。

悪い男の人がわたしから奪ったものが。

自分の部屋に入ったちょうどそのとき、あの分厚い木の扉が開く音がして、廊下にまた足音が響いた。悪い男の人はわたしの部屋の前で足どりをゆるめることもなく、上の階へ戻っていった。

家がぶるっと震えて静かになった。

わたしは狭い部屋の壁に寄りかかったまま荒い息をしていた。イエスは指一本。ノーは二本。〝かもしれない〟が三本。じゃあ四本は？　五本は？

伝える方法があるはずだ。あの助けようとしてくれたブロンドの刑事さんに全部打ちあける方法が何かあるはずだ。絶対にそれを見つけなければ。

だって終わりが近づいているから。名前がなくても、しゃべれなくても、わたしは悪い男の人に報いを受けさせるから。

なんとしてでも。

21　D・D

D・Dはホテルの部屋に戻ると、寝るまで脳損傷と言語障害について調べてすごした。体感ではやっと眠りについたかつかないかのころに電話が鳴った。

「起きて」キンバリーが言った。

「え？」

「たったいま保安官から電話があった。また死体よ」

「えっ？」

「町長の妻。きのうの朝、話を聞いたんでしょ？」

「いま何時？」

「四時過ぎ」

「朝の？」

「十五分後にロビーに集合よ。マーサ・カウンセルの死がわたしたちの捜査と無関係のはずがない。コーヒーでも飲んで目をさまして。きょうは長い一日になりそうだから」

キンバリーとD・DがマウンテンローレルB&Bの前に車をとめたとき、保安官はもう表で待っていた。制服がまたもしわだらけなところを見ると、今夜も事務所に泊まったのだろう。保安官はふたりに重々しくうなずきかけると、先に立ってポーチの階段をのぼりはじめた。

「町長によれば、三時過ぎに目をさまして妻がベッドにいないことに気づき、探しにいった。見つけた瞬間九一一番に電話した。通信指令係からわたしに直接連絡が入り、ここへ急行して現場を保存した。誰も何もさわっていない」

ロビーには煌々《こうこう》と電灯がついていた。夜明けまで少なくともあと一時間はありそうで、宿はまだ夜中のように静かだ。思わず町長の〝姪〟の姿を探したが、あの少女はどこにもいない。

ハワード町長はグリーンと黄色のサンルームにすわり、茫然とテーブルをみつめていた。モノグラム柄の白いバスローブ姿で、百歳ほど歳をとったように見える。赤くうるんだ目、やつれた顔。これが演技なら、見たこともないほどの名優だ。

見ていると町長はコーヒーに口をつけた。繊細な磁器のカップが激しく揺れて、テーブルに戻すまでに中身が半分がたこぼれてしまった。

「廊下の右側の三番めの部屋だ」保安官がキンバリーとD・Dに告げた。「わたしは町長についている」

D・Dとキンバリーは顔を見あわせ、その指示に従った。まだ何を目にすることになるのかD・Dはわかっていなかったが、いいことでないのだけは間違いない。

右側の三番めの部屋というのは廊下の端だった。D・Dの頭のなかの見取り図によれば、この部屋は歴史ある家の右奥の角にあたる。たぶんもとは主寝室だったのではないか。そう思いながら広い空間に足を踏みいれた。

大きな天蓋《てんがい》つきベッドが部屋の中央に鎮座している。そして、その木のフレームの上から、長い白のネグリジェに前の開いた赤いシルクのガウン姿のマーサ・カウンセルがぶらさがって、どこからか吹く風にかすかに揺れていた。

キンバリーもD・Dも無言のまま部屋に入り、ベッドのまわりを一周した。

首を吊るのに使ったのは赤いシルクのサッシュベルトのようだ。おそらくいま着ているガウンのベルトだろう。見たところ、マーサは輪をつくって首にかけ、反対の端を天蓋の木のフレームに結びつけて、キングサイズのベッドにあがり、それから……飛びおりた? 彼女はぴんと張ったシルクのベルトを引っかいただろうか。ベッドになんとか爪先をかけようともがいただろうか。

D・Dはさらに近づき、触れないようにしながらマーサの手をじっと見た。手にはなんのあともない。きちんと整えられたベッドも同じ。グリーンの刺繍入りの上掛けはまったく乱れていない。

まるで迷いもためらいもしなかったように。マーサは夜中にむくっと起きあがり、夫のそばを離れてここへ来て、しなければならないと感じたことをした。でもどうして?

「遺書がある」キンバリーがささやき、ベッド脇のテーブルに顎をしゃくった。D・Dはそこまで行った。

「〝わたしのしたことをお許しください〟」D・Dは読みあげた。「〝人を犠牲にして自分が生きるなんて身勝手でした。わたしの魂にどうか神のお慈悲を〟」

D・Dはキンバリーを見た。「遺書をタイプする人なんている？」

「字が汚いとか？」キンバリーが肩をすくめた。「または感情がたかぶりすぎて字が書けなかったとか？」

「気にいらないわ」

「わたしもすっきりしない。だから検死官にしっかり調べてもらうことにしましょ」

D・Dは部屋を見まわした。「争った形跡はない。遺体に目立った傷もない。シルクの輪っかはもちろんべつにして」

「それに、宿泊客はまだ部屋でぐっすり寝てるみたいだから、言い争う声とか大きな物音とかもしなかったってことよね」

「彼女の首を見て」D・Dは遺体を示した。「ガウンのベルトにそってあざができてる。首吊りでそうなるように」

キンバリーがうなずいた。D・Dと同じくらい悩んでいるように見える。

自殺にしては整然としすぎている。だが、ざっと見たかぎり、部屋にも遺体にも自殺でないとはっきりうかがわせる点はない。もっとも単純な説明が正しい説明だということもある。ただ刑事にはそれが気にいらない。

「首吊りで発見した家族が遺体をおろそうとしなかったのなんて、いままで見たことある？」キンバリーが訊いた。

「ないわ。みんなとっさにおろそうとする。とはいえ……」D・Dはマーサ・カウンセルの紫色に腫れあがった顔を示した。「手遅れなのは明らかだけど」

キンバリーがうなずき、口をすぼめてまた部屋を歩きまわった。「気にいらないわ。だけど気にいらないはっきりした理由もない」

「同感」

「人を犠牲にして自分が生きるなんて間違ってたというのはどういうことかしら」D・Dは肩をすくめた。

「それは夫に訊いてみないとね。行きましょ」キンバリーが先に立ち、サンルームへと廊下を戻っていった。

視界で何かが動いた気がした。廊下の先に人影が消えていったような。だが一瞬だったので確信は持てない。またマーサの姪のことがD・Dの頭に浮かんだ。

町長は自分でコーヒーを淹れるような男だろうか。そうは思えない。

ハワードはまだテーブルについていた。保安官がその向かいにすわっている。どちらも無言だ。

「誰かを呼んで来てもらいましょうか？」キンバリーがさっきまでの口ぶりからすると意外なほどやさしい口調で尋ねた。

町長がうるんだ目をあげた。「マーサがわたしのすべてだった」

D・Dは彼の後ろに回ってそっと肩に手を置いた。ウイスキーのにおいがかすかに鼻をついた気がしたが、さだかではない。「コーヒーのおかわりは?」

町長が答えようと反対に顔を向けた隙に、キンバリーが身を乗りだして観察した。陽動作戦は捜査の基本だ。

「いや、けっこう」町長の声はうつろで、ついきのうの自信に満ちた態度は見る影もない。

「もうすぐさらに人が来るわ」D・Dは冷静に言った。「警察官やら鑑識やら検死官やら。それに宿泊客が起きてきて何ごとかって訊きはじめるのも時間の問題じゃない?」

「鑑識?」ハワードが訊きかえした。

「姪御さんを呼んできましょうか。部屋は……?」

町長がようやく放心状態からさめた。「だいじょうぶだ、ボタンがあるから。ボタンを押せばいいんだ」そう言うと急に立ちあがって奥の壁に向かった。そこには厨房に通じているとおぼしきスイングドアがあり、その脇に従業員を呼ぶためのパネルがあるようだ。町長が黒いボタンを押し、そのまま何も言わず、返事を待つこともなくテーブルに戻った。

「奥さんは自殺したと思う?」キンバリーがそっと訊いた。

「妻は……様子がおかしかった。あれ以来」町長がごくりと唾を飲みこんだ。コーヒーカップを持ちあげたものの、今度も手が激しく震えて、テーブルに戻さなければならなかった。

「二ヵ月前の発見があって以来」

「最初の遺体が発見されて以来ということ?」キンバリーが確認した。

「ああ」

「マーサはどんなふうに様子がおかしかったのかね」保安官が遠慮がちに質問した。

「心ここにあらずのような、動揺しているような。それで夜には……いままではシェリーを一杯飲むだけだったのに最近は……何か悩んでいるのはわかっていた。訊こうとした。訊こうとしたんだ!」町長が狂おしい目をこちらに向けた。「だが妻は話さなかった。話してくれなかった!」

そのとき奥のドアが急に開いて、水色のメイドの制服を着たあの少女が銀のコーヒーポットを手にあらわれた。その目がさっとD・Dに向けられ、ほんの一瞬、少女が足を止めたあと、何ごともなかったように右足を少し引きずってまた歩きだした。町長と同じくらい青ざめて憔悴《しょうすい》した顔。少女も遺体を見たのだろうか。〝おば〟がおそらく何をしたのか知っているのだろうか。

それとも、今朝もただのメイドなのだろうか。呼ばれて来ただけで、何も訊くべきでないと心得ているのだろうか。

少女は注意深くD・Dの視線を避けながら無言で町長のカップにコーヒーをつぎたし、ポットをテーブルの中央に置いて厨房に戻っていった。

「かわいそうな子だ」町長がD・Dを見て言った。「母親を亡くしたうえに、今度はこんなことになって」

「今夜ここにいた全員に話を聞きたいんだけど――」D・Dが口を開きかけたところで、町長の耳障りな笑い声にさえぎられた。

「あの子に話を聞く？　答えられっこないのに？　なんて残酷なことを言うのかね。それにあの子は何も知らない。遺体を見つけたとき、わたしは……叫び声をあげた。それであの子が来た。コックも。スタッフだが家族でもあるんだ。みんな悲しむ時間が必要だ」

町長にじっと見られて、D・Dはうなずくしかなかった。その点について追及し、厨房に少女を追いかけていって、イエスなら指一本、ノーなら指二本のゲームをしたいところだが、少女は未成年であり、おじが表向きは保護者だというのが現実だ。ハワード町長の許可なくそうすることは法的にできない。

少女はスイングドアの向こうに消えた。左手を脇におろしていたが、指を立てていたのかどうかわからない。みんなの注目を浴びるなか、D・Dはもう一度努めてハワード町長に注意を向けた。

「奥さんがおかしかったのはなぜだと思う？」

町長はすぐには答えず、コーヒーカップからあがる湯気をみつめていた。「マーサは生まれつき腎臓がひとつしかなかった」やがてしわがれた声で言った。「二十年前にその腎臓が悪くなってきた。マーサは移植リストに登録したが……知ってるだろう、移植を求める患者が多く、臓器はまったく足りない」

　向かいにすわる保安官がはげますようにうなずいた。

「海外も検討した」町長が咳払いをして顔をあげた。「金を払えば手術してもらえる国へ行って移植を受けることも。だがまもなく、それも無理なくらいマーサの容態が悪くなってしまった」

　保安官がまたうなずいた。

「マーサの知りあいの医師がいた。子供のころからの幼なじみで、グレゴリー・ハッチという医師だ。アトランタでクリニックをやっていた。その医師が力になれると言ったんだ」

「どうやって？」キンバリーが問いただした。

　町長がうつむいてコーヒーカップをいじった。「多くは訊くなとマーサに言われた。わたしは知らないほうがいいからと」ぼそぼそと言う。「だがグレゴリーはここから少し北のクリニックでも診療をしていて、マーサはそこに何度も通った。いろいろな検査を受けた」町長が顔をゆがめてほほえんだ。「そういうことは隠せない。それから、マーサはひと月留守にした。美容クリニックに行くと言っていた。もちろん、おたがいに嘘だとわかっていた。だがマーサはわたしの妻だし、愛していた。生きていてほしかった。だから臓器提供の同意書を渡されて記入するよう言われたときも、黙って言うとおりにした」

「奥さんに腎臓を提供したの？」キンバリーが尋ねた。

「自分の妻に腎臓を提供するという旨の書類を書いただけだ」町長がゆっくり言った。「提供することはできなかった。適合しなかったんだ。わたしも妻もそれはわかっていた。ただ書類上は……」

「奥さんは臓器提供を受けた」D・Dはかわりに言った。「そのドクター・ハッチが手術をした」

町長がようやく顔をあげた。目が赤くうるみ、疲れきった表情で。

「山ほどの薬を持って帰ってきた。いまもバスルームにある。拒絶反応をおさえる薬だ。ずっとまじめにそれを服《の》んでいた。それからずっと元気だった」

しばらく誰も口を開かなかった。やがてキンバリーが沈黙を破った。「ハワード町長、奥さんは誰から腎臓をもらったの？」

「わからない」

「でもあなたからではないのね」

「わたしからではない」

「だけど奥さんは移植を受けた。ドクター・ハッチという医師が手術をした」

「彼は妻の命を救ってくれた」

「そのグレゴリー・ハッチならおぼえている」保安官が言った。「たしか亡くなったんじゃ……」

「八年前に死んだよ」町長が認めた。

「手術をしたのはいつ？」とキンバリー。

「十五年ほど前だ」

D・Dはキンバリーに視線を送った。ドクター・ジャクソンによれば、ライラ・アベニートが死亡したのは十五年前。そして新たに見つかった遺棄現場では、少なくともひとつの遺体に医療を受けていた痕跡があった。D・Dと保安官はきのう、町長夫妻に事件はだいぶ前のことだと話した。遺体が白骨化していたことまで言った。だが、最初の遺体が埋められたのは十五年前だとは明かしていない。捜査本部では具体的な年数は伏せている。

つまり、マーサが自分の移植手術と森に埋まっていた遺体の関係に思いあたるふしがあったなら、腎臓がどこから来たのか薄々はわかっていたことになる。あるいは少なくとも、ドナーがその後どうなったのかについては。

人を犠牲にして自分が生きるなんて身勝手でした。

それがこの事件の真相なのだろうか。違法な臓器移植のたくらみ？　そういうことはある。町長が言ったとおり、臓器への需要に対して供給はとても少ない。闇のマーケットが存在しても不思議ではない。

「妻は善良な女性だった」町長が言った。「町のことをいつも気にかけていた。何があったにせよ、妻が何をしたにせよ……恐怖は人を必死にさせる。マーサは自分の罪をつぐなおうと懸命だった。みんなに訊いてみるといい。いいことをたくさんして、景気の悪い時期にたくさんの家族を助けて、ひたすら与えて……」

町長の声がひび割れた。テーブルに置いた手が激しく震えている。

保安官が手を伸ばしてぎこちなく町長の肩を叩いた。D・Dもかける言葉が見つからず、テーブルを離れてもう一度厨房に通じるスイングドアに目をやったとき、小さな紙きれらしきものが目に入った。コーヒーを持ってきたときに少女が落としていったのだろうか。

D・Dはさりげなくドアのほうに移動した。町長が気づいてこちらを見ている。D・Dを姪に近づかせたくないのだ。それだけは間違いない。怪しまれているのだろうか。D・Dは壁に寄りかかってくつろぐふりをした。まだ午前六時にもなっていないのに、すでに立ちすぎでくたびれた過労ぎみの刑事をよそおって。

保安官がしゃべりだし、町長が気をとられた瞬間……

D・Dはかがんで小さくたたまれた紙を拾い、それから靴ひもを結びなおしてごまかした。立ちあがったとき、町長は眉をひそめてこちらを見ていたが、気づかれた様子はなかった。

宿の表から音がした。検死局のヴァンが着いたのだ。D・Dは壁から離れて出迎えにいった。

ロビーに出て町長の目が届かなくなると、拾った紙を確認した。大きな紙の一部を破りとったらしいその紙は何度も折りたたまれていた。開くと、簡単な絵が描かれていた。

黒くて不気味でゆがんだもの。燃える赤い炎の目と、いかった大きな肩。怪物。

少女は悪魔の絵を描き、D・Dに見つけてもらおうと落としていった。

どういうことだろう。

検死官とその助手が玄関の扉をノックした。D・Dは困惑したまま、最後の告白をした女の遺体の待つ奥の寝室へと彼らを案内した。

22 フローラ

いつにもまして眠れず、わたしはほぼ夜じゅう部屋をうろうろしていた。四時過ぎに廊下で物音がして外に出てみると、D・Dが部屋から出てきたところだった。町長の家で起きたことをかいつまんで話すと、D・Dは捜査のためキンバリーとともに出かけていき、わたしはひとり残された。

勇気を出すまでにそれから一時間かかった。

自分でもうまく説明がつかない。

知られているレイプ魔に立ちむかうのは平気。性犯罪の容疑者が獲物をさらおうとしている暗い路地を歩くのも平気。燃える家に飛びこんで殺人犯と相対し、妊娠した女性を救いだし、放火魔を追いかけるのも全然平気。

なのに、ハンサムな男が泊まっている隣の部屋のドアをノックするのは……

早朝の人気《ひとけ》のないロビーを歩きまわり、まだ暗くコーヒーもポップタルトもない小さな食事スペースを行ったり来たりしたすえに、ようやく廊下を引きかえした。わたしは強い、わたしは勇敢だ、わたしは生還者だと自分に言い聞かせながら。

キースの部屋の前に着いたときには震えていた。ノックしようと手をあげた。大学に復学し、もうボーイフレンドもいる友達のサラのことを考えた。生還者から立派にトラウマを克服したいまの生活について、顔を輝かせて話すその様子を思いだした。

サラにはできた。でもわたしにはできない。

拳を宙に浮かせたまま立ちつくしていると、ドアが開いた。姿を見せたキースはもうしっかり着がえていて、わたしを見て驚いた様子もない。

「キンバリーとD・Dが出かけたみたいだね」キースが言った。

わたしは遅まきながら手をおろした。「町長の妻が死んだの。首を吊って」

「自殺？　殺人？」

「いまそれを調べてるんでしょ」

キースが眉間にしわを寄せた。「それでぼくたちのきょうはどうなるのかな」

わたしは深く息を吸った。どうかしてると思われるだろうか。でもキースはこれまでのところすごい適応力を見せている。

「もう一度四輪バギーを借りたい。ゆうべ話に出たはぐれ者に会いにいきたいの。ウォルト・デイヴィースって男に」

「警察を見たとたん撃つような男に？」

「わたしたちは警察じゃないわ」

キースが眉を持ちあげてみせた。「ぼくたちは侵入者だよ。警察を撃つ男は侵入者も撃つんじゃないかな」

「じゃあ、その前にすごく早くしゃべらないとね」

キースはだめだとは言わなかった。かわりにしげしげとわたしを見た。「どうして？」

「わからない。何かしたいの。それに……」わたしは眉根を寄せた。どう言えばいいのかわからない。ゆうべ耳にしたときから、なぜかウォルト・デイヴィースの名前が頭から離れない。前に聞いたことがあるからなのか、いかれた一匹狼タイプがどうしても気になってしまうからなのか。

ようやく言った。「きのう、D・Dに地元の飲食店を回らされたでしょ、おぼえのある味がないか。でもジェイコブにはほかにも好きなものがあった」

「ドラッグとアルコールだね」

「そう。もしウォルト・デイヴィースって男が密造酒と大麻を売ってるなら、ジェイコブが客だった可能性があるんじゃないかと思って。とくにウォルトは町のはぐれ者っていう話だから、ジェイコブにとっては都合がいいでしょ」

「なるほど。でも保安官助手に話を聞きにいかせるって保安官が言ってたよね。ならどうしてぼくたちが？」

わたしはキースを見た。「それは今朝の疑惑の死の前でしょ。いまごろ二時間以上寝た捜査員は全員現場に送られてるわ。どうしてわたしたちがって？　わたしたちはあの宿に行っても何も手伝えないけど、地元の妄想症患者を訪ねるのは民間人のほうが適任かもしれない」

「急にまた心配になってきたよ」

「行くの？　行かないの？」

答えはふたりともわかっている。キースはキースだ。どこまでもわたしについてくる。はるばるジョージア州にも来るし、死体が埋まっていた山にものぼるほど。

「四輪バギーのレンタル店があくまでにはまだ時間があるよ」とうとう彼が言った。

「じゃあダイナーに行きましょ」

「最後の食事？」

「その意気よ」

キースが笑みを浮かべた。考える時間を自分に与えないようにさっと背のびしてその頬にキスしようとした。ちょうどその瞬間に彼が首をひねってわたしの唇を唇で迎えた。身は引かなかった。わたしたちは唇を合わせたままじっと立っていた。

少ししてゆっくり顔を離した。キースの青い目は翳《かげ》りを帯びて読みにくい。

「上着をとってくるよ」彼が低い声で言った。

朝食の席でわたしがヨーグルトをつついているあいだに、キースがコンピュータで魔法を見せてくれた。ウォルト・デイヴィースの住所をたやすく特定したあと、グーグルマップでそこを検索した。次に、四輪バギー用の道を調べて、近くまで行ける道を見つけだした。反政府的なサバイバリストとされる男へのベストなアプローチ法についてはまだ決めかねている。両手をあげて正面から行くか、こっそり裏から近づいて様子をうかがうか。

キースが憐れむような目でわたしを見て、グーグルアースを立ちあげた。「偵察したい？これで偵察できるよ」

ラップトップの画面に映る画像に、わたしは素直に驚嘆の声をあげた。インターネットのツールとしての価値は認めているが、わたし自身は現場派で、キーボードの手さばきよりフットワークを重んじている。とはいえキースが優秀なのは否定できない。

最初にわかったのは、ウォルト・デイヴィースが広大な地所を所有していることだった。人里離れた森のなかの土地はたっぷり二十エーカーはありそうだ。そこにあるのは家一軒だけではない。四つの建物があるのが見てとれた。中くらいの丸太小屋がおそらく母屋で、さらに大きな建物は広いガレージか納屋だろうか。あとふたつの小さな点は物置小屋か何かのようだ。

「ひとりで住んでるにしてはずいぶん広いわね」敷地のレイアウトを確認しつつ、ヨーグルトを無理に口に運びながら言った。

「家族の土地だろうね」キースがすかさず応じた。

キーボードに指を走らせながらかすかに鼻歌を歌っている。コンピュータ・オタクの面目躍如だ。彼が白身のオムレツをおかわりした。こんなに鼻につくほど健康的な食生活をしている男と本当に付きあえるんだろうか。

そもそも、本当に男と付きあえるんだろうか。

「この母屋が建てられたのは一九〇五年だ。ほらここに井戸が」キースが上から見た敷地のかすかな点を指で叩いた。「もう使ってないだろうけど。発電機もあるね」と画面を拡大し、左から右に動かす。「ニワトリがいる。とすると、この二番めの建物はヤギか何かの小屋かもしれない。この男は本気で自給自足をめざしてるのかもね」

「これは何？」わたしは深い森のなかの敷地を走る何本ものジグザグの線を指さした。グーグルアースは概観を見るのには便利だが、拡大すると画像がぼやけた。少なくともわたしにとってはそうだった。キースは今度も本領を発揮しているようだ。彼はわたしの住所をグーグルアースやらストリートビューやらで、ソファから離れることもなく覗き見しているんだろうか。

「道みたいだね」キースが考えこむように言った。「四輪バギー用の道かもしれないけど、いくつかはかなり幅が広い。トラクターとか重機用かもね」

「いろんなところに通じてるみたいだけど、木を切るためかしら」

だがキースが拡大した画面を戻してみても、少なくとも最近は木が切られた形跡がないのは明らかだった。

「どうしてひとつの地所からこんなに道が出てるの？　それも全部違う側道につながってるみたいだけど」キースを見ると、眉をひそめていろいろな角度から地所を見て、さらに眉をひそめた。

「うーん、わからないな」とうとう彼が言った。

わたしにもわからない。怪しい。そう思いながら、ちゃんと自分の健康に気を遣えというD・Dの言葉を思いだしてヨーグルトの最後のひと口を食べ終えた。

「正面から行くのは避けたい」

　キースが続きを待っている。

「この男は世捨て人なんでしょ？　直接行ったところで、たとえ撃たれないとしても、いきなりやってきたふたりの見知らぬよそ者に地所を好きに見させてくれるとは思えない」

「この建物のなかに何があるのか見たい。たくさんの道と入口と出口がどうなっているのか知りたい。そのうえでウォルト・デイヴィースに話を聞きたい」

「つまり忍びこむってことだね。わかった。どこから入るのがいいか考えよう」


　四輪バギーレンタル店のビル・ベンソンは、ふたたび借りにきたわたしたちにとくに疑問を持つこともなく、キースのクレジットカードを受けとった。ほかの道も探すのを手伝おうかと言い、断わると心底がっかりした顔をした。こういう小さな町では、殺人事件の捜査をかいま見ることができれば自慢の種になるのだろう。あるいは、よそ者が何をしようとしているのかじかに知るだけでもそうかもしれない。わたしたちが店を出たとたん、彼が地元の人々のたまり場に直行して何から何まで話すのではないかとつい考えずにはいられなかった。

　ビルが背後の棚からわたしたちに合うヘルメットを選んでいるあいだ、わたしは狭い店内をぶらぶら見てまわった。地元の観光案内のパンフレットが並べられたラックの上には、お決まりの最初に稼いだ一ドル札をおさめた額がかけられ、その隣には雑多な写真が飾られている。十人ほどの人が各自の四輪バギーの前でポーズをとっている集合写真は四輪バギークラブのものだろうか。左から二番めにいまより若いビルがいるのはわかったが、それ以外に見知った顔はいない。その次は、狩猟用の服装でライフルを持ち、地面に横たわる大きな牡《お》鹿《じか》の横で笑顔を浮かべるビルの写真。鹿の頭のそばには、やはりライフルを手にした小学生くらいの男の子が膝をついている。

「息子だよ」ビルが誇らしげに言い、わたしにヘルメットを手渡した。「はじめて仕留めた獲物だ」

「そう」自分もハンターなのだから偉そうに何か言える立場ではない。

やってきたキースは、もっといまわしげに写真に目をやった。

「これはご家族?」キースが三人家族の記念写真を指さして訊いた。左にいまより若いビルが、まんなかに息子が立っているが、父親より頭ひとつ背が高いひょろっとした十代に成長している。ということは、その前のウィングバックチェアにすわる黒っぽい髪の女性が妻で母親なのだろう。

「きれいな人ね」わたしはビルに言った。

「どうも。もう結婚して四十年近くになる。時がたつのは早いもんだ」

その声の何かが引っかかって、もう一度彼を見た。切なさのような、諦念のような。記念写真にふたたび目をやる。その女性はとてもきれいだが、なんとなく不安になるような美しさだ。彼女がカメラを見ずにその向こうを見ていることに気づく。目がどこかうつろで、写真撮影のためにすわっているのに、上の空のような印象を与える。十代の息子が巣立つ前に、カメラマンに頼んで最後の記念写真を撮ろうというのは、はたして彼女のアイデアだったのだろうか。

「息子さんもこの店で働いてるの？」キースが尋ねた。

「いや。家業を継ぐ気はないそうだ。このへんのたいていの子と同じく、より青い芝を求めてさっさと出ていったよ。小さな町だし、仕事といえば観光業しかないからな。親としては人の関係が密なコミュニティで子供を育てるのはいいもんだが、子供にとっては……」ビルが悲しげに肩をすくめた。「ここの子たちは都会へ出ていき、逆に都会の子たちを呼び寄せて雇ってるんだから、皮肉なもんだ」

「これは誰？」ミントグリーンのスーツを着た年配の男性とビルが握手している写真を指さして訊いた。

「ああ、町長だよ。ハワード町長。五年前に町内の優秀店として表彰されたときの写真だ」

キースとわたしは目を見かわした。ビルの様子からして、まだ町長の家の悲劇のことは耳に入っていないようだ。

「町長とは親しいの？」キースが尋ねた。

肩がすくめられた。「もちろん知りあいだし、いい町長だと思うよ。マーサとともにこの町の商売繁盛のために力を尽くしてくれている。十年前は景気が悪かったんだ。ダロネガは趣ある古い町並み以外にも、スパやワイナリーや金鉱ツアーがあるが、それにくらべるとこの町はな。この店も正直つぶれそうだった。でもハワード町長がマウンテンローレルB&Bに金をつぎこんで改修し、昔ながらの古い宿から、新婚カップルや富裕層が来るような高級リゾートに生まれかわらせた。そのうえで、記録係のドロシアに町の新しいウェブサイトをつくらせ、もちろん各種ソーシャルメディアも始めさせた。ドロシアは毎月のように、観光客を呼びこめそうな生き生きしたスナップを撮れって地元の店に言いにくる。そういえば、写真を一枚いいかな？」ビルが携帯電話を出して期待のこもった目を向けてきた。

「ううん、遠慮しておく」

ビルが肩をすくめて電話をしまった。「さっきの質問に答えると、町長は町のために正しいことをしてきた。いまじゃたくさんの人が来るようになって景気もよくなった。地元の人間は助かってる」

キースとわたしはうなずいて挨拶し、店をあとにした。

取り決めできょうはキースが運転した。わたしはナビ係に加えて、監視カメラとブービートラップに目を光らすという重要な役目を課せられた。すでに敷地の境界の一部に沿った稜《りょう》線《せん》と、べつの一部に沿った狭い谷が自然の防壁になっているのはわかっている。

それで残った六つの選択肢のうち、わたしたちは当然ながら七つめを選んだ。敷地のそばの四輪バギー用の道にバギーをとめ、そこからは林のなかを歩いていくのだ。キースはコンパスのアプリを使いたくてうずうずしていた。

四輪バギーをおりてまもなく最初の障害が目に入った。木々に張りわたされた有刺鉄線。古く錆《さ》びているものの、まだ充分にとがっている。わたしのポケットにはレザーマンの十徳《じっとく》ナイフが入っている。頭上の木の枝に監視カメラがしかけられていないか、次に周囲の膝までの茂みに動体検知式の自動撮影カメラがないか確認した。すぐに二基のカメラを見つけた。ウォルト・デイヴィースは想像したとおりの猜疑心《さいぎしん》の塊のようだ。

そのまま進もうと手で合図して、さらに五十フィートほど行くと、深い藪《やぶ》で全方位からの視界がさえぎられているところがあった。レザーマンを何度か使い、わたしたちは最初の障害を突破した。

ふたりとも無言で歩いた。わたしが先に立ち、キースがアプリで方向を確認する。隠された網でいきなり吊りあげられたり、杭《くい》が並ぶ落とし穴がぽっかり口をあけたり、熊用の罠《わな》に足をはさまれたりするのをなかば予期していたが、そうはならなかった。だんだん近づいていくとともに、汗が額を流れ、シャツを濡らした。わたしはキースのようなバックパックがなく、今度もパーカーとカーゴパンツのポケットが頼りだった。あいにく、きょうはそんな厚着をするには暑すぎて、すぐにキースのハイテクな速乾生地がうらやましくなった。

わたしはぱっと足を止め、握り拳をあげた。まるで何年もそうしてきたように、キースがただちに止まって身を低くした。木々の向こうを指さす。最初の離れ屋が見えてきた。

風雨にさらされて古びた壁板は下のほうが腐り、屋根はぼろぼろになっている。窓は埃まみれで、この距離からではもちろん、すぐ近くからでもなかを見とおせそうにない。

荒れはてた建物。それを目にしたとたんデジャヴに襲われたが、どうしてだろう。かつて囚われていたかびくさい地下室のように、ここもどこかもの悲しい、打ち捨てられたような雰囲気があるからだろうか。

ここに少女が閉じこめられているところが頭に浮かんだ。この腐った床板の下に死体が埋まっているところが頭に浮かんだ。ライラ・アベニートか誰かが最後に目にしたのがこの建物だというのが頭に浮かんだ。

ウォルトの地所から二カ所の遺体遺棄現場までは六マイルもない。四輪バギーなら簡単に行けるし、この敷地からローレル・レーンにつながる道も三本もある。

ただし……こんなに広い土地を所有しているのに、どうしてわざわざ外に死体を捨てにいくのか。自分の地所なら人の立ち入りを制限できるし、誰かが偶然死体を見つける可能性もおさえられるというのに。

何かわかったような気がするが、まだ足りない。だからこそここへ来たのだ。もちろん。

敷地の境界付近をあらためて観察する。木々がまばらになるとともに、あちこちに点在する構造物が姿をあらわす。四、五個の照明灯が目に入る。たぶん動体検知式のセンサーライトだろうが、午前のなかばの太陽の前ではさほど役に立ちそうもない。それより興味深いのは、そのライトがまだ新しそうなことだ。建てられてから何十年もたっていそうな壁に、艶光りする金具で取りつけられている。

わたしは立ちどまり、首をかしげた。エンジンのうなりに続いて、何かを粉砕するような音が聞こえてきた。

キースに顔を向けて目を見ひらいてみせると、向こうもうなずいて同意した。「木材《ウッド》破砕機《チッパー》だ」

「すごい。映画の『ファーゴ』みたいね」

キースが肩をすくめた。悟ったように、あるいは諦めたように。自分はいま生涯最高に馬鹿なことをしているのかもしれないとふと思った。この六、七年やってきたことも相当なものだが。

もうカメラも見あたらず、人の気配もない。聞こえてくる騒音にまぎれ、わたしは森を出て敷地に足を踏みいれた。

犬が吠えながら駆けだしてくることもない。警報機が鳴りひびくこともない。銃弾が飛んでくることもない。ただ次の……何かを粉砕するウッドチッパーの轟音だけが聞こえている。

動悸《どうき》が激しくなった。D・Dにメッセージを残してくるべきだった。あるいは家族への遺言を。でももう遅い。

最初の荒れはてた構造物にそっと忍び寄る。またかすかに朽ちたにおいがした。強い既視感をおぼえるのはそのせいだろうか。土臭さやかび臭さ——死ではなく放置のにおい。

そっと建物の横に回りこむ。今度も長年そうしてきたかのように、わたしが先に立ち、後ろからキースが身を低くしてドアに近づき、すばやく鍵をこじあけた。ドアを肩で押しあけると錆びた蝶番《ちょうつがい》がきしみ、ふたりとも固まった。なんのための小屋だったにせよ、もうずっと使われていないのは明らかだ。

キースが小屋のなかに消えた。汗をびっしょりかき、バタフライナイフを抜いて自分も飛びこもうかと考えていると、彼が出てきた。

「何もない」ふたりで小屋の影に身を隠すと、キースがささやいた。

「何もないって？ もっとくわしく」

「錆びた工具とか、古いガラス瓶とか。おじいちゃんの家にありそうなガラクタばっかりだったよ。それが床から天井まで積みあげられてた。もうこれ以上何も入らないくらいに」

わたしは眉をひそめた。「シリアルキラーを探しにきたのに、いたのはただのためこみ屋ってこと？」

「まあ……そうなるかな」

次の建物は鶏小屋だとひと目でわかった。キースの予想どおりだ。残るは大きな建物がふたつ。右側にあるのは古い二階建ての納屋のようで、干し草の束を屋根裏の貯蔵庫に入れるための木の引き戸が高いところについている。そして正面には平屋の丸太小屋がある。やや右にかしいでいて、玄関ポーチに年代物の洗濯機と、同じく古びた乾燥機が置かれている。納屋の隣にはグリーンのトラクターが一台とまっている。ジョンディア製で、この地所では新しいほうだ。それをのぞくと、わたしたちと納屋とのあいだにさえぎるものは何もない。比較的新しい照明灯がまた目についた。

何か重要なものを見落としているような気がする。カメラだろうか。それともブービートラップ？

納屋そのものは、ほかの小屋同様だいぶくたびれている。屋根はほぼ苔《こけ》に覆われている。高いところにある小窓も例によって土と埃で汚れている。

遠くでまたウッドチッパーがうなりをあげた。と思うと突然、満腹でもう食べられなくなったかのように音がぷっつりやんだ。エンジンが切られ、地所全体が静まりかえった。

隣のキースがぶるっと震えた。無理もない。ウッドチッパーの音も不気味だが、この静寂は……

この静寂はもっと悪い。

何を見落としているんだろう。わたしは果敢で向こう見ずだが、経験豊富でもある。いままで自分を生かしてきたあらゆる本能が叫んでいる。作戦を中止しろ、撤退しろ、逃げられるうちに逃げろと。

キースもそう感じているのがわかる。でもどこへ行けばいいのか。わたしたちは唯一身を隠せるぼろぼろの小屋の陰にひそんでいるが、ここから森までのあいだにあるのは丸見えの空き地だけだ。

納屋だ、と思った。納屋のなかに忍びこんで隠れられる場所を見つければ……

そのときわかった。目に映っていながら見えていなかったものが。新しいのは建物についている照明灯だけではない。納屋の扉の取っ手につけられた鎖と南京錠《ナンキン》もまったく錆びていない。

納屋に隠れるなんてとんでもない。納屋こそ、誰にも見られてはならないものが隠されている場所なのだ。

なんとかこの窮地を脱する方法をまだ考えていたとき、森に命が宿った。そうとしか思えなかった。小屋から森までの距離を測ろうとしていた次の瞬間、痩せた老人が目の前に立っていた。

ひょろっと背が高く、頬がこけ、まばらな白髪が逆立ち、細い手足は筋張って針金のような強さを感じさせる。

ウォルト・デイヴィースだ。誰かが来たことに気づいてひそかに忍び寄ってきたらしい。ショットガンをまっすぐこちらに向けている。

わたしは両手をあげた。隣のキースも同じようにした。

深く息を吸って物陰から踏みだし、老人のほうへ五フィート近づいた。キースもぴったり横についている。倒れるときは一緒というわけだ。

「ごめんなさい」わたしは甲高い声を出した。「本当にすみません。道に迷っちゃって、四輪バギーのガソリンがなくなっちゃったんです。悪いけど電話を貸してもらえませんか……？」

老人がまったく予想外の反応を見せた。

ショットガンの銃口をおろし、目を見ひらいてわたしを凝視したのだ。

「嘘だ！」老人が叫んだ。「ありえない。おまえは死んだ！　死んだはずだ！　死んだはずだ！」

23　キンバリー

ハワード町長から、妻が違法な腎臓移植を受けた疑いについて聞いたあと、キンバリーは夫妻のバスルームへ行ってみた。なるほど、マーサ・カウンセルの名前が書かれた処方薬のボトルがいくつも並んでいた。さっとインターネットで検索してみると、薬の大半が〝移植した臓器の機能を保つための〟拒絶反応抑制剤だとわかった。

キンバリーはマーサが首を吊った部屋へ戻った。D・Dがまだそこにいて、検死官が遺体を回収するのを見守っていた。首吊りの場合はつねにそうするように、検死官は首の輪をはずさずそのまま残していた。結び目の分析は、彼女の死が自殺か他殺かの判断を左右する検死報告書の重要な一部となるのだ。

目下、キンバリーは疑惑の死に直面している。厳密には、これはFBIの捜査本部ではなく保安官の管轄だ。しかしスミザーズ保安官がこの件で外の助けを借りるのをためらうことはないのではないか。とくにマーサ・カウンセルの死が山中で見つかった遺体とおそらく関係しているとなれば。そうとしか考えられない。

D・Dが検死官のデイル・カボットを、続いてその助手のひょろっとしたアーノルド・カボットを紹介した。ここの検死局は家族で運営しているらしい。

「何かわかった？　いま言えることは？」キンバリーは身分証を見せて訊いた。

「そうだな、毎朝のコーヒーは健康にいいということは言える」ドクター・カボットがおどけて言い、息子とともにマーサ・カウンセルの遺体をゆっくりおろしてストレッチャーにのせた。「わたしも今朝の一杯が待ちきれないよ」

はぐらかされるのもしかたない。まだ遺体がストレッチャーにのせられてもいないうちに意見を求めたのだから。それでも、キンバリーは片手をあげた。「少しだけ待って」カボット・ストレッチャーに近づく。マーサのシルクの刺繍入りガウンは開いているが、ジュニアの気遣いで長い白のネグリジェの裾は乱れなく整えられている。やりづらいがしょうがない。

「この女性は腎臓移植を受けたと聞いたの」キンバリーは言った。「こういう状況なので確認したいんだけど」

ドクター・カボットがさがって、どうぞと手でうながした。いっぽうの息子のほうは、こちらをまじまじと見た。

キンバリーも決していい気分ではない。ぶしつけだと感じつつ、手袋をはめてゆっくりネグリジェの裾を持ちあげていく。心のなかで謝りながら、腿の上まで裾をめくりあげ、控えめなレースがついた白い下着を、ついでマーサの胴体をあらわにした。左の脇腹に目立つ手術の跡がある。ずいぶん年月がたったいまもやや盛りあがった濃いピンク色の傷跡。

「これ、腎臓移植の跡だと見てよさそう？」キンバリーは質問した。

「そう見える。解剖してみればもっとくわしいことがわかるだろうが」

キンバリーはうなずき、携帯電話で撮影した処方薬のボトルの写真を見せた。「この薬は？」

検死官が電話を手にとり、ラベルが読めるまで写真を拡大した。「どれも標準的な拒絶反応抑制剤だね。臓器移植を受けた患者が服用するものと考えていい」

検死官が電話を返した。

「グレゴリー・ハッチという医師を知ってた？」Ｄ・Ｄがそばに来て尋ねた。

「ドクター・ハッチ？　何年も前に亡くなったはずだが」

「その人は腎臓移植ができる資格を持ってた？」

「外科医という意味ならそうだが、UNOS《ユーノス》、つまり全米臓器移植ネットワークに問いあわせてみるといい。すべての移植手術の記録があるはずだ」

「臓器がUNOS経由で提供されたものならね」Ｄ・Ｄが平板な口調で言った。

ドクター・カボットがふたりをじっと見たあと、ふたたびマーサの遺体とその首に巻かれた赤いガウンのサッシュベルトに目をやった。「かつてそこまでして生きようとした人間が、どうしていまになってこんなことを」

「罪悪感かしらね」キンバリーは言った。

「わたしの知るドクター・ハッチは……いや、結論に飛びつくのはやめよう。当人はもう亡くなっていて弁解すらできないのだから」

「ドクター・ハッチのカルテをいま見られる人は？」キンバリーは訊いた。

「彼は開業医だった。亡くなったあと、患者はその通知を受けて新しいかかりつけ医にカルテを送ってもらうようにできたはずだ」

キンバリーはＤ・Ｄと顔を見あわせた。違法な移植手術のカルテを医者が残しておくものだろうか。しかしいっぽうで、マーサには通院や薬の処方が引き続き必要だったはずだ。

「彼のカルテを移す作業を担当したのは？」D・Dが質問した。

「ドクター・ハッチのアシスタントだ。顔は思いだせるんだが、名前が出てこないな」

「エイミー・フランケルだよ」検死官の息子がすかさず言った。

キンバリーとD・Dは息子を見た。

「ブロンドの美人だったから。そりゃおぼえてるよ」

なるほど。D・Dがその名前をメモしている。キンバリーはマーサ・カウンセルの薬の写真をあらためて見なおした。あった。ラベルの左下に処方した医師の名前が書かれている。

「ドクター・ディーン・ハサウェイ」キンバリーは読みあげた。「知ってる？」

「いや。だが移植した腎臓の状態を保つことがきわめて重要と考えると、ミセス・カウンセルはアトランタの腎臓専門医に診《み》てもらっていた可能性が高いだろう」

キンバリーはうなずき、次にまだマーサの首に巻かれている赤いシルクのサッシュベルトに注目した。

布の少し上にあざが見える。首を吊ったときに布が引っぱられてずりあがった位置だ。被害者の首を手で絞めて殺したあと、犯人が首吊り自殺に見せかけようとした事件を何度か担当したことがあるが、毎回被害者の喉にははっきりと指の跡のあざが残っていたために殺人だとばれていた。

いまのところそういう跡は見あたらない。もちろんサッシュベルトをはずすまでわからないこともあるだろうが。見た目にも状況的にも自殺に思えそうなのに、どうして自分はこんなにすっきりしないのか。

ストレッチャーから離れて検死官に礼を言い、もう行っていいと合図した。

「気にいらない」検死官とその息子が廊下の向こうに姿を消すやいなやD・Dが言った。

「わたしたちはすべてを疑うように訓練されてる」キンバリーは言った。「だからって実際に何かあるとはかぎらないわ」

「そう？　でも新しい友人がこれを落としていったのよ」D・Dが小さな紙をかかげてみせた。

赤く燃える目を持つ大きな黒い姿がクレヨンで走り描きされている。「これは何？　ブギーマンか何か？」

「怪物だと思う」

「あの子が、町長の口のきけない姪が、あなたに怪物の絵をくれたの？」

「町長が見ていない隙に床に落としていったのよ。あの子はしゃべれないけど、わたしたちに何かを伝えようとしてる」

「ブギーマンがやったって？」

「またはその友達の悪魔が」

キンバリーは考えこんだ。その絵のことはよくわからないし、未成年でなおかつ脳に損傷があるということだから、信頼できる証人になりうるのかも怪しい。とはいえ、ほかに有力な手がかりがあるわけでもない。「わかった、その子に話を聞きましょう」

ドアに向かいかけると、D・Dに腕をつかまれた。「待って。あの子は未成年よ。話を聞くには町長の許可がいる」

「許可を求めればいいでしょ。拒めば怪しまれる。よくあることじゃない。追いこまれた犯人が同意すべきでないことに同意するなんて」

「あの子に注目を集めたくないのよ。わたしたちはまだここで起きてることのすべてがわかってはいない気がするの」

「まさか」

「あの絵からは恐怖が伝わってきた。よくわからなくても、そこは尊重しなきゃ」

頭が痛くなってきた。キンバリーはこめかみをさすった。家に電話して、夫と話したり、娘たちの声を聞いたりしたくてたまらない。深呼吸する。これが自分の仕事であり、仕事は好きだ。たいていは。「わかった。じゃあ一番いいやりかたは……あの子をとくに選んだわけじゃない体《てい》で話を聞くことね」

「作戦はある？」

「ハワード町長にこう言うのよ。ゆうべこのB&Bにいた全員に話を聞く必要がある。宿泊客もスタッフもみんな。で、宿泊客のほうはスミザーズ保安官に頼んで、あなたとわたしでスタッフを担当する」

D・Dがうなずいた。「わたしたちが姪ひとりに話を聞くことにハワード町長が同意するかしら。この子はしゃべれないから、かわりに話すために同席したいって言うんじゃない？」

「スタッフを集めてみんなから話を聞くのよ。それなら危険も少なそうだし、町長も変に拒めば怪しまれるから断わりづらいでしょ。姪ひとりじゃないし、ほかのスタッフも何かしらの方法であの子とコミュニケーションがとれるはず。じゃなきゃ、いままでずっと一緒に働いてこられたはずがない。わたしが質問するから、あなたはあの子が特別な暗号を送ってくるかどうか指を見てて。とりあえずそれでやってみましょ」

「いい方法ね」

「でしょ。わたしは優秀なの。だからわたしたちはこんなにうまくいってるんじゃない」

「この調子で町のあちこちに女の死体を残していってるやつを絶対に捕まえましょ」

ハワード町長は、ゆうべこの宿にいた全員に話を聞きたいと伝えるといい顔をしなかった。宿泊客にはプライバシーがあるし、自分とスタッフはまだ悲しみのまっただなかにいるからと抗《あらが》おうとした。だが保安官がこちらについた。地元の味方を失っては、町長にもなすすべがなかった。

スミザーズ保安官が部下に命じて泊まっている四組のカップルを起こしにいかせた。キンバリーは、厨房に集まって指示を待っているスタッフに自分とD・Dが事情聴取をすると宣言した。そのあいだ、町長には妻が遺書を書くのに使った可能性があるコンピュータなりタブレットなりを探してほしいと頼んだ。

その依頼を耳にして、町長の身体に長い震えが走った。頭をさげ、息ができなくなったかのように苦しそうだ。本当に取り乱しているように見える。人生最悪の夜を経験したように。まだ妻が死んだことが信じられないように。

「逝ってしまった」彼が不意に言った。「マーサ。妻でパートナーで親友だったのに、三十年も……もうなんの希望もない」そのうつろな口調にキンバリーの背筋がぞくっとした。

キンバリーは町長の隣に膝をついた。「本当にお気の毒でした」

「愛してたんだ」

「わかるわ」

「妻の望みどおりにした」

「ええ」

「ただ妻に健康になってほしかった。実際にそうなった。だから何も訊かなかった。犠牲のことを一度も考えなかった。わたしからでないなら、妻は結局誰から腎臓をもらったのかも」

「ハワード町長、さあスミザーズ保安官と行って。奥さんのコンピュータを見つけるのを手伝ってくれるから。大事なことなの。協力してくれれば捜査も早く終わる。つらいのはよくわかるわ。あと一、二時間の辛抱。それでわたしたちはいなくなるから。スタッフを管理しているのは誰？」

「妻が——」町長が言いかけてはっとした。「コックだ。いまは厨房で朝食の準備をしているはずだ」

キンバリーは立ちあがった。「保安官」と、そろそろ町長を連れだすよううながす。

スミザーズが心得て、町長の肩に手を置いた。どちらも同じくらい沈痛なおももちだ。理解はできる。スミザーズ保安官は郡保安官で町の保安官ではないが、それでも町長夫妻は地元の人々だ。ハワードともマーサとも個人的な知りあいだったのは明らかであり、近しい人間が悲劇に見舞われてつらくないはずがない。

ハワード町長がよろよろと立ちあがり、保安官にともなわれて朝食用サロンを出ていった。隣でD・Dがよくやったというように軽くうなずいた。

それにしても、この落ち着かない感じはどうしたことだろう。罪の告白があり、森で見つかった被害者のひとりから奪ったと思われる腎臓のことを気に病んで自殺した女がいる。遺棄現場で見つかった医療器具——点滴の管——の存在もこの説を裏づけている。

見つかった四人の被害者は全員同じように利用されたのかもしれない。八年前に死んだ医師による違法な移植手術の、自らの意思によらないドナーとして。違法手術だから遺体がこっそり遺棄されたのであり、時期も合う。遺体がまとめて捨てられていたのも、三つの手術が同時におこなわれたとすれば説明がつく。被害者は医療廃棄物というわけだ。

人間というもののひどさには底がない。考えうるおよそ最悪のことも、どこかの誰かがもうすでにやっている。

だが検死官の言葉が頭から離れない。違法な手術に頼ってでも生きたかった女性が、なぜこんなふうにいきなり命を絶つことにしたのだろう。

「準備はいい？」D・Dが訊いた。

「まあね」

D・Dが厨房に通じるスイングドアを示し、「いまがチャンスよ」と言って入っていった。キンバリーもあとに続いた。

「コック、ちょっといい？　いくつか訊きたいことがあるの」

24　フローラ

おまえは死んだ。

ウォルト・デイヴィースが叫んだその言葉が宙に浮いている。キースを見ると、わたしと同じくらい混乱した顔をしている。

「どうやってここに来た？」ウォルトが尋ねた。ポンプアクション式のショットガンはもうわたしたちの胸に向けてこそいないが、ぶんぶん振っていてあいかわらず危険きわまりない。

「あの、四輪バギーが……」

「なら有刺鉄線を切ってここまで来たのか？　だからもっとカメラをつけようと思ってたんだ。この土地はまったく広すぎる。だが、一インチでも売ったらひいじいさんが墓からよみがえってくるからな」ウォルトが横を向いた。本当にひいおじいさんと話しているのかもしれない。キースとわたしが想定していたどんな危険よりも現実のほうが悪そうだ。

「誰がおまえらをよこした？」ウォルトが問いただす。

わたしはまたキースに視線を送った。どう答えるのがいいんだろう。自分たちの独断で来た？　この人はそれで安心する？　それともわたしたちは一巻の終わり？　警察がもうすぐ来ると言ったほうがいいんだろうか。

何かが泡のように浮かんでくるのを感じる。パニック？　わたしはパニックになんてならない。髪の結び目に手錠の万能鍵を差し、ブーツにバタフライナイフをひそませ、手製の催涙スプレーをカーゴパンツのポケットに入れたこのフローラ・デインは。もうけりをつけよう——

「あの」キースが言った。「彼女を見たことが？」

ウォルトのしょぼついた青い目がわたしの顔に向けられた。「おまえは死んだ」とささやく。

「いいえ」わたしが何か言う間もなくキースが口を開いた。「でも彼女にはあなたの助けが必要です。いますぐ。危険なんです。やつらが来るから。お願いです、助けてください」

この老人の妄想に訴えかける作戦か。敵の敵は味方であり、〝やつら〟はすごく強力な敵だから、わたしたちは当然強力な味方にならなければならないというわけか。

「ついてこい」ウォルトが言った。「早く」

老人が丸太小屋に向かって歩きだし、こうしてわたしたちは彼の最新の犠牲者ではなく最新の保護対象になった。

「よくわかったわね」ショットガンを持った老人のあとを小走りに追いかけながら、キースに小声で言った。

「勘が当たってよかったよ」

「もし家のなかに人の皮でできたランプシェードがあったら、あの男に飛びかかるから」

「加勢するよ」

「これってデート？」

ウォルトがポーチの階段をのぼって、いまにもはずれそうな玄関の網戸を引きあけた。

いじゃないか」

「だといいな」キースが言った。「だってさ、この話をぼくたちの未来の子供にしてやりたいじゃないか」

敷居をまたいでわたしたちの墓場になるかもしれないウォルト・デイヴィースの家に足を踏みいれた。

明かりはついていない。晴れた日だから問題ないはずだが、埃っぽい厚手のカーテンが——意外ではないが——ぴったり閉められている。すねを、次いで膝をぶつけ、そこらじゅうものだらけなことに気づいた。

ウォルトが近くの窓にそろそろと近づいた。陸軍払いさげの毛布でできているとおぼしきカーテンを細くあけて外を覗く。何ごとかつぶやき、散らかった部屋の反対側の窓にさっと移動して、また外を覗いて何かつぶやく。それから、キースとわたしをその場に残して廊下の向こうに姿を消した。

目がやっと暗さに慣れてきて、部屋のなかの様子が見えるようになった。いまいるのは居間で、目の前に大きな石造りの暖炉があり、右手にもっと狭いダイニングスペースがある。キッチンのポンプつきの流し台と古めかしい鉄製コンロは百年前に据えつけられて以来、交換されていないように見える。

全体に天井が低い。昔はそのほうが暖房をしやすかったのだろうが、いまでは窮屈で息苦しく感じる。とくに、壊れた家具だの、積みあげられた古い新聞紙の束だの、そしてもちろんマントルピースの上の虫が食った鹿の頭だのが部屋を埋めつくしている状態では。

「やっぱり人の皮でできたランプシェードがあるんじゃ……」キースにひそひそと言う。

彼が手を握ってきた。

ウォルトが戻ってきた。「やつらはいないようだ。ここまではよし。それでおまえらはなんでここに来た？　何を見た？　どこへ行った？」

ショットガンはまだ手離さず、いまは脇におろしている。奪いとるべきだろうか。でもこの種の人間は驚くほどの力を出すことがある。簡単ではないだろう。それに少なくともいまはまだ――わたしもキースも〝やつら〟から隠れている仲間の一員であるかぎり――調子を合わせるほうがいいような気がする。

「やつらに追いかけられて」わたしは曖昧に言った。「四輪バギーのガソリンがなくなっちゃって、ここに助けを求めにきたの」

ウォルトが完全に納得したように重々しくうなずいた。「山は若い娘の来るところじゃない」真剣そのものの口調で言う。「ボーイフレンドと一緒でもだ。この時期はとくに危ない。昼でも充分危険だが、暗くなったら外に出ちゃいかん」

「暗くなったらどんなことが？」キースが尋ねた。

「山が生きかえる」ウォルトがささやいた。「安全じゃない。まったく安全じゃない」じっとみつめられ、身じろぎしたくなるのをこらえる。老人がしみだらけの手をゆっくり伸ばしてきた。わたしの頬をなでようとするように。あるいは、わたしが過去の亡霊なんかではなく、そこに実在するのをたしかめようとするように。思わずあとずさりして、背後の箱にぶつかり、ドミノ倒しのように部屋のものの半分がたが床に散らばった。

キースがあわてて手近のものをもとに戻そうとする。わたしはウォルト・デイヴィースから目が離せずにいた。老人はたしかに目に涙を浮かべている。

「そのままでいい」ものを拾おうとするキースにウォルトが言った。「あとでかたづける。夜にやることがあっていいさ」

「ここにはどれくらい住んでるの？」わたしは尋ねた。

「生まれてからずっとだ」

「家族は？」

「妹がいた。もう死んだ。女もいた。息子も。出ていった。ここの森は安全じゃないから」

「だからあんなに照明灯をつけてるの？」

「用心に越したことはない」

「最後に〝やつら〟を見たのはいつ？」思いきって訊いてみた。「やつらがこの地所に近づいたの？」

ウォルトがわたしに向かって目を細めた。どこか狡猾《こうかつ》そうに。またぞっとするようなデジャヴを感じた。

「なぜ教えなきゃならん？」

「わたしは死んだの？」

今度こそ間違いなく、ウォルト・デイヴィースの目から涙があふれ、無精ひげに覆われた頰を伝い落ちた。「おまえのところに戻ったんだ」としゃがれ声で言う。「本当だ！」

考える前に口から言葉が出た。「わかってるわ」ウォルトが何を言っているのかわからないが、それでも泣いている様子に胸が痛んだ。「待っていればよかった」

「約束した。守るつもりだった」

「あの、ミスター・デイヴィース」キースが口を開いた。「納屋には何があるんですか。目についたんですけど……すごく厳重に鍵をかけてるんですね」

「なんだと？　何か聞いてきたのか？」目から狡猾な光が消え、激しい猜疑心にとってかわった。

「いや、えーと、あそこのほうが、その、隠れるのにいいんじゃないかなと。〝やつら〟から」

「知ってるんだな？　誰かから聞いたんだろう。わしのものを狙ってるんだろう」まばたきする間もなく、ショットガンがキースの胸に突きつけられた。「渡さんぞ！」

「お願い、ウォルト、お願い！」とっさに彼の腕に手をかけ、できるだけ高くて女らしい声を出した。それがうまくいき、こちらに関心が戻ってきた。わたしはウォルトの誰かなのだ。誰だかはわからない。妹なのか、妻なのか、恋人なのか。でもとにかく大切な誰か、ひょっとしたら愛していた誰かが死からよみがえってここにいるのだ。

サバイバルの基本中の基本――使えるものは使え。

「怖いの……」そうささやく。ホラー映画の半裸のヒロインになった気分だ。ウォルトの注意は完全にわたしに向いている。キースがほっと息を吐いた。

「ここはすごく暗いわ。暗いのはいや」

ウォルトがためらった。ショットガンはまだキースに向けられているが、視線はわたしの顔に注がれている。その悲しげな目とこけた頰の向こうでどんな思いが行き来しているのかは読めない。彼の女と子供はどれくらい前に出ていったんだろう。どれだけのあいだこの広大な地所にひとりで暮らし、有刺鉄線を張りめぐらせたり、照明灯を取りつけたりして、山が襲ってくるのを待ちかまえてきたのだろう。

もうこの老人のことが怖くなくなった。わたしたちは似た者どうしだ。闇にとらわれ、最悪にそなえ、決して安全だと感じられないふたりの人間。

「みんなが狙ってる」ウォルトが真剣に言った。「見せたら……誰にも言うなよ。見たことを誰にも話すなよ。みんなわしの秘密を知りたがってる。どうしたらこんなに早く、こんなに青々と育つのか」

育つ？　ようやくわかった。それがそもそもここへ来た理由だった。ウォルトは大麻を栽培している。たぶん納屋の中身はそれだ。彼の栽培施設だ。敷地から何本もの道が出ているのもそれで説明がつく。真夜中の配送のためだ。

ウォルトの先導で家の外に出た。彼はあちこちに視線を走らせたあと、わたしたちを急《せ》かして大きな納屋までの庭を横切った。壁に身を寄せ、見られないようにする。〝やつら〟に？　ドローンに？　山の亡霊に？　ウォルトが首からさげた長い鎖につけられた鍵で南京錠をあけた。

重い引き戸をあけるのにショットガンを一度置く必要があったが、キースもわたしも動かなかった。息をこらして、きょうという日の非現実味をいや増す大麻のジャングルが目に飛びこんでくるのを待った。

だからこそ、いっそうわが目を疑った。ウォルトがあたたかく湿った室内に一歩入って照明のスイッチを入れ、誇らしげにこう告げたときは。「そうだ、ジョージア一の作物を育てているのはこのわしだ。さあごろうじろ、デイヴィースのマイクログリーンを」

「ココヤシマットがコツだ」ウォルトが自慢げに言った。「土は使わない。農薬も。たっぷりの愛情と水だけだ。カラシナから豆苗《とうみょう》まで四種類の作物を育ててる。十日から十五日おきに収穫する。わしだけで。車に積んでアトランタまで運ぶ。高級レストランのしゃれたシェフたちに人気なんだ。マイクログリーンはヘルシーだからな。ビタミン豊富で、癌予防効果があるものまである」

驚きすぎて言葉が出てこない。隣のキースも唖然《あぜん》としている。目の前には金属製の棚が何列も並び、それぞれに小さな緑色の芽がびっしり生えた浅いトレーが八つのせられている。一九八〇年代から抜けだしてきたチアペットがずらりと並んでいるようだ。近づいてじっくり見た。各トレーからチューブが伸びている。

「水耕栽培だ」ウォルトが説明した。「生長が早いんだ」

なるほど、水で育てているのか。上を見ると、天井から吊りさげられた無数のライトの列が白っぽい光を放っている。

「LEDライトだ」ウォルトがまた自慢げに説明した。「ちょうどいいバランスで光と熱を与えられる。デジタル・プログラミングしてある。生長の段階に合わせて必要なことが変わってくるからな。そこまでむずかしいことじゃないが自分でやってる。まさにジョージア一のマイクログリーンだ」

「どれくらい前からこれを?」キースが尋ねた。わたしと同じように通路を歩きまわりながら。

「三年前だ」

「どうやってこれを全部学んだの?」わたしはまわりを手で示して訊いた。デジタル照明も自動の水耕システムも……ぼさぼさの髪、破れたジーンズ、しみだらけのネルシャツとどこをとっても洗練にはほど遠いウォルトが、こんな見るからにハイテクな事業をやっているとは。

彼が肩をすくめた。「あちこちで。昔から手先は器用だったからな。農園をやるのも、家を直すのも、道具の手入れも、人が思うよりいろんなノウハウがいるんだ」

「でしょうね」

「それに、何年も大麻を育ててたからな」ウォルトがこともなげに言った。「こっちのほうが簡単で儲かる。そのうえ逮捕される心配もない」

「もちろんそうね」

「わしはずっといい人間だったわけじゃない」ウォルトが出しぬけに言った。いまは入口のそばに立っている。ショットガンがどこへ行ったかわからないことにはじめて気づいた。まだ納屋の外の壁に立てかけられているんだろうか。それともウォルトが背後に隠している？　そういえば、この納屋にふたつめの出入口はあるんだろうか。ウォルトがそうしようと思えば、三歩さがって重い引き戸を閉めるだけで、わたしたちをこの大事なマイクログリーンとともに閉じこめられるんだろうか。

彼がそんなことをしようとする理由は思いあたらないが、それでもうなじの毛が逆立っている。通路の先で振りかえったキースも同じように感じているのがわかった。いやな予感がする。空気が不吉に変わったような気がする。

ウォルトのような人間に理由なんていらないのかもしれない。キースとわたしは小さな緑の若芽のトレーにだまされて、あたりまえのことを忘れていたのかもしれない。いかれた人間はいかれた人間であり、ウォルト・デイヴィースは何十年も町の変人と噂されてきたということを。

「わしは飲んだくれだった」ウォルトがささやくように言った。

彼は移動したんだろうか。わたしはほんの少しずれて、開いた扉までの距離を測ろうとした。いま走りだせば振りきれるかもしれない。

「四六時中大麻をやり、ヤクをやり、酒を飲んでた。違法な薬物と見れば注射した。喧嘩《けんか》を吹っかけられれば買った。女を殴り、子供を叩いた。それが後ろめたくなって、おまえらが悪いとさらに殴った。最低な野郎だった」

キースとわたしは黙っていた。ウォルトはもうわたしたちに注意を払ってもいない。ただ自分語りをしている。その懺悔《ざんげ》の雰囲気にまた背筋がぞくっとした。

「そんなある日、山で迷った。生まれてからずっと暮らしてきたこの山で。狩りに行ったんだが、もちろんしこたま酒を持っていった。山道にいたはずが、気づいたら道をそれてた。夜が来て寒くなった。

どれだけさまよってたのかわからん。何日もだ。ビールはなくなり、フラスコも空になった。サンドイッチを持っていったが、初日の午後にはなくなった。酒が切れて身体が震えだした。ライフルも持てないほど弱ってたんじゃ狩りはできない。それどころかマッチで火をつけることもできなかった。それでも寝汗やら飢えやら渇きやらは最悪の部分じゃなかった」

「何が最悪の部分だったの？」わたしはじりじりと開いた扉に近づいた。

「森だ」ウォルトがほとんど畏怖するような口調で言った。「森に命が宿った。木がわしを鞭《むち》打ち、茂みが足を引っかいた。そして夜が叫んだ。わしのしてきた悪事を。それは山ほどあった。

最初の晩、わしは怒鳴りかえした。月に向かって拳を振りまわした。動物みたいに吠えた。山がわしを食いたがってるのか？　わしは怒ってた。戦わずにやられる気はなかった。ところが目をつぶるたびに見えるんだ。傷つけてきた人たちが。やってきた悪事が。息子の腫れあがった目。女の砕けた頬骨。森はわしの魂の闇をこれでもかと見せつけてきた」

ウォルトが言葉を切り、はじめてこちらを見た。その目は完全に正気とは言えなかったが、そこに浮かぶ痛みは本物に見えた。人の魂の闇についてはわたしも知っている。自分の罪と向きあってすごす長い夜のことも。

「三日めの夜にはもう怒りは残ってなかった。自分のしてきた悪事に打ちのめされてぼろぼろになってた。わしは素手で穴を掘った。長くて深い穴だ。汗びっしょりで震えながら、苦しみでおかしくなりながら。自分の墓を掘って、叫ぶ木々だけに見守られてひとりで死のうとしていた。わしはそれだけのことをした。そうだ、わしはそれだけのことをしたんだ。最後の夜、わしは祈った。塹壕《ざんごう》のなかに無神論者はいないってやつだ。土のなかに身を横たえ、胸の上で手を組み、酒がほしくておかしくなりそうな頭で、阿呆《あほう》みたいに泣いて乞い願った。もう一度だけチャンスをください、神よ、もう一度だけチャンスをくださいってな」ウォルトが天を見あげた。「そうしたら何が起こったかわかるか?」

キースとわたしはそろって首を振った。

「何もだ。汗が出て、禁断症状で苦しくて、土のなかでがたがた震えてた。骨があちこち折れるんじゃないかと思うほどに。

それから……眠った。起きたら喉がからからに渇いてた。でもビールやウイスキーじゃない。水が飲みたかった。ただのきれいな水が。それで墓から這《は》いだして、探しまわったすえに小川を見つけて、たらふく水を飲んだ。それからその小川をたどっていったら登山道に出て、ようやく家への帰り道を見つけた。わしは六日間も迷ってた。夜は氷点下になる気候のなかで。それでも死ななかった」

「お酒が抜けたのね」

ウォルトはうなずいたものの、決して得意げではなかった。肩を落とし、その頬は涙で濡れている。彼は山に救われたのか、それとも叩きのめされたのか。彼自身にもわかっていないのだろう。

ウォルトが咳払いをして、マイクログリーンの棚に近づき、ビロードのような若芽をなでた。

「帰ったら女はいなくなってた。息子も。荷物をまとめて出ていってた。わしが死んだと思ったのかもしれないし、逃げるチャンスに飛びついたのかもしれない。あいつらを責められない。わしだってわしから逃げたかった。もちろん、自分自身からは逃げられない。だから残った。酒は全部捨てた。最後の一滴まで。小さなガキみたいに洟《はな》をたらして泣いた。それから歩いた。毎晩。森の声を聞かなきゃならなかった。木々に話しかけてもらわなきゃならなかった。やつらに言われて学ばなきゃならなかった。

わしは少しおかしくなっちまったのかもしれない。地元の連中はそう言う。わしを町で見かけると避けて道の反対側に行く。店のやつらも、金は受けとるがわしに近づこうとしない。もう酒はやめた。四十年以上飲んでない。それでもあれだけ飲んでたからな……脳がやられちまったのかもしれない。いまでも夜になると木々の声が聞こえるし、いまでも森を歩いて風が語るのを聞いてる。

それに、ときどき叫び声が聞こえる。あの山には亡霊がいる。わしの頭のせいだけじゃない」

「何が聞こえるの、ウォルト？」わたしはそっと尋ねた。自分で気づいているかどうかわからないが、彼はまた泣いていた。涙がとめどなく頬を伝っている。それに、ウォルトにはどこか悲しみを誘うところがある。おどかしてしまって申しわけない気持ちだ。それもまたいかれているということなのだろうか。

「おまえの声が聞こえる」彼が小さな声で言った。小さすぎて、ちゃんと聞こえたのか不安になるほど。ウォルトが顔をあげた。「おまえが箱のなかで泣いてるのが聞こえる。自分のすべての罪が、取りかえしのつかないすべてのことが聞こえる。わしの最大の罪も」

しゃべれない。息ができない。キースがすぐ隣に来ていた。ウォルトの言っていることは筋が通らないが、それでももうわかっていた。

ずっと感じていたデジャヴ。

「おまえを解放してやれと言ったんだ、あいつに。こんなことはよくないと」

「彼女を解放してやれと誰に言ったんだ?」キースの口調は力強く冷静だ。よかった。わたしはいまにも崩れ落ちそうだから。

「わしは最低な野郎だった。家族になんてことをしたのか……それでも、自分のやったことのひどさを完全には理解してなかった。あいつが戻ってくるまで。自分のまいた種だが、あんな怒りはもう決して育てたくない」

口をあけたが言葉が出てこない。

「あいつに頼んだんだ」ウォルトがつぶやく。「まともになってくれと。だがわかった。あいつも酒とヤクにやられちまったんだと。それか、結局血は争えないってことだったのか。息子が大人になってあらわれた。ここの森を歩きまわってた。木々に叫ばれてもあいつは平気だった。風が向かってきたらあいつは怒鳴りかえした。わしは自分がとんでもない、異常な、悪い人間だと思ってた。ところが自分の息子に会っちまった」

手を伸ばし、そこにあった金属の棚に必死に取りすがる。そばに来ていたキースが腕をつかんで支えてくれた。

「あいつに地下室に連れていかれた」ウォルトがささやく。「自分のしたことを見せた。得意げに。すごく得意げだった。おまえの声が聞こえた。子猫みたいに泣く声が。出してほしいと訴える打ちのめされた哀れな娘。

悪かった。本当に悪かった」

わたしは首を振った。少なくともそうしたつもりだった。ウォルトの言葉が受けとめきれない。あの頭にあたる硬い木の感触、自分の尿の上に横たわっているときの鼻につく臭気、ジェイコブの嬉々《きき》とした声がよみがえってくる。

「おまえのところに戻ったんだ」ウォルトが言う。「あいつには解放してやる気がないとわかってた。耐えられなかった。悪事をしないだけじゃ足りない。おまえを救わなきゃならない。さもないと森が二度とわしを眠らせてくれないだろう。だからあいつがいなくなるまで待った。トラックに乗って配送に行くまで待って、助けにいこうとした。この手であの箱を打ちこわしてでも」ウォルトが震える息を吸いこんだ。「だが遅かった。地下室はもぬけの殻になってた。おまえも、あの箱も、息子も消えてた。

それ以来あいつを見ることはなかった。ある日、どこかのモーテルにFBIが突入して死んだと聞いた。泣きはしなかった。あのときもいまも。わしは悪魔を育てちまった。わしの最大の罪であり、一番の後悔だ。息子のジェイコブを、わしは誰より最低の野郎にしちまったんだ」

25
D・D

コックというのは、油はねで汚れたエプロンにヘアネットをかぶった大柄でたくましい女だった。集められたふたりのスタッフもそこにいた。水色のメイドの制服を着た町長の姪と、もうひとり、エキゾチックな顔だちに豊かな茶色の髪の若い女。こちらもメイドの制服姿で、D・Dの肩より少し上の一点に視線を据えている。

「これはエレーヌ」コックが言って浅黒い肌の美しい娘を指さした。年齢は十八から二十三のあいだというところだろう。姪ほど若くはないが、それでも……

「それとこの子」コックが町長の姪を指さした。「この子って、名前は?」

「この子?」D・Dは訊きかえした。

「いいでしょべつに。この子は気にしないよ」コックがD・Dの目をまともに見た。太い腕を胸の前で組んでいる。挑戦的な態度。さらに若いメイドふたりをすわらせて自分は立っている。力を誇示しているのだ。偉いのは自分だということをここにいる全員に知らしめようとしている。

かたわらのキンバリーが咳払いをして、話を進めるようD・Dにさりげなくうながした。のっけからやりあわなくても、まだ戦いが控えているのだからというように。

D・Dは手帳を出した。「まず本名をフルネームで教えて。それと写真つき身分証を」

「なんで?」とコック。

「なんでも」

「朝食のしたくがあるんだけど」

「心配いらないわ。お客さんも知らせを聞いたら食欲をなくすだろうから」

コックがD・Dを睨んだ。ふたりの若いメイドは木のベンチに黙ってすわっている。気にいらない。これまでの経験では、従業員は進んで話したがるものだ。とくに、警察の権威をおそれず、上の人間に対して言いたいことがたくさんある若い世代は。

それなのにこれは……気味が悪い。

キンバリーがD・Dのそばを離れてぶらぶらと歩いていった。小麦粉と白っぽい練り生地の塊がのっている大きなステンレスの調理台の横を通り、ウォークイン式冷蔵庫の厚い扉に手をかけてみたあと、業務用の食器洗浄機をざっと検分した。ステンレスのフードの下に、汚れた皿を次々に熱湯の下に送りこんですばやく効率的に洗うためのプラスチックのベルトコンベアが延びている。

そうやって注意をそらすことで、どこに集中すればいいのかわからなくさせ、コックとふたりのメイドを混乱させようとしているのだ。

「本名を」D・Dはいかめしい声を出し、コックを見据えた。ボスが従えば、ほかの者もおのずと従う。

「コックでいいよ。三十年と四度の結婚をコックで通してきたんだから」

四度の結婚？　四人の男がこの愉快な態度に耐えてきたとは。

「ねえコック、郡刑務所の厨房ではいつも人手が足りないそうよ。ただし最初から料理長ってわけにはいかないでしょうね。下っ端から積みあげていかないと。あなたが慣れてるのとはだいぶ違う審査の過程をへることになるかもね」

コックがD・Dを睨みつけた。

「こっちは一日じゅうかかってもいいのよ。あなたは？」

「メアリーだよ！　本名はメアリー・テレサ・ジョセフィーナ・スミス」

「ほんとに？」

「うるさいね！」

年かさのメイドのエレーヌがわずかに身じろぎした。はじめての反応らしい反応だ。上司がやりこめられて笑いをこらえているのか、それともあとで報復される恐怖にたじろいでいるのか。どちらともつかない。

「写真つき身分証は？」

「部屋にある。あとでとってくるよ」

D・Dは町長の姪に顔を向けた。「あなたの名前は？」

「その子はしゃべれないよ」コックが言った。

「この子は写真つき身分証を持ってる？」コックに対して質問するのは失礼な感じがして気が引けた。とくに、少女が話をすべて理解していると確信しているいまでは。

コックが肩をすくめた。「運転できないから免許証は持ってないけど、たぶん出生証明書があるんじゃない？ミセス・カウンセルが……」コックがはじめて口ごもった。この人物が花崗岩《かこうがん》でできていると信じていなければ、動揺していると思ったかもしれない。「ミセス・カウンセルがそういうことを管理して、全員の面倒を見てたよ」

それがどういうことなのか判断しかねた。本当に面倒を見ていたのか、それとも支配していたのか。従業員が身分証を自分で管理していないというのは、法執行の世界では危険信号だ。

「わたしの書類はミセス・カウンセルが持ってます」エレーヌが不意に口を開いた。その声はめったにしゃべることがないかのようにかすれていた。町長の姪がわずかに向きを変え、手の側面で軽くエレーヌの手に触れていることに気づいた。力づけているのか、連帯のしるしか。D・Dはふたりに悟られないよう、すばやくエレーヌの顔に視線を戻した。

「それがどこにしまってあるか知ってる？」

「知りません。わたしの本名はエレーヌ・テリエです」その言葉は異国の響きを帯びていて、遠い南国の砂浜を思わせた。

「どうしてミセス・カウンセルがあなたの書類を持ってるの？」キンバリーが質問した。いつのまにか背後に回りこんでいたため、三人ともぎこちなく身体をひねらされることになった。コックが苦々しい顔をした。自分の厨房でそんな駆け引きをされたのが気に食わないようだ。

「わたしたちの部屋は……」エレーヌがなんと言えばいいのかわからないように口ごもり、コックにおずおずとした視線を送った。「わたしたちの部屋はシンプルで、貴重品をしまうような場所がないので」

「あなたたちの部屋は安全じゃないってこと？」D・Dは追及した。

エレーヌがあわてて首を振り、諦めたように床に目を落とした。またひそやかな動き——

震えるメイドの手を姪がそっと手で包んだ。

「いいわ」D・Dはしゃがんで口のきけない少女と目線を合わせた。「あなたを〝この子〟とか〝あの子〟とか呼びたくない。名前はある？　ミセス・カウンセルの書類を見ればわかるかしら」

少女が肩をすくめた。

「家族のことはおぼえてる？」D・Dはやさしく尋ねた。「お母さんのこととか、お父さんのこととか」

また小さく肩がすくめられた。ベンチに置かれた少女の手に視線をやったが、指を立てる暗号で答えてもいない。ただ希望のない悲しげな顔をしている。まだ子供なのにもう運命を諦めているように。

「ボニータ」D・Dはそっと言った。「スペイン語でかわいいっていう意味よ。どう？　あなたをボニータって呼ぶことにするわ」

コックが不満そうに咳払いをした。

少女がじっとこちらを見た。手をあげて自分の顔に触れ、こめかみから生えぎわにかけて走る傷をなぞったあと、垂れさがる左の目尻と口角をさわった。

少女が何を言おうとしているのかは暗号がなくてもわかった。D・Dは少女の手をとった。

「ボニータ」きっぱりと言って目をみつめると、少女がようやくうなずいた。

D・Dは立ちあがった。「ミセス・カウンセルが持っていたあなたたち全員の書類を見る必要がある。これは殺人事件の捜査よ。どんな小さなことも見落とすわけにはいかない」

「殺人事件の捜査？」コックが衝撃を受けたように両手をだらりとさげた。「でも町長は――」

「ゆうべ、何が聞こえた？」キンバリーが背後からみごとに不意をついた。

「何も聞こえてないよ、もちろん――」

「町長と奥さんが言い争う声とか？」

「まさか。あのふたりは本当に仲むつまじい――」

「腎臓移植のことは知ってたの？ ミセス・カウンセルの腎臓移植について話して」キンバリーが厳しい口調で問いつめた。

「えっ？ もちろん知ってたけど、手術はずいぶん前のことだよ。そのあと、ミセス・カウンセルと腎臓にいい食事について相談した。無農薬、赤身肉は食べない、塩と砂糖は控えめに」コックが指折り数えるように挙げていった。「繊維たっぷりで、豆や葉物野菜をたくさんとる。あたしは本物のコックだからね。ちゃんと料理学校だって出てる。その気になれば高級レストランで働くこともできるんだ。でもここが好きだから。町長もミセス・カウンセルもうるさいことは言わないし」

「じゃあゆうべは何も聞いてないのね？」D・Dは尋ねた。コックがまた振り向いてこちらを見た。「騒がしい物音とか、口論とかも？」

「聞いてないよ、まったく」

D・Dは視界の隅で動きをとらえた。少女——ボニータ——がついに手を動かし、指を一本立てている。イエスの合図だ。それはコックが本当は何かを聞いたのに嘘をついているという意味なのか。それともボニータも何も聞いていないという意味なのか。

この方法をうまくいかせるには、質問をもっと工夫する必要があると気づいた。

「この何週間かでミセス・カウンセルに何か変わった様子はあった？」D・Dはコックに向かって尋ねた。

「ないよ」

イエス——あった——とボニータが合図した。

「ゆうべ、目をさました？」

「さましてない」コックが答えた。

イエス——さました——とボニータが合図した。

「ベッドに入ったのは何時？」コックに訊く。

「夜九時。朝が早いからね。お客さんの朝食のしたくで」

ボニータはためらっている。コックが何時にベッドに入ったのか知らないのかもしれない。

「起きたのは何時？」D・Dは自然に続けた。

「サイレンが聞こえたときだよ。朝四時とかそれくらい?」

「それでその前に物音がしたのは?」

「二時――」コックが言いかけてはっとした。D・Dの罠に遅れて気づいたのだ。「あたしは眠りが浅いから」とすばやく言いわけする。「もしかしたら何かの音で二時ごろに目をさましたかもね。でもそれ以上何も聞いてない。トイレに行ってまた寝たから」

「ミセス・カウンセルと親しかったの?」彼女のことを気にかけてたみたいだけど」

「あの人もそのご主人もいい人だから。みんなに訊いてみるといい」

ボニータは何も合図を出さない。

「彼女が自殺する危険があると感じてた?」

「そんなことまったく」

「最後に話したのは?」

「夜八時ごろ。あの人が厨房に来て、朝食のメニューを相談した」

「様子がおかしいように感じた?」

「いいや」

「上の空だったとか?」

「いいや」

「朝食のメニューは?」キンバリーが背後から尋ねた。

コックがうなるような声をあげた。このゲームに明らかにいらだっている。

「ビスケットのソーセージ・グレービーがけ。町長の好物の」

「決めたのは誰？」

「ミセス・カウンセルだよ」

「上の空だったり心ここにあらずだったのは？」

「だからそんなことなかったって言ってるでしょ」

「ほんの数時間後に自殺したのに？」

「あの人はそんなこと――」コックがふたたび罠に気づいた。「だから、そんな様子はまったくなかった」

「何があったんだと思う？」D・Dは訊いてみた。

質問のトーンが変わったことにコックは不意をつかれたようだった。「どういう意味？首を吊ってたんでしょ？　遺書もあったって聞いたよ。自殺は自殺でしょ。ほかに何があったっていうんだい？」

「ほかに何があったのかしらね、ほんとに」キンバリーが後ろから言った。

「ミセス・カウンセルは本当に自殺したと思う？」D・Dはもう一度尋ねた。「あなたと朝食の相談をしてほんの数時間後に？」

「そうだね」

ノー、とボニータが合図した。エレーヌが喉の奥でおかしな音を出した。ふたりのメイドはコックに睨みつけられ、さっと床に視線を落とした。

「ほかにゆうべここにいたのは?」ウォークイン式冷蔵庫のそばに移動したキンバリーが質問した。

「お客さん八人。ハワード町長。この子たちとあたし」

「スタッフはどこで寝てるの?」とキンバリー。

「地下に部屋がある。いい部屋だよ」コックがエレーヌをちらりと見た。

「それぞれに個室が?」

「そう。いい部屋だよ」

「夏は? 繁忙期にメイドふたりじゃとても足りないでしょ」

「この家は住みこみの使用人が普通だった時代に建てられてるから、スペースはたっぷりあるよ」

「あなたたちの部屋が見たい」D・Dは言った。

「町長に頼んだらいい。あの人の家だから」

「ここで働いてどれくらい、エレーヌ?」キンバリーが質問した。

そのメイドはなんと答えればいいのか迷っているようだった。D・Dはまたしゃがんだ。

「だいじょうぶ。自分の身が心配なら、いますぐわたしたちとここを出られるから。あなたの安全はわたしが保証する」D・Dはボニータを見ながら言った。

「ちょっと、どういうこと？　何をほのめかして――」

「エレーヌ？」

「一月から」メイドがささやき声で言った。

「自分の部屋があるの？」

「はい」

「バスルームは？」

「バスルームは共用。四人で。でも故郷にあったのよりはいいから」

「ミセス・カウンセルのこと、どう思ってた？」

「あの人はわたしたちの面倒を見てくれてました」

「ゆうべ、彼女と話した？」

「あの人と町長の夕食のお皿をかたづけました」

「彼女に何か話しかけられた？」

「いいえ」

「彼女と町長の様子はどうだった？」

ぎこちなく肩がすくめられた。「わたしの仕事はお皿をかたづけることなので」

コックの態度がややリラックスしたのは気のせいだろうか。

「お皿をかたづけたあとはどうしたの」

「寝ました」

「何か聞かなかった？」

「サイレンだけ。四時過ぎに。上にあがったら町長がいました。すごく取り乱してて……泣いてました」

D・Dはゆっくりうなずいた。つまり町長は妻の死に本当に動転していたということだ。

ボニータに注意を向ける。「ゆうべミセス・カウンセルを見た？」

「その子はしゃべれないってば！」コックが怒声をあげた。

「イエスかノーかは伝えられるわ」

「その子は頭が鈍いから――」

「口を閉じないとこの部屋から追いだすわよ」キンバリーがぴしゃりと言った。

コックは反抗的に口を尖らせたものの黙った。

「ボニータ、ゆうべミセス・カウンセルを見た？」

かすかなうなずき。

「夕食のあとに？」

首が横に振られた。

「この子は夕食を運んだの」エレーヌが言った。「この子が運ぶ係、わたしがかたづける係」

ふたたびうなずき。

「夜中に何か聞かなかった？」

ボニータがためらった。首を振って否定しながら、脇におろした手が動き、指が一本立てられた。イエス。エレーヌがかすかにぎくりとした。何かが起きていることにいまはじめて気づいたように。エレーヌがさっと目をそらした。

「言い争うような声が聞こえた？」

また首が振られ、指がイエスと告げた。

「暴力的なことは？」D・Dは勢いこんで尋ねた。

首が振られ、指はイエス。

D・Dは目をしばたたき、次になんと訊くべきか考えた。「ミセス・カウンセルは首を吊って自殺したんだと思う？」

「ちょっと！」コックが声をあげた。

キンバリーが歩み寄り、コックの肩に手を置いた。「あとひと言でも言ったら……」

D・Dはボニータから目を離さなかった。少女はコックを見て、困ったように肩をすくめた。役を演じているのだとわかってきた。鈍い子だと思われているから、そう思わせている。

だが脇におろした手は……

指二本でノー。

ボニータは夜中に何かを聞いた。ゆうべ、なんらかの言い争いやいさかいがあった。ミセス・カウンセルは首を吊って自殺したのではない。

「わかったわ」D・Dはすっと立ちあがった。コックに向かって言う。「手間をとらせたわね。とりあえずこれでおしまい。朝食のしたく、頑張って」

キンバリーは無言のまま厨房のドアを抜けるD・Dのあとをついてきた。

「で、何がわかったの？」部屋を出たとたんキンバリーが尋ねた。

「ミセス・カウンセルは自殺してないわ。それと、あの子たちふたりをいますぐここから連れださなきゃいけない」

26 フローラ

ウォルト・デイヴィースはジェイコブの父親だった。その情報に衝撃を受けるいっぽうで、合点がいくところもある。ふたりの動作、歩きかた。偏執狂的なところ。それと同時に天性の技術的な才能。ウォルトは荒れはてた納屋を最先端のマイクログリーン栽培施設に変えた。

ジェイコブは誘拐した女の子を隠すために家やトラックをこつこつ改造していた。

どちらも賢く、どちらも狂っている。

キースがわたしを見て、これからどうするのか待っているのがわかる。いっぽうのウォルトは、まだ納屋の向こうで小さな芽の生えたトレーをいじっている。わたしを、わたしが次に何をするかをおそれているんだろうか。

わたしのところに戻ったというのは本当だろうか。息子のしていることは間違っていた、わたしを救いたかったというのは本当だろうか。

木々が叫ぶとか、森に亡霊がうじゃうじゃいるとか言う男のことだ。

でも本当にそうなのかもしれない。

次にどうしなければならないかはわかっている。ジョージアに来たそもそもの理由だ。前に進むには戻るしかない。ゴールは八年前にすべてが始まった場所にしかない。

「ジェイコブがわたしを閉じこめてた場所がわかる?」ウォルトに訊いた。

あいかわらず豆苗をなでながら老人がうなずいた。

「この敷地にあったの?」

「いや。あいつがこのあたりにいることも知らなかった。ある晩、〈スティックニーズ・パブ〉で声をかけられるまで」

「そこに行きたい」

わたしがパブのことを言っているのではないことはウォルトもわかっていた。「いい気分はしないと思うぞ」とぼそぼそと言った。

「それでも連れていって」

ウォルトのトラックには乗らなかった。きのうキースとわたしが立てた仮説どおり、地元民の好む移動手段は四輪バギーだった。ウォルトも四輪バギーを持っていて、ガソリンが切れたという口実はもう必要なくなったことだし、わたしたちも自分のバギーをとってきてついていくことにした。

茂みに隠したバギーに向かうあいだ、キースは何も言わなかった。彼がヘルメットをかぶる直前、肩に手を置いて止めた。前に身を乗りだす。今度は自分から唇を合わせる。長くゆっくりしたやさしいキス。

メインの森を思いだす。頬に日ざしを浴びて、曲がりくねった鹿の通り道を目の前にしている少女に戻った気がする。それは希望であり、見とおしであり、一度はありえないと思った未来のささやきだ。

ようやく顔を離すと、彼がわたしの手を握った。

「一緒にいるから」

キースの運転でウォルトの地所に入る。たぶんD・Dに電話すべきだろう。何がわかったのか、これからどこへ行くのかを伝えるべきだろう。でもなんだか心もとないような、言葉にしたら消えてしまう夢のような感じがする。

わたしはひとりじゃない。キースがいる。それに、ウォルトやジェイコブについて何がわかったとしても、捜査本部とは関係がないかもしれない。それはたんにわたしの物語の新たな一章にすぎないのかもしれない。だとすれば、わたしが真っ先に聞く権利がある。

ウォルトはショットガンを四輪バギーの後ろにくくりつけている。それを見てももうおそろしくは感じない。被害妄想をかかえるマイクログリーン栽培者にはどこへ行くにも手離せない道具というだけだ。

ウォルトが表門の鎖をはずして門をあけた。わたしたちの四輪バギーが土の道に出ると、ふたたび門に鍵をかけ、自分もバギーに乗って大きく旋回してわたしたちの前に出た。そのあとについて、刻まれた深い轍《わだち》をよけながら数マイル走った。やがて右手に森の奥へと続く細い道が見えてきた。ウォルトがエンジンをふかしてその道に入り、キースもならった。

山をのぼっていく。二カ所の遺体発見現場から遠くないところを走っているはずだが、ウォルトの地所を通りぬけたため、もはや方向がよくわからない。

森のなかの道から急に新たな土の道に出た。きのう見た地図のパターンを思いだす。四輪バギー用のルートは、山のなかを突っ切ってあそこの道からここの道に出られる近道の役目を果たしている。だからこそ地元の人々も四輪バギーでの移動を好んでいるのだ。

やがて、前方の空き地に不格好な影が見えてきた。

わたしを壊したキャビン。

わたしをつくったキャビン。

思わず感じずにはいられなかった。やっと家に帰ってきたと。

「ジェイコブはどうしてあなたの苗字《みょうじ》じゃなかったの？」四輪バギーからおりながらウォルトに尋ねてみた。

バギーをとめたのは森のきわで、ぼろぼろの建物は空き地の数百ヤード先にある。ウォルトが進む前にあたりを偵察するだろうことはもうわかっている。被害妄想は彼のライフスタイルになっているのだ。

老人が肩をすくめた。「子供のころのあいつはデイヴィースって名前を使ってた。だがあいつの母親とわしは一度も結婚してない。ただしばらく一緒に住んでただけだ。出生証明書の名前がどうなってるかも訊きもしなかった。もしかするとあいつがあとから名前を変えたのかもしれないが、訊いてないからわからん」

「母親と出ていったときのジェイコブは何歳？」キースがヘルメットをぬいで頭を振りながら尋ねた。

「四つか五つか。まだ小さかった。だが銃は撃てた。わしが教えたからな」

「ふたりが出ていったあとはまったく会ってなかったの？　ジェイコブが戻ってくるまで？」

「ああ、一度も」

「探さなかったの？」

「探してない」

「ある日いきなりあらわれたってこと？　四十年たって？」信じられない話だ。

ウォルトがわたしを見た。「主《しゅ》は不思議なことをするもんだ」

「本当に自分の息子だとよくわかったね」とキース。

「自分の子はわかる」

「ジェイコブはあなたの息子よ」わたしは迷いなく言った。「ふたりとも見たからわかる」

そして、ウォルトが四輪バギーからショットガンをおろしているのを見て訊いてみた。「彼がどうやって死んだか知ってる？」

「FBIに殺されたんだろ。テレビで見た」

「FBIが殺したんじゃないわ」

ウォルトが動きを止め、しばらくじっとこちらを見た。「あいつを愛してたのか？」予想もしなかった問い。「たいていそうじゃないのか、女が誰かを殺すときは」

「いいえ、愛してなかった。彼を怪物だと思ってた。この世から消し去るべきだと思ってた。でも終わりのころは……彼はわたしを少しは愛してたのかもしれない。怪物にもそんなことができるなら」

キースが新事実に目をしばたたいた。

「怪物も愛せる」ウォルトが言った。「だからって怪物だということは変わらんが」

キースとわたしは、銃を持ったジェイコブ・ネスの父親のあとについてキャビンへと向かった。

最初の印象は複雑だった。その建物はずっと思っていたような家ではなく、今にも崩れ落ちそうな小屋と言ったほうがよかった。狭い木のポーチにたわんだ屋根、腐った床板。階段の一段めははずれて数フィート離れたところに転がり、背の高い草でほとんど見えなくなっている。

「ここの所有者は？」キースがいぶかしげに建物を見て訊いた。

ウォルトが肩をすくめた。

「所有者に返せって言われたからここを出なきゃいけないってジェイコブは言ってたけど」

わたしは口を開いた。

「いいや、ここは何十年も前から放置されてる。山にはこういう小屋があちこちにある。昔誰かが住んでて、そのあとずっと空き家のままほったらかしになってる。こういうのはそのままにしておく習慣だ。登山客やらハンターやらが道に迷ったときに便利なこともあるからな」

「でも地下には電気がついてたし、水道も使えたけど」

「あそこに井戸がある」ウォルトが百ヤードほど先を指さした。「ジェイコブがポンプをなおしたんだろう。たいしてむずかしいことじゃない」

「電気は？」

「勝手に近くから引いてきたか、バッテリー式の機器を使ってたんだろう。ろくに気にもしなかった。まあそれもたいしてむずかしいことじゃない」

さすがはおんぼろの納屋にハイテク栽培施設をつくった人物だ。

「どうして誰も気づかなかったんだろう」とキースが疑問を口にした。「ここが放置された廃屋なら、夜、急に電気がついて不審に思う人はいなかったのかな」

「気づくご近所さんがどこにいる？」

キースとわたしはあたりを見まわした。見えるのは木々また木々と、家から延びている轍だらけの土の道だけだ。

「それに」ウォルトが言った。「少なくともわしをここに連れてきたときは、ジェイコブは上の階の電気はつけなかった。地下の穴倉だけだ」

わたしはゆっくりうなずいた。そういえば、この家にいるあいだずっと地下室にいた。ジェイコブもそうだった。空き家に勝手に住みついているのがばれないようにするためとは考えもしなかったが。

FBIがここの場所を突きとめられなかった理由もそれでわかった。所有者が替わってもいないし、差し押さえられてもいないどころか、そもそも不動産として登記すらされていない森のなかの空き小屋だったから。

やはり賢く、そして狂っている。

ウォルトが玄関ポーチの階段を、まんなかにあいた大きな穴をよけながら慎重にのぼっていく。一段ずつ、いきなり全体重をかけずに、まず右足でたしかめながら。

そのあとをついていく。どれだけ馬鹿なことをしているのかはよくわかっている。一度は出たこの牢《ろう》に、いままた腐った床を踏み抜いてまっさかさまに落ちてしまうかもしれないのだ。それでも自分を止められない。想像どおりでもあり、予想外でもある。

かびくささが鼻をついた瞬間、またあの地下室に引きもどされた。少しふらついて手を伸ばすと、キースが支えてくれた。先を行くウォルトが足を止めた。

「本当にいいんだな?」老人が念を押す。ショットガンを脇にさげて持っている。ここに住みついている害獣よけのためなのか、それとも死んだ息子の復讐《ふくしゅう》のためなのかはわからない。くらくらする。綱わたりをしながら、眼下に待つ死を見おろし、その眺めに見とれている気分だ。

D・Dに電話するべきだ、とまた思う。捜査本部の一員としての義務というより、こんなことをしているのをD・Dならきっとどやしつけてくれるから。いまはそんな彼女の愛の鞭《むち》こそがわたしに必要なものだから。

それでも、わたしはウォルトに続いて家に足を踏みいれた。

居間はひどく狭かった。左手に申しわけ程度のキッチンがあり、正面の壁には大きな穴があいている。かつて薪ストーブが置かれていた場所だろう。かたわらのキースが続けて二回くしゃみをした。埃がもうもうと舞っている。ジェイコブがここに勝手に住みついていたのだとして、その後は誰も使っていなかったようだ。

「ジェイコブにここへ連れてこられたのはいつ？」わたしはウォルトに訊いた。

老人が肩をすくめた。「何年前だったか――」

「何月？」

ウォルトが考えこんだ。「八月だ」

「それはたしか？　最初にここへ来たのは八月？」

「たしかだ」老人が顎を掻いた。「カレンダーをそんなに気にしてるわけじゃないが」

「そのころにはもうわたしがここに閉じこめられて五、六カ月たってた。もっと前に気づかなかったの？」

「息子がこのあたりに戻ってきてるなんて知らなかった。ましてこのキャビンに住んでて、穴倉に若い娘を閉じこめてるなんてことは。言ったろう、あいつのほうから来たんだ。あいつがパブで近づいてきて自己紹介した」

「どうして?」キースが尋ねた。

「ようやく親父《おやじ》に会いたくなったと言ってた」

「ジェイコブはどんな雰囲気だった?」とキース。

「さあな。わしと握手して、晩メシをおごると言った。おごるっていうなら断わる手はない」

「そんな簡単に?」わたしは言った。「いきなりまたあらわれて、食事をおごってくれて、それで自分の性奴隷を紹介したわけ?」

ウォルトがわたしに眉をひそめてみせた。「さらに何回か会った。あいつの昔の家に連れていったりもした。当時は大麻を育ててたんだが、ジェイコブはそれを喜んでな。親に似たんだ。見た目はああだが、やってることは親父にそっくりだった。酒は飲むしヤクもやる。注意しようとしたが、あいつは笑って取りあわなかった」ウォルトがまた肩をすくめた。

「わしに言えた義理でもなかったしな」

「なんの仕事をしてるか言ってた?」キースが尋ねた。

「長距離トラックの運転手だと」

「母親のことは?」わたしは訊いた。「母親のことを何か話してなかった?」

「いいや。こっちも訊かなかった」

「彼には娘がいたんだけど、そのことは？」

ウォルトがばつの悪そうな顔をした。「あいつはある日あらわれて、晩メシをおごってくれた。それで話をして、家に呼んだりもした。どうして戻ってきたのかわからなかった。何が目的なのか。あの晩もまだわかってなかった。あいつがここに連れてきて、見せたいものがあると言った。きっと自分の息子を誇りに思うからと」

ウォルトがわたしをみつめた。「おぼえてないのか？」

正直わからない。ジェイコブ以外にも誰かの声が聞こえたことがあった気がするが、はっきりしない。ひどい飢えと渇き。足音が聞こえて、やっと出してもらえると思った記憶。ジェイコブの最近のお気にいりのハンバーガーなりチキンなりがもらえる。水も。心から水が飲みたい。

それなのに話し声がしていた。箱の向こうで。ずっと話し声が。わたしは泣き声をあげて、擦りむけた指先で閉じた蓋を引っかいた。傷ついた動物みたいに。どうして鍵をあけてくれないんだろう。どうして食べ物をくれないんだろう。すると階段がきしんで、去っていく足音が聞こえた。声がどんどん遠ざかっていき、わたしは飢えも渇きも満たされないままで、また暗闇にひとり残された。

「あいつは自分のしたことに得意げだった」ウォルトが言った。「この小屋に水やら電気やらを引いて、箱をつくって、友達をさらってきたことに。おまえのこともいろいろ話してた。みんながおまえを探してて、どのニュースにもおまえの写真が出てるのに、誰も自分を疑ってない。誰も何があったか、どこを探せばいいのかわかってないとな。みんなの目の前からまんまとお宝を盗んだみたいに自慢げだった。わしもあいつを誇りに思うと考えてたんだろう。それがガキのころにおぼえてたことだったからだ。母親から聞かされてたことだったからだ。わしがそういう男だと」

ウォルトはもうわたしを見ていない。「あの晩、恥ずかしくなった。木々が叫び、わしに怒りをぶつけた。寝かせてくれなかった。そのときしなけりゃならないことがわかった。でも遅すぎた」

「だからジェイコブはここに連れてきたのかもしれないね」とキース。「もう出ていくことにしていて、最後に自慢したかったのかもしれない」

「かもな」ウォルトが言い、地下室への階段に向かおうとした。

「待って」わたしは手をあげた。「ジェイコブはそれより前にこのあたりに来たと言ってなかった？　たとえば十五年前に」

キースにちらりと視線を送る。遺体が埋められた時期であり、ライラ・アベニートが殺された時期だ。

また肩がすくめられた。「過去四十年のことを全部は話せないからな。いまのことしか話さなかった。それでも大変だったが」ウォルトが足早に階段をおりていく。わたしはよりゆっくりあとに続いた。冷たい壁に寄りかかるようにして、一段ずつたしかめながら。

ウォルトが穴倉と言ったとおりだ。地下室だと思っていたものは、暗くてかび臭くて狭苦しい空間でしかなかった。ウォルトがランタンを見つけてともすと、あの汚い茶色のカーペットが浮かびあがった。それが土まみれの床にぞんざいに敷かれた端切れだったことにいまさらのように気づく。あの大嫌いだったソファは壁ぎわに寄せられていて、あちこちから詰め物がはみだしている。安っぽい合板のコーヒーテーブルがあった記憶があるが、どこにも見あたらない。勘違いか、あるいは迷った登山客が暖をとるために壊して薪にしてしまったのかもしれない。

隅のバスルームはクローゼットほどの広さしかなく、何から何まで記憶どおりの汚らしさだった。かびだらけの石鹸《せっけん》らしきものが目に入る。あれはジェイコブがわたしに髪を洗うのに使わせたのと同じ石鹸だろうか。何かべつの生き物のようで、さわる気にもなれない。

ここは何もかも記憶どおりに不潔で臭くて気持ち悪い。なのに、なぜかもっと広くて、もっとましだったような気がしている。木の箱から出されたあとだったからかもしれない。あそこのあとでは、屋外便所に入れられても豪華なバスルームのように思えただろう。

いつのまにか震えていたことに、キースの腕が肩に回されてはじめて気づいた。全身に鳥肌が立ち、震えが止まらない。

ウォルトがショットガンを持ったまま心配そうにこちらをうかがっている。わたしがヒステリックに叫びだしたり、泣きくずれたりすると思っているんだろうか。

わたしはヒステリックに叫びだしたり、泣きくずれたりするんだろうか。

よくわからない。ついにここに来た。グラウンド・ゼロに。でも同じなのに違う。変わらずおぞましくてぞっとするのに……不思議とよりちっぽけで怖くないもののように思える。

わたしはもう箱のなかの女の子じゃない。

わたしはフローラ・デインだ。

わたしはここを出た。

ジェイコブ・ネスから生きのびた。

いま、もしジェイコブの父親があのショットガンをわたしに向けたら、キースの目にもとまらないほどあっというまに床にうつぶせに押しつけて、後頭部にショットガンを突きつけてやる。そして少しでも動いたらためらいなく引き金を引いてやる。

何かが顔に出ていたのかもしれない。ウォルトが不安げに一歩あとずさった。

こんな小屋、クソくらえ。ジェイコブ・ネスがもう地獄の業火に焼かれていてよかった。

「ここはもういい」そう言うと、ウォルトもキースも反応できないうちに、がたつく階段をさっさとのぼり、崩れ落ちそうなキャビンを出て、空き地のまんなかまで行って風を顔に浴びた。

わたしは自由だ、と自分に言い聞かせる。

何年ぶりかにそう信じられそうな気がした。

27

ボニータ。ブロンドの女の人がわたしにつけた名前。頭のなかで言ってみる。お母さんの声がささやいてくるのを待つ。この頭の傷と垂れさがった顔で足を引きずる自分がかわいいとは思わない。馬鹿な子が本当にボニータになれるんだろうか。

ブロンドの女の人からそんな贈り物をもらって悪い気がする。それに怖い。

わたしは馬鹿な子だ。あの刑事さんが知りたがっていることを、唇や舌を動かして教えることもできない。弱虫でコックに立ちむかうこともできない。警察によけいなことを言ったエレーヌとわたしはきっとお仕置きされるだろう。

わたしは何者でもない。ボニータでもこの子でも同じ。でも人と違うから、人が知らないことを知っている。この家には記憶があって、痛みを感じているということ。色はクレヨンだけじゃなくて、それぞれに雰囲気や強くあらわすものがあること。

お母さんがいまわたしのそばにいること。オーブンからただよってくるビスケットのにおいと同じくらい強くその存在を感じる。お母さんはここにいる。光から見え隠れする銀色の線として。わたしが一番必要としているときにあらわれる。最悪のことが起きようとしているときに。

息をこらして、ビスケット生地を伸ばし、丸く型で抜いてオーブンシートに並べていく。コックのように、厨房のドアの向こうで激しく言いあう声が聞こえていないふりをしながら。

「どちらかのメイドの書類を持ってる？」ブロンドの刑事さんが問いただしている。

「どういうことかね」ハワード町長の声は後ろめたさでくぐもっている。絵に描くなら、赤と金色を使って、まんなかは真っ黒にする。あの人は奥さんを愛していたけど、それでもふたりの結婚の中心にあったよこしまな野望からは救われなかった。

悪い男の人は真っ黒。ハワード町長は……もっと色がある。でも結果はあまり変わらない。

「ボニータの出生証明書は――」

「ボニータ？」

「失礼、あなたの姪よ」

「あの子の名前はボニータというのかね？」町長は混乱している。

「わからない」刑事さんがそっけなく言った。「でもあの子の出生証明書に〝あの子〟とは書かれてないはずよ」

沈黙。タイマーが鳴った。コックがガスコンロにかけたソーセージ・グレービーをかきまぜながら、堂々と聞き耳を立てている。明らかに気が散っている。わたしは鍋つかみをはめてビスケットをチェックした。

ふっくらして、上が黄金《こがね》色になっている。オーブンからトレーを出して、網の上に置いて冷ます。わたしはしゃべれないし、読み書きもできない。この家の外の世界は怖い。でも、いつかここを出ることがあったら、もしかするとお母さんみたいに、食べ物で人に幸せそうなため息をつかせることができるかもしれない。コックからたっぷり教わったし、わたしにもやっぱりお母さんみたいなところがあるのかもしれない。

また肩に触れるお母さんの気配を感じる。ボニータという名前をお母さんは気にいってくれるだろうか。それならかわりに使ってもいいかもしれない。

目の奥がつんとする。でももう泣くほど子供じゃない。

ドアの向こうから聞こえてくる声。「もちろん書類ならある。妻が……」町長が声を詰まらせ、怒った口調で続ける。「妻が死んだばかりなんだぞ！　いまはそんなことどうでもいいだろう。あんたがたには情ってものがないのかね？」

べつの男の人の声。保安官だ。わたしなら深い紫色と青と赤で描く。悪い男の人みたいに大きいけど、まわりの線がもっとやわらかい。深い。いいほうにか悪いほうにかはまだわからない。でも、声は好きだ。あったかい毛布みたいな声で。地下のわたしたちの部屋は誰が思っているよりも寒い。

「それはあとにしてもいいんじゃないかね」保安官が言っている。「オフィスのコンピュータで遺書のデータは見つけた。ほら――」

「いいえ」とブロンドの刑事さん。あの人は燃えるオレンジと黄色と赤。暗さはまったくない。ぎらぎらした光だけ。目がくらむけど、救ってくれそうで、あの人の存在が怖いのに、炎に近づきたくなる。

またお母さんが肩に触れる。きょうは落ち着かないみたいだ。

何か悪いことが近づいている。町長の奥さんが死んで、警察がまだここにいて、もっと誰かがつけを払わされる。わたしが悪い男の人について本当のことを教えられないせいで。町長の奥さんに本当は何があったのか、わたしたちみんなに何が起きているのか教えられないせいで。

わたしはボニータじゃない。

もとの馬鹿な子に戻ってしまった。

べつの女の人の声が聞こえた。ふたりの警察の女の人。最初に会ったブロンドの人は北部っぽい硬くて早口な話しかた。こっちの人はもっと語尾を伸ばすやわらかい話しかた。このあたりだけど、この町の人じゃない。わたしなら蛍の光る森の色に描く。この人は大地だ。静かだけど、この人なりに光っている。

「ハワード町長」もうひとりの警察の女の人が言う。「つらいのはお察しします。でも違法な臓器移植の話が出たからには、それが何年前のことであれ、ここのスタッフの安全はわれわれにとって何よりの関心事なんです」

間があいた。わたしはあわててビスケット生地の型抜きに戻った。コンロの前のコックは盗み聞きに夢中でグレービーをかきまぜるのを忘れている。焦げたにおい。コックはまだ気づいていない。

エレーヌがいない。それとも気にしていないのかもしれない。

ベッドメイキングと掃除をしにいったんだろう。または、自分の部屋に戻るという間違いをおかしてしまったんだろうか。だとすれば、もう悪い男の人に捕まって、ナイフで切られたり、首を絞められたりしているかもしれない。

絵を描くとき、黒は色がないっていうことじゃない。たくさんの色があるっていうこと。だからこそ純粋な悪は見分けにくい。

「宿のオフィス以外に奥さんの個人の仕事部屋はない？」ブロンドの刑事さんが町長にひと息つかせてあげるような口調で言った。

「いや。この宿のオフィスしかない」

「そう。じゃあわたしが自分で調べるわ。スタッフの書類がちゃんと見つかりさえすればそれで問題ないから」

「もう帰ってくれないか。ただでさえ今夜は長くて厳しかったし、お客さんたちもおりてくる。いろいろやることがあるんだ」

「申しわけありませんが」もうひとりの警察の女の人が言った。「それはできません」

「妻が自殺して――」

「奥さんは不審死をとげたんです」

「なんだって」町長が驚いた口調で言った。

「いまのところはそういう分類になります」南部の刑事さんが言った。「自殺という正式な判断はまだ検死官からくだされていないので。したがって現時点では、奥さんは不審死をとげたのであり、この宿全体が事件現場です。ウォレン部長刑事が書類だけしか求めていないのをむしろ喜ぶべきですよ」

また間があいた。それからよくわからない音。くぐもったすすり泣き。ハワード町長が泣いている。長いあいだずっと、あれだけのことがあって……

奥さんが死んではじめて町長が苦しんでいる。それでわたしは嬉しいんだろうか。痛みがやわらぐんだろうか。

ソーセージ・グレービーが煙をあげている。

町長が泣いているのはどうでもいい。たくさんの女の子が泣くのを聞いてきたけど、あの人たちが気にかけたことなんてなかった。町長が傷ついていて嬉しい。嬉しさのあまり、丸いクッキーの抜き型をビスケット生地に叩きつけて調理台を揺らした。

いきなり感情をあらわにしたわたしにコックが険しい目を向けてきて、それから自分も料理がおろそかになっていたことに気づいたみたいだった。コックが遅ればせながら鉄の鍋をコンロからおろして、早口で悪態をついた。

その背中に向かってにんまりする。

お母さんが、わたしのきれいなマミータが、また肩に触れた。「チキータ」となだめるようにささやく声が聞こえそうだった。

自分を描くなら何色にするだろう。ブロンドの刑事さんみたいな火の色？　もうひとりの女の人みたいな大地の色？　それとも自分がなってしまったように、外は明るくきらきらしてて、なかは暗く魂のないものに描く？

わからない。

またエレーヌのことが心配になる。どこにいるんだろう。どうして戻ってこないんだろう。わたしやコックと同じくらい、これからどうなるのか気になっているはずなのに。シーツを替えるだけでそんなに時間はかからないし、お客さんが全員起きるまで掃除機はかけちゃいけないことになっている。だからもう厨房に戻ってきて、何かするふりをしながら、町長が警察に質問攻めにされているのを盗み聞きしているはずなのに。

地下に行ったのでないかぎり。

悪い男の人がその機会をとらえて、またひとりの口をふさいだのでないかぎり。

何かひどく悪いこと。お母さんの存在はいつもそれを示している。危険が迫っていることを。

我慢できなくなって、わたしは抜き型を置いた。そして手もエプロンも粉まみれのまま、足を引きずってスイングドアに向かった。

後ろでコックが喉が詰まったみたいな音を立てた。空気が動くのを感じた。コックはわたしを捕まえようとしたのかもしれない。お母さんの銀色の霊がそれを止めたのかもしれない。

わたしは振りかえらなかった。振りかえっている暇はなかった。

サロンに飛びだした。

町長にも、大柄な保安官にも、FBIの女の人にも目もくれず、ブロンドの刑事さんの手をつかんだ。

火を感じた。

そのまま何も言わず刑事さんを地下の使用人部屋に引っぱっていった。

後ろで騒ぎになっている。町長があわてて椅子から立ちあがって追いかけてこようとしている。「待て。止まるんだ！」

南部の刑事さんが「ここは事件現場です」

紫色の保安官が「ハワード町長、すわって。さあ！」

わたしは止まらなかった。足を引きずっていて遅いけど、いまはエネルギーがみなぎっている。ブロンドの刑事さんは何も訊かない。わたしが握っているのと同じくらいぎゅっとわたしの手を握っている。奥の廊下の小さなドアまで連れていく。このへんにあるのは業務で使う部屋だ。ミセス・カウンセルのオフィス、ファイルが保管してある部屋、ハウスキーピング用の道具や消耗品。でもこのドアは。何の印もないこの部屋は……

ノブをひねってあけると、いつもどおりまず朽ちたにおいが鼻をついた。家が動揺した息を吐いている。建物にも感情があり、地下で起きたことに傷ついている。わたしにはそういうことがわかる。でもほかの人にはわからない。

わたしみたいな人はほかにいないのかもしれない。

階段の明かりはついていた。ぐずぐずしてはいられない。どんどん胸が苦しくなってくる。

エレーヌ。何かがおかしい。階段をくだりきる直前でつまずいて転びそうになった。

刑事さんが支えてくれた。「落ち着いて」とささやく。

神経が張りつめすぎて吐きそうだ。

これで終わりだ。これが最後の抵抗だ。みなぎる激しい怒りも英雄的なドラマもなくて、ずっと思いえがいてきたのとは違うけど。自分の本当の名前が全身をめぐるのを感じて、お母さんの霊を引き寄せて、そして黒く腐ったこの家に原子爆弾みたいに自分を撃ちこむ。町長もその妻も悪い男の人も焼きつくす。灰になるまで。最後はそんなふうに想像していた。

いまは、時間との戦いだ。エレーヌを見つけるための。わたしには言えない言葉を伝えられる何かを見つけるための。この刑事さんに怪しませることができたら、この場所に疑いを持たせることができたら……この人は簡単には消せない火だ。きょうは帰っても、いろいろ質問して、もっと情報を集めるだろう。町長にうまくごまかされないだけのことを突きとめるだろう。

この人はこのあと帰る。あとは待つだけ。こんなことをしてただですむわけがない。今夜、悪い男の人が戻ってくる。部屋に入ってきて、ナイフを持ちあげて、わたしがずっと馬鹿な子だったのを思い知らせる。

わたしが死んでやっと、ブロンドの刑事さんは、悪い男の人に報いを受けさせるのに必要なものを手にできるかもしれない。

この人は火だ。

そしてこの場所は燃やさなければならない。

次々にドアをあけていく。なかに何があるのかわからない部屋もある。悪い男の人がいるのか。鞭《むち》や鎖や拷問具が並んだ部屋なのか。いままでに聞こえてきた音からして、ずっと怪しんできた。

刑事さんがわたしの手を握ったまま、銃のホルスターのスナップボタンをはずした。わたしは賛成のしるしにうなずいた。刑事さんがぎゅっと手に力をこめた。

最初のいくつかの部屋は空っぽだった。簡易ベッドがあるだけでほかには何もない。わたしの部屋よりは広くて、ベッドがふたつから四つ並んでいる。エレーヌの部屋は廊下のもっと先で、わたしのと同じく狭い。前は広い部屋にルームメイトと一緒にいたけど、ルームメイトがいなくなるとひとり部屋に移された。エレーヌはその話をしない。どの女の子もその話は決してしない。この何週間かはエレーヌとわたしとステイシーしかいなかった。でもステイシーはナイフを見つけて、わたしがあとの掃除をして、いまはエレーヌとわたしだけだ。

それもよくない。

地下が長いあいだ空のままということはないから。

左側の狭いわたしの部屋に来た。ドアをあけて、刑事さんに止められる前に走りこむ。悪い男の人はここにいるの？　ここで待ってるの？

一瞬、あの大きな影がぬっと立っているのが見えた気がして、目をみはった。悪い男の人がわたしを殺しにきたのだ。でも刑事さんとその火が先にあいつをやっつける。

ぎくっとして壁に身体を押しつけたら、おそろしい悪魔はただの影だとわかった。

刑事さんがすぐ後ろにいて、荒く息をしている。わたしの恐怖がうつったのだ。

自分を落ち着かせる。伝えるのだ、なんとかして。どうすれば説明できる？

マットレスの下の絵だ。薄いマットレスをつかんでめくる。そこに一枚か二枚はあるはず。でも床には何もなかった。絵はなくなっていた。悪い男の人が先まわりしていた。わたしはもどかしさのあまりすすり泣いた。話さなきゃ。伝えなきゃ。エレーヌ、エレーヌ、エレーヌ。

また気持ち悪くなってきた。

「ここがあなたの部屋？」刑事さんが訊いた。

わたしはうなずいて額をさすった。傷がすごく痛い。真っ赤に焼けた火かき棒を頭に押しつけられてるみたいに。

「服は？」

わたしはまだこめかみを揉《も》みながら首を振った。

「服がないの？　全然？」

マットレスの端の小さな水色の山を指さす。寝るときに着ている昔のくたびれた制服。

「個人の持ち物は？」

指を二本立ててノーの合図をする。

「ここは凍えそうに寒いけど」

うなずく。

「ボニータ、こんなのおかしい。あなたのこの扱い……家族が家族の面倒を見てるとはとても言えない」

じっと刑事さんを見る。あの人たちは家族なんかじゃないと目で伝えようとする。マミータだけがわたしの家族だった。でも悪い男の人に撃たれてしまった。その銃弾がわたしにもあたって――目をさましたらここにいた。頭蓋骨が割れて、顔が垂れさがって、声をなくして。

ミセス・カウンセルがわたしを見おろしていた。「まだこんなに若いのよ。本当に治らないって言えるの？」

悪い男の人がその後ろに立っていた。「医者の話では失語症ってやつだそうだ。弾《たま》が脳の言語中枢にダメージを与えてて、二度としゃべることも読み書きもできないとさ」

「うーん、口がきけないメイドねえ。どうかしら」

「いいだろう、マーサ。完璧じゃないか」

それを全部、目で刑事さんに伝えようとした。身の上話を精いっぱいわたしの頭から刑事さんの頭にビームで送りこもうとした。

刑事さんがまたわたしの手をとった。「しーっ」と言う。「しーっ」それで、自分がついに音を出していることに気づいた。胸の奥底から声があふれだしていた。いなくなってしまった小さな女の子のために身体をゆすって泣き叫んでいた。あれからずっと戻りたいと願ってきた人生を惜しんでいた。

刑事さんにわかってほしい。わたしを見てくれた人だから。わたしの声を、この喉から盗まれたすべての言葉を聞こうとしてくれた人だから。

「そろそろ上に行きましょう」

わたしは刑事さんを押しのけ、激しく首を振った。エレーヌ。エレーヌを見つけなくちゃ。でも刑事さんにわかってもらえない。誰にもわかってもらえない。わたしはひとりだ。

もう一度廊下を歩きだす。後ろの階段から物音がした。誰かが来る。助っ人か、それとも町長が止められるのも聞かずに邪魔しにきたんだろうか。いまは町長のことなんて気にしていられない。エレーヌはさすがにもう出てきているはずだ。何かあったのだ。希望はわたししかいない。

ステイシー。おたがいにたいしてよく知っていたわけじゃない。でも死んでいくのを見守ったあの瞬間、姉妹になった。わたしに残された家族。だからステイシーのために、エレーヌのために、やらなきゃいけない。死がもたらした姉妹のために。

ドアを次々にあけていく。悪い男の人がどこにいるのかわからない。もし出てきたら、刑事さんが撃ってくれたらいい。そうじゃなければ、わたしが銃を奪って撃つ。でもこの部屋のどれかにエレーヌがいるかもしれない。おびえて隠れているか、死んでいるか。

全部がのしかかってくる。最後の抵抗。最後のチャンス。この刑事さんにここで起きていることを気づいてもらえなければ……

お願い、お願い、お願い……

廊下の突きあたりの分厚い両開きの木の扉。あの広い部屋を、おそろしい部屋を守っている。責め苦と血の部屋を。

わたしはぶるっと震えた。それから重い取っ手をつかんで、ありったけの力で引いた。でもびくともしない。鍵がかかっている。当然だ。ここはミセス・カウンセルが死んだ部屋。誰も見てはいけない部屋だ。

もどかしさのあまりすすり泣く。

「ねえ」刑事さんが隣に来て言った。「だいじょうぶよ。わたしがなんとかする。この部屋が重要なのね？　なかに入りたいのね？」

懸命にうなずく。

「鍵を持ってくるわ。この家は事件現場だから、刑事として調べる権利がある」

頰がまた濡れるのを感じる。

「怖い？」

うなずく。

「上に戻りたい？」

首を振る。

刑事さんが手を伸ばして頰に触れた。透きとおった青い目、厳しい顔つき。「誰もあなたを傷つけないから、ボニータ」その言葉が本気だとわかる。たまらなくなって、わたしはほほえんだ。ゆがんで不格好な、垂れさがった口にできるかぎりの笑みを浮かべた。この刑事さんにはわかっていない。わたしはいまもただの馬鹿な子だ。刑事さんの手をとる。自分の頬にあてる。刑事さんに涙を感じてもらう。一瞬でも人のやさしさの感触を味わう。二度とないかもしれないから。

わたしは今夜死ぬ。エレーヌの身も心配だけど、自分自身と、なれたはずの自分への哀悼が湧いてくる。

深く息を吸い、背筋を伸ばす。刑事さんから身体を離して、指を二本立てる。

ノー。わたしを救うことはできない。悪い男の人は誰にも倒せない。

わたしは廊下を引きかえし、足を引きずりながらエレーヌを探しつづけた。

28　キンバリー

ハワード町長は明らかに動揺していた。「だめだ、おりるんじゃない。ここはわたしの家だ。認めないぞ。妻が死んだんだ。わたしは被害者なんだぞ！」

椅子から立ちあがろうとするのを、スミザーズ保安官が大きな手で押しとどめた。

「今度捜査を妨害したら逮捕しますよ」キンバリーは顔を真っ赤にした町長に告げた。スミザーズ保安官に顔を向ける。「この人のこと、お願いできる？」

「ああ、どこにも行かせない」

「よろしく」

あの口のきけないメイドがD・Dをどこへ連れていったのかわからないが、少女の決然たる表情を見ただけで、何かよくないことだとわかった。でもD・Dがなんとかしてくれるだろう。となると、目の前の問題がもうひとつある。マーサ・カウンセルのオフィスだ。

マーサの通信や業務日誌、公的書類などをすべて見たい。とくに〝姪〟とほかの従業員に関するものを。

犯罪がひとつあったら、そこにはたいていあと十はある。そういうものだ。

マーサ・カウンセルが違法な臓器を平気で受けとる女であり、その夫がそういう大きな悪事に見て見ぬふりをする男なら、夫妻はほかにどんなことにかかわっていたのか。

その答えが妻のオフィスで見つかるのではないか。マーサ・カウンセルがブレーン――あるいは少なくとも筆頭管理者だったようだから。

部屋に入ってまず驚いたのは、誰かが先まわりしていたことだった。サクラ材のデスクの左側のひきだしがあけられ、なかのファイルがこぼれて床に落ちている。よく見ると鍵がこじあけられている。

キンバリーは顔をしかめて手袋をはめ、膝をついて被害を確認した。

ハワード町長にはずっとスミザーズ保安官がついていて、その保安官が何も言っていなかったから、ここが荒らされたのはおそらくデスクトップコンピュータを調べたあとのことだろう。それ以降、町長はサロンにとどめおかれていた。となるとコックだろうか。コックがこっそりここに来た可能性はある。あるいはメイドのボニータとエレーヌが。ただしボニータはD・Dとやりたいことがあったようだから、除外していいだろう。

もちろん、この家にほかにも誰かがいたらべつだが。

うなじのあたりがぞわっとした。たしかにマーサ・カウンセルの首吊りを不審死として扱ってはきたが、宿泊客を真剣に脅威ととらえてはいなかった。

キンバリーは立ちあがり、急いでサロンへ戻った。言葉もなくうなだれているハワード町長を見張りつつ、スミザーズ保安官を脇へ連れていく。

「宿泊客への事情聴取はどうなってる？」

「カップルが四組泊まってるそうだが、保安官助手に呼びにいかせた。まだ朝早いから身じたくをしてからおりてくるだろう」

「呼びにいったのはどれくらい前？」

「ええと」保安官が時計を見た。「三十分ほど前かな」

「服を着るのに三十分もかかるはずないわ。保安官助手に連れてこさせて、いますぐ。全員の写真つき身分証を確認して。オフィスが荒らされてたの。ここではもっと何かが起きてる。またはほかの誰かがこの宿にいる」

保安官が口を引き結んで短くうなずき、肩口の無線のスイッチを入れて、町長に聞こえないよう小声で指示を出したあと、またサロンの見張りを再開した。

キンバリーはオフィスに引きかえした。廊下のすぐ先のわずかに開いたドアからひんやりした空気が漏れてきている。地下室への階段のようだ。ハワード町長はここのことを言っていたのだ。〝おりるんじゃない〟と。それならボニータとD・Dをいっそう応援したくなる。いまごろあの少女がD・Dをツアーに――家族のおそろしい秘密がここに、悪事があそこにと――案内しているならいい。それなら完璧だ。

さしあたって、キンバリーにはオフィスがある。

床に散らばったファイルにはそれぞれ従業員の名前が書かれている。なかの書類は一般的なものだ。源泉徴収票の控えに写真つき身分証のコピー。書類ならきちんとそろっているとマーサ・カウンセルは言っていた。一見したところ嘘はついていなかったようだ。

が、そこにないものに気づいた。エレーヌのファイル。〝姪〟の身元を確認できる書類。さらに中身が空のフォルダーもあった。ステイシー・キャスマーという名前が記されているものの、写真つき身分証もその他の書類も見あたらない。

次にデスクトップコンピュータを起動する。パスワードがかかっている。町長のところに戻って訊くか。でもいまはしたくない。あるいはキースを待つか。自分が十時間かけて得られるより多くの情報を彼なら十分で手に入れられる。そういえば、キースとフローラはいま何をしているのだろう。厄介ごとを起こしていなければいいが。

振りかえってみると、本棚の本の一冊がやや傾いているのが目にとまった。古い歴史の本の背にそっと指をすべらせていき、一冊を抜きだす。当たりだ。本の奥の壁にはめこまれた金庫が見つかった。

それはホテルの客室の金庫くらいの大きさで、あまり大きなものは入りそうにない。だが大切な書類やパスポート、十五年前の腎臓移植手術の詳細を記した告白の手紙ならあるかもしれない。そう願うしかない。

でもどうやって解錠番号を知るか。

前後に身体をゆすりながら考える。誕生日の可能性もあるが、予想がつきやすすぎる。自分の経験では……キンバリーは棚の内側を調べた。小さな紙きれがテープで貼りつけられていないか。なかったので、次はデスクの下にもぐりこみ、ペンライトをつけて、同じように注意深くデスクの下を確認する。ここにもない。

誰でも忘れてしまったときのために番号を書きとめておくものだ。それを手近に置いておく。忘れたとき、わざわざ家の反対側まで行きたい人間はいないからだ。つまり、この部屋のどこかにきっと番号がある。マーサ・カウンセルになったつもりで考えさえすれば。

デスクの椅子にすわってみる。黒革のどっしりしたチェア。細身のキンバリーには大きすぎるが、いい椅子だ。企業の重役にでもなった気分になれる。椅子をデスクに近づけて見えるものを確認する。正面にコンピュータのモニター。その下にキーボード。右にマウスパッド。美しい額に入れられた写真が三枚、右手に飾られている。町長とマーサの結婚式の写真。マーサ・カウンセルの母親らしき色あせた古い写真。

三枚めは、まばゆい笑みを浮かべるつややかな黒髪の女の写真。誰だかわからない。

ともあれ、全体的に見てきちんとしていて、整理整頓されている。

キンバリーは椅子を回して、デスクに背を向け、金庫と正面に相対した。番号は手の届くところにある。それには確信がある。マーサはかたづけ好きで、忘れてしまった番号を探してあちこちかきまわすような非効率を嫌ったはずだ。だから自分だけにわかる、見つかりにくいが取りだしやすいところにきっと隠してある。

そしてぴんときた。最初に見つけた本。この地域の古い歴史書。それを拾いあげると、案の定、表紙の内側に鉛筆で薄く書かれた三つの番号を見つけた。

キンバリーはダイヤルを回した。右、左、右。

カチッという音がした。

扉をあけた。

金庫はさほど高さはないが、驚くほど奥行きがあった。まず見えたのは金色の箱だった。取りだしてにおいを嗅いでみてわかった。チョコレートだ。パッケージから見てかなりの高級品であり、スタッフに盗み食いされないように金庫に隠すほどのとっておきだったのだろう。

キンバリーは思わずほほえんだ。舶来品のチョコレートを鍵をかけてしまっておく女は尊敬できる。

その次は――百ドル札の束、一万ドルぶん。それがさらに三つの束の上にのせられていて、三つ並んだ束がずっと奥まで続いている。

キンバリーは数十万ドルの札束を引っぱりだした。宿の経営者の金庫にあるにしては多すぎる現金。ここが決して見かけどおりの場所ではないことを示すさらなる証拠だ。

次はパスポートが出てきた。マーサ・カウンセルのものとハワード・カウンセルのもの。そしてさらにアルゼンチンのパスポートがふたつ。写真はマーサとハワードだが、名前が違う。

現金と偽造パスポート。

「いよいよ怪しくなってきたわね」キンバリーはつぶやいた。

現金に偽造パスポートときたら、次は銃と相場が決まっている。だが、金庫の奥に手を伸ばすと、それとはまったく違う形のものが指に触れた。数インチの長さで平べったく、細い溝とぎざぎざの歯がついている。フェルトの内張りがされた金庫から出してみて正体がわかった。鍵だ。歴史あるホテルや昔の貴族の邸宅で使われていたような、古いどっしりした真《しん》鍮《ちゅう》の鍵。

コンピュータにプリンター、スキャナーなどが並ぶモダンなオフィスを見まわす。ファイルキャビネットについているのは普通の現代的な鍵だし、この部屋のドアもそうだ。それからふと思いついた。キンバリーはその鍵を持って地下への階段をおりていった。

D・Dと少女がいた。

D・Dは長い廊下の突きあたりの分厚い両開きの木の扉の前に立っている。少女は必死の形相でドアからドアへと移動している。その動揺した様子を見るに、何を探しているにせよ、まだ見つかっていないのは明らかだ。

迷路に入りこんでしまった気がする。B&Bの上階が堂々たるヴィクトリア様式だとすれば、ここは暗くじめついた地下蔵をスタッフ用の部屋にあわててつくりかえたような感じだ。廊下は狭く、石張りの床は長年使われてつるつるになっている。壁にずらりと並んだ古めかしい燭《しょく》台《だい》は、闇を消すかわりにさらなる闇をつくりだしているようだ。

ボニータがキンバリーの前にやってきた。いつも以上に足を引きずり、ほとんどよろめきながら歩いている。頬を涙で濡らしてこちらを見あげたと思うと、キンバリーを押しのけるようにして次のドアノブに手をかけた。

キンバリーはD・Dを横目で見た。

「何か探してるみたいなんだけど、それがなんだかわからなくて」D・Dが少女と同じくらいやるせなさそうに肩をすくめた。

キンバリーは真鍮の鍵を持ちあげてみせた。「これ、役に立つ？」

少女が目をみはり、さっと寄ってきた。鍵を奪いとるようにして、一目散に分厚い木の扉へと向かっていく。

ここからでも、大きな真鍮の錠にその鍵がぴったり合いそうなのがわかった。少女が古びた鍵を差しこんで力をこめて回した。重々しい音が狭い廊下に響きわたった。

少女が左右の扉を押しあけ、倒れこむように部屋に入った。新たな冷たい空気が三人を迎えた。D・Dとキンバリーも前に踏みだした。

廊下にくらべるとその部屋は広大だった。とても古い。ここも床は石張りで、灰色と黒の中間の色をしている。壁の一面には、大きな御影石《みかげいし》を積んだ巨大な暖炉がつくりつけられている。

灰のにおいがするので、暖炉は最近使われたらしい。よかった。ここの寒さを思うと、どの季節であれ火もなしでこの部屋ですごすなど考えられない。

地下なので窓はない。古い真鍮の電灯のスイッチを入れる。部屋の後ろに大きなオーク材のテーブルがある。十六人とはいわないまでも、十二人はゆうにすわれそうだ。その前に長い革張りのソファが置かれ、六個のウィングバックチェアが半円形にテーブルを囲んでいる。人が集まる場所。でもなんのために？　見たところテレビもなんらかの電子機器もない。地下深くのこの部屋に十人以上が集まろうとする目的はなんだろう。

少女がソファの前に立ち、床を指さして、足を踏み鳴らした。

D・Dが少女のそばへ行った。手を伸ばして石の床を調べる。「何もないみたいだけど」

少女がまた足を踏み鳴らした。明らかにいらだっている。

キンバリーは口を開いた。「あなたはウォレン刑事に絵をあげたわね。悪魔の絵。あなたが描いたの？」

熱心なうなずき。

「その悪魔がここにいたの？」

何度も首が縦に振られる。

「男なのね」とD・D。

イエス、イエス、イエス、イエス、イエス。

「その男はいまここにいる？」キンバリーは尋ねた。

肩がすくめられる。顔には恐怖がありありと浮かんでいる。

「じゃあゆうべは?」

イエス!

「マーサとハワード町長と?」

イエス、イエス、イエス、イエス、イエス。

「ボニータ」D・Dがゆっくりと言った。「その男がミセス・カウンセルを傷つけたの?」

イエス!

キンバリーも少女のそばに行った。床に目をこらし、続いて部屋を見まわす。ひと目でわかる血痕や暴力の痕跡はない。もっとも、首吊りをよそおうには実際に被害者を絞め殺すしかなく、それは比較的きれいな死だ。鑑識を連れてくる必要がある。吹きつければ血痕が浮かびあがる薬品もある。もちろん家が古ければ古いほど、その血が最近流れたものだと証明するのはむずかしくなる。たいていの建物には暴力の歴史が刻まれているものだ。

部屋を歩き、暖炉の前で鼻をひくつかせ、手をかざしてみる。これが最近使われたのは間違いない。とはいえ、それもなんの証拠にもならない。それにボニータへの事情聴取だけでは充分ではない。ボニータにはイエスかノーかで答えられる質問をするしかないが、それは法律上は証人の誘導になってしまう。それに未成年でもあるから、法廷で証言として使えない。

なんらかの事情聴取の専門家を呼ぶ必要がある。これは明らかにキンバリーやD・Dの専門外だ。ふたりとも優秀な捜査員ならするように即興で対応しているにすぎない。

キンバリーは扉に目をやった。とても大きくて、とても重く、とても頑丈なオーク材の扉。それにはいつも鍵がかけられていて、その鍵は金庫にしまわれている。この部屋の何をそんなに厳重に守る必要があるのか。

ここは隙間風で寒いし、調度も含めて地下牢じみていて、あまり観光客受けしそうにない。ディナー・シアター（食事をしながら演劇を楽しむショー）だろうか。それにしてもなぜセットに鍵をかけるのか。

ボニータがD・Dの腕を引っぱっている。またいらだっている様子だ。

「悪魔の男を探してるの？」D・Dが訊いた。

すばやくノー。目が恐怖に見ひらかれている。

「でも誰かを探してるの？」

イエス。

「宿泊客？」

ノー。

間があく。D・Dが効果的な次の質問のしかたを考えている。「わたしが会ったことのある人？」

イエス。

「ハワード町長はスミザーズ保安官と上にいる」キンバリーは言った。「コックは厨房にいる。スミザーズの部下の保安官助手が宿泊客を集めてるところよ。誰かがマーサ・カウンセルのオフィスに侵入したの。わたしたちのなかにキツネがいるんじゃないかと思う。または」と少女を見て続ける。「悪魔が」

少女が息を吐き、またD・Dの腕を引っぱった。

「エレーヌ！」D・Dが不意に叫んだ。「もうひとりのメイドの」

イエス、イエス、イエス、イエス、イエス！

「彼女のことが心配なの？」

イエス！

「何か悪いことが起きたんじゃないかと思ってるの？」

激しく首が縦に振られる。

「悪魔？」

さらに何度もうなずく。

キンバリーはD・Dと目を合わせた。「エレーヌの個人ファイルがマーサ・カウンセルのオフィスからなくなってた」とささやく。

「徹底捜索するわよ。家じゅう上から下まで。不審死があって、今度は女性が失踪した。充分な理由があるわ。ここをばらばらにしてやる」

「町長が発作を起こしそう」キンバリーは言った。

D・Dが獰猛《どうもう》な笑みを浮かべた。「起こせばいいわ」

D・Dがボニータの手を握った。「あなたはわたしと一緒にいて。いい？　わたしたちはチームよ。わたしが行くところにあなたも行く。あなたはわたしのそばを離れない。わたしもあなたのそばを離れない」

少女がD・Dを見あげた。薄暗くて表情が読みづらいが、切望と諦めが入りまじっているようにキンバリーは感じた。自身も母親として、子供がそんな顔をすることに心が痛んだ。

「もうあなたをここに置いておくわけにはいかない」キンバリーは告げた。

少女がぎょっとした。予想外だったのだろう。

「あなたはたったいまから証人よ。ここから連れだして保護するから」

またあの表情。信じたいと願ういっぽうで、希望を持つのをおそれている。

「ボニータ」D・Dが静かに言った。「わたしたちがついてる。誓うわ。あなたにはわたしたちがついてる」

少女が息を吸い、ゆっくりうなずいた。だが、D・Dの手を握ったまま部屋を出ていく少女の丸めた背中には恐怖だけが浮かんでいた。

三人は階段をのぼってロビーに戻った。

D・Dが少女を別室に連れていった。もう一瞬たりとも町長やコックと顔を合わせなくていように。

キンバリーは保安官助手たちに宿をくまなく捜索させるよう、スミザーズ保安官に指示を出したあと、自分は宿泊客に話を聞いた。とくに変わったところのない四組のカップルは明らかに何が起きているのかわからない様子で、当初のどこかわくわくした態度もすぐに消えた。

町長は部屋の隅に力なくすわり、悲嘆と罪の意識に沈みこんでいる。

エレーヌはどこにもいなかった。

さらに午後遅くには、コックも姿を消していることが明らかになった。

キンバリーは宿全体を事件現場と宣言した。宿泊客は荷物をまとめてべつの宿に送られ、身元を確認されたうえで連絡先を訊かれた。少々の議論のすえ、スミザーズ保安官が従業員に関する書類の不備によって町長を拘留することに決めた。明日の朝には保釈されるだろうが、町長の逮捕で今夜はB&Bが無人になり、鑑識による徹底した捜索が可能になる。さらに、町長に今後町を離れないよう警告する法的根拠もできる。

ハワード町長はなんの反応も示さなかった。もはや朝の虚勢も消え、すっかり自分の殻に閉じこもってしまっている。町長を自殺監視下に置くと保安官がキンバリーに告げた。いい判断だと思った。

こうして、マウンテンロ―レルB&Bには宿泊客もスタッフもいなくなった。それまでいた捜査員にかわり、鑑識を含む新たな捜査員が到着した。集まった地元民もついに見物に飽きて去っていった。

キンバリーとD・Dはボニータとともに玄関ポーチの階段をおりた。少女が歩道に立ってきょろきょろとあたりを見まわし、目を丸くしているのを辛抱強く待つ。この子は宿の外に出ることさえ許されていなかったのではないか。

長い一日だった。全員もうくたくただが、まだ捜査本部の報告会議が待っている。

ボニータをキンバリーの車に乗せて捜査員の泊まるホテルへ向けて発つとき、通りの向かいの窓で動く人影に誰も気づくことはなかった。

29　フローラ

ホテルに帰り着いたときにはキースもわたしも疲れきっていた。もう何時なのかもさだかではない。午後六時？　七時？　たぶんシャワーを浴びてなんらかの会議にそなえるべきだろう。でもシャワーも浴びたくないし、動きたくない。ベッドに倒れこんで天井をみつめていたい。視界がぼやけて現実が遠ざかっていくまで。

ジェイコブのあばら家へ行ったあと、ウォルトはわたしたちを家へ連れ帰って、食事をごちそうしてくれた。新鮮な魚を窯《かま》で焼いてレモンのスライスとマイクログリーンを添えたもの。いままでレストランで食べたどんなものよりおいしかった。わたしたちはポーチの洗濯機と乾燥機の横にすわり、どこの五つ星レストランのシェフでも誇りに思うような料理を食べた。

キースはおかわりした。わたしはそのとき魂が抜けたような状態だったのでおかわりはしなかった。

「うまくないか？」ウォルトが不安そうに訊いてきた。

「小食なの」

「食べなきゃいかん。若い娘は体力がないと」

それですっかり食欲がうせた。キースがウォルトにあれこれ質問して話を聞きだした。大事なマイクログリーンのこと。アトランタの高級レストランですごしている時間のことや、これまでにつちかった営業秘密のこと。今後の事業拡大計画についてや、ライバルへの心配について。

あいかわらずジェイコブが十五年前に――またはパブにあらわれて向こうから自己紹介してきたときより前に――ニッシュに来ていたかはわからないという。もっとも、ウォルトはあまり出かけない。町の人々が彼をよく思っていないように、彼のほうも同じだから。

ウォルトが会ったとき、ジェイコブはどんな車を運転していたのか。この質問にウォルトは少し考えこんだ。ピックアップトラックだったと思う。これといって変わったところのない、未舗装の道を不自由なく走れるような。

ジェイコブはその車を所有していたのか、それとも誰かに借りたかレンタカーだったのか。ウォルトがキースをまじまじと見た。どうしてそんなことを訊かなきゃならんのだ。

ナンバープレートは？　キースが続けた。ジョージア州のものだったか、他州のものだったか。

ジョージア州だと思う。ああそうだ、間違いなく地元の車だった。

その答えにわたしはわれに返って尋ねた。「ジェイコブの車が地元のものだったってどうしてわかるの？」

「フロントガラスに町のステッカーが貼ってあった。ごみ集積所用の」

つまり、ジェイコブは地元の人間が所有する車に乗っていたということだ。盗んだのか、知りあいから借りたのか。キースがわたしを見た。何を考えているかわかった。ウォルトの車をナンバープレートも含めて写真に撮るべきだ。キースが席をはずし、ミッションのためすばやくポーチから姿を消した。

キースはこういうことが本当にうまい。

ウォルトがあとかたづけは自分がやると言いはったので、わたしは狭い丸太小屋をうろうろして、何かわかる写真や記念品がないか見てまわった。が、分厚く積もった埃にくしゃみが出て、暗くかび臭い空間で閉所恐怖症に襲われただけだった。

ジェイコブが幼いころここに住んでいたのだとしても、その痕跡は何も見あたらない。ウォルトの家族のなごりはとっくに消えていて、かけられていた写真の跡が壁にかすかに残っているだけだ。

キースが戻ってきた。いとまを告げる時間だ。自分を誘拐した男の父親になんと言うべきだろう。自分を救うために戻ってきたが遅かったと言う父親に。挨拶がわりに自分に銃を突きつけ、自分を悪夢のツアーに案内し、それから申し分なくおいしい食事をごちそうしてくれた父親に。

結局、握手するだけにした。もう頭が働いていない。何もかも現実とは思えない。

今度もキースがうまくやってくれた。ウォルトに時間をさいてくれたこと、ツアーのこと、食事のことで礼を言い、マイクログリーンの栽培がうまくいくよう願い、すぐにまた来ると告げた。ひとりふたり警察の知りあいを連れて。

ウォルトが落ち着かなげに何度もジーンズに手をこすりつけながらうなずき、すべてに同意した。

わたしたちはしばらくみつめあった。ウォルトのなかにもう謝罪はないようだったし、わたしのなかにももう許しはなかった。だからおあいこなのだろう。

「魚をごちそうさま」どうにかそれだけ言った。

そしてキースとともに家をあとにし、彼の運転でホテルに戻ってきた。

「すみません」ドアをあけてロビーに入るやいなや、ホテルのフロント係が言った。「出ていってください」

わたしはキースを見た。この何時間かまともな精神状態ではなかったので、聞き間違えたのかもしれない。

「はい？」キースが言った。

「もうお泊めすることはできません。出ていってください」フロント係はきのうと同じ男性だった。小柄で痩せていて、髪は黒っぽく、手の動きが落ち着かない。その手をいまは握ったり開いたりしている。どうしたらいいのかわからないように。

「部屋は一週間予約してあると思ったけど」キースが言いかえした。

「そうですが、事情が変わったんです。荷物をとってきてください。ほかの宿のリストを差しあげますから」

「部屋に何か問題が？」とキース。

「そう、そうなんです」小男がぱっと顔を輝かせた。わたしはじっと彼を見た。こんなに嘘のへたな人間には会ったことがない。

「じゃあほかの部屋に移るよ」

「できません」

「できない？」

「問題が……」小男が口をすぼめ、必死に考えている。「問題があるのは全部屋なんです！」

新たな笑顔。助かったと思っているのだろう。あの小さな朝食コーナーにストローはあっただろうか。ストローを使って人を殺そうとしたことがある。またやるのにためらいはない。

雰囲気を察したのだろう、キースがわたしの手をつかんだ。「じゃあみんなを追いだすの？宿泊客全員？」

「そうです！」

「集まってる法執行機関のチーム全体を？　ＦＢＩや郡警察の立派な捜査員たちにこのホテルにいてほしくないと？」

黒っぽい目が見ひらかれ、新たなためらいが浮かんだ。

「全部屋に問題があるんです」フロント係が甲高い声で繰りかえした。

キースが落ち着きはらって言った。「マネージャーと話せるかな」

やっと普通の反応が返ってきた。小男が背筋を伸ばし、胸を張った。「わたしがマネージャーです！」

「じゃあオーナーと話したい」

「わたしがオーナーです！　ここはわたしのホテルです！　さあ出ていってください、早く！」

背後でロビーのドアが開き、キンバリーがＤ・Ｄと入ってきた。メイドの格好をした少女がそのあとからついてくる。少女は顔の片側が垂れさがり、少し足を引きずっていて、とまどった様子であちこちに視線を走らせている。

「ジェイコブ・ネスの父親に会った」わたしは気づくとそう言っていた。

「このホテルがぼくたちを追いだすっていうんだ」キースが同時に付け加えた。

キンバリーとＤ・Ｄが足を止めた。少女が目をみはってこちらを見ている。

「三十秒、わたしをこの人とふたりにしてくれない？」わたしは言った。「それで部屋は戻ってくるから」

「Ｄ・Ｄ」キンバリーがそっけなく口にした。「犬をつないで」

「あとひと言言ったら」Ｄ・Ｄが警告した。「あなたの母親に電話するからね」

わたしは喉の奥でうなり、いらだちをあらわにした。でもＤ・Ｄにやりこめられたのは間違いない。母が電話を受けたらドクター・サミュエル・ケインズに連絡するだろう。わたしのＦＢＩ被害者支援スペシャリストがからむと……ややこしいことになる。Ｄ・Ｄもそれをよくわかっている。

「それでわたしたちの部屋だけど」キンバリーがマネージャーに顔を向けた。彼女はそうしようと思えば、もう十年住んでいる南部の訛《なま》りを含んだやわらかい話しかたにできる。D・Dもわたしも北部人そのものだが、キンバリーは地元の親しみやすさを出せる。「どんなことが問題なのかしら」

小男がさっとわたしからキンバリーに視線を移した。「あのお……設備の問題で。全部屋から出てもらわないといけないんです。だから全員出ていってもらわないと」

「もう全部屋の一週間ぶんの代金を払ってあるのに？ 郡保安官事務所を通じて」

「すみません。本当にすみません。でもどうしようもないんです。全員出ていってください」

「かわりに泊まれるところのリストはある？」

「はい！」

「だけど……」

マネージャー——だかオーナーだか——が顔を赤くした。

「わたしの記憶では」キンバリーが冷静に言った。「これだけの団体が泊まれる宿はここしかないんじゃなかった？ おまけに秋の行楽シーズンの週末を控えてるとなると、ほかの宿に部屋がとれる可能性はどれくらいかしら」

「運よく空きがあるかもしれませんよ」

「そうは思えないわ。あなたはわたしたちを町から追いだそうとしている。捜査本部をばらばらにするか、全員アトランタに送りかえそうとしている。どうしてそんなことをするのかしら」

「だから設備の問題なんです」男がまた金切り声をあげた。

「もうすぐ本当にそうなるわよ」わたしはつぶやいた。

D・Dがこちらを睨んだ。

「具体的にはどんな問題が？」とキンバリー。

「ええと……お湯です！　お湯が出ないんです。お湯の出ない部屋じゃだめですから」

「そう、わかったわ。わたしが手配して、いますぐ修理させる。わたしたちの感謝のしると思ってちょうだい」

マネージャーが茫然とした。「それに……それに……コンピュータがダウンしてるんです。チェックインもできません。コンピュータが使えなきゃ営業できません」

「ぼくがなおせるよ」キースが申しでた。

男は泣きたそうだった。あるいは逃げだしたそうだった。両方かもしれない。「お願いですから」

「だめ」

ずっと静かだったD・Dがついに口を開いた。「わたしたちを追いだせって誰に言われたの？」

男の顔がゆがんだ。手がまた握ったり開いたりを繰りかえしている。「なんのことかわかりません」

「じゃあこれをあなたへのプレゼントと考えて」キンバリーが男の腕に触れた。「いまは無理に訊かない。わたしたちに出ていかせろと言った人には、警察の横暴だと言えばいいわ。どうしようもなかったと。それと、わたしたちがここにいるのが気に食わないなら、遠慮なく直接言ってきてってボスに伝えて。それじゃ、わたしはシャワーを浴びるから」キンバリーが部屋の鍵を抜きとった。「二時間後に捜査会議よ」そう言ってわたしを見る。「ねえ、さっきジェイコブ・ネスの父親に会ったって言った？」

「言った」

「ふーん、会議でじっくり聞くわ」

「かならず行く」

キンバリーが廊下を歩き去った。D・Dも続くと思っていたが、かたわらの少女とともにわたしを見ている。

「あなたたちの部屋、隣どうし？」D・Dがキースとわたしに訊いた。

知っていて尋ねたのだろう。

キースがうなずいた。

「そのふた部屋はボニータとわたし用にもらう。この子をひとりにはできないの。重要証人だから」

「ボニータって？」とキース。

D・Dが少女を示した。「マウンテンローレルB&Bで働いてた子よ。保護したの」

「キースとわたしはどこの部屋に行けばいいの？」

「あなたたちふたりはわたしの部屋を使えばいいわ」D・Dがわけ知り顔でほほえんだ。おせっかいめ。

「ぼくはエキストラベッドに寝るよ」キースが申しでた。

「だめだめだめ」オーナーがすぐさま抗議した。「エキストラベッドなんて入れませんよ。そもそも部屋だって出ていってほしいのに」

キンバリーも犬をつなげとかいうコメントもクソくらえ。わたしはブーツからバタフライナイフを抜きだし、これ見よがしに何度か開いたり閉じたりした。

「わかりました！　エキストラベッドを入れます！」オーナーが金切り声をあげた。

でもそのときふと少女に目をやると……その顔から血の気が引いていた。目に恐怖を浮かべてナイフを凝視している。

すぐにナイフをしまったが、その前に少女が前腕に触れるのが見えた。ずりあがった袖口から覗く、肌に刻まれた複雑な模様の傷が。

もう強さは感じられなくなった。

恥ずかしくなった。自分がこんな怪物になってしまったことが。

誰にも泣いているのを見られないうちに廊下を進んだ。

30 キンバリー

今夜は教会の婦人会からのラザニアもチョコレート・トライフルもなかった。保安官事務所の会議室にはサンドイッチと申しわけ程度のサラダ、さまざまな飲み物が並んでいた。その多くはカフェインをたっぷり含んだものだった。フラニーが巨大なトレーを苦もなくテーブルからテーブルへ運び、せっせとあいた皿をさげながらとびきりの笑みを浮かべている。U字形のテーブルを囲む捜査員たちはコンピュータを起動させつつ食べ物を口に押しこんでいる。

キンバリーは戸口で足を止め、雰囲気を観測した。疲れてはいるがたかぶっている。そう判断し、フローラとキースを従えて部屋に入った。ターキー・サンドイッチとグリーンサラダをひと盛り、それにダイエットコークを選び、スミザーズ保安官の隣の椅子に腰をおろした。保安官は誰よりも疲れて見える。キンバリーやその部下はこの地域につながりがない。だが保安官にとってはすべて個人的なことなのだ。

彼は上の空で口を動かしながらこちらにうなずいてみせた。

「ハワード・カウンセルは落ち着いた？」

「監房に入れた。保安官助手が見張ってるよ」

「お察しするわ」

保安官がこちらを見た。「この地域でこんなことが、こんなに悪いことが起こるとは。もうここのことがわからなくなったよ」

「一緒に解決しましょう」

「電話が鳴りやまない。みんな安心させてもらいたがっている。この町は安全で、問題はもう解決されたと。だがわたしはきのうよりきょうのほうがもっと混乱している。もちろん住民にそんなことは言えんが」

「嘘をつくのも警察の仕事の一部よ」

「ただし、わたし自身もこの地域が安全なのか知りたくなっている。マスコミが詰めかけるのも時間の問題だろう。こんなに幸運が続いたのがむしろ信じられん」

「検死官が新たな三つの遺体とともにアトランタに戻ったから、もうそろそろタイムアップでしょうね」

保安官が目をつぶった。「マーサ・カウンセルが本当に自ら首を吊ったと思うかね？」

「思わないわ」

「誰かがやったんだ。だが夫じゃない。そんなことは一瞬たりとも信じていない。つまり、べつの脅威が存在する。われわれにまだ特定できていない脅威が」

キンバリーは心からの同情とともに保安官を見た。彼のストレスと重圧はよくわかる。遺体がひとつから五つに増え、古い未解決事件のはずが新たに殺人事件まで発生した。とくに地元の警察官にとって嬉しいわけがない。

とっさに保安官の肉厚の手を握りしめた。「わたしたちがついてるから」

信じたようには見えなかったが、少なくとも手を握りかえしてくれた。

戸口で新たな動きがあった。キンバリーの同僚の証拠収集班のメンバーが泥だらけの服のまま入ってきた。ドクター・ジャクソンは回収された骨とともにアトランタへ向けて発ったので、班のメンバーが遺棄現場について最新の報告をすることになっている。

キンバリーはメンバーのなかでもぬっと頭が出ているハロルドに手を振った。いつもどおり先頭はリーダーのレイチェルだ。キンバリーにうなずいてみせた彼女の日焼けした顔は汗と土で汚れている。続いてフランクリンとマギーが入ってきた。全員、一直線に食べ物と水をとりにいく。ハロルドは一瞬ためらってから、違う種類のサンドイッチを三つとった。ひょろひょろに見えて、相撲とりのように食べるのだ。

フローラとキースはもうすわっている。フローラは水のボトルだけを手にしていて、キースはパスタサラダを食べている。キンバリーは証拠収集班が席につくのを待って会議を始めた。立ちあがり、部屋の前に進みでる。

「きょうは大変な一日だった。みんなの多くに報告すべき発見があったようね。まずはわたしから、早朝にマウンテンローレルB&Bで発生した不審死の通報について」キンバリーは、マーサ・カウンセルの遺体が発見され、そばに遺書があったこと、ハワード町長が十五年ほど前に妻の受けた違法な腎臓移植について明かしたことをかいつまんで述べた。フラニーが食べ物のテーブルをかたづける手を止め、沈痛なおももちで立ちつくすのが目に入った。保安官と同じく、カウンセル夫妻を個人的に知っていたのだろう。この町が以前のように戻ることはもうない。

レイチェルが手をあげた。「待って。山中で見つかった遺体のひとつには医療器具がつけられていた。その被害者が違法な腎臓の出どころだったかもしれないってこと？」

「まだわからない。手術をした医師は八年前に死亡してる。いま、その医師のかつてのアシスタントを探して、過去のカルテを入手しようとしてるところ。だけど、この町の住人が、森に四つの遺体が埋められたのとちょうど同じころに違法な手術を受けていたとなると、とても偶然とは思えない」

「つまり、ほかにも同じ医師のもとを訪れていた地元住民がいる可能性がある」レイチェルが淡々と言った。

キンバリーはうなずいた。「そうね」

さらに複数の手があがったが、キンバリーは押しとどめた。

「待って。マウンテンローレルB&Bではほかにもわかったことがある。スタッフの少なくとも一部は不法就労だったようなの。そして大半が若い女性。となると、森で見つかった四人の被害者があのB&Bと関係している可能性が高いわ。あいにく書類がないから、十五年前にさかのぼって身元を調べられるかどうか怪しいんだけど。ただ最低でもあのB&Bでなんらかの人身売買がおこなわれているのはたしかよ。それが安い労働力のためか、臓器のドナー候補にするためかはともかく」

衝撃の新事実が部屋に波紋を広げていく。

「ハワード町長はいま拘留されて自殺監視下に置かれてるわ。さらに……」キンバリーはためらった。D・Dが保護したボニータのことはなるべく明かしたくない。あの少女はひとりだし、口もきけない弱い存在だ。「情報提供者がいるの」とようやく言った。「その証言によれば、かかわっていた重要人物がもうひとりいるらしい。現時点では男という以外は正体不明だけど、その男がマーサ・カウンセルを殺した可能性が高い。だから何者であれ、利害関係を持つ人物であるのはたしかよ。コックも共謀していた可能性があり、姿を消している。スミザーズ保安官がコックの人相で緊急手配をかけてるわ。もうひとり、メイドのエレーヌ・テリエも行方がわからなくなっていて、命の危険があるとわれわれは判断している。コックか正体不明の男にさらわれた可能性もある」

部屋じゅうが目をみはっている。あらためて口に出してみると、キンバリー自身もこの十二時間の急展開には驚くしかない。

FBI捜査官のひとりが手をあげた。「それと関係があるかもしれない事実がわかったんだが」

「続けて」

「集められた過去十六年の宿泊者名簿の名前をすべて洗って、前科のある者や性犯罪者登録されている者などがいないか確認した」

キンバリーはうなずいた。

「なんと、このあたりの宿の宿泊者名簿に載っていた人物の十から十五パーセントが実在していなかった。偽名と思われる。それらの客は宿泊料の支払いにクレジットカードを使った記録もない。つまり現金で支払ったんだろう。レストランでそれらの名前でクレジットカードが使われていないか調べたが、やはりなかった。ようするに、複数の宿泊施設で数百件の予約を幽霊がしていたようだ」

スミザーズ保安官が驚いた声をあげた。「十から十五パーセントだって？」

捜査官がうなずいた。「毎年数十人、それが過去十年以上にわたって」

「現金払いを好む客はつねに一定数いるが、その数字は多すぎる。全部ひとり客かね？　男女は？」

「はっきりしたパターンはない。カップルの予約もあれば、男だけの予約も女だけの予約もあった。民族を示唆する名前もあったが、実際のところはわからない」

「時期は？」キンバリーは訊いた。

「季節的傾向に沿っている。一番多いのがニッシュがもっとも混みあう夏の予約で、次が秋の週末」

「つまり、幽霊客はほかのみんなと同じ時期に来てまぎれこんでるわけね」

「そういうことになる」

「いくつもの宿泊施設で」

「そうだ」そこで捜査官がためらった。「ただひとつ断わっておくと、マウンテンローレルB&Bからは宿泊者名簿が入手できなかった。コンピュータ・システムにそんな昔の記録は残ってないということで。いま思うと……」

「その記録を手に入れられたなら、幽霊客があとどれだけ増えるのか」キンバリーは続きを言った。

捜査官がうなずいた。

「毎年数十人が小さな町に来る目的は何かしら、わざわざ偽名を使って」キンバリーはゆっくり問いかけた。保安官に目をやったのだが、口を開いたのはキースだった。

「人身売買、薬物取引、違法な臓器移植やその他の医療行為」と並べたてる。「ポルノ愛好会の可能性もあるけど、そういうやつらは家でコンピュータにかじりついてるほうが好きだからね。でもセックス愛好会ならありうる」

キンバリーはコンピュータ・アナリストをまじまじと見た。「ありがとう」とどうにか口にする。

「どのシナリオでも――」熱が入ってきたとみえ、キースが身を乗りだした。「――変わらないのは、ニッシュがその拠点になってることだよ。参加者は偽名を使ってここへ来て、また帰っていく。観光客がおおぜい来るから、隠れみのには最適だ。よそ者が来て週末をすごしても目立たない。それにニッシュは地理的にもおあつらえ向きだ。ジョージア州北部の山のなかで、隣接する四州から車で来られるし、アトランタにも行きやすいから飛行機でのアクセスもいい。そして最後に、小さな町で産業もかぎられてるからこそ、圧力がかけやすい。近隣住民を買収するにしても、脅して沈黙させるにしても。はっきり言って、のどかな山あいの町が違法な商売にもっと利用されてないのが驚きなくらいだよ」

キースがすわりなおした。スミザーズ保安官が顔をこすった。気の毒な保安官はいまにも卒倒しそうだ。部屋の後ろでは、長身でたくましいフラニーがすっかり弱々しく見える。首にかけた細い金の十字架のネックレスをいじりながら、ゆっくり首を振っている。ありえない真実を払いのけようとするように。

「ジェイコブ・ネスがここにいた」フローラが口を開いた。まったく感情のない声で。「きょう、ジェイコブの父親のウォルト・デイヴィースに会って、ジェイコブが八年前に当初わたしを閉じこめていた廃屋に連れていってもらった」

「ウォルト・デイヴィース？」スミザーズ保安官が信じられない様子で顔をあげた。「あの男がネスの父親だって？」

「そう。マイクログリーンを栽培してるのよ」とフローラ。

キースがその手にそっと触れた。

キンバリーはかたわらのホワイトボードに目をやり、まだ何も書いていないことにはじめて気づいた。こんな報告会議では当然だ。情報が多すぎてわけがわからない。

「いいわ、ひとつずつ整理していきましょう。まず、ジェイコブ・ネスはニッシュにつながりがあった」キンバリーはマーカーのキャップをはずし、ジェイコブの名前をボードの一番上に書いた。その下に〝幽霊客〟と書き、続いて〝マウンテンローレルB&B〟と書いて、そこから線を引っぱり、マーサ・カウンセル、ハワード町長、正体不明の男、コックの四人とつないだ。

フローラはテーブルに目を落としている。ただ疲れているというより、茫然自失しているように見える。大発見のアドレナリンが消えつつあり、気が遠くなりかけているのかもしれない。

キースがかわりに答えた。「ただ、ウォルトはネスの父親だけど、ジェイコブとその母親は四十年前に出ていったそうなんだ。生きているのかどうかもウォルトは知らなかったと。それがある日、ジェイコブが地元のパブにあらわれてウォルトに自己紹介したそうだよ。それはフローラが誘拐された直後のことで、およそ八年前だ」

キンバリーはうなずき、時系列をボードに書き加えた。

「ウォルトによれば、ジェイコブがそれ以前に町に来ていたかどうかはわからないって」

「ウォルトは世捨て人のようなやつだから」保安官が言った。

キンバリーは言いたいことを理解した。「つまり、ウォルトの知らないうちに、ジェイコブが町に来てたかもしれないってことね」

「ジェイコブはフローラを閉じこめているところにウォルトを連れていった」キースが言った。「森のなかの放置された空きキャビンに。だから見つからなかったんだよ。そもそも不動産として登記されてなかったから」

キンバリーはジェイコブの名前の下に〝放置キャビン〟と書いた。考えたこともなかったが、ニッシュが薬物取引にも適した立地だとキースが言っていたことを踏まえるなら、森のなかの放置されたキャビンは受け渡し場所にもぴったりだろう。

「ウォルトはネスが乗っていた車を知ってるの？」

「古いピックアップトラックだったそうだよ。町のごみ集積所用のステッカーが貼ってあったというから、地元の車だね」

キンバリーは眉根を寄せてそれも書いた。「借りたの？　持ってたの？」

「不明。ウォルトはジェイコブのしてることに反対したそうだよ。フローラを助けに戻ったとまで言ってる。でもそのときにはフローラもジェイコブもいなくなってたと」

スミザーズ保安官が口を開いた。「あの男の話を信じてるのか？」

キースの答えに少し間があいた。「たぶん。でもウォルトは……だいぶ変わり者ではあるね」

「ウォルトはジェイコブについてほかに何か知ってたの？　四十年間どこにいたのかとか、何をしてたのかとか」キンバリーは尋ねた。

「くわしいことは訊かなかったと言ってた。ひさしぶりに息子に会ったことに驚きすぎて、あれこれ質問なんてできなかったそうだよ」

「でもジェイコブが息子だという確信はあったのね？」

「自分の子はわかるって」キースが重々しく言った。

キンバリーはフローラに視線をやった。まったくの無表情だが、少なくともその理由はこれでわかった。

「ウォルトはフローラが閉じこめられていたキャビンにあなたたちを連れていったのね」

キースがうなずいた。

次の質問はするまでもなかった。フローラの顔に答えが書いてある。「で、それは間違いなくくだんのキャビンだったの？」

「汚い茶色のカーペットも何もかも」フローラがぼそぼそと言い、水のボトルを回した。

「わかった」キンバリーはホワイトボードに向きなおった。が、今度も何をどう書いたものかわからない。少なくとも八年前に、強姦魔の殺人犯がニッシュにいた。見つかった四つの遺体とは時期が合わないが、ジェイコブがなつかしい父親を訪ねようと思いつく何年も前から、町に出入りしていなかったとは言いきれない。ジェイコブはジョージア州のニッシュという町を知っていた。はじめてつながりが確認できた。ただし……それで何が言えるのか。

「去年、ジェイコブのコンピュータを調べたとき」キースが口を開いた。「ダークウェブでほかの連中とやりとりしてるのがわかった。実生活では孤独でもオンラインでは社交的だった」

キンバリーは続きを待った。

「その相手のひとりがここにいたのかもしれない。または、ジェイコブのポルノへの関心を踏まえると、このあたりで秘密のセックス愛好会が開かれていたのかも。ジェイコブもそのためなら来るだろう」

「組織的な犯罪説か、一匹狼の単独犯説かじゃなくて、一匹狼が組織的犯罪に加わっていたかもしれないってこと？」

「まさに」キースが顔を輝かせた。

このコンピュータ・アナリストには感心するしかない。とくにジェイコブがほかの性犯罪者とインターネット上でつながっていたことを考えると、決して悪い説ではない。

「でも、ほかの誰にも会ってない」フローラがささやき声で言った。息を吐きだし、なんとか自分を立てなおそうとしている様子だ。「ジェイコブがもし参加してたなら……セックス愛好会に……どうして誰も地下に来なかったの？ どうしていつもジェイコブだけだったの？」

キースが肩をすくめた。「なんらかの利益を得るためにほかの連中とうまくやったとしても、それでジェイコブがジェイコブじゃなくなるわけではないし、自分のおもちゃを人に分けようとするわけでもない」

「わたしはおもちゃ？」とフローラ。

「きみはやつを倒した女性だよ」キースが静かに言った。「きみはやつが墓に入るとき、誘拐したのを後悔した女性だ」

何かがふたりのあいだに流れた。キンバリーは思わず目をそらしていた。部屋じゅうの大半も同じように感じたようだ。

キンバリーは保安官を、次いで部屋の後ろにいるフラニーを観察した。どちらも愕然としている。キースが述べたシナリオのようなことが、彼らの身近でまさか起きるとは。ふたりはショックから立ちなおれるだろうか。

とくに保安官。何しろそういうことに気づくのが仕事なのだ。そこでいやな考えが頭に浮かんだ。すべての犯罪組織が保護を求める。真っ先に買収しようとする人物といえば——郡保安官だ。

だがスミザーズ保安官のやつれた顔を見ていると、そんなことは信じたくない。疑うのが仕事とわかってはいても。

本当にこの事件ときたら。何ひとつよくならず、どんどん悪い方向へ行っている。

キンバリーは深呼吸し、一秒置いて咳払いをした。

「裏づけのない仮説を押しすすめる前に、遺棄現場の話をしましょう。証拠収集班、何か報告は？」

チームリーダーのレイチェルが口を開いた。「きょうで第二の遺棄現場の捜索は終えた。医療器具の破片とか、服とか、捜査に役立ちそうなものは新たに見つからなかったけど、ドクター・ジャクソンがすべての遺体の骨を回収した。掘られた穴の壁の部分も調べることができたわ。つるはしのような道具が使われ、地面に浅い溝が掘られたようね。フランクリンとハワードは引き続き最初の遺体のまだ見つかっていない骨の捜索にあたり、数十個の小さな骨を見つけた。ドクター・ジャクソンによれば、そのなかにはウサギの骨もまじってるということだけど」レイチェルが班のメンバーふたりに視線を送った。

「ぼくは法人類学者じゃないからね」ハロルドがいたずらっぽく言って、フランクリンに顔を向けた。「きみは？　法人類学者？」

「いや」

「ほらね」ハロルドが満足げに椅子の背にもたれた。

レイチェルが目をぐるりとさせた。「当初の予定では、われわれのチームは明日アトランタに戻ることになっていた。ところが、わたしたちがこんななりをしてる理由でもあるんだけど、ハロルドが寄り道先である発見をしたの。ハロルド」

「確証はないんだ」ひょろっとしたFBI捜査官が用心深く言った。「もう山をおりるところで、日も暮れかけてたし。明日、またあらためて調べてみないと。森で自然に地面にくぼみができることももちろんあるし」

キンバリーは部屋の前で凍りついた。ハロルドが次に何を言うのかわかった。もう充分すぎるほど疲れて参っていて、できれば先を言ってほしくなかったが、もちろんどうにもならない。ハロルドが少し姿勢を正してから告げた。「ひょっとしたら、いやたぶん、またべつの遺体が埋まっている場所を見つけてしまったんだ」

31　D・D

　D・Dは保護した少女がホテルの部屋を念入りにチェックするのを見守った。まだメイドの制服姿のボニータは疲れている様子だが、それでも興味しんしんに歩きまわり、クイーンサイズのベッドのマットレスに手をすべらせたり、クローゼットの扉をあけたり、バスルームの蛇口をいじったりしている。この安ホテルの部屋はマウンテンローレルB&Bの立派な客室にくらべるべくもないはずだが、とはいえボニータがその客室に泊まったことがあるわけではない。地下のクローゼットで寝起きしていたのだから。

　ようやく少女がランプをいじったり目ざまし時計を調べたりするのをやめた。ベッドの端にすわり、期待をこめた目でこちらを見あげる。顎を傾けているのは挑戦的な姿勢を示しているのか、それとも押し寄せる恐怖と疲労に屈しない決意のあらわれなのだろうか。

「よし」D・Dは言った。「わたしがふたりぶん話さなきゃいけないみたいね」

　ボニータがうなずいた。

「まず最初に、あなたにメイドの制服以外に何か着るものをあげないとね」

ボニータが水色のワンピースを見おろしてスカートを引っぱった。

「買い物に出かけるには遅いし、そもそもどこへ行けばいいのかもわからない。もし刑事みたいに見えてもかまわないなら、替えのボストン市警のTシャツとスウェットパンツがあるからそれを着て」

ボニータがじっとこちらを見た。

「わたしがあなたのかわりに話すならこう言うわ。〝それはすばらしいアイデアね、D・D〟って。緊急用の持ちだし袋じゃなくて、ちゃんとしたスーツケースを持ってくればよかったんだけど」

D・Dはボニータの部屋――元キースの部屋――の隅の椅子から立ちあがり、コネクティング・ドアを抜けて元フローラの部屋へ行った。キースとフローラは隣りあった部屋にいるとき、コネクティング・ドアをあけておいたのだろうか。そうではない気がする。キースは気にしないだろうが、フローラのほうは？

D・Dは黒い旅行鞄をベッドにのせた。中身をあさって紺色のTシャツとグレーのスウェットパンツを見つけだす。振りかえると、ボニータがすぐ後ろに立っていた。

「きれいな服よ。ちょっと大きいけど、何もないよりましでしょ。先にシャワーを浴びてきれいにしたい？」

ボニータはすぐには応答せず、D・Dから服を受けとって、部屋にそうしていたようにじっくり検分した。その頭のなかで何が起きているのかは想像もつかない。

ボニータがまたこちらを見あげた。茶色の目を大きく見ひらいて。悲しげだ。というより諦めだろうか。知った悪魔から、まったく知らない悪魔のもとに来たのだ。

「あなたはもう安全だから」D・Dはそっと言った。「約束する」

少女が向きを変えて自分の部屋に戻っていった。少しして、シャワーの音が聞こえてきた。知らずに詰めていた息を吐きだし、ベッドの端にどさりと腰をおろす。シャワーと着がえはオーケー。となると次は食事だ。ピザでも頼もうか。ピザが嫌いな人間はいない。そのあとはたぶんベッドだろう。D・Dもボニータもガス欠寸前だから。それで朝になったら？

どうすればいいのか見当もつかない。

携帯電話を取りだし、家にかけた。二回めの呼びだし音でアレックスが出た。

「調子はどう？」明るく、どこか楽しげな口調。背後で犬の吠え声が聞こえる。キコがジャックと遊んでいる。家族の音。一瞬にしてホームシックに襲われ、電話を強く握りしめて、涙ぐんでいることにわれながらぎょっとした。

「うん」ようやくそう言った。声がしゃがれている。夫の耳はごまかせなかった。

「そんなに大変なのかい」

「四つの白骨遺体に加えて、新しく殺人事件が発生したわ。おまけに謎の男が逃亡中で、悪いコックも姿を消した。そのうえ若い女の身が危険で、それともうひとつ新たな課題があるの。十代の少女なんだけど、話すことも読み書きもできない。でもその子はすごく重要なことを知ってる気がする。いま、その子には信頼できる誰かが必要だと思うの」

間があいた。アレックスが話を咀嚼《そしゃく》している。「何かぼくにできることは？」ようやくそう尋ねた。

「アカデミーなり、現場の知りあいなりで、誰か言語コミュニケーションができない未成年への事情聴取の専門家はいない？」

「うーん、正直、そういう分野は存在しないんじゃないかな。でも分けたらどう？　言語コミュニケーションができない子供の専門家と、子供への事情聴取の専門家に」

「言語コミュニケーションができない子の部分が一番のハードルだと思う」D・Dは言い、深く息を吸って吐きだした。ほっとする。アレックスはいつだって嵐のなかの静けさになってくれる。

「自閉症の専門家は？　自閉症の子供は言語コミュニケーションができない場合も多いんじゃないかな」

「あの子は自閉症じゃないわ。小さいころに外傷性の脳損傷を負ったの。それで言語コミュニケーションができなくなって、ほかにも身体に問題が残った」

「でも言語コミュニケーションができないのは同じだろう？　原因は問題じゃない。どうやってギャップを埋めるかだよ」

「それはそうね」

「ちょっと待って。ググってみるから」

D・Dにもググることはできるが、アレックスにやってもらえるのは助かる。背後で大きな音がして、アレックスが「静かに」と息子に言うのが聞こえた。その後も音は続き、動きがやんだ気配はない。いつものことだ。ああ、家が恋しい。ワーカホリック自慢の自分がいつからこんなに軟弱になってしまったんだろう。それでも、いま夫と息子に会えるなら何を差しだしてもいい。

「絵ボードだ」アレックスが不意に言った。D・Dは急いで涙を拭って気持ちを立てなおした。「というか、iPhoneやタブレットのアプリだな。絵がカテゴリーごとに並んでる。ざっと読んだかぎりだと、言葉を話したり理解したりできない人でも絵は認識できるようだ。つまり、きみのその少女がリンゴと言えなくても、リンゴの絵を指さすことができないわけじゃないってことさ」

「絵か」D・Dはつぶやいて目を閉じた。自分が馬鹿に思える。「そうよね。あの子は悪魔の絵をくれた。絵でコミュニケーションができるのよ。そのアプリはどうすれば手に入るの？」

「インターネットで注文できるけど、いま見てるサイトでは、言語聴覚士や何かとしてログインしないとだめみたいだな。とりあえずスマートフォンを使ってみたらどうだい。テキストスクリーンの絵文字で」

「絵文字はもう感情とか食べ物や動物なんかでグループ分けされてるものね。面白いわ」

「それに紙とカラーペンもたっぷり用意してさ。きみに絵が描けないのは知ってるけど」

D・Dはうなずいた。美術の才能はからきしなのだ。

「でもその子には描けるかもしれない」アレックスが締めくくった。

「なるほどね。少なくとも取っかかりにはなるわ」D・Dは首をかしげて考えこんだ。「絵だけを使って未成年に正式な事情聴取をするにはどうしたらいいのかしら。まず応答能力を確認する必要があるわね。何か本当のことの例を挙げてとか、何か嘘の例を挙げてと言って。次に、子供を誘導尋問することになるおそれがあるから、イエスかノーかの質問はできない。絵だけがコミュニケーション手段の場合、どうしたらいいのかしら」

「悪いけどぼくじゃ力になれないな。それこそ専門家が必要だ。ただ、証人の証言の使いかたはいろいろある。制約があるから、裁判で証拠とする高い法律的要件を満たせるだけの事情聴取をおこなうのは無理かもしれない。でも理由はともかく、そういう証人はこれまでもいた。言語コミュニケーションができない証人のイエスかノーかの質問への答えも、たとえば捜索差し押さえ令状を出す根拠には充分だとして判事に受けいれてもらえるかもしれないし」

「それで裁判に使える証拠が手に入るかもしれないわね」よし、頭のなかで計画ができあがってきた。「家はどう?」切ない気分でそう尋ねたとき、背後からまた大きな音が聞こえた。

「何も変わりはないよ」

「こんなに長く留守にしてごめんなさい」

「冗談だろ。あのやんちゃな子とやりたい放題してるんだよ。ジャックとぼくはげっぷが完璧になったから、次はおならに挑戦してるところだ。留守にしててよかったね」

「まあそう言われるとね」

「大きな事件になってるみたいだね」アレックスが静かな声で言った。

「そうね。少なくとも、ひとりの犯人による一件の古い事件だけにとどまらないのはたしか」

「新たに殺人事件が発生したって?」

「ゆうべね」

「言いかえれば、きみたちの捜査を脅威に感じてる人間がいるってことだ」

「人間たち、だと思う」ホテルのオーナーがもう泊まらせまいとした部屋を見まわし、説明のつかない理由でうなじの毛が逆立った。「ここで何が起きてるにせよ、それはずっと前から、ひょっとしたら十五年以上前から続いてきたんだと思う。それに犯人はジェイコブ・ネスじゃない。あるいは、少なくともジェイコブ・ネスだけじゃない。この町全体がなんらかの形でかかわってる。こんな小さな町だもの、何も知らないと言ってる人でも何かは知ってるものよ」

「ただ見ないようにしていた」アレックスが続きを言った。「ところが、よそ者がおおぜいやってきて、蜂の巣をつつきだした」

「そういうこと」

「気をつけて」

「いつも気をつけてる」

「無事に帰ってくるんだよ」

「いつもそうしてるでしょ」

「愛してるよ」

別れを言い、D・Dは電話を切った。気づくとまた部屋の隅の暗がりに目が行き、ぞくっとした。

ボニータを部屋にひとり残すのは気が進まなかった。バスルームから出たとき、置いていかれたと感じさせたくない。だが、情報とできれば物資をあのホテルのオーナーから手に入れる必要があった。彼はカウンターの後ろにすわっていた。携帯電話を一心に見ているふりをしていたが、廊下を近づいてくるD・Dの足音はしっかり聞こえていたに違いない。

誰か、捜査本部に町にいてほしくない者がいる。ハワード町長は郡拘置所に入れられている。とするとあとは……ボニータの悪魔の男だろうか。それとももっと上の人間？　神経過敏になっているつもりはないが、フローラの新しいおもちゃ——バタフライナイフ——がいまポケットに入っていたらと思わずにいられない。

かわりに、携行している銃の台尻にこれ見よがしに右手を置いて近づいていった。

「こんばんは」わざと明るく声をかける。

オーナーは電話を置かず、たっぷりした黒っぽい髪の下から不機嫌な目を向けてきただけだった。

「オーナーなのに夜勤？」

「ここはわたしのホテルで、責任者ですから」

あるいは、よそ者を見張れと命令されているのかもしれない。

「ピザを頼みたいんだけど、店を教えてくれない？」

「知りません」

「あら、このホテルの責任者なんでしょ。宿泊客に対する責任もあるんじゃない？　このホテルをやって何年？」

「二十年ですが」

「二十年もやってて、ピザの配達を頼まれたことが一度もないなんて信じられないけど」

「小さな町ですから」

D・Dはカウンターに身を乗りだし、ぐっと顔を近づけて真顔で相手を見た。「ねえ、痛い目にあわされたい？ わたしが親指一本でどれだけのことができると思う？」

オーナーがこちらを睨んだすえに、手を伸ばして目の前のデスクからパンフレットをとり、カウンターに乱暴に置いた。それはダロネガのピザ店のメニュー表で、三十マイル以内なら配達可と書いてある。完璧だ。

「紙とペンももらえるかしら。紙はコピー用紙でいいわ。ペンはなんでもいいけど、カラーのマーカーがもしあればすごくありがたい」

「カラーのマーカーなんてありません」

D・Dは深々とため息をつき、右手の親指を動かしてみせた。

「クレヨンならあります。子供用のお絵かきセットの」

「すごく助かるわ」

彼がまたデスクをごそごそやり、五本入りのクレヨンの箱をカウンターに投げてよこした。それから、椅子を回して背後のプリンターの給紙トレーを引きだした。

D・Dはクレヨンを手にとった。家族で食事に行ったときにはこういうセットに頼っていたものだ。ジャックが二歳のころは、緑色のクレヨンを食べていた。なぜか緑色だけ。D・Dにも夫にも理由はついぞわからなかった。六歳になったいまはもうクレヨンを食べることはなくなった。息子は塗り絵は好きではないが、三目並べのゲームが好きで、料理を待つあいだよくやっていた。

またホームシックに襲われた。歳をとってヤワになったせいだろうか。あるいは、こんなさびれたホテルのフロントで、自分たちをもう歓迎していないとはっきり態度で示している男を前にして、ほかにどこへ行けばいいのかも、この町の誰を信用できるのかもわからないせいかもしれない。

自分たちはよそ者だ。警察官にとって、そういう気分になるのはいつものことだが、白骨遺体の遺棄現場を見た翌日、早朝に女の首吊りを目にし、さらに……

ボニータは人ではなく、悪魔を描いていた。

いやな感じがする。

オーナーがわずかな紙の束を渡してきた。五枚ほどしかない。D・Dは彼を見た。

「せめてものいやがらせ？」

「お願いしますよ」

オーナーのその言いかたが引っかかった。

彼が唇をなめて人気《ひとけ》のないロビーに視線を走らせた。「お願いですから、何をやってるのか知らないけど、早く終わらせて帰ってください。頼むから帰ってください。そのほうがいい」

「そのほうがいい？」D・Dは問いただした。「そのほうが身のためじゃなくて？」

男がじっとこちらを見て、「お願いしますよ」と小声で繰りかえした。

D・Dはあらためてぞくっとした。

部屋に戻り、しっかりとボルト錠を閉めて振り向くと、ボニータがベッドのそばに立っていた。長い黒髪がD・DのTシャツに落ちかかっている。スウェットパンツはウエストと裾がまくりあげられていて、それでも大きい。D・Dも決して大柄なほうではないのだが。D・Dは即座に後悔した。D・Dの姿を見て、少女が少し震えた。両腕で身体を包むようにしている。最初にD・Dはボニータに言うべきだったし、もっと……さまざまな思いが浮かんできた。息子のジャックの子育てもやっとなのに、まして傷ついておびえている十代の少女の世話がうまくできるはずもない。これからはもっと気を配らなければ。

「ピザを頼んできたの。ここに配達してもらえるわ。おなかすいてない？」

ボニータが肩をすくめた。

「ほかにも手に入れてきたものがあるの」D・Dは獲得したお宝をかかげてみせた。「紙とクレヨン」

ボニータがぱっと顔を輝かせ、進みでるとD・Dの手からほとんどうやうやしくクレヨンを受けとった。そこではじめて少女の剝きだしの前腕が見えたが、片腕に無数の細かい傷がある。ガラスを拳で突きやぶってあちこち切れたようにも見えるが、手にはまったく傷がない。前腕だけだ。

模様だ、とようやく気づいた。レース編みのような模様が、少女の肌にわざと刻みつけられたのだ。

見られているのに気づいたボニータが、クレヨンを持ったままの反対の手で傷を隠した。

「絵を描くのが好き?」D・Dは気まずい空気を変えようと言った。

すぐにこくりと首が縦に振られた。

「紙もあるわ。少しだけど、足りなければもっと持ってくる」D・Dはテレビ台のあいたスペースに紙を置いた。部屋にはデスクがなく、D・Dはいつもベッドにすわってラップトップを広げている。だがボニータは気にする様子もなく、少し右足を気にしながらテレビ台の前に膝をつき、クレヨンのパックをあけた。

ボニータが一本ずつクレヨンを取りだし、上から下に指をすべらせ、巻紙や尖った先をためつすがめつした。どうやらさわってたしかめるのが好きらしい。口がきけないぶん、触覚が発達しているのかもしれない。

「何か描いてくれない? なんでも好きな絵でいいから」

ボニータがD・Dに顔を向け、じっとみつめた。今度もその茶色の瞳は深い湖のように読みにくい。少女は美しい、と思った。生えぎわにかけての太く盛りあがった傷や、垂れさがった口角にもかかわらず。整った目鼻立ちとなめらかなアーモンド色の肌がぎざぎざの傷と対照的にきわだって見える。その傷は少女を損なってはいない。むしろより強く、タフだと証明している。フローラのような生還者の証《あか》し。もしコミュニケーションの壁を破ることができたら、フローラが少女に手を差しのべるかもしれない。フローラはボストンでサポートグループのようなことをしている。ただ生きのびるのではなく、また本当に人生を生きられるように、と口癖のように言っている。

ボニータは過酷な経験を生きのびてきたように思える。しかしまだ、本当に人生を生きるすべを知らない。

少女が紙に注意を戻し、クレヨンを手に絵を描きはじめた。すばやく迷いのない手つき。絵を描くのに慣れているのは間違いない。町長夫妻から、いい子にするのと引きかえに画材をもらっていたのかもしれない。あるいは、こっそりクレヨンを盗んでいたのか。

D・Dは近くの椅子に腰をおろし、少女が絵を描いているあいだに携帯電話でメッセージをチェックしつつ、捜査会議はどうなっているかと考えた。

コツッという音。

銃に手を伸ばしつつ、さっとドアに目をやったところで、ボニータが目の前に立っているのに気づいた。少女がもう一度テレビ台を叩いてD・Dの注意を引き、紙を見せた。

D・Dは驚いて目をしばたたいた。

美しい絵だった。紙全体が緑と青と茶色で塗られている。森の景色、あるいは山のなかだろうか。少女は印象派らしい。近くで見ると、ぼやけてまざりあった色の抽象的なうねりだが、少し離れて見ると、ゆっくり形が浮かびあがってくる。木、茂み、流れる小川。そして、さらに紙を遠ざけると、影が見えてきた。木々のあいだに、茂みの奥に、岩陰に。たくさんの影。また気分がざわついた。

D・Dはうねるような黒い柱状のものを指さした。「これは悪魔？　この影は全部悪い人？」

ボニータが首を振り、悲しげな目でこちらをみつめた。

少女が絵を取りもどし、黒い影をひとつひとつ指でなぞっていった。やさしい手つき。怒りや恐怖ではなく、悲しみ。

「ボニータ、これは……幽霊？　ほかの女の子たち？　あなたみたいな子たち？」

重々しく一度、少女がうなずいた。

D・Dはあらためてじっと絵を見た。言葉が出てこない。少なくとも十以上の影が絵のなかにひそんでいる。もっとかもしれない。

「エレーヌの身に何があったか知ってるの？」

首が振られる。

「でも心配なのね？」

うなずき。

「悪魔の男につかまったと思ってるのね。その男が……そいつがこれを全部やったの？」

D・Dは絵のなかの、美しい青や緑にまぎれてぽつぽつと描かれた黒い影を指さした。

また重々しいうなずき。

「その腕も？」D・Dは精緻な傷に触れないようにして指さした。「それもそいつがやったの？」

うなずき。

D・Dはごくりと唾を飲みこんだ。「どのくらい？　それはどのくらい続いてきたの？」

少女が肩をすくめた。知るはずがないというように。あるいは、ずっとそうだったことしか知らないというように。

「そいつの顔を描ける？　それをやった男の顔を？」

ボニータが深々とため息をついた。心から苦悩しているような表情で、クレヨンを一本とり、またべつの一本をとる。助けを求めるような視線を向けられたものの、D・Dにもどうすればいいのかわからない。

「とにかくできるだけやってみて。どんなものでも役に立つから」

少女が最後にもう一度こちらを見て、しぶしぶといった様子で膝をつき、絵に取りかかった。D・Dもまたすわったが、電話を手にとるかわりに、ボニータが描いた最初の絵を何度もじっくりと見た。

今度のコツッという音に驚くことはなかった。

ボニータが新しい絵を差しだした。その手が震えている。

最初に目に飛びこんできたのは黒の奔流だった。力をこめた線が無数に重なりあっている。よく見ると黒のほかに赤や青や茶色も使われているが、すべてがその上からさらに黒で塗られている。これだけ重ね塗りしたら、もう黒のクレヨンはかなり小さくなってしまったのではないか。

絵を離して見てみる。ボニータが描きだすのは、細部ではなく色と雰囲気だ。だから似顔絵を描くのをためらったのだろう。これは男の顔というより、その魂をとらえている。暴力的で暗くて抑圧的な。

悪魔。

恐怖はとてもよく伝えているが、捜査にはさほど役立ちそうにない。

D・Dはそれを膝に置いた。「どうもありがとう。むずかしかったでしょうに」

ボニータがうなずいた。傷のある前腕を身体に押しつけ、手首をもう片方の手でおさえている。そういえば、メイドはふたりとも長袖の制服を着ていた。ほかにどんな傷が隠されていたのだろう。

マーサ・カウンセルの身に何があったにせよ、もう気の毒には思えなくなった。町長の空々しい涙への同情もない。あの夫妻は悪魔と契約を結んだのだ。昨夜はその悪魔がつけを取りたてにきただけだろう。

自分でまいた種だ。だが、ナイフと拷問を好む悪魔の男は、マーサの違法な腎臓移植にどんなかかわりを持っているのか。

この二十四時間でいろいろなことがわかったが、まだ足りない。

ボニータがテレビ台に戻り、また描きはじめた。さっきよりもゆっくり。姿勢も違う。背中が丸められ、黒髪がカーテンのように顔を覆っている。その全身から悲嘆がにじんでいる。少女の手のなかのクレヨンが泣いていて、紙に蠟《ろう》の涙を流しているかのように。

青、そして赤。大量の赤。

D・Dが身がまえて待っていると、ボニータがついに立ちあがり、三枚めの絵をかかげた。赤い海に流れこむ青い川。見ていると喉が詰まった。痛み、苦しみ、悲しみ。

ボニータは話せないかもしれないが、その絵が雄弁に語っていた。

D・Dは震える指で紙を受けとった。それを離して持ち、目の焦点をぼやかしては合わせ、ぼやかしては合わせる。

青い川が形をとりはじめた。徐々に、だがたしかにそれが見えてきた。青い服を着た女が床に倒れている。赤い海――血――のなかで。

D・Dは顔をあげた。「これはエレーヌ？」

首が振られる。

「エレーヌの身にこういうことが起きるのを心配してるの？」

また首が振られる。

D・Dは少し考えた。「べつの女の子？　べつのメイド？」

うなずき。

「死んだのね」

うなずき。

「あなたはそれを見たのね」

二度のうなずき。

「悪魔がやったの？」

首が振られる。

「ミセス・カウンセル？　ハワード町長？」二度首が振られる。「コック？」首が振られる。

それ以上出てこなくなり、D・Dは唇をすぼめた。この町にはいったい何人の殺人犯がいるというのだろう。「でも、この子が死ぬのを見たのね？」

うなずき。

「最近？」

さかんなうなずき。

「この二、三日?」と訊いてみる。

きっぱりしたうなずき。

D・Dは言葉を切った。もう一件の殺人があったのだ。今度はB&Bのメイドが、しかしマーサ・カウンセルより前に殺されていた。最初はメイド、次にオーナー。どちらもこの二、三日で——つまり、捜査本部が町に来てすぐに。

D・Dはその絵を膝にのせ、ボニータが影をなぞったときのように、そっと青い人の形をなぞった。

これらの絵を信じるなら、この町は若い女たちの墓場だ。いったい何人の遺体がこの森に散らばっているのか。

そして何人の殺人者がいるのか。こんな圧政がどれだけ深く根づいているのか。

「ありがとう、ボニータ」D・Dはやさしく言った。「そろそろ……ピザがどうなってるかたしかめてくるわね。食べたらもう寝ましょう」

32　フローラ

ホテルへの帰り道はキースもわたしも無言だった。

キンバリーがハンドルを握っていた。夜のとばりが厚くおりていたが、窓の外に目をこらすと、高い木々の輪郭が見える気がした。夜に森が叫ぶとウォルトは言っていた。彼は自分で気づいている以上のことを知っているんだろうか。それとも、あのいかれた世捨て人の芝居と納屋いっぱいのマイクログリーンでわたしたちを煙《けむ》に巻いたんだろうか。ジェイコブはおそろしく頭がよかった。その父親がそうでないと考える理由はない。

キンバリーが車をとめ、三人でホテルに入った。フロントデスクにいたオーナーは不機嫌そうにわたしたちを見ただけで、もう追いだそうとはしなかった。つまり、キースとわたしには今夜寝る部屋がある。D・Dのおかげで同じになった部屋が。

先に部屋の前に着いたキンバリーが、別れの挨拶がわりにうなずいてみせた。表情は上の空で、明らかに心が遠くへ行っている。行方不明のメイドに、二ヵ所かひょっとすると三ヵ所の遺体遺棄現場に、逃げている邪悪で危険な謎の男と、考えることがありすぎるのだろう。

ホテルのオーナーがわたしたちを追いだそうとしたのは、地元のプレッシャーに負けたからではなかったのかもしれない。わたしたちの安全を守ろうとしただけだったのかもしれない。

キースが先にドアの前に着いて鍵をあけた。ふたりでなかに入る。捜査本部の会議の前には荷物をこの部屋に移すだけの時間しかなかった。入れてもらえる約束だったエキストラベッドは影も形もないが、ふたりとも驚きはしなかった。いま、わたしたちの前にはクイーンサイズのベッドが一台。その上にふたつの荷物がのっている。キースのはスペースシャトルに積んでありそうな銀色のスーツケース。わたしのはかなりくたびれた安っぽい黒のボストンバッグだ。

わたしたちはまったく似ていない。キースは六〇年代風レトロの雰囲気と最新鋭の設備が合わさった高級タウンハウスずまい。わたしは古い趣はあるが狭くてボルト錠だらけのエレベーターのない三階の部屋に住んでいる。彼はいつも紳士服のカタログから抜けでてきたようなファッションに身を固めているが、わたしはホームレスのような格好をしている。

キースがベッドへ行き、ふたつの荷物をおろして床にきちんと並べた。

「疲れてるだろう」

キースをみつめる。彼はしっかりしている。安定している。自分が彼の世界で生きられるのかわからないが、彼はわたしの世界でもやっていけるのをすでに証明している。付きあうにはそれで充分だろうか。そもそもわたしは付きあいたいんだろうか。

「ぼくは床で寝るよ」

わたしは返事をしなかった。

「べつに問題ない。きみはとにかくしっかり寝ないと」

また返事をしなかった。

キースが手を握ったり開いたりしている。緊張しているのだとはじめて気づいた。

「ときどき」ささやきが口をついて出た。「自分の全人生がジェイコブに染まってる気がするの」

キースが動きを止めた。「そんなことない。きみにはジェイコブに会う前の自分が――」

「もうその子のことをおぼえてない」

「きみはジェイコブのあとに生き残った」

「いまのわたしはジェイコブにつくられた」

「違うよ、フローラ。そこが肝心なんだ。ジェイコブはきみを壊そうとした。いまのきみは、きみが自分でつくったんだ。諦めなかった。それがきみだよ。ジェイコブにそんなところはまったくなかった」

「キスしてくれる？」

「うん」そう言ったものの、彼は動かない。わたしも。

「どうなるのかわからないの。自分がどう反応するのかも」

「帰ってきてから……一度も?」

「ないわ。ほかの人はしてる。ほかの人は乗りこえてる。でもわたしは……母にハグされるのすら耐えられない」

彼がうなずいた。考えている。彼はいつも考えている。そういうところがわたしは好きなのか、嫌いなのか。決められない。

彼が一歩進みでた。続いてもう一歩。最後の一歩で目の前に立っていた。触れそうだが触れない距離に。彼の体温を感じる。会議の前に手早く浴びたシャワーの石鹸のにおいがする。鮮やかな青い目のまわりを囲む細い線が見える。さらさらした髪の手ざわりまで感じられそうだ。

彼がみつめている。何よりもわたしがほしそうに。そんなふうに誰かに見られたことはない。そんなにわたしが大切なように。そんなに価値があるように。

彼からキスする気はないのだと気づいた。わたしからキスするのを待っている。それも心遣いなんだろう。わたしにペースを決めさせ、コントロールさせようとしている。

両手を彼の薄いシャツの上に置く。それは少しひんやりして、長く筋肉質な胴にぴったり沿っている。このハイテク生地はわたしのひと月ぶんの家賃より高そうだ。でもこれを買ってくれてよかった。手ざわりがまるで素肌に触れているみたいだから。

彼がするどく息を吸いこんだが、それでも動かない。待っている。じっと待っている。気高く待っている。

いままで誰かがこんなに待ってくれたことがあっただろうか。

背伸びをする。手を彼の胸から肩、そしてうなじに移動させ、唇をわたしの唇に合わせる。彼の手が腰に回され、一度、二度と唇が触れあう。ゆっくり、慎重に彼の口を探る。彼を味わい、感じ、その感触にひたる。それでも心の奥に暗く醜い影があらわれないとわかって、さらに深く、貪欲に求めた。自分のなかの何かに火がつき、ずっと絶えていた火花が散るのを感じるまで。

かつてのわたしは、輝く笑顔とかわいいミニのドレスと誘うような目つきの女の子は、結局のところそう遠くに行ってはいなかったのかもしれない。だって、わたしはいきなりキスを押して、ベッドにあおむけに倒したから。わたしは何をしてるの？　何を求めているの？

考えないこと。そう気づいた。自分の頭から逃れたい。つかの間でも、被害者／生還者／自警団のフローラ・デインでなくなること。

自分という存在であるのをやめたい。

ただ感じたい。

グレーのスウェットシャツをぬぎ、色あせたTシャツをぬぎ、カーゴパンツのボタンをはずそうとしたところで、その前にまずブーツをぬがなければならないと気づいた。

キースはベッドからおりようとはせず、やや上体を起こしたまま、飢えた目でわたしを見ている。

その目をみつめたまま、ブーツをぬぎ、カーゴパンツをぬぎ、地味なパンティをぬいでスポーツブラをはずした。下着はまったくセクシーじゃない。それでも、キースがいまわたしを見ている様子からは、自分が魅惑的だとほとんど信じられそうだった。

わたしの裸はきれいだろうか。わからない。昔は鏡の前に立って、焼けた肌や平らなおなかにほれぼれしていた。いまはたぶん、青白くてがりがりで、あちこち新しいあざと古傷だらけだ。リングでさんざん戦って、全盛期を過ぎたプロボクサーのように。手で隠すなり、明かりを消すなり、何かすべきだろう。

でも動かなかった。全裸でそこに立ったまま、彼に見せた。わたしのすべてを。

彼がゆっくり起きあがった。逃げようとしてるんだろうか。こんな傷物を見て、もう気が変わったんだろうか。

その指がシャツの裾にかかり、彼がシャツを頭から抜いて床に放った。次に靴をぬぎ、靴下をぬぎ、ズボンをぬいだ。思ったとおり下着はカルバン・クラインだった。それもぬぎすてられ、全裸の彼とわたしがじっと向かいあった。

彼は美しかった。きれいに隆起した筋肉、長く引きしまった手足。肌はなめらかで、胸はジョージアの太陽のもとで焼かれた腕より少し色が白い。胸にはうっすら毛が生えていて、それが細い線となって腹部からその下へと続いている。

そこを見れば、彼のほうもわたしに魅力を感じているのは一目瞭然だった。

その瞬間、脳裏にべつの光景が浮かんだ。べつの記憶が。太っていて臭くて不潔な、おぞましい男。髪をつかまれ、あれをしろ、これをしろと命令され、えずいて吐きそうになりながら耐えているわたし。

少し震え、目をつぶって記憶を振りはらった。

目をあけたとき、キースはまだそこに立ち、裸でわたしをみつめ、待っていた。

それで乗りこえられた。わたしはもう弱くない。もう被害者じゃない。もう過去には生きない。

わたしは生きている。損なわれてはいない。そしてこの男に……彼の素肌に触れたくて指がうずうずしている。彼の体温を感じたい。その首に口づけ、脚をからませたい。しっかりとその手に抱かれたい。その青い目が飢えで翳《かげ》り、身体が欲望に猛《たけ》るのが見たい。自分にそういう力があると知りたい。もう一度感じたい。

わたしはフローラ。彼はキース。

ふたりで燃えたい。

一歩踏みだし、片手をあげ、ふたたび彼をベッドに押したおす。進んで倒れた彼の上にまたがる。熱を感じる。すごい熱を。燃えさかる火が早くもわたしたちを呑みこもうとしている。それに彼はなんてゴージャスなんだろう。完璧な肉体を持つ男。わたしのものだ。全部わたしのものだ。唇を合わせると、彼の手に腰をつかまれ、火花が散った。

わたしたちは若く、健康で、たかぶっている。

転がってもつれあい、つながりたいという熱を競いあう。全身で彼を感じる。腰が勝手に動く。本当にひさしぶりにひとつのことが、ひとつのことだけがほしい。

この男がほしい。

唇に、喉に、胸に彼の唇が這わされる。また転がり、上になる。彼が応じ、与えてくれる。それをひたすら受けとる。頭を後ろにそらす。

その瞬間、自分に戻れた。自信にあふれ、美しく、セクシーな自分に。キースともっと前に会っているべきだった女の子に。それでもいま、彼が見つかって本当に嬉しい。彼が腰を動かす。あえぎが漏れる。彼がさらに動き、頭が真っ白になる。

彼の肩をつかみ、ふたりとも絶頂を迎えるのを感じた。

事後、わたしたちは裸でベッドのまんなかに横たわり、荒い息をついた。ベッドカバーはどこへ行ったのだろう。まあどうでもいい。

わたしはキースの肩に頭をもたせかけている。彼が腕を回し、わたしの腕をなんとなくなでている。それがとても心なごんで、まぶたが閉じそうになる。でも無理やりあける。眠るべきなのかもしれないが、起きたときにこれが消えているのが怖い。翌朝のあのぎこちなさ。ひょっとしたら、キースにとっては魔法が解けてしまうかもしれない。何年も求めてきたものをついに手に入れて。

悪名高きレイプ殺人犯からのただひとりの生還者を。

自分の気持ちが引いていくのを感じる。キースも。

「やめるんだ」彼が言った。

「何を？」

「いま考えてることを」

「わたしがいま何を考えてるっていうの？」

「わからないけど」彼がわたしの顔を自分に向けさせる。「きみは何か暗い考えにとらわれてる。わかるよ、フローラ。でもきみへの関心に暗いところは何もない。きみへの気持ちにも暗いところは何もない」

「わたしへの気持ち？」

「そう」

「あなたはシリアルキラー？」

「たぶん違う。実話犯罪が趣味だから、もしそうならわかると思うよ」

「ずっとわたしに会いたがってたでしょ」

「そうだね」

「あなたは実話犯罪マニアだものね。わたしみたいな存在と話してみたくない実話犯罪マニアはいない」

「きみに会いたかった。それで実際に会ってみて……もっと関係を深めたくなった。それはきみの過去のためじゃない。全部、いまのきみだからだよ。いまのきみにそういう気持ちにさせられたからだ」

「いま、こういうことをしたくなっただけじゃなくて？」

「こういうのはタイミングだよ」

「うん」

「うん」キースが少し間を置いて訊いた。「もう寝たい？　それともシャワーを浴びたり何か食べたりしたい？」

彼の肩にもたせかけた首を振る。

「よかった。だって、一回めはすばらしかったけど、ちょっとあわただしかったから……次はもっとよくなるんじゃないかな」

わたしは少し目をみはった。彼が動いて体重をずらした。吐息が漏れる。何も話さず、何も考えず、ただ感じる。キースの言うとおり、二回めはもっとよかった。

眠りに落ちる寸前、ふと気づいた。

わたしはもうただ生きのびているだけじゃない。

やっと本当の人生を生きている。

わたしははっと目をさました。ベッドに他人の重みを感じる。侵入者だ。本能的に身体が動いた。親指、肘、膝。女は男より力は弱くても、相手にダメージを与える方法はある。

「ちょっと、フローラ！　フローラ、ぼくだよ！」

腕をつかまれる。相手のふところに入り、親指で目を狙う。

「フローラ、起きてくれ！」

わたしは裸だった。相手も裸だ。その両手がわたしの腕をおさえている。どうしよう、どうにかしないと……あ、キース。わたしはキースとセックスした。キースと眠りに落ちた。いまキースと一緒にいる。ああ、なんてことをしてしまったんだろう。

攻撃をしかけたときくらいすばやく、わたしは撤退した。身体を離して相手の手を振りはらい、背中を向ける。

「やめるんだ！」

ベッドサイドのランプがつけられ、キースの姿が浮かびあがった。「フローラ・デイン、もう一インチも動くな」

彼を睨みつける。「母みたいなこと言うのね」

「へえ？　きみは母親のことも夜中に攻撃するの？」

「何度かしたことあるわ。だからわたしを起こすのは危ないの」

「起こしてないよ」

「なら、わたしと寝るのは危ない」

「寝てない」

「寝てない？」わたしは顔をしかめた。「わたしは寝てたけど」

「わかってる。きみの寝顔はとんでもなくかわいかった。でもぼくは寝てない。考えごとをしてたんだ」

「あなたはいつも何か考えてるものね」

「おたがいさまだろ。さあおいで。楽にして。ぼくを殺さないと約束してくれたら、何を考えてたか教えるから」

わたしは目をしばたたいた。何もかも癪《しゃく》にさわる。ことの翌朝、ぎこちなくなるかわりに相手を殺そうとするようなわたしなのに、キースは涼しい顔をしている。上体を起こしてヘッドボードに寄りかかり、片腕を広げて無言で手まねきする。

少し彼に身体を寄せる。彼がさらに手まねきする。それでそろそろと隣に行き、ぴったり肌を合わせた。キースが満足げな吐息を漏らした。

「あなたはシリアルキラーにしてはいい人ね」

「ぼくがシリアルキラーだと本気で思ってるの？」

「だってテッド・バンディに似てるし、犯罪にとりつかれてるし」

「うーん、まあそう言われると……」

ふたりとも黙りこんだ。「寝るときの約束ごとを決めなきゃいけないね」キースが少しして言った。「きみのその膝があと一インチでも入ってたら、ぼくたちの新たなめくるめく冒険は終わってたよ。まだこれからなのに」

「ごめん」

「次からは目を狙うといい。そのほうがきみのためでもある」

またむかっとして目を閉じた。キースがわたしの腕をなでた。「いいんだよ、フローラ」とささやく。「誰にでも悪い癖はある。だんだん解決していけばいい。まだ最初の夜なんだから」

わたしは何も言わず、顔を寄せて彼の肩に頬をつけた。その肌はなめらかであたたかい。いいにおいがする。考えたくもないが、考えずにはいられない。キースはジェイコブとはまったく違う。若いし、太っていないし、気持ち悪くもない。キースはまさに昔のわたしなら家に連れてかえっていたタイプの男だ。それで、ようやくまたこんなふうに感じられたこと、こんな瞬間が来たことが嬉しくて涙ぐみそうになった。

「いつもこんなに寝ないの?」わたしは訊いた。

「あんまり。きみみたいに夜が怖いってわけじゃないんだけど、考えがやまないんだよ。もっと若いころからずっと。夜型でもあるしね。夜が一番冴《さ》えてるんだ」

「そこだけは似たものどうしね」

「ぼくのすばらしく冴えた考えを聞きたくない?」

わたしは目をぐるりとさせた。このまま寄りそい、肩を抱かれていたい。このシリアルキラーではないらしい、ボーイフレンド一歩手前の男はとんでもなく傲慢だけど。

「その冴えた考えを聞かせて」

「この町について知れば知るほど――何年にもわたる複数の被害者から、町長夫妻の関与から、ジェイコブ・ネスとその父親の存在、さらにはぼくたちを追いだそうとしたホテルの人まで――ここでは組織的犯罪がおこなわれてるに違いないと思えるんだ。一件じゃなくて多くの犯罪。ひとりじゃなくて、ひょっとしたら十人以上の犯人」

はっとするような考えだった。「なるほど」

「それでだ」キースの話に熱が入ってきた。「去年ダークウェブについて学んだことを思いだしてほしい。どこかの犯罪チャットルームにただログインできるわけじゃない。まず、誰かほかの変態に、自分がポルノ依存症だと保証してもらわなきゃいけない。または、チャットルームのみんなと同じ罪を負ってるという自分の悪事のはっきりした証拠を提出するか。

ようするに、ほかの犯罪者と付きあうには、その前に自分が犯罪者だと証明する必要がある」

「ええ」

「マーサ・カウンセルは違法な腎臓移植を受けていた。だから罪を負っていて、組織の一員になる資格があった。ジェイコブ・ネスはレイプの常習犯で、れっきとした犯罪者だと問題なく証明できた。次に、マーサ・カウンセルを殺し、ひょっとしたら森のなかの少女たちも殺したかもしれない謎の男。こいつも当然、資格がある」

わたしは彼の肩につけた顔でうなずいた。いまの時代、多くの犯罪者たちが仲間を探し、つながっている。直接会うことはなくても、少なくともインターネットのダークウェブを通じて。一匹狼のジェイコブでさえ、さまざまなチャットルームに出入りして犯罪のこつを学んでいた。

だが、犯罪者どうしがやりとりする場合、つねに自分の罪がばれるリスクがある。だからこそ念入りな紹介制になっていたり、新入りもほかの全員と同じく後ろ暗いと証明する違法ポルノ画像の提出が求められたりするのだ。

「つまり、第一の参加条件は犯罪歴だ。ただし、犯罪組織も普通の企業とそう変わらない。雑多な社員がいればいいってもんじゃなくて、スキルセットが必要だ。というわけで第二の参加条件は、組織に提供できるものを持っていること」

わたしは考えこんだ。「マーサはB&Bを持っている。組織のほかのメンバーがこっそり来て帰る拠点になる。ジェイコブは……運搬手段を提供したのか、ひょっとすると女の子を供給したのかも。ライラ・アベニートはジェイコブがさらったのかもしれない。自分のためじゃなくて、組織のためにここへ連れてきたのかも」わたしは首をかしげた。「でもそれならどうしてわたしにはそうしなかったのかしら。どうしてわたしを手もとに置いたの？　とくに、この新しい友人の裏庭までわたしを連れてきておいて」

「それはぼくも考えた。ジェイコブは孤独な一匹狼だったんだよね。ほかの誰かといるところをきみは見たことなかった」

「ええ」

「それでこう考えたんだ。ジェイコブはダークウェブで遊んでたわけじゃないんじゃないかって。なんであれここでおこなわれてることにかかわったのも、勉強のためだったんじゃないかなってさ。手伝うかわりに、コンピュータ上の痕跡を消す方法とか、森のなかの放置された空きキャビンを使う手口とかを学んでたんだ。彼は自分が怪物だということを受けいれていたと言ったね。自分を変えるつもりはまったくなかったって」

「そう。自分が自分だということに誇りを持ってた」

「それならやっぱり、ジェイコブは勉強のつもりだったと思うんだ。だから我慢してほかの連中とかかわった。でも一匹狼は一匹狼だから、必要なことを学んだあとは……」

「また一匹狼に戻った」

「もっと手のこんだ犯罪でも捕まらずにやれる自信をつけてね。たとえば女の子をさらうだけじゃなくて、一年以上監禁するとか」

わたしはうなずいた。おぞましいが、ある種の筋は通っている。

「問題はそのあとだ。ビジネスはビジネスで、それぞれ役割がある。だとすればこの町の容疑者を絞れることになる。運び屋だよ。ジェイコブがいなくなって、かわりに女の子を供給する人間が必要になった。不法就労させるにせよ、臓器移植のドナーにせよ」

「ウォルト・デイヴィース」わたしはつぶやいた。「マイクログリーンを売りにアトランタに行ってるっていうのは、帰りに運んでくるものの隠れみのなのかもしれない」

「ぼくもそれを考えた。もう一度彼に話を聞きにいく必要があるね」

わたしはうなずいた。

「カウンセル夫妻は宿を提供する。謎の男は……腕っぷし担当なんじゃないかな。用心棒みたいな。女の子が言うことを聞かなかったり、組織のメンバーが秘密をばらそうとしたりすれば――」

「その男が対処する」

「そういうこと。ここでほかの役割を考えてみよう。マーケティングだ。それはダークウェブを通じておこなわれてるんじゃないかな。町に来てる幽霊客たち。誰がそいつらに売りこんでるのか。そいつらはここに来ればいいとどうやって知るのか。きっとダークウェブだよ。それしか考えられない」

「同感」

「ということは、コンピュータ・スキルのある人間を探せばいいんだよ。その人物が莫大《ばくだい》な量の情報を握ってる。そいつを見つけだせば大きな突破口になる」

わたしはキースを見あげた。「ねえ、四輪バギー店の人が言ってなかった？　町の記録係が町長と協力して、十年前からニッシュの知名度をあげて観光客を呼びこむためにいろいろやってるって」

「ドロシア」キースがつぶやいた。「たしかそんな名前だった。うん、ぴったりの人物だね。町の知名度をあげるっていうのは、ダークウェブで商品を宣伝する遠回しな言いかたとも考えられる。宿泊パックはどんな目的でもありうるし。うん、まずはその記録係から話を聞こう。完璧だ」

「名推理ね」

「明日、クインシー捜査官とウォレン部長刑事にぼくの説がこてんぱんにされなければね。だけどフローラ、まだ話に出てないもっと重要な役割がある」キースが姿勢を正し、真剣なまなざしでこちらを見た。「この組織を動かしてるのは誰なのか。姿を消したコック？　でもそんなに頭がよさそうな感じはしない。じゃあ行方不明のメイド？　クインシーはそのメイドが犯人じゃなくておそらく被害者だと言ってる。となると、例の謎の男？　でもそいつは頭脳より腕っぷし担当に思える。つまり……」

「誰が首謀者なのかまだわからない」

「つまり、誰が信じられるのかもまだわからない」

わたしたちはベッドサイドのランプの明かりのなかで顔を見あわせた。

「ナイフを持ってきてほんとによかったわ」

「ぼくはきみと一緒に行動できてほんとによかったよ」

33

お母さんがコンロに向かって料理している。蓋を持ちあげ、鍋をかきまぜる姿が見える。上機嫌で鼻歌を歌っているのが聞こえる。わたしはここにはいない。夢のなかでもわかる。お母さんもここにはいない。でも姿を見られたのが嬉しいから気にしない。

わたしのマミータ。

それが聞こえたみたいにお母さんが振り向いてわたしに笑いかける。「チキータ」と呼びかける声とその目に浮かぶ愛に、甘酸っぱい痛みで胸がいっぱいになって爆発しそうになる。

お母さんの顔は前よりふっくらしている。頬はもうこけていないし、目の下のくまも消えている。白いブラウスに赤いたっぷりしたロングスカートで、お気にいりのエプロンを着けたお母さんは輝いている。ポケットのそばに細かいチーズのかけらがこびりついているのが見える。

見おろすと、ケソ・ブランコのかたまりを手に持ってキッチンのテーブルについているのに気づく。

「だめ」と言おうとする。

「いいのよ」

だんだん濃くなる影が……

「あの人がわたしをボニータって呼ぶの。わたしの名前はボニータ?」わたしの声は必死で切羽詰まっている。いまにもドアがあきそうだ。いつまた悪い男の人があらわれるかわからない。

「あなたはいつだってわたしのボニータよ。ムイ・ボニータ」

「置いていかないで」

「いまもあなたといる。いつだって一緒にいるわ。でもおぼえておいて、チキータ。何をなくしても、そのぶん得られるものがある。あなたは言葉をなくしたかわりに、ほかのものを授かったのよ」

お母さんが笑い、エプロンで手を拭いた。わたしが立ちあがる前に。飛んでいってお母さんの腰に抱きつく前に。

ドアがばたんとあいた。

悪い男の人があらわれた。

外にいて、お母さんが赤土にひざまずいている。すくみあがってもいないし、泣きついてもいない。今度は悪い男の人に見おろされても、懇願することもない。お母さんが落ち着いた声で「逃げなさい」と言った。

でも、今度もわたしにはできない。

「チキータ、いいのよ。何をなくしても、そのぶん得られるものもあるから」

悪い男の人が銃を突きつけた。

わたしのほうが懇願した。「お母さんを許して。わたしを連れていって。ずっとあなたに仕えるから。わたしを連れていって」

「こいつにけじめをつけさせる必要がある」悪い男の人がうなるように言った。

お母さんはただ男の人に笑いかけ、穏やかに言った。「後悔はしてない。また同じようにするわ。わたしが与えたチャンスに見あうだけの人たちだもの。もうあの人たちは取りかえせない。わたしはひとりだけど、あの人たちはおおぜい。だから好きなようにすればいい。

おたがいにわかってるでしょ。最後にはわたしが勝つって」

吠える声。砂漠のコヨーテみたいだけど、もっと悪い。

「チキータ、逃げて」

「いや！」

「おぼえておいて。何をなくしても、そのぶん得られるものがあるの」

悪い男の人の指が引き金にかかる。マミータは相手をじっと見ている。自分の命をどうぞ奪ってみなさいというように。

「愛してる」わたしは必死に叫ぶ。

「わかってるわ、チキータ。わかってる」

そして引き金が引かれ、弾丸が飛びだす。わたしは遠くにいてお母さんを守れない。ただ弾がお母さんの白い喉を貫くのを見ていることしかできない。

でもそれは急にマミータではなくなっている。

あの金髪の女の刑事さんになって赤土に倒れる。エレーヌになり、ステイシーになり、いろんな女の子になる。

悪い男の人はもうなっていない。暗く笑っている。

「次はおまえの番だ」と男の人が言う。「もうおまえを助けるやつはいない」

「自分は自分で助ける」わたしは言いかえす。

男の人がさらに大声で笑う。

「わたしはボニータ。わたしにはお母さんの愛と姉妹たちの痛みがある。それであんたを焼きつくす!」精いっぱいの強い口調で言う。

男の人が身体をふたつに折って笑う。「火より速いのが何かわかるか?」

わたしは首を振る。

「弾丸だ」

男の人が銃に弾をこめ、すごく落ち着いてわたしの頭に向ける。

「チキータ、逃げなさい」お母さんのささやく声が耳もとで聞こえる。あたたかく抱きしめてくれているようなお母さんの気配に包まれる。チキータとマミータ。ふたりの群れ。お母さんのわたしで、わたしのお母さん。ずっと。

だからこそ、銃弾がわたしのこめかみにあたって、またお母さんから引き離されたのがよけいにつらかった。

はっと目をさます。時計は六時を指している。夜明けまでまだ一時間ある。こんなに長く寝たことに驚いた。とくに、こんなにやわらかくて慣れないベッドで。自分がどこにいるのか確認する。つんと薬品のにおいがする見慣れない部屋。軽い寝息が聞こえてくる。わたしの新しい保護者を買ってでた女の刑事さんだ。

廊下の足音に耳をすます。悪い男の人が来るんじゃないか。目を閉じて男の人の気配を探る。お母さんの言ったとおり、何をなくしても、そのぶん得られるものがある。

このホテルはあの家とは違う。痛みにあえがないし、不満でもぞもぞと身じろぎもしない。ただの建物だ。若くてまだわからないのかもしれない。嘆きかたを知るほどの恐怖にまだ出会っていないのかもしれない。

悪い男の人の気配はしない。何も感じない。

ベッドから出てテレビ台のところへ行く。紙はあと二枚ある。ランプをつける。クレヨンを手にとる。きれいなマミータのイメージを思い浮かべて、ひたすら描く。

赤い土。流れるような黒髪。抱きしめてくれるようなやさしい茶色の目。お母さんの愛を描く。それからお母さんの痛みを描く。

「だめよ、チキータ」お母さんが肩でささやく。

それでも描きつづける。紙にわたしたちの物語を注ぎこむ。もう夢を見てはいない。しっかり目がさめている。

だから真っ先にわたしに悲鳴が聞こえた。

ブロンドの刑事さんが飛びおきた。寝息をたてていた次の瞬間には立って服を着て、ベッドサイドのテーブルに置いた銃をつかんでいた。

「ここにいて」そう言って部屋を出ていった。

ほかにも音が聞こえてきた。廊下をやってくる足音。

「なんなの？」ＦＢＩの女の人の声。

「わからない。フローラ、ボニータについてて」

「無理」

「まったくもう」

さらに甲高い悲鳴が響いた。何人もの声と足音が廊下に反響している。

わたしは立ちあがり、クレヨンをテレビ台に置いた。そして刑事さんのしたように、服を着てドアをあけ、足を引きずりながらゆっくり廊下を進んだ。

ロビーで最初に会った人はホテルのマネージャーだった。ゆうべ、出ていってくれとわたしたちに言った人。ガラスドアの外を恐怖の表情でみつめている。

わたしに気づくと、「あそこには行くな」と言った。

でもこの人は知らない。わたしが見てきたものを。

きっぱりした足どりで前に進む。目の前でちらちら揺れるお母さんの銀色の影にもかまわず。

外では水平線からちょうど顔を出した太陽が駐車場をバラ色に染めていた。人が集まっている。ブロンドの刑事さん、ＦＢＩの女の人、ナイフを持ったフローラ、それにいつもフローラと一緒にいる男の人。ほかにもいる。騒ぎで起きてきたホテルの宿泊客なのか、通りかかった人なのかはわからない。

顔をあげて見えたものに、やっと足を止めた。

エレーヌ。かわいそうな、おびえた、かわいいエレーヌ。まだメイドの制服を着ている。その身体が、駐車場の隅に植えられた木からぶらさがっている。デジャヴを感じる。赤い海に川のように流れこむ青。

切られている。両手と両脚の先から血がしたたり落ちている。殺すだけでは足りないのだ。悪い男の人はその前に痛めつけたがる。とどめを刺すころには、犠牲者が感謝して顎を持ちあげるくらいまで。

お母さんは隣でじっと動かない。

駐車場を見まわしても、男の人の気配は感じない。やってきて、このぞっとする場面を演出して、去った。

「スミザーズ保安官に電話する」FBIの女の人がD・Dに言っている。

「彼女をおろさないと」

「検死官はいい顔をしないでしょうね。証拠が失われてしまうって」

「わかってるけど、これはたんなる若い女性の殺人じゃないわ。メッセージよ」

「わたしたちに早く町から出ていけっていう？　正直、死体が増えれば増えるほど、こっちは長くとどまることになるだけなのに」

「違う」Ｄ・ＤがＦＢＩの女の人に顔を向けた。「地元民へのメッセージよ。しゃべったらこうなるぞっていう」

「そんな」ＦＢＩの女の人がつぶやいた。

「ボニータは絵でコミュニケーションができる。例の謎の男の似顔絵は描けないけど、べつの女の子がＢ＆Ｂで殺されたと明かしてくれたの。おそらくマーサ・カウンセルが死ぬ前日のことよ」

「なんてこと。それでその遺体は？」

Ｄ・Ｄがあたりを見まわした。「山はこんなに広いのよ。登山道だっていったい何マイルある？」

フローラがふたりに近づいた。「おろせるけど」と静かに言う。手にしているあの凝った模様が彫られたナイフには、惹きつけられるのと同時に拒否反応が湧いてくる。

「手伝うわ」Ｄ・Ｄが言った。「結び目を保存するのが大切よ。鑑識で調べるから。はしごがいるわね」

「フローラを肩車しようか」フローラの連れの男の人が言った。「そうすれば遺体をおろせる」

「この騒ぎをなんとかおさめないと」ＦＢＩの女の人がつぶやいた。

「これをやったやつをなんとしても見つけないとね」D・Dが言い、そこでわたしに気づいた。目をみはり、あわててあたりを見まわす。悪い男の人がいて、見られるのを心配しているみたいに。

でももういないのはわかっている。男の人はいなくなった。コックもいなくなった。またエレーヌとわたしだけ。

前に進む。止まりなさいと叫ぶ刑事さんを無視する。友達だったことはないが、痛みを通じて姉妹になった女の子を見ている野次馬も無視する。

遺体のすぐ下まで行って見あげ、あの男の人がしたことを見る。かわいそうなエレーヌ。すごくおびえてたきれいなエレーヌ。きのう厨房から逃げさえしなければ。わたしと一緒にいさえすれば。

背伸びする。血は気にならない。見てきたし、掃除もした。自分の手首を流れるのも感じた。怖いのは血じゃない。人間だ。

なんとか手が届くエレーヌの裸足の足にそっと触れる。

そしてエレーヌに約束する。ほかの子たちにも約束してきたように。決して休まないし、決して引きさがらないと。

悪い男の人を殺す。どうやってかはわからない。わたしは小さいし、弱いし、足も不自由だ。あの人みたいにナイフを使うこともできない。銃を握ったこともない。戦いかたもわからない。わたしはわたしでしかない。口がきけず、なんの力もない。

それでもひとつだけ武器がある。わたしは自分の命なんてどうでもいい。どうせろくな未来なんてない。生きのびなくていい。あの男の人を道連れにできさえすればいい。

お母さんのために。自分のために。みんなのために。

あの人に報いを受けさせる。

34　キンバリー

キンバリーはホテルを歩きまわった。検死官とその助手がやってきて遺体を回収するかたわらで、ホテルのオーナーを問いつめる。

カメラは？

あるが、とらえているのは正面の入口だけで、駐車場の隅は映っていない。

何か聞かなかったか、争うような声や物音に気づかなかったか。

まったく！

だが、オーナーは大汗をかいていた。地元民を脅す犯人の作戦はたしかに効果をあげている。

さらに十分ほど追及して諦めた。おびえていて口を開きそうもない。

メイドの死はこたえた。ついきのう話を聞いた相手だ。ボニータもエレーヌも宿から連れださなければならないとD・Dに言われて同意もした。それなのに、キンバリーとD・Dとスミザーズ保安官がまだ全員B&Bにいたにもかかわらず、エレーヌは連れさられた。鼻先からかっさらわれたのだ。

腹が立つことに。

もともとは十五年前の失踪事件に区切りをつけるための捜査だったはずが、いまやあちこちに死体が転がり、キンバリーはそれが自分のせいだという思いを振りはらえない。

ホテルのガラスドアが開いて、キンバリーと同じ表情をしたD・Dが入ってきた。そのあとから入ってきたボニータは顔色が悪いものの、態度は落ち着いている。少女はエレーヌと知りあいだったわりには、悲嘆にくれているというよりはただ厳しい表情を浮かべている。

続いてフローラ、キース、スミザーズ保安官。

「D・Dの部屋で会議よ。新しい作戦を考える必要がある」キンバリーは言った。

うろたえるホテルのオーナーを残し、全員無言で廊下を進んだ。

D・Dがダブルの部屋のドアをあけておさえた。全員が部屋に入って鍵をかけるまで誰も口を開かず、フローラはさらに窓ぎわへ行ってするどく外に視線を走らせたあと、しっかりとカーテンを閉めた。

敵に包囲されているかのように。いや、まさにそうなのだろう。

「この町で何が起きてるにせよ、もう後手後手で対処に追われるのはまっぴらよ」キンバリーは口火を切った。

「まったく同感だ」とスミザーズ。

保安官はもう温厚そうには見えない。疲れきっているようにも、圧倒されているようにも見えない。ついでに言えば、後ろめたそうでもやましそうでもない。ただ頭に来ているように見える。いいことだ。キンバリーの経験では、怒った警官こそが仕事をする。D・Dを尊敬しているのはそれが理由のひとつでもある。

「キースが考えたことがあるの」フローラが言った。

コンピュータ・アナリストを見ると、彼は少し顔を赤くしてから背筋を伸ばし、犯罪組織とダークウェブについての講義を始めた。そのなかで重要な役割を負っている、まだ正体はわからないものの、求められるスキルからして心あたりのある人物についても。

すぐには誰も口を開かなかった。キンバリーは考えこみ、D・Dと保安官も同様だった。

フローラはカーテンの細い隙間から外を覗いている。謎の男が急に窓の外にあらわれるか、そこで待ちかまえているかのように。

ボニータだけが落ち着いている。ベッドの端に腰かけてフローラを見ている。いや、と一瞬ののちに気づいた。フローラのブーツから覗いているバタフライナイフの銀の柄をみつめているのだ。

キンバリーは保安官に顔を向けた。「キースの分析に賛成よ。組織犯罪はFBIの本業だけど、キースは正しい。犯罪組織の構成は大企業と変わらない。それを踏まえて、いわゆる黒幕から考えてみましょう。いつだって蛇の頭を切り落とすのが一番だから。このあたりでリーダーや影響力のある人物といったら？」

保安官が考えこんだ。「ハワード町長」とようやく答える。「だがきのうの様子を見ると……本当に取り乱していたとしか思えない。それに妻の殺害を指示する動機もない。とくにマーサ自身が組織にかかわっていたとなれば」

「今朝、様子を見た？」D・Dが訊いた。

「いや、知らせを聞いてまっすぐここに来たから。だがゆうべの十一時ごろに房を覗いた」

「どんな様子だった？」

「打ちひしがれているようだった」

「町長が黒幕とは思えない」キンバリーは言った。D・Dと保安官がうなずいて同意した。町長のきのうの感情的な反応は芝居にしては真に迫りすぎていた。

「じゃあ例の男、謎の殺人犯は？」キンバリーはD・Dに顔を向けた。「ボニータが絵を描いたと言ってたわよね」

少女が自分の名前を聞いて顔をあげたあと、またフローラのブーツに視線を戻した。D・Dが隣の部屋へ行き、右手に三枚、左手に一枚の絵を持って戻ってきた。四枚めを持ったまま、最初の三枚を差しだす。

残りのみんながまわりに集まった。

「なんてこった」保安官が最初に口を開いた。「これが純粋な悪じゃなかったらなんだ」

キンバリーも同意するしかなかった。細かな顔だちを知るにはその絵はあまり役立ちそうにない。だが背筋をぞくっとさせるという意味では……

「ジェイコブを描こうと思ったことはないけど」フローラが小声で言った。「もし描いたらきっとこんなふうになるでしょうね」

キンバリーは二枚めの絵に移った。赤に青。わかるまで少しかかった。D・Dの言ったとおり、ボニータはなかなかの印象派だ。

「それはべつのメイドよ」D・Dが教えてくれた。「マーサ・カウンセルの直前に死んだの。ボニータが見てた。でも悪魔の男がやったんじゃないと言ってる」

「じゃあコック？」キンバリーはボニータに目をやった。

少女が首を振った。

「この女性の名前を知ってる？」

うなずき。

マーサ・カウンセルのオフィスで見つけたファイルが頭に浮かんだ。名前が書かれているのに空のファイルがあった。「ステイシー?」思いだそうとする。「ステイシー……」姓が出てこない。

少女が二度、すばやくうなずいた。

キンバリーは唇をすぼめ、それから息を吐きだした。

するどく手を叩く音。全員が顔をあげた。ボニータがもう一度手を叩いた。

「どうしたの?」とD・D。

少女が眉間にしわを寄せ、手を動かした。何か伝えたいことがあるのに、伝える方法がわからないのだ。やがてフローラのブーツを指さした。バタフライナイフをほしがっている。

「これ? 本当に?」フローラがたしかめた。

短いうなずき。

フローラがいぶかしげな顔をしつつも折りたたみナイフを抜きだして渡した。ボニータがそれをじっくり検分し、手から手に移して重さをはかり、それから表面に彫られたドラゴンの図柄を指でなぞった。

「この子は触覚が発達してるの」D・Dが言った。

D・Dは保護した少女ともうだいぶ心を通わせたようだ。ボニータが爪でナイフを開こうとした。顔がしかめられ、口角の片側に力が入っている。

「貸して。怪我するから」ボニータがしぶしぶ新しいおもちゃをフローラに返した。フローラが手首をひらめかせると、閉じた扇が危険なナイフに姿を変えた。ボニータが驚嘆に目をみはった。ナイフを取りもどし、おそるおそる柄を握る。

「刃はするどいからね、手を切らないで」フローラが注意した。

少女がそちらを一瞥《いちべつ》し、顔をあげて全員が見ているのをたしかめると、ゆっくりとナイフを自分の太腿にあてた。そして、短く強くナイフを引き、脚を切るまねをした。

「誰かが彼女の大腿動脈を切ったのね」D・Dが言った。

ボニータがうなずき、手を出した。今度は絵を求めている。キンバリーは混乱したままそれを渡した。

ボニータの指が青く塗ったものの上にそっとかざされた。それを一度叩き、期待をこめた目でみんなを見る。

「自分で脚を切ったのね」キンバリーは静かに言った。「彼女は自殺した。そう言いたいのね」

ボニータが悲しげにうなずいた。

「逃げるために」とフローラ。彼女だからこそわかるのだろう。

さらにうなずきが返ってきた。

「遺体がどうなったかわかる？」D・Dが尋ねた。

うなずき。

「森？」Ｄ・Ｄがもう一枚の絵を指さした。それはあちこちにぼんやりした黒い線が描かれた山中の景色らしいとキンバリーは気づいた。

肩がすくめられた。

Ｄ・Ｄがキンバリーに顔を向けた。「この黒い線は、全部ほかの死んだ被害者をあらわしてるの」

「だけど……」キンバリーは言葉を失った。数十はある。保安官らも集まり、絵をじっと見ている。

「なんてこった」スミザーズ保安官が嘆息した。「こんなに……いったいいつから……なんてこった」

「ボニータ、最後にステイシーの遺体を見たところに案内できる？」とＤ・Ｄ。

少女がまたうなずいた。

キンバリーは気が遠くなってきた。ハロルドがもう一カ所古い遺体が埋まっていそうなところを見つけたと言っていることに加え、さらにもうひとつの新しい遺体。アトランタに電話して、支局の半分の人員にただちに出動を要請する必要がある。もちろん、上司にも次の車でこっちに向かってもらわなければ。

「作戦よ」キンバリーはみんなにというより自分自身に向けて言った。「ステイシーの遺体を見つける。エレーヌの遺体を調べ、証拠収集班を送ってハロルドが見つけた現場を掘りおこす。でもどれも、後手に回った対応でしかない。起きてしまったことに対処するんじゃなくて、先まわりしないと。黒幕に心あたりがなくて、いま起きてる殺人の犯人の手がかりもないなら、次は何に注目すべき？」

「マーケティング」キースがすかさず口を開いた。「こういう集団はダークウェブで活動してるに違いない。つまり、どこかにコンピュータ・オタクがいる」

キンバリーは考えこんだ。「だけど、あなたの言うビジネス上の役割のなかで、それだけは地元じゃなくてもいいんじゃない？　インターネット上のサポートならどこにいてもできるわ」

「そうだね」とキース。「でも四輪バギーのレンタル店のビル・ベンソンが言ってたんだ。記録係のドロシアって人がいまは町のウェブサイトやソーシャルメディアの運営をしてるって」

「そうだ」保安官がうなずいた。「だいぶ前から。もう何年になるかな」

「十年」キースが答えた。

保安官がじっと彼を見た。「まあそのくらいかもしれない」

「全部隠れみのの可能性がある。ゆうべ、ＦＢＩの捜査官が幽霊客のことを話してたよね。それはそのウェブサイトで呼びこまれた問題の組織の客かもしれない。サイトにはダークウェブに通じるバックドアがあって、そこで本当の取引がおこなわれてるんだよ、きっと」

「ドロシアを署に呼ぼう」保安官が即座に言った。

「だめだよ！」キースが叫び、保安官がむっとしたのを見て、強く言いすぎたことに気づいたようだった。「ごめん。でも調べてることをサイト管理者に知らせるのは最悪の手だ。コンピュータの多くにはキルスイッチがある。管理者が二回入力すると、すべてが自動的に消去されるコードのことだ。まずダークウェブへのポータルを見つけて、問題のビジネスのサイトにアクセスして、できるかぎりの情報をダウンロードしてからじゃないと、誰にもこっちのやってることを知らせちゃいけない」

スミザーズ保安官はまだ面白くなさそうだ。「どうやってそれを？」

「町長夫妻はB&Bにコンピュータを何台か持ってたんだよね？」

「デスクトップが二台、タブレットが二台、ラップトップが一台」キンバリーはすらすらと答えた。

「よし。カウンセル夫妻が組織のメンバーだということは間違いない。とすると、少なくとも一台のコンピュータから問題のポータルにアクセスしてたはずだ」

「スー・チェンを呼ぶわ」キンバリーは言いかけた。

「時間がない。ぼくにやらせて。できるのはわかってるだろ」

キースが決然とこちらを見た。キンバリーは去年、ジェイコブ・ネスのラップトップのハードドライブのコピーをキースが調べるのをこの目で見ていたから、できるのはわかっている。それでも民間人は民間人だ。

「ぼくにはできる」キースが繰りかえした。そして返事を待たず、スミザーズ保安官に顔を向けた。「組織のダークウェブのサイトにアクセスする一番手っとり早い方法は、カウンセル夫妻のユーザーネームとパスワードを知ることだ。ハッキングすることもできるけど、それには時間がかかるから……」

「ハワード町長のところに行って、吐かせてこいというんだな」

「妻の仇《かたき》をとりたいなら、これがその方法だって言ってよ」

保安官がゆっくりうなずいた。

「ならついでにリーダーの名前も訊いてみたらいいんじゃない？」D・Dが皮肉っぽく言った。

スミザーズ保安官がD・Dを一瞥した。「やつはおびえてる。名前を吐けというのは無理な頼みだろう。しかしコンピュータのなんとかいう呪文を言うだけならそうでもないかもしれない」

キースがうなずいている。

キンバリーの意見は必要とされていないようだ。

「わたしはウォルト・デイヴィースに話が聞きたい」フローラが宣言した。

「ちょっと何？　みんなでいっせいに勝手なこと言いだして」

「考えてみて。アトランタにマイクログリーンを納めにいってるのは、ひょっとしたら帰りに女の子を運んでくるためかもしれない」

「それを相手があっさり告白するとでも思ってるの？」

「わたしなら嘘を見抜いて真実を聞きだせるチャンスがあると思ってる」

「相手の息子を知ってたから？」

「まあそういうこと。それに……あの人の頭がいかれたようなふるまいは完全な芝居じゃないと思うの。ウォルトは妄想にとらわれてて、頭のなかから声が聞こえるみたい。警察がおおぜいで行ったら、あの人はたぶん納屋に逃げこんで鍵をかけて出てこない。でもわたしが行けば……わたしとは話したがる。残された唯一の息子との接点だから」

キンバリーは少し考えた。「ひとりでは行かせられない。危険だからっていうだけじゃなくて、何か有用なことを自白したときのために証人が必要だから。キースはコンピュータを調べることになってるし、スミザーズ保安官は郡拘置所に戻ってハワード・カウンセルから話を聞かなきゃいけないから……わたしが一緒に行くわ」

「FBIってわかる格好はやめてね。見たとたんウォルトに撃たれる」

「ご忠告どうも。わたしもそこまで馬鹿じゃないわ」キンバリーはD・Dに顔を向けた。

「ボニータからもう少しくわしいことを聞きだせない？　スティシーやほかの女の子たちの

遺体のありかとか。スミザーズ保安官がマウンテンローレルB&Bを部下に警備させてるから」

保安官がうなずいた。

「もし無理じゃなければ――」キンバリーはボニータを見た。「――B&Bに戻って、あなたがあそこにいるあいだに何を見たのか、ウォレン刑事にわかるように力を貸してあげてくれない？」

少女がしばらくじっとこちらをみつめ、やがてうなずいた。

D・Dがまだ手に持っていた最後の絵をかかげた。「ボニータ、これはきょう描いたの？」

うなずき。

「これは誰？」

D・Dが腕を伸ばして全員に見えるようにした。赤、それがキンバリーの第一印象だった。続いて伝わってきたのは、胸をえぐられるような悲しみ。あまりにもリアルで強烈で、息ができなくなるほどの。くすんだ赤の地面に倒れる白っぽい人の形。そのまわりを囲む黒。それが暗い赤の海に続いている。

さらなる誰かの死。だが仲間のメイドではない。べつの誰か。まぎれもなくボニータが愛していた誰か。

そしてわかった。間違いなく。D・Dにもわかったようだった。この絵を見てわからない母親などいない。

「これはあなたのお母さんね?」キンバリーはそっと尋ねた。

少女が悲しげにこくりとうなずいた。

フローラがいっそうの関心をにじませて絵をしげしげと見た。その顔つきは、キンバリーもよく知っている暗いものに変わっている。

「悪魔の男がこれをやったの?」とD・D。

うなずき。そして少しの間のあと、ボニータが手を持ちあげ、生えぎわにかけての傷を指でなぞった。

「それもその男がやったの?」D・Dが驚いた表情を浮かべている。

もう一度うなずき。

「それ、銃創よ」フローラが言った。「軌道を見て、ほら。弾があたらずに、こめかみをかすめたのよ」

そして一生の障害をもたらした。

D・Dがしゃがんで少女と目線を合わせた。「いくつのとき?」

肩がすくめられた。

「赤ちゃんのとき?」キンバリーは訊いた。首が振られた。「じゃあ、背がこのくらいのとき?」と二、三歳の幼児くらいの背丈のところを手で示した。また首が振られた。「このくらい？」と一フィートほど上に手をずらす。

ボニータが少し考えてから一度うなずいた。だいたいそのくらい、というように。

Ｄ・Ｄとキンバリーは目を見かわした。幼児よりは大きいが、十歳まではいかないくらい。五歳から七歳というところだろうか。

「それからずっとカウンセル夫妻のところに？」

イエス。

「ごめんなさい」キンバリーは言った。誰かがこの少女に謝らなければならないと思ったからだ。この子はごく初期の段階で人生に裏切られ、社会の誰ひとりそれに気づかなかった。目の前で母親が死ぬのを見せられたばかりか、自分も撃たれ、その後の人生を召使いとして生きることを強いられてきた。

スミザーズ保安官に目をやると、言葉にできないほどの怒りが顔ににじんでいる。どう思っているのか尋ねるまでもない。何しろこれはすべて、彼の地域で起きていたことなのだ。

「パスワードを聞きだす前にハワードを殺さないでよ」キンバリーは注意した。

「だいぶ自制心が必要になりそうだ」保安官が荒っぽい口調で応じた。

キンバリーは深く息を吸い、そこにいる面々を見わたした。フローラは取りもどしたナイフをブーツにしまっている。

「みんな、それぞれやることがあるわね」

うなずきが返ってくる。

「言うまでもないことだけど、謎の殺人犯は武装していて危険であり、この町の誰を信用できるのかわからない。そしてこの犯罪組織は明らかに戦わずして降伏するつもりはない」

さらなるうなずき。

「みんな気をつけて、充分に警戒して。三日で少なくとも三人の死人が出てる」キンバリーはそこでもう一度深く息を吸った。「次がこのなかの誰かにならないようにしないとね」

35 D・D

D・Dはボニータとキースを乗せてマウンテンローレルB&Bへ向かった。キンバリーのバッグにFBIの帽子があったので、それをボニータにできるだけ目深にかぶせて顔をわかりにくくした。変装というほどの変装でもないが、何もないよりはいい。

三人のなかでキースが一番リラックスしている。もっとも、D・Dの見るかぎり、このコンピュータ・アナリストは一部始終をめくるめく冒険と思っているふしがある。今朝も鼻歌を歌っていた。いや、でもあれはひょっとすると……

ハンドルを握りながらD・Dは目を丸くした。もう人の私生活についてあれこれ勘ぐるのはやめて、仕事に集中すべきだ。

メインストリートの角に美しいヴィクトリア様式の建物が見えてきて、スピードを落とした。家のぐるりを囲むポーチへの階段には黄色い立入禁止のテープが張られ、その隣に保安官助手がひとり立っている。D・Dは唇をすぼめて考えた。正面から入るのは避けたい。目立ちすぎる。

ブロックを回りこむと、保安官事務所の車がもう一台とまっていた。だが、その隣に車をとめても保安官助手の姿が見えない。

とたんに悪い予感に襲われた。裏口のドアはB&Bの名前の由来にもなっている大きなシャクナゲ《マウンテンローレル》の木になかば隠されている。謎の男がもし戻ってきたら、きっとここを狙うだろう。過労ぎみで眠気をもよおしている保安官助手に背後から忍び寄り、そして……

制服姿の男が視界に入ってきた。煙草を揉み消しながら、D・Dの車に気づいてばつの悪そうな視線を向けてくる。

知らずに詰めていた息を吐きだした。神経質になりすぎている。びくびくしてないで、人でなしどもを捕まえるのだ。

その意気で勢いよく車のドアをあけた。キースとボニータも続いた。

D・Dは身分証を見せた。保安官助手は一服していたところを見られて気まずそうだったが、頭をよぎった想像を思えばそんなことは気にもならなかった。保安官助手にドアをあけてなかに入れてもらうと、また外で見張りを続けるよう指示した。ふたりの民間人を連れているときにボニータの悪魔が押しいってくるほど避けたいものはない。

年代ものの大邸宅に足を踏みいれた瞬間は、どこにいるのかわからなかった。ひとつには明かりが消えていて、奥の廊下が暗かったせいだ。もうひとつは静寂。ヴィクトリア様式の家は何かをじっと待っているように静まりかえっている。

ボニータが壁に手をつけているのに気づいた。羽目板をぽんぽんと叩いて安心させているのかと一瞬誤解しそうになった。

あいかわらず迷子の気分だ。ここはまるで迷路のようだし、裏口から入ったのはこれがはじめてだった。D・Dはキースに顔を向けた。「コンピュータがいるのよね?」

「うん。まずはどのコンピュータにTorブラウザが入ってるか調べないと。それがダークウェブ用に使ってたコンピュータだから」

「わかった。ボニータ、オフィスに案内してくれる?」

少女がうなずいて歩きだした。ここへ戻ってきて恐怖や不安を感じていたとしても、顔にはまったく出していない。

角を曲がると、正面に玄関ホールが見えた。右手に堂々たる階段が、左手にはもう一本廊下が延びている。その廊下の奥がマーサ・カウンセルの遺体が見つかった部屋で、右手の最初のドアがオフィスのようだった。

D・Dは部屋を見まわした。床に散らばったファイル、空の金庫。ドアのまわりやデスクは指紋採取用の粉で汚れている。金庫の中身はもう証拠として持ち去られたのだろう。

部屋にはまだつんとする薬品臭がかすかにただよっている。血液や体液の痕跡がないか検査したらしい。カーペットの一部が切りとられるとともに、ウィングバックチェアのシルクのカバーもかなり大きく布地が切りとられている。ということは、検査結果が陽性だったのかもしれない。

キースは気づいた様子もない。まっすぐデスクに向かい、しゃれたステンドガラスのランプのスイッチを入れ、コンピュータのモニターをじっと見ている。

「手袋」D・Dは注意した。

コンピュータ・アナリストがかすかに顔を赤くして、ポケットから手袋を取りだした。安っぽいラテックスではなく、薄い黒の布製だ。いかにも金持ちの実話犯罪マニアがインターネットで注文しそうな品。D・Dは目をぐるりとさせたくなるのをこらえた。キースの意図には怪しいところがあるかもしれないが、腕は本物だ。この犯罪組織の秘密の活動を追える者がいるとすれば、それはキースだろう。

彼がデスクトップを起動させた。もうすでにオタク・ゾーンに入っている。

「スミザーズ保安官からユーザーネームとパスワードの件で連絡が入ったら知らせるわね」

キースが上の空でうなずいた。早くも手袋をはめた指先をキーボードの上でせわしなく行き来させながら。

D・Dとボニータは部屋を出た。

廊下でD・Dは訊いてみた。「この宿で好きなところはある?」

ボニータは少し考えたすえに、階段を指さした。

「見せて」

少々大変だった。少女は階段をのぼるのに時間がかかったし、二階ぶんのぼらなければならなかった。最上階の三階に着くと、ボニータが深紅のカーペットの敷かれた広い廊下を歩いていった。少女は進むにつれて自信なさげになっていったが、やがて突きあたりのドアにたどりついた。

ボニータがD・Dをちらっと見て、そっとノックした。なかから返事がないとわかると……。

少女が静かにドアをあけてなかに入っていった。

豪華な部屋だった。小塔の最上部に位置していて、窓が並ぶ湾曲した壁に高い天井がすばらしい。カウンセル夫妻はここをハネムーン・スイートにしたようだ。丸い敷物の上にキングサイズのベッドが置かれ、美しいアンティークの家具が空間を飾っている。頭上の尖った天井は紺色に塗られ、そこに星が描かれていて、壁は夕陽の赤に塗られている。

ボニータがゆっくり部屋を進んでいった。窓辺へ向かうか美しいソファにすわるのだろうと思っていると、少女がカーペットの中央まで行って、ぎこちなく床にすわり、そのまま横たわった。身体をまっすぐにし、おなかの上で手を組んで上を見あげる。

D・Dも少し驚きつつ、ボニータの隣に寝そべって同じようにした。

それでわかった。天井の星は適当に描かれているのではない。少し集中してみると、北斗七星や北極星やほかの星座が見えてきた。

ボニータが上を指さした。最初はこれ、次はあれ。D・Dは頭を傾けて少女の視線の先に合わせようとしたが、それでもわからない。

「何が見えるの？」

もちろんそれはイエスかノーかの質問ではないから、ボニータには答えられない。少女が首をひねり、D・Dと鼻がくっつきそうなほど顔が近づいた。その目には悲しみが浮かんでいる。若くしてあまりに多くのものを失ってきた少女の表情。

D・Dは思わず考えずにはいられなかった。ジャックは姉ができたら喜ぶだろうか。そんなことが言える立場ではない。この子の保護者になるなんて出すぎもいいところだ。でもこの事件が終わったら……ボニータの母親は亡くなっている。この子はいままでずっと強制労働をさせられてきた。本当にこの子をただ児童福祉機関に引きわたすべきなんだろうか。考えるだけでも耐えがたい気分になる。

「お母さんのことを考えてるの?」D・Dはそっと訊いた。

うなずき。ボニータの描いた母親の絵は背景が砂漠だった。そういうところでは星がよく見えるはずだ。この天井の星を見ると、生まれ故郷が近くに感じられるのかもしれない。

「ほかの女の子たちのことを考えてる?」

少女がまたうなずき、また指をさした。そこ、ここ、あそこ。

D・Dは少し考えた。「星に女の子の名前をつけてるの? ここに来て、それからいなくなった子たちの」

新たなうなずき。この小塔の天井はボニータの帳簿だったのだ。ほかに手段がないとすれば、それもわかる。

ボニータが手を伸ばし、D・Dの手をとってそっと握った。また胸が締めつけられる。プロでいなければならないのに、この子をただ抱きしめて守ってあげたくてたまらない。

「あなたのお母さんのことが聞きたいわ。もっといいコミュニケーションの手段が見つかったら、そのときは聞かせてね」

うなずき。

D・Dはほほえんだ。「この部屋を見せてくれてありがとう。あなたにとってどんなに大事かよくわかった。でも、さしあたってまた地下におりなきゃいけないわ」

階下に向かいかけたところでD・Dの電話が鳴った。保安官の番号からだった。出ると、とたんに背後の騒ぎが耳に飛びこんできた。

「問題が発生した」スミザーズ保安官が重々しく告げた。

「ハワード・カウンセル?」

「ああ、房で死んでいるのが見つかった」

「それはまた……」受付係のフラニーの声が聞こえてきた。「でもその男性が騒いで帰らないものだから、保安官助手のチャドを呼ぶしかなくて……」

「わかったよ、フラニー」と保安官が言った。「わかったから」だが、保安官が大きなため息をつくのが聞こえた。

何が起きたのかわかった。保安官事務所の受付での陽動作戦で、ハワード・カウンセルの房を監視していた保安官助手がおびき寄せられたのだ。

「フラニーは騒ぎを起こした男の人相をおぼえてる? どんな細かいことでもいい、特徴を聞きだして」

「仕組まれたことだったと?」

「偶然にしてはできすぎてる。全員の口をふさいでるのよ。最初がマーサ、次がエレーヌ、そしてハワード。たぶんコックももう死んでるわ」

だが、最後の部分についてはD・Dも懐疑的だった。あのコックは死ぬようなタマには思えない。邪悪な謎の男と張りあえて、ひょっとしたら右腕を務められる人間がいるとしたらあの女だろう。

「あいつはどうして毛布なんか持ってたんだ？」スミザーズ保安官が誰かに訊いている。

「寒いと言われたので。すみません、こんなことになるとは。本当に、本当にすみません」若い男の声。たぶんチャドという保安官助手だろう。こういうミスは忘れたくても忘れられるものではない。

またため息。そして背後でさらなる物音。

「ハワードに話は聞けなかった」保安官が電話口に戻ってきた。「ここに着いたときにはもう、やつが死んで騒ぎになっていた」

「じゃあユーザーネームとパスワードはわからずじまいなのね」

「ああ」

今度はD・Dがため息をつく番だった。「キースに知らせるわ。でも保安官、あまり自分を責めないで。キースの仕事は前にも見たことがある。ハワードの死で時間は少しよけいにかかるだろうけど、望みが消えたわけじゃないから」

「本当にすまない」

それに続くようにまた背後で謝罪が聞こえた。フラニーだ。手を揉みしぼっているか、金の十字架のネックレスをいじっているのが目に浮かぶ。

「敵が一歩先を行ってるのは間違いない」D・Dは言った。「だからこそこっちも前に進みつづけないと。できたらマウンテンローレルB&Bに来て手伝ってくれない？ユーザーネームとパスワードは個人情報がもとになってることが多いの。どこかにメモしてあったり、オフィスや寝室に飾ってある写真にヒントがあるかもしれない」

「わたしも手伝います」フラニーが背後から言った。「何かやらせて。申しわけなくてたまらないの！」

D・Dは目をぐるりとさせた。まあ役に立ってくれるなら誰が来てもいい。

「一時間ほどくれないかね」保安官が言った。「ここの遺体の始末をつけてからそっちに行く」

「ありがとう、保安官」D・Dは電話を切った。ボニータがもの問いたげな視線を向けてきた。「ハワード・カウンセルが死んだわ」

少女の顔に何かがよぎって消えた。この子は自分をメイドとして扱ったカウンセル夫妻を憎んでいたのだろうか。それとも身寄りがなくなった自分を引きとってくれて感謝していたのだろうか。両方かもしれない。とらわれた相手を憎むと同時に愛することはある。フローラに訊いてみればいい。

ボニータと階段をおり、オフィスへ行ってキースに知らせを伝えた。

もうデスクトップに向かってはおらず、目の前にラップトップを開いていたキースが達観したように肩をすくめた。「Ｔｏｒブラウザを見つけた。これがそのマシンだよ」

「今朝のせめてもの進展ね。保安官があとで来てユーザーネームとパスワード探しを手伝ってくれるから」

また肩がすくめられた。「このオフィスには山ほどデータがある。まずは誕生日とか記念日とか猫の名前とかから始めてみるよ。いずれかならず見つかる」

「保安官にもそのとおりに言ったわ」

「どこへ行くの？」

「地下。使用人の部屋があるところ」

キースが眉をひそめた。「こういう古い屋敷では使用人の部屋はたいてい屋根裏なんだけど。地下は気温が低いから、根菜やなんかの生鮮食料品の貯蔵庫として必要だったんだよ。それに暖房用の石炭や薪のための広い倉庫と、もっと狭くて機密性の高い、キッチンの生ごみやそのほかの……廃棄物を入れておくところも」キースが鼻にしわを寄せた。「ようするに、涼しい地下室を使用人に使わせるなんてもったいなかったってこと」

「ここの地下室には狭い部屋と通路がたくさんある。カウンセル夫妻があとからつくりかえたのかも」Ｄ・Ｄは言った。

キースは納得していない様子だ。「作業を始める前にオリジナルのハードドライブをバックアップしておかなきゃいけないんだ」とゆっくり言った。「待ってるあいだにぼくも行くよ」

「ほんとに地下を見てまわりたいの？」

「うん、ほんとに」

36　フローラ

ゆうべ、わたしはセックスをした。

朝になっても現実とは思えなかった。またかつてのような女に戻って、かつてのような体験をする日は二度と来ないと何年も思ってきて……

いまのわたしは違って見えるだろうか。

いまのわたしは実際に違っているだろうか。

きょうはキンバリーと一緒に行動することになってよかった。D・Dには観察されてばれてしまっただろう。でもキンバリーとわたしはそういう間柄ではない。

出かける前に、キースはわたしに軽くキスをした。それから、おでこをくっつけてしばらくそのままでいた。キス以上に伝わってくるものがあった。わたしたちは翌朝のぎこちなさとは無縁だった。かわりにベッドから事件現場に直行だ。そういうカップルがどれだけいるかわからないが、わたしとキースにとっては驚くことでもない。いつもと変わらない一日。

気を引きしめなおそうとする。ゆうべはすばらしい夜だったし、今夜にはもっと期待しているところもある。それでも変わっていないことがある。死体の山。まったく見かけどおりではない町。そしてこれから、おそらく頭がまともではなく、ショットガンでわたしたちを出迎えるであろう男に朝の訪問だ。

車を交換し、D・DがFBIの公用車を、わたしたちがレンタカーを使うことにした。キンバリーはわたしの言ったこと――ウォルトは自分の敷地に入ってきた警察の人間を歓迎するタイプではない――をしっかり聞いて、バッジも腰の銃も置いてきた。とはいえ本当に丸腰のわけはない。アンクルホルスターだろう。わたしのナイフともお似合いだ。

武器を持ったふたりの被害妄想の女が、輪をかけて被害妄想の男を訪ねるだけ。悪いことなど起こりようもない。

ウォルトの地所の端の門にはしっかり鍵がかけられていた。キンバリーが車をとめ、ふたりでおりた。ウォルトがもうカメラの映像を見ているかもしれないから、わざと気楽な表情を浮かべておく。キンバリーは少し退屈そうな顔。ジーンズにぴったりした黒いTシャツ姿のキンバリーは痩せていて筋肉質で、喧嘩をしたら強そうだ。

門に近づいていき、柱に取りつけられたカメラを見つけてその真ん前に立ち、手を振って待った。

一分が過ぎ、二分が過ぎた。門が魔法のように開くことはなかったが、そもそも自動式ではない。ウォルトの地所は新しい防犯機器と古い建物や塀が奇妙にまざりあっている。門をあけるにはここまで歩いてきて、自分で南京錠をはずさなければならない。問題は、そうするかどうか。

キンバリーがあくびをして伸びをした。関心の薄い友達の役の演技だ。

足音は聞こえなかった。いきなり金属の門の向こうにあらわれたウォルトに、キンバリーもわたしもぎょっとした。

はじめてキンバリーの顔に不安がよぎった。とくに、ウォルトが手にしたポンプアクション式のショットガンを目にしてからは。

「また来たのか」

「あといくつか訊きたいことがあって」

「新しい友達も一緒か」

「キンバリーよ」

「ATF（アルコール・タバコ・火器及び爆発物取締局。連邦法執行機関）か、FBIか、州警察か？」ウォルトがキンバリーをじろりと見た。「民間人じゃないな、絶対に」

キンバリーが彼を冷静に見かえし、「FBIよ」と認めた。「でもきょうはフローラについてきただけ」

だがウォルトも馬鹿ではなかった。「見た顔だな」

わたしが思いだすのと、ウォルトが点と点をつなぐのはほぼ同時だった。

「そうだ、おまえをテレビで見た。息子を殺した作戦を指揮してたのはおまえだな」

キンバリーは黙っている。

「おまえは怪物をひとりこの世から消した」ウォルトが淡々と言い、南京錠をあけてわたしたちをなかに入れた。

ウォルトのあとについて木々を抜けると、母屋の散らかった玄関ポーチと古びて黒ずんだ外観が見えてきた。ウォルトが脇におろしているショットガンにどうしても目が行く。キースとわたしは一度この男から生きのびたが、だからといってその翌日にジェイコブの死にかかわったFBI捜査官とふたりでのこのこやってきたのは正しかったのだろうか。

ウォルトにはあのショットガンを使う理由がたっぷりある。キンバリーとわたしも決して無防備ではないが、それでも彼の地所で、あの銃と動機がある。向こうが有利なのは間違いない。背筋を伸ばし、ウォルトの一挙手一投足から目を離さないようにする。この年月で学んだことがあるとすれば、すべての捕食者が襲いかかる直前にはその気配を出すということだ。

隣を歩くキンバリーは、何も見ていないようなふりをしながら、いくつもの離れ屋に視線を走らせて頭に入れようとしている。ウォルトもわたしもだまされなかった。おたがいに疑心暗鬼のトリオ。加えて、わたしたちにはジェイコブという共通点がある。そしてウォルトの言葉が信じられるなら、三人ともジェイコブに死んでほしいと思う理由があった。

ウォルトがポーチの木の椅子に腰をおろした。すわって自身の王国を見わたせるその場所が定位置らしい。キンバリーとわたしは必然的に、その向かいに置かれた壊れかけのふたりがけソファに納屋を背にしてすわるしかなかった。キンバリーは居心地が悪そうだ。わたしもきのう同様、きょうも落ち着かない。

多くの犯罪者が最後には自分の傲慢さゆえに捕まる。悪事を重ねるほど大胆になり、不注意になるからだ。自警団にも同じことが言えるのだろうか。

「マウンテンローレルB&Bのハワード・カウンセルとマーサの夫妻を知ってる?」わたしはウォルトに尋ねた。

肩がすくめられた。「ハワード町長? 誰でも知ってる」

「マーサがきのう首を吊って死んでいるのが見つかったの。そしてきょう、あのB&Bのメイドのひとりがわたしたちの泊まってるホテルの外で吊るされていた。ただ殺されてたんじゃなくて、その前にナイフで傷つけられてた」

ウォルトは表情を変えず、その膝にのせたショットガンから手を動かすこともなかった。

「ここの森はおそろしいところだ」ようやくそれだけ言った。

わたしは身を乗りだしてじっと彼を見た。「木々は夜に叫ぶかもしれない。でも木は若い女たちを殺さない。人間が殺すのよ。ジェイコブみたいな人間が」

「ジェイコブは死んだ」

「でもこの町は静かになってない。ここの山も、森も、コミュニティも。そこらじゅう死体と骨だらけ。あなたは自然のなかに住んでるんじゃなくて、墓場に住んでるのよ、ウォルト」

ウォルトが視線をそらした。何を考えているのかわからない。あるいは、何が聞こえているのか──風のうなり、それとも女の悲鳴？　賢くて狂っている老人。自分で認めていたとおり、かつてはドラッグとアルコールで脳をやられていた。それでも、口にしている以上のことを知っているように思える。だが同時に、もう何が本当なのか本人にもはっきりしないのではないか。

孤独は心を狂わせる。ウォルトもわたしもそれをよくわかっている。

「話して」とささやきかける。「わたしとあなたの仲でしょ、ウォルト。ねえ話して。聞くから」

隣のキンバリーは動かない。わたしのやりかたをよく思っているのかいないのかわからないが、とにかくまかせてくれている。その信頼のあらわれが嬉しい。

「カウンセル夫妻は有力者だ」ウォルトがようやく言った。

「会ったことがあるの？」

「こんな小さな町だ。おたがいを知らずにいるほうがむずかしい」

「あなたを調べるように言ったのがカウンセル夫妻よ。あなたは頭がおかしくて、暴力的でもあるかもしれない、森で見つかった遺体もあなたのせいかもしれないって」

ウォルトが肩をすくめた。「みんないろんなことをわしのせいにする。そのほうが簡単なんだろう」

キンバリーが口を開いた。「ハワード町長は暴力的なタイプだと思う？　自分の妻を殺せるかしら？」

「いや、ハワードは口だけだ。実際に手を出すタイプじゃない」

「誰かがこのあたりで次々に人を殺してるのよ」

今度もウォルトはすぐには何も言わなかった。

「ウォルト、マイクログリーンは自分でアトランタに運んでるの？」わたしは何げなく訊いた。

はじめてショットガンの銃身に置かれた手がぴくっとした。「だいたいはな」

「帰りに何か持って帰ってくることは？」

「何をだ？」

「あなたに訊いてるの」

「もう悪いことはしてない。きのうそう言ったろう。森が真人間に戻してくれた」

今度はわたしが肩をすくめる番だった。「みんな改心したって言うのよね。暴力を振るったり、かっとなったり、自分のなかの闇を外に出すことはもうしないって。でもそれは言うほど簡単じゃない。わかるわ、ウォルト」

「わしの息子は悪魔だった」

わたしは黙っていた。

「戻ってきて、あのパブにあらわれたとき……父親に会いにきただけとは一瞬たりとも信じなかった。これだけの年月がたって、いまさらどんな理由がある？」

「生まれ故郷がなつかしくなったのかも」

「出ていったとき、あいつは五歳だった。五歳のときのことをどれだけおぼえてる？」

わたしは首を振り、一瞬ののちにわかった。「ジェイコブがわたしをここへ連れてきたのは、土地勘があって勝手知ったる場所だったからだとずっと思ってた。でも、この町やこのあたりの山をそんなにくわしく知ってたはずがないって言ってるのね？　出ていったときまだ幼かったから」

ウォルトがうなずいた。

「じゃあどうして放置されたキャビンのことがわかったの？　どうしてわたしをここへ連れ

てくればいいとわかったの？」

また肩がすくめられた。だがウォルトがはぐらかしているわけではないとわかった。彼自身もその疑問への答えがわからず、不思議に思っているのだ。ジェイコブは本当はなぜジョージア州のニッシュという町に来たのか。ウォルト自身の見立てでは、ホームシックになったわけでも、突然父親と再会したくなったわけでもないはずなのに。

キンバリーが口を開いた。「ジェイコブはカウンセル夫妻と親しくするようなタイプじゃないわよね。少なくともわたしには想像がつかない」

「そうだな」

「じゃあ誰となら親しくしそう？　ウォルト、誰ならここへ連れてきそう？」

「わしはいつも自分でアトランタまで行くわけじゃない」ウォルトが不意に言った。

キンバリーもわたしも続きを待った。

「春の終わりから秋のはじめごろまでは気温がすごく高くなる。わしの古いヴァンはエアコンの効きが悪い。着くまでにマイクログリーンがしおれちまうんじゃないかと心配だった」

わたしはうなずいて先をうながした。

「ある晩、パブにいたら――」

「お酒をやめたって言ってるわりにはよく酒場に行くのね」

「メシは食わなきゃならんからな。それでパブにいたら、男が近づいてきた。少し話してると、運送の仕事をしてるっていうんだ。冷蔵トラックで花だとか鮮魚だとかをアトランタからこのあたりのホテルやレストランに運んでるってな。トラックのことをさかんに自慢してた」

「ええ」

「話してるうちに思いついた。暑い時期はこの男にマイクログリーンを運んでもらって、その帰りに魚やら花やらをのせてくればいいんじゃないかってな。わしにとってもやつにとっても都合がいい。それで握手して話がまとまって、この何年かはそうやってた」

「そんなよく知りもしない男にマイクログリーンを信じて託したっていうの？」信じがたい話だった。

「それが問題だ。信じるべきじゃなかったし、信じる理由もなかった。でもやつにうまく言いくるめられた。あとになって考えてみると、あいつは最初から知ってたように思える。わしのマイクログリーンのことも商売のことも。パブで会う前から全部知ってたんだ。偶然のはずがない。たぶん仕組まれてたんだろう」

「なのに取引を続けたの？」

「そうしない理由がなかった。やつは毎回ちゃんと来てマイクログリーンを運んでくれたからな。わしは半分いかれてるかもしれんが、馬鹿じゃない。それに商売は商売だ」

「ウォルト、その男は誰？」キンバリーが少しじれたように言った。

「クレイトンだ。このあたりで育った。いまはどこに住んでるのか知らん。気分であっちこっち渡り歩いてるらしい」

「クレイトンっていうのは苗字？　名前？」

「訊いてない」

「支払いはどうやって？」

「現金で。銀行なんかに大事な金は預けられんからな」

「クレイトンの人相は？」

「でかい男だ。髪は黒っぽくて目は茶色。若くもないし年寄りでもない。たいした話はしてないからよく知らん」

まだ言っていないことがありそうだ。「話して、ウォルト」

少したためらったのち、「やつはナイフを持ち歩いてる。でかくて刃がぎざぎざのいかめしいやつだ。それを隠してるんじゃなくて、誰にでも見えるように持ってる。みんなに知らせてるんだ」

「何を知らせてるの？」

「そういう男だってことを。ジェイコブみたいな。昔のわしみたいな。掛け値なしの極悪な人間だってことをだ。あのナイフは飾りじゃない。それにあの冷蔵トラックでしょっちゅうアトランタに行ってるのも……ああいう車ならいろんなものが運べる」

「クレイトンはどこに行けば見つかる？」キンバリーが尋ねた。

「そのへん。言ったろう、やつには決まった住所がない。だがそのうちまたあらわれる」

「品物を運んでもらいたいときはどうやって連絡するの？」

「しない。あっちから来る。二週間ごとに。そこはきっちりしてる」

「次の出荷日はいつ？」

「五日後だ」

「五日も待てないのよ、ウォルト」わたしは心から言った。「五時間だって待てるかどうか」

「じゃあその男と最初に会ったパブの名前は？」キンバリーが食いさがった。

またかすかなためらいが見えた。続いて長く震えるため息。それはどこか死の直前の喘鳴《ぜんめい》を思わせたが、わたしがびくびくしすぎているせいかもしれない。

「見せたいものがある」ウォルトが言って、ショットガンを手に立ちあがった。キンバリーとわたしも遅れて立ちあがった。「森の話をしたろう。闇の話を、木々の話を。あのうめきや叫びは、ただ葉が風に吹かれてる音じゃないと」

わたしはうなずいた。

「そういう話をすると、みんなわしがいかれてると思う。でもわしにはわかってる。ずっと聞いてきた。もう何年も」ウォルトがわたしを見た。「わしはおまえを救えなかった」

それは質問ではなかったので答えなかった。

「誰も救えなかった。ただ暴力を振るって、息子をもっとひどいことをするやつにした。残せたものは死とマイクログリーンだけだ」

わたしはそれでも黙っていた。

「森が夜に叫ぶ理由をわしは知ってる」ウォルトがささやいた。「ちょっと歩くのがいやじゃなければ、それを証明してやる」

37

D・D

オフィスを出ると、D・Dはボニータの先導に従った。まっすぐ地下への階段をめざすと思っていたら、少女は玄関ホールへ向かい、しゃれたサロンを抜けて厨房に入っていった。

ボニータがステンレス製の長い業務用食器洗浄機の前で足を止め、何かを手にとって脚を切るまねをもう一度した。

「ここでステイシーがナイフを手に入れて自殺したのね」D・Dは確認した。

短くきっぱりとしたうなずき。

ボニータが右手の奥の掃除用具入れの扉をあけ、バケツに入ったモップを指さした。

「誰かがこのモップで掃除をしたんだね」とキース。

ボニータが自分の胸を指した。

「あなたが掃除させられたの？」D・Dは考えただけで気分が悪くなった。

また短くきっぱりとうなずいてから、ボニータが厨房から出ていった。今度こそ行き先は地下だった。少女のゆっくりした歩調に合わせ、D・Dとキースも暗くひんやりした空間へと通じる階段をおりた。

階段の下に電灯のスイッチがあったが、つけても古めかしい燭台は地下を明るく照らすにはほど遠かった。

ボニータが足を引きずって進み、ふたりはあとからついていった。少女は今回は廊下の突きあたりの厚い木の扉にまっすぐ向かった。精緻な彫刻がほどこされた両開きの扉はきのうからあいたままで、上のオフィスと同じ薬品のにおいがここにもただよっていた。鑑識がひと晩じゅうこの部屋の床にルミノール液をかけて血痕を探していたとしても驚かない。正式な報告書はキンバリーに行くが、その所見にはきっと凄惨で身の毛のよだつような内容が含まれているのだろう。賭けてもいい。

部屋に入ってからのボニータの動きは、さっきまでの迷いのないものではなくなっていた。より慎重な足どりで、肩に力を入れ、顎を深く引いて防御姿勢をとっている。いつ影が襲ってくるかと警戒しているように。少女が石の壁に近づいて手をつけた。支えにしているだけか、もっとべつの目的があるのだろうか。

キースが電灯のスイッチを見つけて押した。黒ずんだ鎖で天井からぶらさがる、木製の車輪の上に並んだ燭台に明かりがともったものの、やはり光量が充分でなく薄暗い。

「ここは何？」キースが声をひそめて言った。

「さあ。集会所かしら」

「悪の秘密結社の世界本部とか？」

「まさにそんな感じね」

ボニータが巨大な石造りの暖炉に近づいた。なかを覗きこみ、何本も並んだ重い鉄の火かき棒に手で触れる。それから大きなオーク材のテーブルのところへ行って考えこみ、やがてテーブルと奥の壁のあいだの石の床を指さした。

期待のこもったまなざしでD・Dを見あげる。

「最後にステイシーの遺体を見たのがそこなの？」

うなずき。

「そのあと遺体がどうなったか知ってる？」なぜ遺体を地下まで運んだのだろう。

肩がすくめられた。

D・Dも暖炉を覗きこんだ。「燃やそうとしたとか？」普通の火ではそれは不可能だ。火葬炉でも遺体を骨から灰にするには千度以上の温度で燃やさなければならない。これだけ大きな暖炉であっても、焦げた骨の山が残っているはずだし、焼けた肉のにおいもしているはずだ。燃やされた遺体をたくさん見すぎた刑事はみなバーベキューができなくなるのはよく知られている。

D・Dはもう一度ボニータに視線を送った。

少女がまた肩をすくめた。そこまでしか知らないようだ。D・Dは床のその部分に行ってみた。両開きの扉から一番遠く、ましてボニータの悪魔の男は厨房から人目につく玄関ホールを通って階段をおり、この広い地下をここまで遺体をかついでくる必要があった。筋が通らない。犯罪者は生来怠惰なものだ。なぜメイドの遺体を夜陰にまぎれて裏口から運びださなかったのだろう。遺体をここへ持ってくるのはよけいな労力がかかるし、リスクも増す。気にいらない。

キースが部屋を歩きまわり、壁から壁に手をすべらせながら、眉間に深いしわを寄せている。オタクが今度は何を考えているのだろうと思っていると、D・Dの携帯電話が鳴った。地下に電波が入ることを意外に思いながら電話を取りだすと、知らない番号だったものの、キンバリーと同じ局番からだった。

「ちょっと失礼」と断わり、石の部屋から廊下に出る。「はい、D・D・ウォレン部長刑事」

「ウォレン部長刑事、レイチェル・チャイルズ特別捜査官よ。FBIの証拠収集班のリーダーの」

「おぼえてるわ」

「クインシー特別捜査官に何度も電話してるんだけど出なくて」

「そう」キンバリーはウォルトの前で電話に出たくないのかもしれない。とはいえ捜査本部のリーダーが電話に出ないというのは……

「報告したいことがあって」チャイルズが言った。「キンバリーに連絡がつかないので、とりあえずあなたに知らせておこうと」

「また新たに遺体が埋まっていそうな現場を見つけたって聞いたけど」

「ええ、さらに五カ所」

証拠収集班のリーダーの口調はそっけなかった。ボニータの絵を見て、森にもっと遺体があるのはわかっていたが、それでも衝撃だった。

「数が数なので」チャイルズが続けた。「本部に連絡して応援を送ってもらう必要がある。これだけの規模の現場を扱うとなると、複数の班だけじゃなく、法人類学者も複数必要になるでしょうね」

「数十の遺体があるかもしれない」D・Dはどうにか言った。

一瞬の間があいた。「それならまた捜索犬を呼んだほうがいいと思う」

州外から来たD・Dに権限はなかったが、それでも言った。「賛成」

「今回の遺体は先に見つかったものより新しそうなの。わたしたちは専門家ではないけど、

動植物などから判断して――」チャイルズが淡々と言った。「――五年以内じゃないかって
ハロルドは見てる」

「これからあらゆる時期の遺体が見つかりそうな予感がするわ」

ふたたび間があいた。だがD・Dはくわしく説明しなかった。ボニータの役割は秘密にしておきたかった。少女はもう充分に危険なのだ。捜査本部のなかでも少女のことを知る人間はできるだけ少なくとどめておきたい。

「クインシー特別捜査官にメッセージを送ったんだけど」チャイルズが言った。

「それでも何も返事がないの？　メッセージも？」

「ええ」

「わたしからも連絡してみる」

「お願い。午後にまた連絡するわ。とりあえず見つかった現場の保存と封鎖をしつつ、ハロルドとフランクリンがさらに捜索を続ける予定」

さらなる遺棄現場、とD・Dは思った。さらなる遺体。「わかった」

「もしクインシーから連絡があったら――」

「かならず知らせる」D・Dは電話を切った。ふたたび部屋に戻る。「キース、きのうウォルトの家に行ったとき、携帯の電波は入った？」

「うん、入ったよ。Ｗｉ－Ｆｉも。防犯システムがそれで動いてるから」

D・Dは上の空でうなずいた。「フローラにメッセージを送ってみてくれない？」

「どうして？」

「ただの確認。わたしもキンバリーに送ってみるから」

キースはだまされなかったが、D・Dの視線をたどってボニータに目をやった。少女はテーブルのそばに立ち、腰のあたりを両手できつく抱いている。「わかった」

キースが携帯電話を取りだしてタップしはじめた。D・Dもメッセージを送った。胃のあたりがざわざわする。だが、それがこの地下牢めいた空間のせいなのか、ちゃんとした刑事の勘なのかはわからない。

キースが電話をしまって、また壁を検分しだした。

「何を探してるの？」D・Dもついに尋ねた。

「はっきりしないんだけど、でもこの場所は何かおかしい」

「どういうこと？」

「こういう古い家の地下は普通、床が土なんだ。そして中央に上の家を支える石を積んだ柱があるものなんだけど、この地下は細い廊下と狭い部屋があって、それにこの部屋……すごく凝ったつくりだ」

「カウンセル夫妻があとから手を入れたんじゃないの？　スタッフの部屋用に。少なくともどこかの時点で水道や電気を引いたのはたしかなんだし」

「狭い部屋についてはそうだね。でもここは」キースが暖炉に近づいた。「この壁は間違いなくもとの構造の一部だよ」そう言って、密に積まれた不揃《ふぞろ》いの大きな石に指をすべらせる。重機がなかった時代にこれは大変な作業だったに違いない。「この石がしゃべれたらなあ」

D・Dは眉を持ちあげた。「コンピュータ・アナリストから石と話す人に鞍《くら》がえ？」

「いや、ここに来るまでの車でこの町の歴史について読んだだけのITオタクだよ」

「ダロネガはゴールドラッシュの始まりの地なんでしょ。〝あの丘には金が埋まってる〟っていう言葉の発祥だって言ってたわね」

キースがうなずいた。「この山にはほかに何があると思う？」

「ええと、金鉱？」D・Dはそこで言葉を切り、よりゆっくりと言った。「坑道のトンネル。この山には金を掘った跡のトンネルがたくさんあるのね」

「そしてゴールドラッシュのあと、この地域は何で知られるようになったと思う？」

「見当もつかない」

「秘密結社〈地下鉄道〉の一大拠点として。裕福な奴隷廃止派が逃亡奴隷を助けてたんだ。家の地下室に彼らをかくまい、広大な地下トンネル網を通じて逃がしていた」

D・Dも理解した。「ここにもトンネルがあると思ってるのね。この部屋は理由があって集会所になっていた」

「同じ人たちがなんらかの秘密会合のために何度もこの宿に来ていたら、町の人が気づくだろうし、それならぼくたちの耳にも入ってるだろう。町の噂とかで。でも玄関から宿に入る必要がなければ？　べつの入口があったとしたら？」

D・Dは部屋を見まわした。キースの言っていることにも一理ある。「あなたがいまさわってるその壁、暖炉の壁はもとからあったものよね」ゆっくり左に顔を向ける。「あの壁も見るからに古い石でできている」背後の両開きの扉は石膏《せっこう》ボードの壁にはめこまれている。それもわかる。地下室は普通、壁のない広い空間だが、カウンセル夫妻はあとから地下をいくつもの部屋に分けた。となると、あとはボニータが立っているオーク材のテーブルの奥の壁だ。

その壁は古い石造りではない。石膏ボードの壁で、深紅に細かなダイヤ柄の時代がかった壁紙が張られている。濃い色が光を吸収するせいで壁が見にくくなっている。壁紙がただの装飾ではなくカモフラージュのように。

キースが暖炉に戻り、上部の石を指でなぞっている。レバーだ、と気づいた。秘密の通路を開く隠しレバーのようなものを探しているのだ。もはや突拍子もないことにも感じられないし、それなら遺体をここに運んできた説明もつく。

暖炉の反対側に立って見ていると、頭上で大きな足音が鳴りひびいた。

D・Dは凍りついた。キースも。

分厚い両開きの扉が頭に浮かんだ。あそこに椅子でバリケードを築こうか。そして、引き続き脱出用のトンネルを探しながら、巨体の悪魔が扉を破って押しいってくるのを待つ？

どうしてキンバリーからメッセージの返事がないのだろう。フローラからも。

また胃がざわざわするような、ひりつく感覚に襲われる。

行動を起こさなければ。脅威を特定して無力化するのだ。

とはいえ、この薄暗い部屋で上から足音が聞こえてくるだけだ。

「ウォレン刑事？」突然、地下の廊下の向こうから声がした。

保安官の声だ。D・Dは安堵《あんど》のあまりへたりこみそうになった。そうだ、手伝いにくることになっていた。

「ヤッホー」続いてフラニーの声。

D・Dは咳払いをした。「ここよ、地下にいる！」

キースもようやく安心した様子で、暖炉の石積みに注意を戻した。

保安官が戸口に顔を見せた。目を丸くしている。「ここにははじめて来たよ。こんな部屋があることも知らなかった」

「悪の本部へようこそ」キースが言った。

フラニーも保安官について部屋に入ってきた。きょうは水色のアンサンブルニット姿で、その胸のあたりをつまんでいる。「こんな……ここはいったい……」

フラニーがぶかぶかのスウェットにFBIの帽子をかぶったボニータに目をとめた。「子供をこんなところに連れてきたの？　なんてひどい！」

　Ｄ・Ｄに明らかな非難の目を向けてくる。

「もう上に戻ろうと思っていたところ」Ｄ・Ｄは言いわけがましく言ってから、攻勢に転じた。「ところで、今朝拘置所ではいったい何があったの？」

　フラニーがさっと顔を赤らめた。「よくわからないの。ミスター・ベンソンが来て、捜査本部の人につけこまれた、商売に迷惑だって」

「ミスター・ベンソンって誰？　商売というのは？」

「ビル・ベンソン。四輪バギーレンタル店をやってるの」

「ちょっと待って」キースがはっとした。「フローラとぼくはビル・ベンソンと二度話した。彼の店から四輪バギーを借りたんだ。でも料金はちゃんと払ったよ。まだレシートだってある」

　フラニーが両手を広げた。「どういうことか訊こうとしたんだけど、怒るばかりで、そのうち怒鳴りだして」

　キースが眉をひそめた。「ほんとに？　怒鳴ったりするタイプには見えなかったけどなあ」

「いままでそんなことはなかった」フラニーも認めた。「もう二度としてほしくないわ。とにかくすごく興奮してて……助けを呼ぶしかなかったの。ほかにどうすればいいのかわからなくて」

「それでハワードの房を見張ってた保安官助手を呼んだのね」D・Dは確認した。

「建物にいたのがチャドだけだったの。まだ朝早かったし、ほら、みんなすごく長い時間働いてたでしょ……」

D・Dは理解した。組織はハワードを始末する必要があり、今回も戦略的に動いた。キースとフローラから捜査情報を多少は聞いていたであろうビル・ベンソンという男に命じて、朝一番に保安官事務所へ行かせた。その男が気をそらせている隙に、第二の人物が忍びこんでハワードに自殺をうながした。あるいはひょっとすると、第二の人物はもう事務所内にいたのかもしれない。保安官事務所で働いている者の可能性すらある。保安官助手以外に民間人も多数雇われているのだ。現時点ではあらゆることが考えられる。

気づくとまた保安官を見ていた。腐敗した地元保安官なんてわかりやすすぎる気もするが、真実味があればこそのお決まりのパターンとも言える。スミザーズ保安官は心からコミュニティのことを気にかけている地域の父親役のような顔を見せてきた。だが、ハワード・カウンセルからパスワードを聞きださなければならないと知っていた数少ない人間のひとりである。保安官事務所にも、もちろん町民にも、ほかにあの議論の場にいた者はいない。あそこにいたのはD・Dとキンバリー、フローラ、キース、ボニータだけだ。自分のチームのメンバーは当然信用している。とすると残るのは……

「ごめんなさいね」D・Dはとうとう言った。フラニーは明らかに気に病んでいるし、空気に緊張感がただよいつつあったからだ。

フラニーがぎこちなくうなずいた。「スミザーズ保安官には謝ったの。あなたにも謝るわ。これはわたしひとりのミスよ。こんなことはいままでになかったから。ミスター・ベンソンは隣人だと思っていたの。脅威かもしれないなんてちらりとも頭をよぎらなかった。自分が恥ずかしいわ。でも、起きてしまったことは起きてしまったこと。何か力になりたくてここに来たの。わたしにできることはない？」

D・Dは暖炉を調べているキースに目をやった。

「何を探しているんだね」スミザーズ保安官がキースの行動に目をとめて尋ねた。

「秘密のトンネル」

「秘密のトンネル？」

「嘘じゃないわ」D・Dも請けあった。

「そしてぼくは間違ってなかった」キースが勝ち誇ったように言った。「見てよ」彼が石の一個の端に手をかけてぐっと引いた。その石が動き、それとともに、大きなオーク材のテーブルの向こうの、深紅の壁紙に覆われた奥の壁が音を立て、パネルがあらわれたと思うとゆっくり右に開きだした。

ボニータが飛びのき、不自由な足で急いでD・Dのそばに来た。

無理もない。冷たい風が部屋に吹きこんできて顔にあたった。土と松の木のにおいが運ばれてきた。それとともに、よりかすかだが不吉なにおいも。

死臭。

隠し扉が完全に開いて、その向こうに闇が口をあけていた。

38 キンバリー

キンバリーは落ち着かなかった。木々が本当に夜に叫ぶのを証明すると宣言したあと、ウォルトは広い敷地を歩いていき、離れ屋のひとつのなかに消えた。

「いつもああやってショットガンを持ってるの？」男が去るやいなや、キンバリーはフローラに尋ねた。

「うん」

「わたしは予備の二二口径を持ってる。そっちはあのぴかぴかのナイフ？」

「いいナイフよ」

「バタフライナイフがひとつと小口径の拳銃が一挺《ちょう》じゃ、とてもショットガンには太刀打《たちう》ちできない」

「じゃあ撃たれないようにしないとね」

「あの男を信じてるの？」キンバリーは真剣に訊いた。「彼が本当にあなたを救おうとしたと？　彼はジェイコブ・ネスのように邪悪な人間じゃなくて、人生の償いのためにこれから悪者のところへ案内してくれようとしてると？」

「わからない。変に聞こえるかもしれないけど……ジェイコブにもいいところはあった。ゲームをしたり、わたしの好きなテレビドラマのDVDを持ってきてくれたり、やさしいときもあった。たまにはね。だからその父親にもいいところがあるのかもしれない」

納得はできなかったが、そのとき4ストロークエンジンがかかる音が聞こえた。一瞬ののち、ウォルトがふたたびあらわれた。大きなタイヤのついた泥だらけの赤い四輪バギーに乗っている。それをポーチの前にとめて引きかえしていく。もう一台持ってくるようだ。これで移動するということだろう。地元民は道路より森のなかの四輪バギー用のルート網を好んでいるとフローラとキースは言っていた。そのほうが早く、より人目につかない。

つまり、ウォルトにどこへ連れていかれても、誰にもわからない。

キンバリーはD・Dにメッセージを送ろうとポケットから携帯電話を出したが、アンテナが一本も立っていない。おかしい。さっきはたしかに電波が入っていたのに。

ウォルトが二台めの四輪バギーに乗って戻ってきた。一台めよりさらに汚れている。期待のこもった目でみつめられ、キンバリーは一台めのバギーに乗れということだと解釈した。

フローラはもう運転席に乗りこんでハンドルに両手をかけている。

「ちゃんと運転できるの？」

「ちょろいわよ。きのう四、五回木にぶつかっただけ。しっかりつかまってて」

バギーがぐらりと揺れて発進した。一度止まって、ウォルトが敷地の門の鍵をはずし、門をあけ、外に出て門を閉め、また鍵をかける。待っているあいだに、キンバリーは森で何かが光るのを見た気がした。金属の反射だろうか。だがそれは一瞬で消え、ウォルトが砂利を跳ねとばしながら走りだした。

うなじがちくちくする。木々に見られているみたいに。

ウォルトが道をそれ、キンバリーには存在すら気づかなかったより細いでこぼこの山道に入っていく。フローラは苦もなくついていく。きのうも通った道なのかもしれない。

右へ、左へ、右へ。急なカーブ、さらに急なカーブ。のぼり坂になってエンジンがうなりをあげ、キンバリーはバランスをくずしそうになってフローラにつかまった。

いきなり開けた草むらに出た。ウォルトがエンジンを切り、フローラもそれにならった。

老人が四輪バギーをおり、持ってきたショットガンを手にとった。

「ここからは歩くぞ」

フローラとキンバリーはふたたびあとをついていった。そしてキンバリーはふたたび不安が背筋を這うのを感じた。

草地を歩くのは暑かった。誰も水を持っていなかったが、ウォルトは気にする様子もない。やがて森のきわに着くと、ウォルトは生涯そうしてきた山男の容易さで木々のなかに入っていった。

日陰はありがたかった。キンバリーはこの隙に電話をチェックした。やはり電波が入っていない。ふと見るとフローラも同じことをしている。ふたりは目を見かわしたが、黙っていた。

これから何が起きるにせよ、味方は呼べない。こっちはふたり、向こうはひとり。正々堂々と戦うなら、自分とフローラに分がある。だがウォルトは正々堂々と戦うタイプには思えない。ショットガンの持ちかたを見ても、つねに一本の指は引き金の近くに置いている。まずやらなければならないのは、あの武器を奪うことだ。でなければ、いつ振りかえって撃たれるか……

もはやこの午後には悪い予感しかしなかった。

さらに何度も曲がった。ウォルトの姿をいつ見失ってもおかしくない。そうなれば、自分とフローラはあのショットガンに撃たれるまでもなく死んだも同然だ。進むごとに木々はいっそう濃く密になっていく。

ウォルトが足どりをゆるめた。

フローラが老人にぶつかりそうになり、そこで死の行進が終わったことに気づく。キンバリーはフローラの横に並んだ。前方に岩らしきものが積み重なっている。だが目が慣れてくるにつれ、さまざまな錆びた物体が生い茂る草や茂みになかば埋もれているのが見えてきた。先にフローラが進みでた。錆びついた荷車の骨組みから、打ち捨てられた木箱の山、古いつるはしらしきものを順番に見てまわる。

「キンバリー」フローラが呼んだ。

キンバリーは近づいていき、フローラの指の先を目で追った。そのつるはしの木の柄は古びて、長く風雨にさらされていたように黒ずんでいる。そのいっぽう、金属の先端部分は……

「遺体が埋まっていた穴はつるはしで掘られたって、FBIのお友達が言ってなかった?」

フローラがささやいた。

「ええ」

「これならできそうね」

キンバリーはうなずき、しゃがんでよく見てみた。金属部分は新しく見えるだけではない。乾いた土と、何か……黒っぽいものがこびりついている。携帯電話を出して写真を撮った。あいかわらず電波がなくて送ることはできないが、少なくとも記録にはなる。

「この場所は何？」フローラがウォルトに訊いた。

「金鉱の跡だ。この山にはたくさんある」

キンバリーもフローラについて岩のそばへ行ってみると、なるほどいくつかの転がった岩より少し奥まったところに、横穴が口をあけている。

「これ、安全なの？」キンバリーはウォルトに尋ねた。

肩がすくめられた。「山は安全か？」

もっともだ。

フローラはもうその入口を調べている。近づいてみると驚くほど大きい。どうやら年月とともに岩肌がくずれ、大きな岩が地面にごろごろして入口を見えにくくしているようだ。ただしその岩も入口から十フィートは離れているので、四輪バギーやその他の乗り物を入口にぴったりつけることができる。

たとえば死体をのせた小型のトレーラーを引いてここまで来て、運転手がつるはしを積んだあと、そのまま山のなかの誰にも見つからないところへ捨てにいくとか。ただしもちろん、靴ずれがひどくなった新米ハイカーが杖《つえ》を探しに入っていった場合はべつだが。

坑道の入口からかすかなうめきのようなものが聞こえてきた。それは大きくなったあと、ふっつりやんだ。

「風ね」フローラが言った。「岩を吹きぬけてくるのね」

「そうよ」キンバリーはつぶやいた。「風よね」

キンバリーはウォルトに顔を向けた。「この坑道のことは誰が知ってるの？」

「地元の連中、山に来るやつら。べつに秘密じゃない」

「いまでもなかに入ってるの？」

「わしがガキのころはここへ来て酒を飲んでたもんだが、二十年前だったか三十年前だったか、十代の連中がここに入っていってふたりしか出てこなかった。そのあと、郡が入口をふさいだ」

「でもいまはふさがれてないけど」

「ああ」

キンバリーは地面を調べた。専門家ではないが、太いタイヤ痕らしきものが狭い間隔でついているのがかろうじて見てとれる。ちょうど四輪バギーの跡のような。

「どうしてここへ連れてきたの、ウォルト？」そこではじめて、彼がもうショットガンを脇にさげていないことに気づいた。狙いをさだめてこそいないが、前にかまえている。

「叫びを追ってきた」ウォルトが言った。「その木を見つけられたら言おうと思ってな。もう改心したから、これ以上つきまとわないでくれと。長い時間がかかった。毎晩森を歩きまわった。

叫びを追ってたどりついたのがここだった。だが昼に来ても、森はまた静かになっていた。

待たなきゃならなかった。で、ゆうべ、また木が叫びだした。ここに立ってると、口笛みたいにはっきり聞こえた」

「誰が叫んでるの、ウォルト？」

「わしが傷つけたやつら。ジェイコブが傷つけた娘たちかもしれん。待ってろ。もうすぐわしの言ってることがわかるから」

頭上で物音がして、石がばらばらと落ちてきた。キンバリーが飛びのくのと、坑道の入口に五、六個の石が降ってくるのが同時だった。入口の積み重なった岩のところに立っていたフローラも脇に飛びすさった。

ウォルトがさっと視線を上にあげた。楽にして立っていた次の瞬間、ショットガンを肩にかまえて叫んでいた。「見えるぞ、悪魔め！　そこにいるのが見えるぞ！」

キンバリーはぱっとかがんでアンクルホルスターの二二口径に手を伸ばした。ウォルトがショットガンを自分とフローラに向けている。影に向かって叫び、もやのかかった頭で、いつ引き金を引いてもおかしくなさそうだ。

二十フィート離れたところにいるフローラがバタフライナイフを抜こうとしているのが見えた。そのときまた石が降ってきて、落ちてきたなかでもとくに大きな一個がフローラの頭を直撃した。彼女が地面に倒れ、頭から血が流れだした。

ウォルトがいまや坑道とのあいだにいる唯一の人物であるキンバリーに向けて、ショットガンを激しく振りたてている。

「去れと言ってるだろう！　去れ！」

最悪だ。キンバリーは二二口径を抜き、しゃがんだままかまえた。

ガシャ、ドン。

ウォルトが発射した一発めの弾は上にそれた。

キンバリーは標的に狙いをさだめた。引き金を引こうとしたそのとき……

バン。

聞こえたのはショットガンの発砲音ではなく、ライフルの銃声だった。どこかキンバリーの背後の上のほうから発射されている。キンバリーはとっさに頭を低くし、フローラが倒れているところまであとずさった。新たな石の雪崩《なだれ》が坑道の入口に降りそそいでいる。

前にいるウォルトがよろめいた。その汚れたTシャツの胸に鮮血の花が咲いた。ウォルトがショットガンの弾を薬室に送りこみ、上を狙った。また銃声が響いた。ふたつめの鮮血の花が咲き、胸に広がってひとつめと合わさった。ウォルトはまだ銃の狙いをさだめようとしていたが、がくっと膝が折れた。ショットガンがその手から落ち、老人が膝から崩れ落ちた。

唇が動いている。最後の神への祈りか、つきまとう亡霊への言葉だろうか。

やがてわかった。ウォルト・デイヴィースは慈悲を乞うているのではない。自分に命じているのだ。

行け。

血の泡が浮いた唇がまた動いた。

逃げろ、逃げろ、逃げろ！

上からまた音がした。岩肌をおりてくる足音。

前の日のあたる草むらに目をやる。そこにはウォルトが倒れている。

背後に目をやる。そこには危険な古い坑道が口をあけていて、その入口にフローラが大量の血を流して倒れている。

選択の余地はなかった。キンバリーは上の岩肌から急速に迫る危険に追いたてられながら、ジグザグに走り、降ってきた石の山をひとつ、ふたつと飛びこえた。またライフルの銃声が響いた。足もとで土煙があがり、石のかけらがスラックスの生地を裂いた。

身を隠せる最初の大きな岩の陰に転がりこみ、荒く息をつく。フローラはそばの岩の後ろに隠れたところでほとんど気を失っているようだ。頭の傷で顔じゅう血で真っ赤になっている。ほかに怪我がないかたしかめている暇はない。いましかない。

キンバリーはフローラに駆け寄り、全力でその身体を肩にかつぎあげた。

そして、重さによろけながら獣の腹に入っていった。ライフルを持った敵が背後の岩の転がる空き地を抜け、急速に距離を詰めてきつつあるのを痛烈に感じながら。

39

家が動揺している。

ほかの人たちは感じていない。秘密のパネルがスライドして、突然地下にあらわれた大きな傷口をみつめている。衝撃を受け、目を丸くしている。

家がおびえている。

近くの壁に手をあてる。だいじょうぶだと建物に伝えようとして。ここで悪いことが起きたのは知っている。それは家のせいじゃない。わたしのせいじゃないように。どちらも被害者だ。

家が恥ずかしがっている。

もう一度なだめようとする。でも家は聞こうとしない。「行け」家が身じろぎし、うなる。

「行け、行け、行け」

家がその土台を震わせる。古い材木の継ぎ目が不吉なきしみをあげ――これはほかの人にも聞こえた。

「急激な温度変化で」キースが言う。「梁《はり》が収縮したんだね」賢い人ほど何もわかってない、と思う。それから下唇を噛む。この建物はすごく動揺している。こんなことをするのははじめて聞いた。

「誰かが入ってみるべきだね」またキースが言った。怖がっているというより、なんとなくあやふやな口調で。

D・Dがトンネルとのあいだのテーブルを回りこもうと一歩踏みだしたところで止まり、ちらっとこちらを見た。何を考えているのか口に出さなくてもわかる。D・Dはあのトンネルに入っていけない。わたしを守る責任があるから。

「行け」家がまたうなり、指先に軽い震えが伝わってくる。

保安官が進みでた。「わたしが行こう」腰のベルトから懐中電灯をとってつける。

「ぼくも行くよ」キースが申しでた。意外ではない。彼を描くならオレンジ色と緑と黄色に、ほんの少し黒をまぜる。もっと暗い色でもおかしくないけど、好奇心がそれを許さない。

キースが携帯電話を取りだしていじった。

「フローラから何か返事は?」D・Dがするどく訊いた。

キースが首を振った。ふたりともそれ以上何も言わないが、心配しているのがわかる。

年かさの女の人がわたしを気がかりそうに見た。ミセス・カウンセルならこの人のびっくりするほど大柄なところはよく思わないだろうけど、きれいな水色のセーターは気にいりそうだ。わたしはといえば、知らない人は好きじゃない。D・Dと一緒にいたい。D・Dと一緒にいることがすごく大事だ。それはわかる。どうしてわかるのかわからないけど。「ねえ、上に行きましょうか」年かさの女の人がなだめるように言った。「ここはこの人たちにまかせておけばいいわ。レモネードでも飲まない？」

わたしは首を振った。家も不快そうに震えた。

保安官がオーク材のテーブルを回りこんで秘密の出入口に近づいていく。懐中電灯の光線が真っ黒な闇を突きぬけて、その先の暗いトンネルを照らした。キースもそれに続いたが、携帯電話のライトは保安官の強力な懐中電灯にくらべると頼りない。トンネルの幅はふたりが横に並べるくらいには広く、高さはふたりとも普通に立てるくらいには高い。

それでも、二本の光線が照らしていても……

トンネルの先は深い闇に包まれている。ふたりが一歩、二歩と足を進める。D・Dの手を握ろうとしたが、もう隣にはいなかった。テーブルを回りこんで、保安官とキースがトンネルを進むのを近くで見守っている。

「トンネルの状態は悪くない」保安官の声が先のほうから聞こえてきた。「木材で補強されている。最近使われていたようだな。この梁はさほど古くない」

「秘密クラブの秘密の出入口」D・Dがつぶやいた。

暖炉のそばで保安官事務所の女の人が首にかけた金の十字架をねじっている。D・Dと同じくトンネルが気にいらなそうだ。

わたしは隣の壁を指でなでた。そっとなだめるように。

自分が待っているのだと気づく。家も待っている。

保安官の声がもっと遠くから聞こえてきた。「コックがいたぞ」いかめしい声が響く。

「助けがいる？」Ｄ・Ｄが口に手をあてて大きな声で尋ねた。

「いや、もうできることはない。トンネルはまだ先まで続いている。終わりにたどりつけるかもう少し進んでみる」

「応援を呼ぶわ」

Ｄ・Ｄが後ろのポケットの電話に手を伸ばした。

年かさの女の人が動いた。手を下に伸ばし、それから持ちあげた。いつのまにか、男の人くらい大きなその手に火かき棒が握られていた。

Ｄ・Ｄは携帯電話をいじっていて気づいていない。

わたしは口をあけたが、もちろん声は出てこない。

大きな女の人がＤ・Ｄとの距離を詰めていく。

Ｄ・Ｄはまだ携帯電話をタップしている。

大きな女の人が火かき棒を振りあげた。

女の人の色が青とグレーじゃないことにいまさらのように気づく。真っ黒な虚無と赤い悲鳴が渦巻いている。悲しみと痛みと怒り。

この人と悪魔は同じ色をしている。

叫ぼうとする。何も出てこない。パニックになる。土壇場でやっと脳にスイッチが入った。声を出そうと無駄な努力をするのをやめて、壁を叩いた。三回。強く、急いで。

D・Dが顔をあげるのと、火かき棒が振りおろされるのは同時だった。

D・Dが払いのけようと腕をあげた。金属が骨にぶつかるいやな音がして、D・Dの右腕がだらりと落ちた。

もう一度火かき棒が振りあげられた。おばあさんぽい雰囲気の女の人はもうまったくおばあさんのようには見えない。

わたしは動いた。大きなオーク材のテーブルに飛びついて全体重で押し、D・Dと女の人にぶつけた。ひとりにあててもうひとりにあてないのは不可能だったから。

D・Dはトンネルに倒れこんだ。保安官事務所の大きな女の人は横に倒れ、手をつこうとして火かき棒を取りおとした。

そのとき感じた。冷たくて暗い何かが背後に迫ってくるのを。

家は警告しようとしてくれた。行け、行け、となって。

でももちろん、わたしは聞かなかった。ずっと昔、お母さんの言うことを聞かなかったように。

そしていま……

振りかえると、戸口の木の枠の中央にあの人が立っていた。お気にいりのぎざぎざの刃のナイフを前にかまえて。

男の人がにやっと笑った。

これから何が起きるのかはっきりわかった。

40　フローラ

わたしはジェイコブの夢を見ていた。夢だとはわかった。彼がほほえんでいたから。

「おれの親父に会ったって？　タフなじじいだろ。血は争えないってやつだ。マイクログリーンだと？　そいつは思いもしなかった」

ジェイコブといるのは、わたしが閉じこめられていたあのキャビンの外で、草の上に敷いた赤と白のチェックの敷物にふたりで腰をおろしている。目の前にはファストフードのビュッフェ。フライドチキンにハンバーガー、ピザ、ワッフル。でもジェイコブは食べていない。たるんだおなかをかろうじて覆うケチャップのしみがついたお気にいりのTシャツ姿で、より若く、リラックスして見える。

「素敵なわが家だ」ジェイコブが言って、背後の荒れはてたキャビンを示す。「なつかしいだろ？」

口をあけたが、言葉が出てこない。そこで自分が敷物にすわっているのではないと気づく。またあの箱のなかにいる。雑にあけた空気穴から射しこむ陽があざわらっている。

「言っただろうが、逆らったらどうなるか。せっかく一度逃げたのにな、フローラ。戻ってくるべきじゃなかった」

違う。箱のなかじゃない。だってジェイコブが見える。そんなの不可能だ。でもまわりは暗くて、わずかな光が射しているだけ。手をあげて蓋をさわろうとして、指が動かせないことに気づく。腕も、足も。身動きができない。何かにのしかかられているように胸が圧迫されている。

墓にいるのだ。浅い墓に埋められ、顔だけが出た状態で、敷物の端からジェイコブを見ている。

「自分はここで死ぬとずっと思ってたんだろうが」この新しい、楽しそうなジェイコブが言う。「箱のなかで泣き声で言ってるのを聞いてたぞ。死んじゃう、死んじゃう、死んじゃう」甲高い声のものまね。「おまえが強かったことなんてないんだよ」

なんとか爪先を動かすか、指一本でも持ちあげるか、頭を振ろうとするが、できない。ジェイコブが言ったみたいな泣き声が喉から漏れそうになる。そして顔が濡れるのを感じる。涙が一滴、頬を伝う。

ジェイコブが真上から見おろす。

「おまえは戻ってくるべきじゃなかったんだよ」

動けない。

「でもおれが恋しかったんだろう、フローラ？　見たかったんだろう？　知りたかったんだろう？　知れば知るほどおれに近づくことになるからな。そしておまえはいま、おれの裏庭で死のうとしてる。おれが計画したとおりに」

ジェイコブがにんまり笑いかけてくる。

この男が憎い。手を伸ばしたジェイコブにそっと頬の涙を拭われていても。

「愛してるよ」彼がささやく。「おまえはずっとおれのものだ。おまえも心の底ではわかってるんだろう。おれを愛してると」

ジェイコブが消え、キンバリーが見おろしていた。「起きて！　起きなさい！」

キンバリーに顔を叩かれる。

わたしは目をさました。

暗い。またどこにいるのかわからなくなる。何も見えないが、動かせる。腕も、足も、頭も。いったいこの頭はどうしたんだろう。うめくと、キンバリーにまた叩かれそうになった。

「シッ！」

その緊迫した声の調子が、ずきずきするこめかみとともに正気に返らせてくれた。キンバリーはしゃがんで大きな岩の陰から前方の何かを覗いている。わたしは地面に寝そべってい る。じゃがいもの袋みたいにそこに落とされたようだ。顔が濡れてべたついているのを感じる。そっと頬に触れてみる。涙ではない。血だ。

石が降ってきたのと、ライフルの銃声が聞こえたのをおぼろげに記憶している。この頭はどっちのせいなのかわからないが、少なくとも生きてはいる。とりあえずは。

起きあがろうとすると視界が揺れ、胃がでんぐりがえった。おそらく脳震盪《しんとう》を起こしている。キンバリーは二二口径を手に、明らかに差しせまった脅威に警戒している。わたしもその足もとで寝ている場合ではない。

「ナイフ」キンバリーがささやいた。それは質問ではなく命令だった。

手探りでバタフライナイフを見つける。手首をひらめかせて開こうとしたが、力が入らず、閉じたままのナイフを取りおとしそうになった。

はじめて足音が耳に届いた。キンバリーが隠れるためにわたしを連れてきた――というか、かついで運んできた――岩の向こう側から近づいてくる。誰かがゆっくりひそかに、わたしたちに忍び寄ろうとしている。

今度はドラゴンの柄のナイフをうまく開けた。目の前で闇が踊っていて、まだつきまとうジェイコブの存在をかすかに感じる。

それが強さをもたらしてくれた。わたしはやっと解放されたばかりの生還者ではないし、夢のなかのジェイコブに本人が思っているほどの説得力はなかった。わたしはわたしのものだ。ここへ来たのも自分の意志で、人を助けるためだった。いまや信頼を寄せているこの寄せ集めの刑事や捜査官たちのチームのことも。

キンバリーを守らなければならない。キンバリーがいま守ってくれているように。そして今夜、ふたりとも無事に帰る。そのあかつきには、キースともっと楽しい時間をすごして悪魔を追いはらうのだ。

足音がさらに近づいてきた。岩の向こうにいるのが誰なのかわからない。いまいるこの真っ暗な場所はたぶん坑道だろう。キンバリーがわたしを引っぱって後ろにさがった。ウォルトが襲ってきたのだろうか。結局、この子にしてこの親ありだったのか。

でも聞こえたのはライフルの銃声だった。ウォルトが持っていたのはショットガンだ。

そのときべつのイメージが浮かんだ。胸を赤く染めて草むらに倒れるウォルト。ある記憶がよみがえる。モーテルの部屋で、その息子の頭に銃を突きつけた次の瞬間、あたたかな血と脳漿《のうしょう》を浴びたときのことを。

ジェイコブはフロリダのビーチでわたしをさらったのが自分と家族の運のつきだとわかっ

ていただろうか。砂浜で自分だけに聞こえる音楽に合わせて踊っていた馬鹿な酔っぱらいのブロンドが、いずれ自分たち全員を殺すとわかっていたのだろうか。

隣でキンバリーがいっそう緊張を高めている。近づいてくる足音が止まった。ということは、敵はどこにいるんだろう。岩のすぐ向こうにいて、ウサギが巣穴から飛びだしてくるのを待ちかまえている？　それとも、狙撃にうってつけの岩棚でも見つけたのだろうか。上から狙われたらふたりともひとたまりもない。

移動すべきだ。でもさがれば位置がばれてしまう。それに、わたしはいまどうにか岩に寄りかかっている状態で、ふつか酔いのときくらい動きが鈍い。攻勢に出るにしてもどうやって？　キンバリーが銃を撃とうと立ちあがれば、敵からの反撃に身をさらすことになる。わたしのナイフにいたっては、正直、銃撃戦でナイフが役に立つと思うほうが馬鹿げている。

あることを思いついた。最高のアイデアとはいえないが、最低でもない。手近なものを利用するという意味ではじつにわたしらしい。まわりの地面を手探りして適当な大きさの石を見つける。それから、キンバリーの脚を叩いて注意を惹き、身ぶりで意図を伝えた。わたしの頭の冴えに感心したとしても、キンバリーはそれを顔には出さなかった。どちらかといえば、〝どうせ失うものもないしね〟と言いたげに肩をすくめた。

まあそのとおり。

深呼吸する。頭が痛い。胃がむかつく。心は……ジェイコブのかけらがそこに住んでいる。

それは間違いではない。でもジェイコブはわたしではない。ただの過去の一片であり、そこからもようやく解放されようとしている。だからこそ、いまを生きのびて未来につなげなければ。

背後の闇に向かって力いっぱい石を投げる。長い対角線でトンネルの奥の壁にぶつけようとしたが、遠くでかすかな音がしただけだった。

敵が餌に食いつくにはまだ足りない。

それでもう一個、二個と石を拾い、立てつづけに投げた。ひとつが勢いよく壁にぶつかり、小石がばらばらと落ちてきて、うまく音を立てた。ちょうど奥へ走って逃げていくふたりの人間の足音のような。

また足音が鳴りだした。どんどん近づいてくる。

キンバリーが二二口径をかまえた。

ふたりとも息を殺して待った。

41 D・D

黒い海をぼんやりただよっていた次の刹那、D・Dはぱっと目をあけた。ちょうど自分の頭めがけて二度めに火かき棒が振りおろされようとしていた。とっさに右腕をあげてかばおうとしたが、刺すような痛みに息を呑んだ。横に転がると、肩のすぐ横の石の床に火かき棒が叩きつけられた。

荒々しい声が降ってくる。「死ね、こいつ、死ね！」

保安官事務所の受付係のフラニーが見おろしている。繊細な金の十字架はまだ首からぶらさがっているが、それ以外は別人のようだ。念入りにセットされたアッシュブロンドの髪はマッドサイエンティストさながらに逆立っている。水色のアンサンブルニットは埃と煤《すす》まみれになり、何かがぶつかったとおぼしき腰のあたりにひと筋の黒い汚れがついている。それでも変わっていないところもある。広い肩と驚くほど高い背、たくましい上半身。

火かき棒がまた振りあげられた。

動け、動け、動け。

あおむけで半分トンネルに入り、半分出ている状態で、右腕はまだ激しく痛む。打つ手がない。暗いトンネルの奥まで必死に這っていけば、隠れられて多少の時間は稼げる。だが……

ボニータ。

ボニータはどうしただろう。ボニータを守らなければ。D・Dは身をよじって外にあった身体を石の部屋に戻し、腕がノーと叫ぶなか、残りでイエスと叫びかえして、痛みに悲鳴を漏らしながら大きなオーク材のテーブルの下に転がりこんだ。

標的を見失ったことに気づいたフラニーが憤慨の叫びをあげた。

考えるな。感じるな。動け。

D・Dは反対側に這いでた。右腕は間違いなく負傷している。手首をひねれるし、指も曲げられるので、折れてはいないかもしれないが、いま銃を抜く役には立たない。だが、フラニーの知らないことがある。D・Dは数年前に左腕に怪我をした。そのとき、リハビリの一環として、両手で銃を握る正式な撃ちかたではなく、片手でも撃てるように練習した。まず怪我をしていない右手での射撃を習得したあと、左腕が治ってから、ほとんど強迫観念から左手での射撃もマスターしていた。二度と同じ不便を感じなくてすむように。

フラニーがこちらを睨んでいる。手にはまだ即席の武器を握っているが、大きなテーブルが邪魔してD・Dには届かない。フラニーが抜け目なさそうに目を細めるのと合わせて、

D・Dもプラン B に移行した。

この女についてキンバリーが話していたことがある。見た目よりタフで、子供を死産したあと、人生を一から立てなおした不屈の人であり、障害を乗りこえる力に長《た》けていると。いま、火かき棒をかまえてテーブルごしにD・Dを見ているこの大女の強い覚悟の表情もそれで説明がつく。

くそ。

D・Dはすばやく室内に目を走らせた。ボニータの姿はない。上に向かい、どこか安全なところに隠れていてくれたらいいのだが。D・Dは右腕をおさえてわざとふらついてみせた。腕っぷしではとても勝ち目はない。こんなに大きくて攻撃的な相手では。となると……時間稼ぎだ。ボニータが逃げる時間、応援が来るまでの時間、D・Dの視界がはっきりして正確に撃てるようになるまでの時間を稼ぐのだ。

「どうして?」と尋ねる。痛みにかすれる声に芝居は必要なかった。

「ここに来るべきじゃなかったのよ。あんたたちみんな。ちゃんと全部コントロールしてたのに!」

「若い女性を密入国させてメイドや家政婦にしたり、臓器ドナーにしたり、性奴隷にしたりして?」

「わたしたちは最高の商品だけを最高の顧客に提供してるの」フラニーがこともなげに言っ

た。「うちには不健康な移民たちが送りこまれてくることもない。注文をとって、顧客のニーズに合うものを個別に仕入れてくるから」

D・Dにはその言外の意味がわかった。たいていの人身売買ビジネスでは、コンテナいっぱいの少女や若い女が輸入されて、〝マッサージ店〟などに送りだされる。大量消費用の大量生産品だ。

こんな州北部の山のなかに何十人も外国人の少女がいれば目立ってしまう。だが個別に数人をメイドとして連れてきて、合う客を探すなら……D・Dは気分が悪くなった。

「でもどうしてなの？　そんな経験をして……子供を亡くしてるのに……人の子供をさらってくるなんて」

「亡くしてないわよ」

D・Dは相手をまじまじと見た。フラニーが笑みを浮かべた。いやな感じの笑みを。

「あの子が生まれたら手放さなきゃならないことはわかってたわ。当時、わたしみたいな未婚の女はそうするほかなかった。とくにこんな小さい町ではね。了見が狭くて口さがない連中がたくさんいるから。若くて馬鹿なただのウェイトレスが妊娠したって見くだして。みんながひそひそ言ってるのが聞こえてた。それでも我慢して、そうしなきゃいけないって自分に言い聞かせたわ。でも息子を腕に抱いたらもう……とてもできなかった」

「赤ちゃんを手放さず、みんなには死んだと言ったってこと？」

「わたしは昔からみんなが思ってるより賢かったのよ」

「小さい子は隠せないでしょ」

「父親が引きとってくれるなら隠さなくてもいい」

「待って、父親って？」

フラニーはまだ火かき棒をバッターのようにかまえているが、D・Dとのあいだに大きなテーブルがあるため、目下膠着《こうちゃく》状態だ。だが、その視線はちらちらとD・Dの肩ごしに向けられている。誰かが来るのを待っているのだろうか。ボニータの言う悪魔の男？　D・Dは時間を稼いで機をうかがっている。フラニーも同じことをしている可能性はあるだろうか。

D・Dはゆっくり右の暖炉のほうに移動し、あいている木の扉が部分的にでも視界に入るようにした。

「誰があなたの息子を育てたの、フラニー？」D・Dは静かに尋ねた。だが、ひょっとしたらと思うことがあった。フラニーは捜査本部の会議に出ていたから、ここ数日の捜査活動の一部始終を知っている。いっぽう、それを最前列で見ることのできた人物がもうひとりいる。キースとフローラがそうとは知らずにその人物を招待したからだ。

「どうでもいいでしょ」フラニーが硬い声で応じた。

だからD・Dがかわりに言った。「ビル・ベンソンね。四輪バギーレンタル店の店主の。彼はキースとフローラから話を聞いて情報を得ていた。そしてきょう、保安官事務所に来て騒ぎを起こし、当直の保安官助手の気をそらしたのも彼だと言ったわね。あなたたちふたりはぐるだった。保安官助手がひとりしかいない時間をあなたが教えて、チャドがビルの相手をしているあいだに、あなたがハワード町長の房へ行った。全部あなたが陰で糸を引いてたのね。でもどうして？」

「彼を愛してるから。人生のほとんどのあいだ、愛してきたから」フラニーが悪びれずに言った。「彼のほうもわたしを愛してくれてる」

「だったら結婚すべきだった。一緒に息子を育てるべきだった。なのに……」D・Dは無事なほうの手でまわりを示した。「ずっと嘘をついて生きてきた」

「複雑な事情があるのよ」

「へえ、ほんとに？」

フラニーがこちらに顔をしかめてみせた。その視線がまたD・Dの肩ごしに開いた扉に向けられる。間違いない。誰かを待っている。まずい。左手だけで撃つことはできても、一度にひとつの方向しか狙えない。

「ビルは結婚してる。でも妻は病気なのよ。統合失調症。気の毒な話よね。ビルはほぼずっと彼女を寝室に閉じこめてるわ」

「そのほうが入院させるよりやさしいとでも？」

「見たことあるの？　どういうところか。ひどいわよ。とにかくひどいところ」

D・Dはもう一歩右に移動した。何かある。フラニーがぺらぺらしゃべっているのは、向こうも時間を稼いでいるのだ。脅威が迫りつつあるのを感じる。でもそれが見えない。「それで、精神を病んだ妻がいる既婚者の愛人があなたの息子を育てたってわけね。あなたは？家族の友人として訪ねて自分の子の成長を見守ってたの？」

「フラニーおばさんとしてね。でも息子は気づいた。賢い子なのよ。あの家の何かに憑《つ》かれたみたいな弱々しい女とはまったく似てないのもあったし。ある日、真実を知りたがったから、ビルとわたしは教えた。あの子はもちろん喜んでたわ。奥の寝室に閉じこめられてる病気の女じゃなく、わたしが母親だと知って」

「本当に病んでいるのはどっちの女のほうかしらね」

「あんたは何もわかってない」フラニーが感情のない声で言った。

「あなたの息子が怪物だってことはわかってる」D・Dは言いかえした。「ボニータは純粋な悪として描いたわ。それが、あなたが一度は拒んで手放し、あとになって取りもどそうとした息子よ。この期におよんでまだかばうの？　ますます手がつけられなくなってるのに？女の子たちを殺したのも息子なんでしょ。そのあとでビルが遺体を捨ててたんでしょ」

「マーサは腎臓が必要だった。ある晩、家にクレイトンがいるときにビルとその話をしてたら、自分が力になれるってあの子が言ったの」

「臓器ドナーにするために女の子をさらってきたのよ！」

「あの子はニューメキシコ州で家事サービスの商売をしてて、たくさんの若い娘を雇ってたの。そのなかから血液型が合う子を探すのはたいしてむずかしいことでもなかった」

「売春の元締めでしょ！」Ｄ・Ｄは大声を出した。「十中八九、ボニータの母親もその犠牲者のひとりだった」

「あの子はマーサの命を救ったのよ！」

「でもそれだけでは終わらなかった。あなたの息子は若い女の子に目がなくて、女の子たちを支配し拷問するのが好きだった。小さな町でそんなことをしたら目立ってしまう。でも女の子たちを外国から連れてきて、ほかの客と共有するなら……あなたの息子は自分の暴力的な性癖をビジネスにしたのよ。そしてあなたはそれを手伝った！」

「ここにはあの子が必要だったのよ！　この町は死にかけてた。商売が振るわなくなって、善良な人たちが家を失いそうになっていた。クレイトンは賢い子だから、商機を見いだしたのよ。まず安い労働力の提供を始めて、町の人はみんな喜んだ。それから、特別なサービスを求めるお客もちらほら来るようになって。マーサとハワードに断われるはずがないでしょ？　売り物が増えたおかげでここに来る人が増えて、お金もたくさん落としてくれるようになった」

「ジェイコブ・ネスも？」

「ドロシアに町のウェブサイトをつくらせるのはわたしのアイデアだったのよ。そこにダークウェブへの入口を仕込んで、もっと重要なビジネスを展開するのも。

いったん評判が広まってからは……この十年は町にとって神の恵みだった。みんながその恩恵を受けたのよ。みんなが！」

「森にはいくつ遺体が埋まってるの、フラニー？　いくつ？」

「うまくいってたのに――」

「ビル・ベンソンが墓を掘って、あなたが保安官事務所で手綱を引き、次々にやってきては消える女の子たちのことで誰も点と点をつなげないようにして？　あなたは刑務所行きよ、フラニー。あなたの息子も、ビルも、ドロシアも、必要なら町の人間もひとり残らず。全員もう終わりよ」

フラニーが鼻を鳴らした。「いかれてるのはどっちよ。保安官とあの若い男は戻ってこない。あのトンネルはどこまでも続いてて、ガイドがいるくらいなのよ。おまけに、もうビルが反対側からこっちに向かってる。わたしがこの秘密のドアを閉めれば誰にも気づかれることはないわ」

「わたしが知ってる。あなたに止めることはできない」

フラニーがほほえんだ。今度もいやな感じの笑みだった。「クレイトンがあなたを始末する。あの娘を始末したらすぐに」

「息子がここにいるの？」

「あなたよりずっと前からね」

「ボニータはだから逃げたのね」

「逃げられっこないけど」

「フラニー」D・Dは冷ややかに言った。「あなたはわたしの右腕に怪我を負わせた。警察官を襲ったのよ。つまり、わたしは武器を使って対抗できる」

「テーブルがあいだにあるんだから、いまあなたの身を脅かしてるとは言えないでしょ」

「それを証言できる目撃者がどこにいる?」

　フラニーが固まった。まだ火かき棒を握っているが、はじめて顔に迷いが浮かんでいる。その視線がまた開いた戸口に向けられた。息子の姿を探している。息子を待っている。だからD・Dのおしゃべりに付きあっていたのだ。

　だが、D・Dにはもう時間をつぶしている余裕はない。クレイトンとかいう怪物がボニータを追っていると知ったいまは。

　D・Dは左手で銃を抜いた。さんざん訓練してきたのだ……迷いはない。不安もない。引き金にかけた指を引き、発砲した。

　弾はフラニーの右肩にあたった。火かき棒が床に落ちる。女がよろけてあとずさりながら傷をおさえた。顔に驚きが浮かんでいる。

「心臓を狙うこともできた」D・Dは告げた。「そこに心があると思えばね」

女が床に崩れ落ちた。まだ愕然とした表情でこちらをみつめながら。

「その傷ですぐに死ぬことはないわ。もっとも、早く手当てしないといろいろまずいことになるけどね。罪をつぐなうなら急いだほうがいいわよ」

D・Dはもう一度右腕の状態をたしかめた。ゆっくりと回し、指を曲げてみる。ものすごく痛いが、やはり折れてはいなさそうだ。骨挫傷《こつざしょう》かもしれない。どうってことはない。痛みなら耐えられる。ボニータとの約束を守るためならなんだってする。テーブルに乗りだし、フラニーの目を見る。額にはもう脂汗が浮かび、ショック症状で身体が震えだしている。

「ねえフラニー」D・Dは愛想よく言った。「あなたの息子を見つける。そして殺すから」

42

悪い男の人が石の部屋で目の前に立っている。

違う、テーブルについて、お母さんの手づくりの料理を口に運んでいる。男の人が複雑な彫刻のある両開きの扉のあいだから、お気にいりのナイフをひねって回しながらにやにやこっちを見ている。

違う、砂漠にぬっと立って、お母さんの喉に弾丸を撃ちこんでいる。

いまも。あのときも。

ここにいる。

わたしはわたしだ。銃も持っていないし、ナイフも持っていないし、魔法も使えない。悲鳴もあげられない。走れない。男の人が近づいてくるのにその場で立っていることしかできない。

悪い男の人と年かさの女の人は一緒だ。いま、女の人がD・Dにまた火かき棒を振りおろそうとしている。D・Dはトンネルの入口のそばに倒れて動かない。

何かしなきゃ。友達を守らなきゃ。悪い男の人から逃げて、報いを受けさせなきゃ。

大きな怒りといらだちが湧きあがってくる。いつもこの人だ。お母さんを殺したのも。わたしから声を奪ったのも。わたしを奴隷にして働かせ、ほかの女の子たちをずたずたにするところを見させたのも。

この人にいいところはひとつもない。何重にも悪いところしかない。

「クレイトン、早く！」おばあさんぽい女の人が要求する。「この女は死んでないわ」

それならD・Dはだいじょうぶかもしれない。どうにかして悪い男の人を引き離すことができれば。

男の人がまたにやっとした。わたしの不自由な身体のことは知っていても、それで同情したりはしない。さげすむだけ。

あとずさろうとしたら、お尻が壁にぶつかった。追いつめられた。逃げられない。それでべつの手に出ることにした。わたしは無力だと男の人は思っている。だからそう思わせておく。

石の床の上を横に一歩ずれる。足首をひねったふりをしてうなり、床にしゃがみこむ。
一、二、三、四……
五。

男の人が自信たっぷりに前に踏みだした。ハンティングナイフを回しながら。

男の人が手を伸ばす。わたしはぎくしゃくと立ちあがり、いいほうの足を全力で蹴りだした。それが膝の横にあたって、男の人が驚いた声をあげ、少しよろけた。それで女の人の注意がD・Dからそれた。やった。

わたしはもう一度蹴った。今度は急所を狙って。男の人が叫んで股間をおさえ、膝をついた。

「クレイトン！」おばあさんぽい女の人が悲痛な声をあげた。

わたしは戸口に向かった。

ぎりぎりで男の人がナイフを振るい、わたしの剝きだしの足首に切りつけた。わたしは心の底からの怒りでもう一度男の人に向きなおり、その頭を思いきり蹴って、硬い床でバウンドさせた。さらにもう一度。足首から血が飛び散って石の床に落ちた。お母さんの血は赤い大地にしみこんだ。わたしたちふたりとも、この人のために多すぎる血を流してきた。

「やめて！」おばあさんぽい女の人が金切り声をあげた。でもテーブルの後ろにはさまっていて、ここまで来られない。一瞬、D・Dのことも忘れているみたいだ。

ブロンドの刑事さんを置いていきたくない。でもわたしが行けば悪い男の人は追いかけてくるだろう。大きな女の人のほうはD・Dがなんとかできると信じたい。悪い男の人のほうは……この人と闘って勝った人は誰もいない。

起きて、起きて、起きて。心のなかでD・Dに念じる。それからただ——生きて。

これ以上誰かを失うのはとても耐えられないから。もっとも、きょうが終わるまで自分が生きていられるとも思えない。

部屋を出て、よろけながら廊下を進む。何年もかかって、足を引きずりながらでもけっこうスピードが出せるようになった。いま諦めるわけにはいかない。

後ろで悪態をつく声が聞こえて、重い足音がした。悪い男の人が立ちあがったのだ。追いかけてくる。

わたしは叫べない。走れない。

精いっぱいの速さで暗い廊下を進んだ。

43　キンバリー

キンバリーは暗いトンネルで岩陰にしゃがみ、息をこらして近づいてくる足音に神経を集中させた。隣のフローラはぎこちなく岩に寄りかかったままで、とても逃げたり闘ったりできる状態ではない。つまりここで決着をつけるしかない。拳銃一挺対ライフル一挺で。FBIのインストラクターがよく言っているように、だからこその訓練だ。

岩のそばの影が動きだして形をとりはじめ、ぼんやりした男のシルエットになった。来い、あと二歩。チャンスは一度しかない。

敵が足を止めた。キンバリーはうめき声をあげそうになった。

フローラが近くの地面を手探りしている。また投げる石を探しているようだ。そのとき――

影がさっと向きを変えた。こっちに気づいたようだ。すばやく一歩横に動き、ライフルを前にかまえた。

パン、パン、パン。

キンバリーは躊躇《ちゅうちょ》しなかった。胴体のまんなかめがけて三発。男が倒れ、ライフルが地面に落ちた。走り寄り、ライフルを蹴って遠ざけると、自分も膝からくずおれる。アドレナリンと遅れてやってきた恐怖で震えが止まらない。

「危なかったわね」フローラが言ったそのとき、背後の暗闇からさらなる足音が聞こえてきた。今度は歩くのではなく、走っている。

「まずい」新たな隠れ場所を見つける時間もない。キンバリーは最初の敵が自分たちに使おうとしたライフルを地面から拾いあげた。フローラもまたナイフを握っている。

光線が目に入った。続いてもうひとつ。

キンバリーが引き金に指をかけたそのとき、声が響いた。

「保安官だ！　武器を捨てろ！」

キンバリーの眉間に光があたった。二本めの光線がフローラの獰猛《どうもう》な笑みと血まみれの額を照らした。

「だいじょうぶ？」闇の向こうから声をかけてきたキースに、キンバリーはフローラのことも忘れてキスしたくなった。

キースがフローラの頭の傷を調べているあいだに、スミザーズ保安官が昔の坑道に通じている隠し扉を見つけたと説明した。キースと保安官は二十分ほど迷路のようなトンネルをさまよって出口を探していたらしい。そのとき銃声が聞こえたので走ってきたという。

保安官が敵の死体を懐中電灯で照らした。

「ビル・ベンソンだ」キースが驚いた声をあげた。「四輪バギー店の。どうしてぼくたちを殺そうと?」

「こいつはその前にウォルトを撃った」キンバリーは教えた。「死んだわ。このトンネルの出口の外に倒れてる」

「でもどうして」とキース。

スミザーズ保安官が困惑の表情を浮かべた。「ビルにはわたしの知るかぎり前科もないし、穏やかな男だ。ペニー・ジョンソンと結婚して四十年になる。ペニーは美人だが、気の毒なことに統合失調症でな。夫婦には息子がひとり生まれたが、ペニーの病状がさらに悪くなって、ビルが店をやりながら家で妻の面倒を見てたはずだ」

「ウォルトがここに連れてきたの」フローラが言った。「木々が本当に夜に叫ぶのを証明するって言って。この坑道から音が聞こえてるってわかったのね、たぶん。これがB&Bにつながってるとすればそれも納得だわ」

「隠し扉から五十フィート先でコックの死体を見つけた」保安官がいかめしい口調で言った。「楽な死にかたではなかったようだ。少なくともひとりぶんの叫びはもう聞こえないだろう」

フローラはまだ眉間にしわを寄せている。「でもどうしてビル・ベンソンがここに? わたしたちが来るってどうしてわかったのかしら。完全な不意討ちだったはずなのに。キースもわたしもここに来るなんてこと、彼にひと言も話してないのよ。このトンネルの存在すらついさっきまで知らなかったんだから」

キンバリーは首を振った。同じくわからない。「ビルと妻のあいだに息子がいるって言ったわね」と保安官にたしかめる。

スミザーズがゆっくりうなずいた。なんだか気になる表情をしている。「でかい男だ。昔は喧嘩したり酒を飲んで騒ぎを起こしたりする問題児だった。だが高校を卒業して町を出ていった。聞いた話ではニューメキシコかどこかで商売をしているとか。自分でちゃんとやってるようだった。最近よくこっちに帰ってきてるのは知っていた。母親の手助けのためか、父親の店を継ぐことを考えてるのかもしれないと思っていた。だがクレイトンは気まぐれで居所もいつもはっきりしない。急にひょっこりあらわれたりいなくなったりしてな」

フローラがこちらを見た。額の傷はだいぶひどそうだ。「つまり、女の子をさらって、ほかの連中と連絡をとって、新しい商品とともにここに戻ってくる機会がたっぷりあったってことね」

「正直、ここ何年もやつの姿を見ていなかったし、あまり考えることもなかった。だが……」保安官が急に目を閉じ、肩を落とした。「まさかそんな」

「言って、保安官」キンバリーは迫った。

「ふだんはあまりゴシップを気にかけたりしないんだが……ビルは何年もフラニーと浮気しているとは言いたい状態だったしな」ていると噂になっていた。フラニーは独身だし、ビルも本当の意味で結婚してるとは言いがたい状態だったしな」

「おたくの受付係のフラニーが、この死んだライフル男と付きあってたの？」

「今朝、保安官事務所にビルが来たとフラニーは言っていた。騒ぎを起こして、ハワード町長を見張っていた保安官助手が駆けつけざるをえなかったと」保安官の声がしわがれてきた。

「ハワードは首を吊った。それからフラニーは……フラニーはわたしと一緒にB&Bに来た」

「フラニーがいまマウンテンローレルB&Bにいるの？」フローラがするどく訊きかえし、とたんに痛みに顔をしかめた。「D・Dと？　ボニータと？」

「すごく背が高くて、びっくりするぐらい肩幅が広いフラニーが？」キンバリーはさらに辛辣に言い、保安官を見据えた。「だって、ビル・ベンソンはそんなに大男じゃない。だけどボニータによれば、悪魔の男は巨大だそうよ」

暗くてよく見えないものの、保安官が顔色を失ったようだった。「ビルの妻も細くて小柄だ」

「写真を見たけど、女としても大きいほうじゃなかった」キースも請けあった。

「フラニーは妊娠したけど死産したって言ってたわね」キンバリーは続けた。「それがつくり話で、町に残って保安官事務所で仕事に就いた本当の理由は息子のそばにいるためだったとしたら？」

「戻らないと」キースが立ちあがった。「ビルとフラニーはぐるになってた。だからビルはトンネルの外で待ちかまえてたんだ。フラニーがぼくたちを外に誘導して、ビルがひとりずつ消していくつもりだったんだよ」

「起こして」まだぎこちなく岩に寄りかかったままのフローラが言った。血が顔の半分を覆っている。片手をあげたが、それさえ弱々しい。キースがすぐにそばへ行き、肩を貸して立ちあがらせた。

フローラが顔をしかめ、崩れ落ちそうになったが、キースが急いで支えた。「どうしてあなたがふたりいるの？」

「楽しさが二倍になるからかな」

「はいはい。でも元気づけてくれてありがとう」

キンバリーは携帯電話をチェックした。「電波が来てない。そっちはどう？」と保安官に尋ねる。

保安官も首を振った。

「無線を試してみて。応援がいるわ。郡でも州でもいい、捜査員を総動員して。それから手配書を回して。ビル・ベンソン・ジュニアの――」

「クレイトンだ」

「容疑者のクレイトンは武装していて危険、充分に注意のこと、って。連邦航空局にはわたしから連絡する。フラニーやクレイトンの人相に合致する人物がいたら逮捕するよう通知を出し、チャーター機の離陸も止めさせるわ。ダークウェブで人脈を広げてたなら、どれだけの手段を用意してるのかわからない。とにかく、FBIの捜査本部を敵に回したからには、なんらかの逃走計画は準備してたはずよ」

「そうだな」

「ねえ」フローラが口を開いた。「ふたりは先に行って。わたしはちょっと、よく動けないから」

キースが腰に腕を回して支えているにもかかわらず、フローラはふらついている。彼女がキンバリーにバタフライナイフを差しだした。「お守りに持っていって」

「それは自分で持ってて。まだ何人がこのトンネルをうろついてるのかもわからないし。それにこれだけめまぐるしい展開だと——」キンバリーはフローラとキースを見た。「——あなたたちにもまだ何が起きるか」

「わかった」キースが言った。

全員が最後に一度うなずき、キンバリーは踏みだした。保安官がすぐ後ろをついてくる。

「無事でね」キンバリーはフローラとキースに声をかけた。

「そっちこそ」

キンバリーは保安官とともに暗闇を急いだ。

44

わたしはしゃべれない。遅い。弱い。

必要なのは頭を使うこと。

悪い男の人のうなり声が後ろから聞こえてきて、振りかえって立ちむかおうかと思った。お母さんの愛と殺された姉妹たちの苦しみを呼びさまして、怒りの炎で焼きつくしてやると。

廊下を進みながら気づく。それは空想でしかない。反撃する力のない弱い女の子の見た夢でしかない。

男の人が来る。わたしの肩をつかんで振り向かせたら、一秒の焼けるような痛みで終わる。マミータのところへ行ける。それはたしかにそんなに悪くない。ふたりの群れがまた一緒になれる。

足音が近づいてくる。

廊下は長すぎる。逃げられない。

たくさんの部屋のひとつに逃げこむことはできる。でもそれでどうなるのか。狭くてがらんとした部屋で、追いつめられた袋のネズミになるだけ。上に行かなきゃ。厨房に。包丁とかのし棒とか、ちっぽけなわたしにも使える武器がいろいろある。

足音がどんどん大きくなる。それなのに廊下はまだまだ続いている。

家に精いっぱい訴えかける。家が悲しんでいるのはわかっている。こんなふうに使われたくなかったのも知っている。「助けて」と頼みこむ。「あなたが見える。あなたの声が聞こえる。どうかわたしを助けて」

すると突然、電灯がまたたいてふっと消え、廊下全体が真っ暗になった。いらだったうなり声が新たに響く。悪い男の人が立ちどまったのがわかる。急に暗くなって方向がわからなくなったのだ。

でもわたしは……何年も夜の闇にまぎれてこの廊下を歩きまわってきた。わたしは見られずにちょこちょこ行ったり来たりするネズミだ。明かりは必要ない。この廊下なら、足の下の石の感触だけで隅々までわかっている。

スピードをあげる。不自由な足でできるかぎり。

悪い男の人がまた進みだす。さっきまでよりは遅い。ときどき壁やドアノブにぶつかる音と悪態が聞こえてくる。でも脚はわたしよりずっと長い。遅くなったといっても、すぐに距離を詰められてしまうだろう。

階段。最初の踏み板が目に入る前に気配でわかった。心のなかではほっとして泣きそうになったが、実際にはいつもと変わらず声は出ない。

足音を立てないようにして階段をのぼって、のぼって、ドアが見えた。もう手が届く。

「止まれ、警察よ！」背後で新しい声が聞こえた。Ｄ・Ｄだ。生きてた！

振りかえったちょうどそのとき、光線が廊下を照らした。Ｄ・Ｄが怪我をした右腕の腋《わき》に懐中電灯をはさんでいる。

そして左手で銃を握っている。安定しているとは言えない手つきで。

悪い男の人が振り向いた。光線にとらえられたその横顔が笑っている。怪我をしてふらつく足どりで自分に挑もうとする刑事を見て。

悪い男の人がＤ・Ｄに突進した。

バン、バン、バン。

Ｄ・Ｄの銃。でも悪い男の人は気にもとめないで突っこんでいってＤ・Ｄを押したおした。

紙の人形か何かのように。

ナイフが振りあげられた。

もう見ていられなかった。

やっと地下室のドアから外に出ると、家が動揺したうめき声をあげた。わたしはカーペットの敷かれた床によろけて膝をついたが、すぐに立ちあがった。わたしは泣いている。鼻水が垂れ、涙が頰を伝っている。

怖くて、腹が立って、うつろな気分。長い年月とたくさんの望み。それなのにまた、悪い男の人がすべてを奪うのを見ているしかできない。われを忘れるくらい男の人が憎い。ありえないほど傷ついている。

わたしみたいに馬鹿な子のためにどうしてこんなにたくさんの人が死ぬの？

必死に厨房をめざす。家がまたうめく。わたしのもつれた髪が風で揺れる。ドアは閉まっていて、家は閉ざされているのに。女の子たち、お母さん。みんなを感じる。悪い男の人が楽しんでいるから、みんなわたしに負けないくらい怒っている。

大理石の玄関ロビーを抜けてサロンへ行く。窓の向こうに立っている見張りの警察官が見える。右足を引きずってひょこひょこ動くわたしの影に警察官が気づいて、目を丸くする。

わたしは首を振って来ないでと伝えようとしたが、わかってもらえない。

警察官がポーチを走り、わたしの背後の玄関のドアから入ってきた。

「ちょっと、きみ」

そのとき地下室のドアが勢いよく開いて、横の壁にぶつかった。警察官が振りかえった。泣いている小さな女の子と、ナイフを持った大男。教えられるまでもなく理解したのだろう。

「止まれ！　警察だ！」

警察官は銃を抜いただろうか。最初の一撃や二撃はかわせたんだろうか。振り向いて見る勇気はなかった。悪い男の人がもう一度突進して、警察官が倒れた。

よく知っている喉がごぼごぼと鳴る音がした。若い男の人が死のうとしている。生きていたのに、次の瞬間にはもういない。悪い男の人はただの怪物じゃない。悪魔そのものだ。

スイングドアを突きぬけて厨房に駆けこむ。顔のまわりで風が吹き、髪が掻き乱される。みんなに怒りたくなる。わたしにちょっかいを出すのをやめて、かわりにあの人を攻撃してくれたらいいのに。

でもわかった。死んだあとでもあの人が怖いのだ。きっとわたしもそうだろう。

業務用食器洗浄機のスイッチを入れる。充分に温度があがったら、フードの内側から熱湯が吹きだして、厨房が湯気に包まれる。わたしはこの食器洗浄機を使ってきたから、吹きつける熱湯にも慣れている。でも男の人はどうだろう。

ナイフがほしいけど、それはもう試した。バターナイフをあの人に振りかざして、すぐに奪われ、逆にもっと大きなナイフで腕に模様を刻まれた。

あの人はすごく大きくて、すごく強い。ミセス・カウンセルの後ろに立って、汗ひとつかかないで絞め殺した。わたしのブロンドの保護者をタックル一発で倒して、死んだ彼女を地下に置いて階段を駆けあがってきて、数分のうちにふたりめの銃を持った警察官を殺した。

パニックがせりあがってきて喉が詰まる。切羽詰まった思いで掃除用具入れの扉をあける。

なかにはモップがあって、黄色いバケツから長い柄が突きだしている。この木の柄で殴ろうか。あの年かさの女の人が火かき棒でD・Dを殴ったみたいに。柄がこれだけ長ければ、あの人のナイフは届かないかもしれない。

そのとき漂白剤のボトルが目に入って、べつのアイデアが浮かんだ。

ボトルをつかみ、キャップをはずしてモップにどぼどぼかける。中身を全部かけ終わったとき、厨房のドアが勢いよくあいた。悪い男の人が立っていた。顔には血が飛び散っていて、ハンティングナイフからはまだ血がしたたっている。

部屋が静まりかえった。風も、霊たちのざわめきもやんだ。生者も死者もみんな、同じように恐怖にとらわれている。

「会いたかったか？」男の人が訊いた。

わたしはモップの柄を握りしめ、最後の抵抗にそなえた。

45 キンバリー

「これはいったい――」キンバリーが最初に石の部屋に着いた。続いて保安官も。キースとフローラはまだ後ろのトンネルのどこかを歩いている。

目の前の光景が呑みこめるまでに少し時間がかかった。秘密の出入口は大きなオーク材のテーブルになかばふさがれている。そしてフラニーが水色のセーターを血に染めて戸枠に寄りかかり、右肩をおさえている。保安官の姿を目にしたとたん、フラニーが哀れっぽい声を出した。

「保安官、保安官、助けて。あのヤンキーの刑事が変になったの。わたしを撃ったのよ」

キンバリーは無視して、フラニーのかたわらに落ちていた火かき棒を拾いあげた。血とブロンドの髪がこびりついている。

保安官に顔を向け、部屋の薄暗い明かりの下で一本の髪の毛を指さす。保安官の顔も険しい。

「フラニー」保安官がいかめしく言った。「何をしたんだ?」

「どうして、何もしてないわ。ただここに立って、あなたたちの帰りを待ってたら、あの刑事が急におかしくなって――」

「ビル・ベンソンは死んだ」

「わたしが射殺したの」キンバリーは告げた。

フラニーが青ざめ、下唇を震わせた。

保安官が首を振った。「きみがやったんだな、フラニー。きみとビルが。なぜだ」

女が顔をあげた。「母親だもの。息子を守るためならなんだってするわ」

「ほら言ったでしょ」キンバリーは保安官に言った。

そのとき、バン、バン、バンと銃声がした。廊下から。

「ここをお願い」キンバリーは保安官に頼み、二二口径を手に部屋から駆けだした。

46 D・D

D・Dは立っていた。それしかおぼえていない。左手に銃を握り、怪我をした右腕は脇につけて立っていた。

廊下は暗かったが、音はしっかり聞こえた。ボニータが足を引きずって進む音。そのあとを追う、より大きく荒々しい足音。

それから懐中電灯が標的をとらえた。巨大な人影。幅はセメントトラックくらいあり、背丈はハイイログマくらいある。悪魔だ。ボニータは正しかった。人というより獣《けだもの》。D・Dは足を広げて踏ん張り、警告を発した。すると怪物が向きを変えて突進してきた。

発砲した。いい警察官は反射的に身体が動く。だが、銃をかまえた記憶がない。またたく間に硬い石の床に叩きつけられ、大きなヒュッという音とともに全身の空気が口から飛びだし、懐中電灯が転がって、銃は……握っていたのか、握っていなかったのか。

大きなぎざぎざの刃が胸めがけて振りおろされた。D・Dは身体をひねり、最初の一撃を肩に受けた。刃が骨をかすめた。それからまたナイフが持ちあげられ、血を――D・Dの血を――飛び散らせながら振りおろされようとした。D・Dは左手をあげ、相手の目を突くか、喉の急所を狙おうとした。男がD・Dに馬乗りになっておさえつけている。動けない。息もできない。

ナイフが振りおろされた。

発砲音がした。D・Dではなく、どこか後ろから。壁の石膏ボードがはじけ飛んだ。二発めで細かい石のかけらが顔にかかった。

悪魔の男が急に立ちあがった。が、両手でシャツをつかまれ、D・Dも一緒に引きずりおこされた。身体が人形のように持ちあげられ、爪先が数インチ宙に浮く。男がD・Dを自分の前にぶらさげた。人間の盾として。

「先にあいつを殺す」男が耳もとでささやいた。ボニータのことだ。「何年も前にあの砂漠でそうしておけばよかったんだがな。あいつの母親もあいつが逃げられると思ってた。だが無理だ。最後にはかならずおれが勝つ」

「まだ終わってない」D・Dは食いしばった歯の奥から言葉を絞りだした。ありとあらゆるところが痛みを放っている。腕も、頭も、背中も、血まみれの肩も。

「そうだな。あいつを始末したら、またおまえのところに戻ってくる。おまえの友達のところにも」男が背後に立っている誰か——キンバリーか、フローラか——に顎をしゃくった。

D・Dは口を開こうとした。「こいつを撃って！」と叫びたかった。銃弾がまず自分の身体を貫くのがわかっていても。この獣を撃って、狂犬にふさわしく息の根を止めてほしい。

だが、そのとき身体が宙に放りだされた。男に廊下に投げだされたD・Dは味方にぶつかって一緒に倒れた。

「だいじょうぶ？」キンバリーがD・Dともつれあった身体をほどこうとしながら、息を切らして言った。

「ありがとう、受けとめてくれて」

「ちょっとD・D、血だらけじゃないの」

「ナイフで刺されたの。肩を。ほぼ骨にあたったけど」

「えっ？」

「いいから。あいつはボニータを追ってる。あの子はたぶん上よ。早く行って！」

「あの男を倒す」

「わたしが先に着けばべつよ」D・Dは気合いをこめて立ちあがり、一度よろけたものの、床から銃を拾いあげた。

どこもかしこも痛い。だがそれ以上に頭に来ている。あの悪魔の野郎……

今度こそ本気で殺してやる。

47　フローラ

フローラはトンネルで銃声を聞いた。足を止め、吐き気をこらえて歯を食いしばる。「よくない感じがする」

「キンバリーと保安官がやつを捕まえたのかもしれないよ」

さらなる銃声。一発、二発。

「じゃあいまの音は？　怪物が逃げてるの？」

キースには答えられなかった。

「作戦が必要ね」フローラは言った。

「きみに必要なのは医者だよ」

「死んだらいくらでも休める。ねえ、ここを右に行ったらどうなる？」

「闇をぐるぐるさまよいつづけて、何年か後に骨になって発見されるんじゃない？」

「言うわね。コンパスのアプリ、ある？」

深々としたため息。「きみがぼくの死神になりそうだ」

「いいじゃない。永遠に生きたくなんてないでしょ」

「愛してるよ、フローラ・ディン」

「わたしも愛してる、オタクさん。さあ行くわよ」

48

悪い男の人が戸口で止まった。わたしはゆっくりさがって、調理台の後ろに回りこんだ。期待したとおり、部屋には蒸気が充満しつつある。食器洗浄機のベルトコンベアが回って、空のラックが吹きつける熱湯の下を運ばれ、端まで来たら回転してまた最初に戻っていく。

男の人が食器洗浄機を見て、それからわたしを見た。

「湯気にまぎれようってか？」

男の人がまた笑みを浮かべた。わたしに返事ができないのはわかっている。

「恋しいか？　またしゃべれるようになりたいか？　人に話したいか？　何年も前におれが

おまえの馬鹿な母親に何をしたかも？」

わたしは動かず、男の人が部屋に入ってくるのをただ見守った。何年もこの人を観察して、その行動を見てきた。この人が見た目どおり強いのはわかっている。逃げようとする女の子たちに一歩で追いついて倒せるのもわかっている。ナイフを振るうとき、満面の笑みを浮かべていて、その歯に血が点々とつくことがあるのも知っている。

「おまえの母親は売女だったんだ。聞いてたか？」

さらに三歩入ってくる。もう調理台のすぐ向こうにいる。もうすぐわたしの背中は大きなコンロに押しつけられる。心臓がどきどきするなか、考えようとする。何かに使えないか。

「メイドの仕事なんてな。シーツを替えるぐらいで、おまえを育てられるだけの金なんて稼げっこない。だがシーツのなかで踊れば……おまえのためにやってたんだぞ。娘が米と豆以外のものも晩メシに食えるように」

コンロはいい考えじゃないと判断した。いま飛びかかられて、男の人におさえつけられたら、逆にガスの火を使われてしまう。

食器洗浄機のところまで行かなければ。でも左にずれるには、男の人に右に動いてもらわなきゃいけない。いったん男の人に近づかなきゃいけない。

いましかない。

濡れたモップの先を持ちあげる。重くて腕がぶるぶる震える。

男の人が笑った。「モップでおれを追いはらうつもりか?」

男の人に向かってモップを振る。漂白剤が飛び散る。お母さんが手を貸して導いてくれたのかもしれない。何滴かがうまく目に入ったから。男の人が悲鳴をあげて飛びすさった。その隙にさっと食器洗浄機の蒸気のなかに入る。

「このガキめ! おまえをただ殺すだけじゃすまさない。たっぷり時間をかけて殺してやる。警察のやつらは死んだぞ。どっちも向かってもこなかった。その点、おまえの母親は面白かった。あの女はおれのオフィスに来る前に女たちをつかまえて帰してたんだ。バスに乗る金を渡して町を出ていかせることさえあった。それで自分みたいな運命から女たちを救えると思ってたらしい。

もちろん、いつまでもそんなことをさせておくわけにはいかなかった。おれに反抗して、品ぞろえを狂わせて。おれの仕事では商品の新鮮さが大事なんだ」

男の人があいているほうの手で目をこすった。赤く腫れているのに気にもしていない。これだけ痛みを与えてきた人だから、自分も痛みが好きなのかもしれない。それとも、長年のあいだにもう痛みを感じなくなったんだろうか。

部屋がざわめきはじめた。男の人には感じられない。でもわたしには感じられる。男の人の言葉、声、存在に——みんなが怒っている。自分たちがどれだけ簡単に壊されたかを思いだして。

食器洗浄機のまわりに蒸気が渦を巻いて、実体をとろうとしている。肩のあたりで銀色の存在を感じる。マミータだ。悲しんでいる。男の人がわたしに本当のことを言ったから？

そんなことは昔からわかっていた。この人とその商売、食卓に肉が出された日のこと。

お母さんはわたしのマミータで、わたしはお母さんのチキータ。ほかのことはどうでもいい。悪い男の人は悪魔だ。わたしたちみんなが苦しんでいる。

聞いていたみたいに部屋の空気が重くなった。家にも言いたいことがあるのだ。でも悪い男の人にはわからない。たくさんの人たちと同じく、理解できないことは無視するだけ。

「おまえを撃ったのはいままででも一番いいことだった」男の人がほくそ笑んだ。「おかげであの砂漠を捨てて帰ってくる口実ができた。地元の医者におまえを治療してもらう必要があったからな。若い娘はいい金になる。だが残念なことに弾がおまえの顔に与えたダメージがでかすぎて、商品価値をさげちまった。が、口がきけないって診断されたから、おまえを引きとるようマーサを説得できた。口答えできない召使いほどいいものはないだろ。山に商売を移したら人気が爆発した。とくに、進んで協力してくれる〝専門の〟仕入れ先を見つけてからはな。もう十年以上、うまい商売ができてたんだ。あのマヌケなハイカーが登山道をそれたりしなきゃ……」

わたしは首を傾けて思わず聞きいった。この話は知らなかった。全体は。自分やほかの子たちの経験したことを切れ切れに知っているだけだった。その好奇心のおかげで、男の人が距離を詰めているのに気づかなかった。

湯気の立ちこめるなかで男の人がにやっとしたのが唯一の警告だった。

男の人が飛びかかってきた。わたしはとっさにモップを振りあげた。どこにあたったのかわからない。でも驚いた声をあげさせた。それからまた男の人が向かってきた。

モップを突きだし、振ってさらに漂白剤を飛び散らせる。股間でも膝でも、弱点になりそうなところを狙う。食器洗浄機の蒸気がもうもうと立ちこめて、家が苦しげなうめき声をあげ、突然お母さんの霊に包まれるのを感じた。ぎゅっと抱きしめられているみたいに。

男の人が木の柄をつかんだ。引きもどそうとしたが、向こうから引っぱられて、唯一の武器を離すしかなかった。さもないと引き寄せられてしまうから。

蒸気の向こうから踏みだした男の人の顔には、見間違えようのない勝ち誇った表情が浮かんでいる。男の人が血のついたナイフを持ちあげて、ほとんどだるそうに振ってみせた。横のほうでカチャッという音がした。聞いたことのある音だが、なんだかわからない。

バシッ。

何かが背後から男の人を叩いた。なんなのかは湯気でよく見えない。でも男の人が左に飛びのいて、さっと後ろを見た。

バシッ。

モップの柄が男の人の肩を叩いた。わたしではない誰かの手に動かされて。

「なんだ?」男の人がわたしに怒鳴った。

「何してやがるんだ?」

もちろんわたしは答えられない。だから男の人の凶暴さと邪悪さがみんなをここに閉じこめたと教えることもできない。みんなこの人を憎んで死んだ。悲鳴をあげて情けを乞いながら死んだ。だからみんなの魂がこの人にとりついた。逆にこの人の存在がみんなにとりついたのかもしれない。よくわからない。でもこの人は傷つけ、殺し、憎んできた。そしていま、みんなが、すべての犠牲者がここに集まっている。みんなこの瞬間をずっと待っていた。

厨房の向こうでガスコンロに火がついた。六口のコンロすべてで青い炎がめらめら燃えている。湯気のなかで、そのすぐそばを低い影がさっと横切った。

悪い男の人がコンロから飛びのいて食器洗浄機に近づいた。

自分が次に何をしなければならないかわかった。

力を感じる。安らぎを感じる。わたしは怒りや復讐に燃えてはいない。

わたしは娘で、姉妹で、友達だ。

もう誰にも苦しんでほしくないと思っている女の子だ。

食器棚が揺れる。鍋がガチャガチャ音を立てる。遠くの棚から急にグラスが落ちて割れる。

蒸気に命が宿ったみたいだ。あそこにもここにも、しゃがんだ黒い影がそこらじゅうにいる。

悪い男の人がさらに熱い蒸気のなかへとあとずさった。ナイフのことを忘れている。見えないものとどう戦ったらいいのかわからないのだ。でももう存在は感じている。怒りと恐怖が大きくなっていく表情を見ればわかる。

この人はわたしたちを壊せると思っていた。自分の思うままにあっさり簡単にわたしたちの命を奪えると思っていた。何をしても逃れられると思っていた。こんなに邪悪な人間を誰も止められないから。

それは思い違いだった。

お母さんがわたしの頰をなでた。慰めるように。勇気づけるように。

影がまたさっと動いた。何かが男の人の両脚を叩いた。男の人がいらだったうなり声をあげた。

もうすごく簡単だ。

わたしは男の人に向かって踏みだし、その足もとに落ちていたモップを拾いあげた。

脚の後ろが動くベルトコンベアにあたって、よろけた男の人が濃い蒸気にやみくもにナイフを振るった。

「いまよ」という声がはっきり聞こえた。

その命令に従って、わたしは重いモップを持ちあげた。その先が男の人の胸と同じ高さになるまで。

最後の瞬間に、悪い男の人がわたしにナイフを向けた。

そのとき厨房のドアが勢いよく開いて、ＦＢＩの女の人が駆けこんできた。そのあとから血まみれのＤ・Ｄも。

「ボニータ、伏せて！」

男の人を撃ちたいけどわたしが邪魔なんだとわかった。さがってこの人たちに仕事をさせるべきなんだろう。でもこれはこの人たちの問題じゃない。わたしと姉妹たちとお母さんの問題だ。

だって、ほかの誰にも感じられなくても、わたしにはみんなのことが感じられるから。ほかの誰も見ようとしなくても、わたしには見えるから。わたしはみんなのことを知っているから。わたしの痛みの姉妹たち。

みんなでモップの先を悪い男の人の胸に押しつける。みんなの超人的な力で男の人を押して、動いている食器洗浄機のベルトコンベアの上に倒れこませる。

「やめろ、やめろ、やめろ！」男の人が叫ぶ。

でもわたしたちはモップを離さない。皿のラックに男の人を押しつけ、ほかの誰かがその足を持ちあげて手伝う。顔が吹きつけられる熱湯の向こうに消えていく。男の人は悲鳴をあげつづけている。わたしたちはそれでも離さない。

男の人が熱湯の奥に運ばれて、モップの先が届かなくなるまで。

それからようやく握っていたモップを床に落とした。

女の子たちが感謝の息をついた。

家がぶるっと震えて静かになった。

キンバリーがようやく踏みだして、食器洗浄機のスイッチを切り、消えていく湯気の向こうから心配そうにわたしを見た。

D・Dが「だいじょうぶ？　ボニータ、うなずくとか何かして！」と言った。

「よくやったわ！」脇の通用口からフローラの声がした。さっき聞こえたカチャッという音はドアがあいた音だったのだ。じゃあ湯気のなかの影は？　絶対にフローラじゃない。本人は立っているのもやっとの様子だから。そのいっぽうで、キースは汗だくで満足そうにしている。

「どうやって先まわりしたの？」キンバリーが尋ねた。

「近道したのよ。驚いた？」

「ごめん」キースがわたしに言った。「ぼくはナイフや銃が得意なタイプじゃないけど、クインシー捜査官と保安官がここに向かっているのはわかってた。だから悪魔の男の気をそらして、それまで時間を稼げたらと思ったんだ。でも、きみが全部かたをつけてくれたけど。みごとに」

得意げなキースに文句をつけるつもりはなかった。キースの手柄でいい。だけど、悪い男の人の気をそらしたのがキースだけじゃないのをわたしは知っている。男の人を熱湯の下に押しこんだのがわたしだけじゃないのを知っているように。ここには復讐を求める人たちがほかにもいた。ついにそれができたのをわたしたちみんなが喜んでいる。

Ｄ・Ｄが前に出た。わたしはまだその場から動けずにいた。Ｄ・Ｄが左手でわたしの髪を搔きあげてじっと顔を見た。

わたしもやっと目を合わせ、おずおずとほほえんだ。Ｄ・Ｄはひどい様子で、顔も肩も手も血だらけだ。それにフローラも、やっと立っているような状態で、頭がぱっくり割れているみたいに見える。でもタフな女の人たち。ふたりとも満足げだ。

「よくやったわ、ボニータ。本当によくやった」Ｄ・Ｄが言った。

「うちの彼も手伝ったのよ」フローラに誇らしげに指さされて、キースがぱっと赤くなった。

わたしはもう一度ほほえんだ。みんなが信じたいように信じればいい。わたしはお母さんの霊にそっと包みこまれ、最後に抱きしめられるのを感じた。お母さんの銀色の影が厨房の左上の隅にただよっていき、そこに紫や緑やオレンジの影も加わった。何十もの色。何十もの失われた魂がついにのぼっていこうとしている。

みんなわたしを見守りながら待ってくれるだろう。わたしもずっとみんなを見守りながら待っている。

頰に最後のキス。蝶の羽が触れたみたいな。マミータとチキータ。また一緒になれた。

それからD・Dがわたしの肩に腕を回した。抱きしめるのが半分、わたしを支えにするのが半分で。どちらも喜んで受けいれ、わたしの新しい家族がぶつぶつ言ったり笑ったりするのを聞きながら……

目をつぶった。

お母さんに愛を送った。生きて、愛して、幸せになる方法を見つけるからねと約束した。

そして、お母さんを見送った。

エピローグ　ボニータ

彼女の名前はフローラ・ディン。昔、彼女も悪い男の人を知っていた。その男の人は彼女をさらって傷つけて壊そうとした。でも彼女は強かった。その男の人から生還した。人生を立てなおした。愛する人たちを、愛してくれる人たちを見つけた。

フローラはもうただ生きのびているんじゃない。そう説明してくれた。本当に人生を生きている。

その方法をわたしにも教えてくれるという。

昼のあいだは新しく女の人が会いにくるようになった。ジョアン・ケリーという人で、話しかたの魔法を知っている。唇や舌を思いどおりに動かして、口で音を出すやりかたを教えてくれている。プッ、プッ、プッ。ハッ、ハッ、ハッ。

自分の声をずっと聞いていなかったので、はじめて聞いたときはびっくりした。それから涙が出てきた。

お昼に様子を見にきたD・Dも泣いていた。

新しい友達はみんな忙しそうにしている。

ほかの女の子たちがどこにいるのかわたしにはわからないが、町役場で働いていて、何かのウェブサイトをやっていたドロシアという女の人がいろいろ話をしているらしい。D・Dの話では、悪い男の人の母親のフラニーはいっさいの会話を拒んでいるという。好きな男の人が死んで、息子も死んだ。警察のことも町のことも自分のしたこともどうでもいい。じっと黙ったまますわっている。

でもフローラの恋人のキースはコンピュータに思いどおりのことをさせられる。ドロシアから聞いた情報で、キースはD・Dやほかの人が求めるものをすべて見つけた。いまはFBI捜査官のキンバリーが毎日出かけていって、何十人もの法執行機関の専門家を指揮して、山からたくさんの骨を掘りだし、みんなを家に帰してあげようとしている。

いま、わたしはボニータと呼ばれている。この名前を気にいっている。お母さんにつけてもらった名前ではないけど、新しい家族との新しい人生の名前だからそのまま使うことにした。

いずれ、ボストンという大きな街に来て、とD・Dは言う。そこにはわたしみたいな怪我をした人のための専門の場所がある。わたしの新しい言語聴覚士は、そこに行けばもっといろいろできるようになると言う。話せなくても、絵や言葉を使ったコミュニケーションを勉強したり、ひょっとしたら手話もおぼえられるかもしれない。この世界には話をするいろいろな手段があるらしい。わたしもいつか方法を見つけるつもりだ。

D・Dは自分と夫のアレックスと一緒に暮らさないかと言ってくれている。息子のジャックはもうわたしに会いたがっているという。ジャックの犬のキコは靴をかじるのが好きで、飛ぶように速く走る。アレックスとジャックとキコに会いたい。それが、長いあいだわたしの牢屋であり家でもあったこの狭い場所を出ることだとしても。

怖くてもいいんだとフローラは言う。その気持ちをかかえこまないで話すべきだと。怖いのは自然だけど、自分が強いということをいつも忘れてはいけない。生還者はみんな強い。誰もわたしたちからそれを奪うことはできない。

消えた人たちがいる。

今度は女の子たちではない。町の住人や商店主。FBIが家を訪ねてみたら姿を消していた。

ドロシアのコンピュータには名前があったと、D・Dがある日説明した。多くが地元の人。でも外国の人もいた。

逃げた人たちのことはD・Dもキンバリーも心配していない。いずれ全員捕まえるという。この事件の影響が――森のなかの死体も、コンピュータの名前も――全部明らかになるには何年もかかるだろう。

でもそれはFBIの仕事だ。わたしは何もしなくていい。フラニーもドロシアもほかの人もいるし、証拠も山ほどある。

いまは、女の子に戻るのがわたしの仕事。馬鹿な女の子じゃなくて、ただのティーンエイジャーに。学校へ行き、話すことを学び、何人か友達をつくって。たとえばアレックスとジャックとキコとか。

子供だったことがないから、それがむずかしいのかどうかわからないけど、やってみたいと思っている。

夜には泣く。悪い夢を見る。目をさまして叫ぼうとする。でももちろん声は出てこない。

フローラも同じだという。救出されてから七年もたつのに。だんだんよくなるとフローラは言う。これから自分自身のことや、向こう側へ行くのに何が必要かを学べばいい。

わたしはいままで自分自身だったこともない。

フローラはキースを愛している。ふたりとも何も言わないけど、みんなわかっている。誰かが部屋に入ってくるとふたりとも赤くなる。ふたりの幸せそうな笑顔が好きだ。胸が明るくなる。

フローラが教えてくれようとしていることはわかる気がする。すぐに全部よくはならない。でもいつか全部よくなる。

わたしたちはまだ同じホテルに泊まっている。マウンテンローレルB&Bでの最後の戦いと一連の逮捕のあと、ホテルのマネージャーはすごく親切になった。追いだしたくなんてなかったけど、脅迫状を受けとったのだと話した。たくさんの人がクレイトンを知っていて、そのほとんどが彼をおそれていたようだ。

D・Dはもうすぐボストンへ帰らなきゃいけない。家族に会いたいから。わたしはまだ行けない。書類を整えなきゃいけないらしい。どうやって書類を整えるのかわからないけど、キンバリーはだいじょうぶだと言う。それまでフローラとキースが一緒にいてくれる。

フローラはウォルト・デイヴィースという男の人の葬儀の手配をしている。その人のことは知らない。ほとんどの地元の人のことも。知っているのはB&Bの宿泊客だけだ。ウォルトという人はフローラの悪い男の人の父親らしい。でもウォルトは最後はいい人だったし、フローラを、わたしを、助けようとしてくれたという。

その人のことを話すフローラは悲しそうだったが、そのうち雰囲気がぴりっとしたものに変わった。フローラを描く色は決められない。その日によって、いつも色が違う気がすることもある。

それはフローラがまだ自分自身である方法を学んでいるからかもしれない。自分にできるなら誰にだってできると言っている。

フローラやキースとは絵で話す。つまり、わたしはあまり話さない。おもに聞く。わたしに向かって話してくれる人の話を聞くのは好きだ。目を見て、反応をうかがってくれる人の話を聞くのは。わたしたちはジェスチャーがうまくなった。それに絵も描ける。いつでも好きなときに好きなだけ。

話の専門家の女の人はわたしの絵がすごく上手だと言う。絵を飾っている友達がいるから、今度紹介したいと。

わたしはお母さんを見つけたい。

悪い男の人がお母さんを殺した。それはわかっている。友達に絵でそれを伝えることもできた。でも、そのあとどうなったかは知らない。言語聴覚士の人がつくるのを手伝ってくれた写真ボードに、特別な絵が一枚貼ってある。それは絵文字というものに似ているけど、お母さんの目とお母さんの髪を描いた。

それを朝起きて最初にさわり、夜寝る前に最後にさわる。銀色であたたかいお母さんの気配を感じる。

フローラとD・Dには何度もお母さんの絵を見せて、問いかけるような顔をしてみせた。みんなそれがうまくなってきた。

D・Dが最初にわたしの望みをわかってくれた。記録が見つからないと言った。わたしの出生の記録も、お母さんの記録も。でも悪い男の人の人生をたどって、ニューメキシコ州で商売をしていたのはわかった。合法の記録はあった。いまは違法なものを探っている。男の人は死んだから、証言をする人が出てくるだろう。もうすぐ情報が手に入るはずだ。

FBIはもう捜索を始めている。遅かれ早かれ、ここの山のように骨があちこちに埋まった砂漠の一角が見つかるだろう。お母さんもそのなかにいる。お母さんは赤土のなかから注意深く掘りだされて、わたしのところに帰ってくるだろう。

彼女の名前はフローラ・デイン。生還者で、わたしの先輩。

彼女の名前はD・D・ウォレン。刑事で、わたしの保護者。

彼女の名前はキンバリー・クインシー。FBI捜査官で、死んだわたしの姉妹たちのために裁きをもたらしてくれる人。

わたしの名前はボニータ。わたしはかわいくて強い。

わたしはお母さんの娘。いままでも、これからも。

謝辞

この本の始まりは、ほんのちょっとした思いつきからでした。さらわれた子供が話せず、読み書きもできなかったらどうなるだろうという。そこで友人であり才能ある言語聴覚士のジョアン・ケリーに相談して、失語症についての基本的なことや、言語コミュニケーションのできない子供との絵ボードその他を使ったコミュニケーション方法について教えてもらいました。ボニータが才能ある画家になったのも、D・Dが携帯電話の絵文字を使うことを思いついたのも、彼女のおかげです。ありがとう、ジョアン！

その次には、言語コミュニケーションのできない証人との司法面接のやりかたを学ぶために、キャロル郡チャイルド・アドヴォカシー・センター所長のリズ・ケリー＝スコットと司法面接官のベス・ダンジェロに話を聞きました。わたしはふたりにとって最悪の悪夢をつくりだしたと言われました。さすがわたし！　でもふたりからはすばらしいアイデアをもらいました。感謝しています。ありがとう、リズ、ベス、それにもちろん、セラピードッグのウエスティンも。彼女たちが、新しく保護することになったボニータとのやりとりで、D・D

とキンバリーに希望をもたらしてくれました。

もちろん、楽しい法医学の豆知識なしにはどんな本も完成しません。白骨化した遺体の死後の経過年数を判定する最新の手法について教えてくれたテネシー大学法人類学センター（あの死体農場《ボディファーム》のあるところです！）のリー・ジャンツ博士にお礼を申しあげます。また、集団墓地についてのさまざまな情報にも感謝します。それまでまったく知らず、いまではもう決して忘れられないことばかりでした。ただし、この小説に何か誤りがあれば、それはすべて筆者の責任であることをお忘れなく。ジャンツ博士は間違いなく優秀であるばかりか、熱心すぎるサスペンス作家にとても辛抱強く接してくれたのですから。

次はキャロル郡保安官事務所のマイケル・サントゥッチオ警部補。過去の未解決事件のことも、現在捜査中の事件のことも、彼はなんでも知っています。わたしの捜査本部が壁にぶつかるたびに、彼に電話して捜査の新機軸を求めたのですが、毎回それに応えてくれました。データの量と優れた刑事がそこから学べることといったらすごいものです。繰りかえしになりますが、誤りがあればすべて筆者の責任です。D・Dの頭脳となり、わたしの救世主となってくれて、どうもありがとう、サントゥッチオ警部補。

編集者のマーク・タヴァニにも心からの賞賛と感謝を。彼との長い電話とブレインストーミングのおかげで、ちょっとしたアイデアだったものが実を結びました。さらに完成までわたしを導いてくれたのも彼です！　また、エージェントのメグ・ルーリーにも愛をこめて。

作家にとって彼女以上の支持者はいません。

　友人たちへ、わたしを正気でいさせてくれてありがとう。家族へ、わたしが正気でないときに理解してくれてありがとう。そして、かわいい三匹の犬たちと、加えて山々にも、わたしを前に進みつづけさせてくれてありがとう。死体の隠し場所を考えるのに森を散歩するほどいいものはありません。

　最後に、みなさんお待ちかねの〈キル・ア・フレンド、メイム・ア・バディ〉の当選者です。ステイシー・キャスマーにはきっとすばらしい友人たちがいるのでしょう。彼女を指名した六十名近い人のなかから、ブランドン・サレミが当選し、ステイシーに壮大な死をもたらしました。ステイシーもみなさんもお楽しみいただけますように。アメリカ以外に住む読者向けの〈キル・ア・フレンド、メイム・ア・メイト〉では、エレーヌ・テリエが自分自身を本のなかで永遠に生きる人物に指名しました。小説と、フィクションのなかでの自分の冒険をどうぞ楽しんでください。キャンペーンはLisaGardner.comでいまもやっています。ほかのみなさんも、どうぞ恥ずかしがらずに参加してくださいね！

　書くのはひとりですが、出版するのはチーム作業です。アメリカと海外のすばらしいチームに感謝します。そして読者のみなさんにも大きなお礼を。わたしのキャラクターたちに再会して、わたし自身に負けないほど興奮してくれたみなさん。

　この本をみなさんに捧げます。

訳者あとがき

満園真木

ジョージア州の山中で白骨化した遺体の一部が発見される。その骨が十五年前に失踪した少女ライラ・アベニートのものであることが判明すると、FBIアトランタ支局の特別捜査官キンバリー・クインシーの電話が鳴る。ライラは七年前に死亡した強姦《ごうかん》殺人犯ジェイコブ・ネスの初期の被害者と見られている人物であり、そのジェイコブ・ネスが誘拐した女性とともに立てこもっていたアトランタ郊外のモーテルへの突入作戦を指揮して被害者を救出したのがキンバリーだった。

ライラのまだ見つかっていない骨の捜索に加え、ほかにも複数いるジェイコブ・ネスの手にかかったと目される失踪女性たちの事件をあらためて捜査するため、FBIは現場の地元保安官事務所と合同で特別捜査本部を設置。これを率いることになったキンバリーは、かつてジェイコブに誘拐され四百七十二日後に生還したフローラ・デインと、ジェイコブのエキスパートを自任する実話犯罪マニアで敏腕コンピュータ・アナリストのキース・エドガー、そしてボストン市警殺人課の部長刑事D・D・ウォレンを捜査本部に招聘《しょうへい》する。

山中の大規模捜索が開始された初日、新たな白骨遺体が発見される。それも一ヵ所に三つの遺体がまとめて埋められていた。それらはジェイコブ・ネスの犠牲者なのか、それともべつの犯人によるものなのか。遺体が四つに増え、捜査本部はにわかにあわただしくなる。捜査を進めるD・Dは、遺体発見現場である山中の町ニッシュの町長夫妻が経営するB&Bに聞きこみに行った際、ひとりの少女と出会う。町長の妻の姪《めい》だというその十代なかばの少女は、幼いころに負った脳の損傷により、言葉が話せず、読み書きもできない。そんな少女が学校にも通わず、B&Bでメイドとして働かされていることに疑問を感じたD・Dだが、その少女が事件について何かを知っていると確信し、どうにかしてコミュニケーションをはかろうとする。

いっぽう、フローラはD・Dの提案でキースとともに独自捜査をすることになる。過去にジェイコブが近辺に来ていなかったかを確認するとともに、かつて自身が監禁されていたキャビン探しをすべく、レンタルの四輪バギーを駆ってキースと山中をめぐるフローラは、やがて驚くべき発見をする。

D・D、キンバリー、フローラの三人がそれぞれで、また協力し力を合わせて事件を調べていくうちに、風光明媚《めいび》なアパラチア山脈とその山あいののどかな町が裏に隠していたおそろしい顔が徐々に明らかになっていく――

この『夜に啼《な》く森』（原題*When You See Me*）は、ボストン市警殺人課の刑事D・D・ウォレンが生還者フローラ・ディンとタッグを組んで事件に挑むシリーズの四作めにあたる（ちなみに、小学館文庫から既刊のD・D・ウォレン作品はシリーズ順に『無痛の子』『棺《ひつぎ》の女』『完璧な家族』『嗣《つぐ》みの家』。フローラ初登場は『棺の女』）。そして、さらにもうひとり、FBIアトランタ支局の特別捜査官キンバリー・クインシーも今作では主役級の活躍を見せている。キンバリーは『棺の女』においてフローラを救出したFBI捜査官として登場するが、リサ・ガードナーによるべつのシリーズで、最初はFBIのプロファイラー、ピアース・クインシーの娘としてお目見えしたのち、自身もFBI捜査官となって数作で主人公を務めたキャラクター。本作はいわばD・D・ウォレン&フローラ・ディンのシリーズとキンバリー・クインシー・シリーズのクロスオーバーになっている。

今作はなんといっても、シリーズ中屈指の派手でスピーディな展開が見どころだ。ボストンからアパラチア山脈にやってきたD・Dらは、古い白骨遺体のまだ見つかっていない残りの骨を探すはずが、いきなり三つの新たな白骨遺体が掘りだされる。と思うと、今度は新たな死人が出て、驚愕《きょうがく》の新事実が次々明らかになり、息もつかせぬ怒濤《どとう》の展開が続く。毎回、事件の鍵を握る印象的なヒロインが登場するこのシリーズだが、今作のヒロイン役となる少女もまた強い存在感を放っている。脳損傷による言語障害のため言葉が話せず、文字の読み書きもできず、それをいいことに悪人たちに利用され虐げられてきた少女は、しかし心は決して屈することなく、いつかかならず報いてやるという強い意志を秘めている。少女とD・Dとのやりとりのシーンは間違いなく大きな山場で、少女が見たこと、体験したことをD・Dに伝えたいのに伝えられないもどかしさに胸が締めつけられ、なんとか少女の〝言葉〟を聞こうとするD・Dには声援を送りたくなる。

『棺の女』以来、四作にわたって過去の誘拐監禁によるトラウマと闘ってきたフローラにも、今回、大きな展開が訪れる。事件から七年間、日々サバイバルだけに生きてきたような彼女が〝生還〟のその先に踏みだした姿は、ここまで見守ってきた読者にとっても心から嬉《うれ》しくほっとできるものだろう。

ところで、リサ・ガードナーは二〇二〇年に本作を刊行してのちは、フランキー・エルキンという失踪人探しの女性を主人公にした作品を二作上梓《じょうし》しており、二〇二四年に刊行予定の次作もこのフランキー・エルキン・シリーズの第三作であることがすでに明かされている。

この『夜に啼く森』をもって、生還者フローラの物語に区切りがつけられたのと同時に、十二作続いてきたD・D・ウォレン・シリーズにもひと区切りがつけられた形のようだ。ただし、著者がシリーズの終了を公言したということではない。キンバリー・クインシーが『棺の女』以来のゲスト出演を経て今作で主役のひとりとなったように、今後の作品でまた

D・Dやフローラが登場することも、さらには主人公として活躍することもあるかもしれない。これまでD・Dと五作、フローラとは四作、ともに歩んできた訳者としては、また彼女たちに会える日をひそかに楽しみにしている。

二〇二三年七月

――本書のプロフィール――

本書は、二〇二〇年にアメリカで刊行された小説『WHEN YOU SEE ME』を本邦初訳したものです。

小学館文庫

夜《よる》に啼《な》く森《もり》

著者　リサ・ガードナー
訳者　満園真木《みつぞのまき》

二〇二三年九月十一日　初版第一刷発行

発行人　石川和男
発行所　株式会社 小学館
〒一〇一-八〇〇一
東京都千代田区一ツ橋二-三-一
電話　編集〇三-三二三〇-五七二〇
　　　販売〇三-五二八一-三五五五
印刷所 ―― 大日本印刷株式会社

ISBN978-4-09-407249-5